中医肛肠外科医师执业感悟

任 毅 / 著

Reflections On
Traditional Chinese
And Western Coloproctological
Medical Practice

汕头大学出版社

图书在版编目（CIP）数据

中医肛肠外科医师执业感悟 / 任毅著 . -- 汕头 : 汕头大学出版社，2022.7
ISBN 978-7-5658-4569-7

Ⅰ . ①中… Ⅱ . ①任… Ⅲ . ①中国文学－当代文学－作品综合集 Ⅳ . ① I217.2

中国版本图书馆 CIP 数据核字 (2021) 第 274174 号

中医肛肠外科医师执业感悟
ZHONGYI GANGCHANG WAIKE YISHI ZHIYE GANWU

作　　者：	任　毅
责任编辑：	邹　峰
责任技编：	黄东生
封面设计：	龙　岩
出版发行：	汕头大学出版社
	广东省汕头市大学路 243 号汕头大学校园内　邮政编码：515063
电　　话：	0754-82904613
印　　刷：	廊坊市海涛印刷有限公司
开　　本：	787mm×1092 mm　1/16
印　　张：	12.25
字　　数：	135 千字
版　　次：	2022 年 7 月第 1 版
印　　次：	2022 年 7 月第 1 次印刷
定　　价：	138.00 元

ISBN 978-7-5658-4569-7

版权所有，翻版必究
如发现印装质量问题，请与承印厂联系退换

内容简介

本书作者从事临床医学肛肠外科 38 年，执业经验丰富。目前已出版 5 部医学专业著作。作为全国肛肠外科专业知名专家，他积极参与国家战略"大健康"产业下的技术帮扶、科学普及和业务支持等活动，行走于大江南北、长城内外，留下了相关足迹。

本书内容大部分与这些专家会诊活动有关，或实地见闻，翔实记录；或触物生情，有感而发；或对专业技术焦点百思不解，如同受阻时左冲右突找不到出口，不经意间，忽有所悟，有一种豁然开朗的感觉；或对临床难题时常纠结，而换一个氛围、换一个视角、换一个环境，蓦然间，便有一种思绪超然、答案出焉的体味。

本书计 20 篇，均独立成章。有专业纪实，有深度论著，有行业时评，有随想杂记，也有散文和诗作。

书中详细记录了作者执业过程中的真实点滴和思考过程，读之能沁人心脾，或触动魂魄，引发共鸣。在当下，各种医学书籍浩如烟海，尤其是专业资料令人目不暇接，然而，既能展示医学专业技术之视角，又能体现人文思想之关怀之作，殊不多见。

有业内人士评价，本书作者是医生当中最优秀的作家，作家当中最优秀的医生。对此，他本人回应说：自己是一位优秀的医生，也是一位优秀的写作者，只是不必用"最"这样的字来限定和修饰罢了。

作者简介

任　毅　主任医师

北京市石景山区中医医院肛肠科主任
全国卫生健康技术推广传承项目——
　　肛肠专业委员会副主任委员兼秘书长
全国中医肛肠学科名专家
世界中医药联合会外科学会副会长
中国中医药研究促进会肛肠分会副会长
中国老年保健协会肛肠分会副会长
北京疑难病研究会肛肠专业技术委员会副主任委员
北京胃肠肛门病研究所便秘研究室主任
现代医生集团（宝象）专家委员会主任委员
深圳市中医肛肠医院特聘教授

先后毕业于武汉科技大学医学院及山东中医药大学。2006 年，成为北京市政府引进专业技术人才。

1986 年，首次发表乌头碱在肛肠手术后的长效止痛作用，改进了术后长效止痛剂的药物配方（《中国肛肠病》杂志，1991 年 3 月）。总结出简单、实用的中医腰俞穴麻醉药物计算公式——"任毅公式"。该公式既能满足手术无痛和肌肉组织松弛的需要，又能避免药物反应和中毒的出现，从而提高了麻醉与手术的准确性和安全性（《中国肛肠病》杂志，2008 年 6 月）。

2011 年，被中华中医药学会授予"全国中医肛肠学科名专家"称号。2012 年，首次提出肛肠外科手术新模式，倡导微创、无痛、无恐惧的手术治疗理念（健康资讯网，2014年6月12日；《北京医学》杂志，2012年8月）。2016年又成立"任毅名医工作室"，后由北京市石景山区委组织部、区总工会、区科学技术协会命名为"任毅创新工作室"。2018年推出肛瘘"对口切开－多孔引流"新术式（《北京医学》杂志，2014年7月）。2021年进一步命名为"伞式切开，双重挂线"，并完成临床研究论文（《中国医药导报》杂志，2021年5月）。相关手术技术及器械已获得国家知识产权局专利保护，专利号：ZL202023201450.7。

2021年，在2021北京中关村健康论坛之便秘外科诊疗技术高级学习班首先提出便秘的新定义——便秘是因为肠动力不足，大便过度干结，肠道和出口阻力增大而引起的排便困难。

尤其擅长便秘、重度痔及脱垂的手术治疗。"专心治痔"倡导推崇并践行医生执业"四个一"理念——"做一台手术，出一个精品；诊一例患者，交一个朋友"。同时注重网络传播。自2014年建立网络媒体现代肛肠学术论坛，同时设立公益性"肛肠名家大讲堂"，每月一期，常年不辍，致力于传播肛肠专业知识，赢得了行业好评，并形成了全国肛肠行业的知名品牌，有"网红医生"之称。2021年8月19日，任毅团队——北京市石景山区中医医院肛肠科，被北京市中医药管理局授予"特色科室"称号。

多次参与组织编写国家级肛肠疾病继续教育培训教材（任副主编），先后出版了《肛门直肠病》（任主编，天津科学技术出版社）、《炎性肠病中西医治疗新解》（任主编，中医古籍出版社）、《肛肠病诊疗新技术图解》（任副主编，辽宁科学技术出版社）、《中国肛肠病学》（任编委，山东科学技术出版社）、《实用临床医学——肛肠外科学》（任副主编，中医古籍出版社）等专著，发表论文12篇，承担北京市中医药管理局在研课题研究任务1项，获得国家专利技术1项。

序

谈笑间，顽疾灰飞烟灭
——为任毅医生肛肠专著作序

燕叟 文怀沙

> 作者任毅注：2018年6月23日，著名国学大师、楚辞专家文怀沙在日本东京医院驾鹤西归，享年108岁。至今，当年（其时102岁）由文老作序、任毅编著的肛肠专著一直未能出版，但文老的序言却一直倍加珍惜，此处照录，并作为本书序，以飨读者！

日前，著名书法家、格律诗人王成纲来电说，任毅医生要来看我。此人三年前治好了我的顽疾，理应一见。

任毅医生其时在北京城藉藉无名，其所在医院也似乎名不见经传。但有一次，我便血不止，屡治不愈，成纲向我推荐任毅医生，建议一试。

由是，我来到石景山区中医医院。任毅医生用他独特的方法为我检查，施治。之后，我坐在特制的、可通电流的椅子上治疗。不时有药液蒸汽袭身，十分舒服。大约半小时，治疗宣告结束。

当日，我的便血止住了。次日，又如此这般。从而，至今未再犯病，创下了我健康史上的奇迹。

可以说，任毅的医术使我受益匪浅，而且无创无痛，谈笑间，顽疾灰飞烟灭了。任毅医生的临床治病功夫我是深深领教了，想不到他既有神术又能著书立说。盖凡有医学专著者，多非庸辈，但也不见得善医。然，若既能治病，又能善于总结出版成专著者，定是杏林高手。据悉，6年前任毅自山东来京讲学，被石景山区的伯乐发现，于是作为专业技术人才引进，携家迁来京城，从而使小小的石景山区中医医院肛肠科名声大噪，远近就医者不绝如缕。

今任毅医生欲出版其医学专著，我相信此举必有益于其学术的深化，有益于肛肠专业的发展，从而有益于民众的健康！因此，老朽草成小序，以飨读者！

2012 年冬
北京　云何寂孤斋

自 序

本书序如前，由文怀沙先生生前所作。

如此这般，原因有三：其一，是实现了本人当年对文先生的承诺，否则书序已作，书则不出，言而无信，于理不合。

其二，文先生的思路和文字确有独特的地方。尽管他有"国学大师"的头衔，但由于历史和社会的原因，留下的作品不多，晚年的名片上写有"述而不作"四个大字。可见，不留文字，只做不说，应该是他的既定原则。而就是在这样的背景下，先生以102岁之高龄，欣然提笔，为一名普通医生之拙著作序，并不惜泼墨题写书名，这种感情、这种态度、这种成人之美之善行，令我感念至深。

况且，不能将先生的文字和墨宝分享于世人，如同怀玉夜行。如果从传统文化的大处着眼，不能弘扬其光，实在于心不安。

其三，在为98岁高龄的文老先生治愈疾病的案例中，无论是在提高治疗肛肠疾病的专业技术方面，还是在触动心灵、荡涤思想方面，我都受益良多，终生难忘。

在当下，最常见的事情是，若有顽疾治愈，多半是患者及亲友对主治医生深表谢意，很少见有医生因为此举对自己的业务技术有所提高和收获，而对患者表达感念之情。实际上，任何一个医生，特别是所谓成功的专家、大家，大多是从治愈患者的过程中得到不断学习、不断感悟、不断进步，尤其是在失败的案例中，会有更多的体会和更加刻骨铭心的磨砺。对于手术医生而言，做更多、更复杂的手术，就会有更大、更有意义的提升。这就如同"一将功成万骨枯"一样，尽管谁也不愿多说，但谁也不能否认。

至于自序，原本无意于此，不料出版方编辑认为自己作一个序更好些。本人思考再三，不如照办。但自知道行尚浅，自序实则勉强。

另外，值得强调的是，我请求文先生为本人的医学专著题写书名和序言，是在我为其治愈疾病的三年之后，这也完全脱离了医生和患者的关系，因此，应该不存在假公济私。但如果说，因为工作关系而成为知心朋友，则本人毫不避讳。因为我崇尚和倡导，并且首先在业内公开提出执业行医的"四个一"理念，即"做一台手术，出一个精品；诊一例患者，交一个朋友"。长期以来，我不但喜欢这样说，更喜欢这么做。

光阴似水，岁月如梭。本人自1983年22岁参加工作，至今已满38年，这算是人生的一个重要节点。在近40年的从业生涯中，有一件事情令我爱恨交加，那就是每年要提交一份年终总结报告。所幸，今年无人催促，而是完全处于一种超乎寻常的自由状态，因此欣喜！但是无论厌恶和喜欢，习惯已成自然，这就如同京剧《法门寺》里的贾桂：主人说"请坐"，他则说"站惯了，还是站着自在"，呵呵。今年就索性给自己提交一份涵盖38年的总结报告，自己给自己一个解剖和评判，同时完全公开，任由世人评说。特别是这份报告，不与任何外界的考核、名誉、业绩、效益等有关，这亦是写作本书的最初来由。

如今，本书即将出版，取名《中医肛肠外科医师执业感悟》。本人热切希望能借此机会与读者、同人一道，从限定的方寸间开始，不断地反思既往得失，揽收别样风景，体味执业感悟，分享执业快乐。

2021年11月24日

写于北京　石景山

目 录

1 夜诊救场 /01
2 鄂尔多斯急会诊 千里单刀赴戎机 /04
3 40年圆梦——我见到曹灿先生啦 /13
4 这张照片让我很有成就感 /16
5 如何纪念史兆岐先生 /19
6 查房随感：沧海桑田，略见一斑 /24
7 拜韩宝先生为师 /26
8 怀念肛肠外科大师喻德洪先生 /31
9 拉自己一把——认识司晶先生 /44
10 良性医患关系不能缺失真情和赞赏 /48
11 西出兴安盟 /53
12 北上鞍山——鞍山会诊和大艺术家及其他 /59
13 我的朋友沈广会 /69
14 医者秋色赋 /77
15 消痔灵的战略思考和深度期待——来自临床一线的特殊报告 /81
16 赤峰，赤峰，赤色之峰 /102
17 与文怀沙先生交往二三事 /110
18 肛肠外科手术新模式——微创、无痛、无恐惧 /121
19 有些肛痛不做手术也能治 /127
20 南下，南下，新模式推广到天涯 /130

附文一 /142

附文二 诗十组 /155

附文三 任毅团队专利技术简介——一种推拉式钳头可弯曲挂线钳 /183

1 夜诊救场

2015年11月6日晚6时许,我备齐晚餐,手持一杯小酒自酌中。这时手机响了,是长青医院王志杰院长打来的电话。"任主任,我这里有个手术后出血的病人。您能尽快过来吗?越快越好,打车来!直接到病房!二病区!"声音急促,"韩院、张院都不在京!"

医生间相互支持、帮助,历来是无私的、纯粹的。况且,救场如救火。

"好的,马上出发!"

放下酒杯,穿衣,出门。刚好一辆出租车经过,天助我也!我坐上车直奔长青医院。约20分钟到,有人在医院门口等我,相迎,挥手,边走边说,直奔病房。只见曲建辉主任等一干人等正在给患者检查、操作、输液。患者此时躺在床上,脸色苍白,但能答话。

"不断有鲜血渗出,血压70/40mmHg,是转院,还是……"又闻报:"120救护车已到医院门口,就看任毅主任您的意见了!"

呵,这是猛火烤任毅啊!

患者已经进入休克状态了,如进一步搬动、转运,再止血医治,途中无阻尚需20分钟或半小时,而首都"首堵",谁人不知?稍有差池,后果何堪设想?

我判断,此人一旦转院上路,必是一去不回,直达天堂!

"赶快走,手术室!通知麻醉师,立即!马上!"

一番忙乱后,患者被抬上担架车赶往手术室。

手术室里,医师、麻醉师、护士紧张工作中……

年轻的麻醉师穿刺一针成功，注入麻药，立即显效。我们即刻进入手术状态。

打开原手术创面，即见有鲜血涌动，搏动性出血，范围模糊，位置较深，大约在肛门内5cm～8cm的深度。此人已是首次手术后的第10天，手术创面糜烂、肿胀、脆硬。钳夹即碎，再夹再碎，难以直接找到出血的血管。

又有人问："120救护车是回去，还是等在这儿？"

"等在这儿！大肛门镜！"

"有！"

"大止血钳！"

"来了！"

"换大缝合针，可吸收缝线！"

"全备好了！"

猛然间，我感觉钳夹到了血管出血点，稍一定神，闭眼、睁眼，缝合针旋即而出。我大声告诉助手小毛医生："钳子夹死了啊，不要松手！"

"明白！"

缝合线顺利引出，拉紧，再拉紧！打结，再打结！

涌动出血即刻而止，此时，手术室里的人长长地出了一口气。

继续补充缝合三四针，出血完全被控制，我随即周身轻松，这才感觉脊背有嗖嗖的凉气冒出。抬头看了一眼手术台周围的医生、护士、麻醉师，约七八个人，人人目光炯炯，仿佛空气已凝固，只有心灵深处的那团火在燃烧。

我大声说："出血止住了，各位放心。让救护车走吧。"

"车早已走了！王院说，有任主任在，不需要它啦。"

彼知我也，彼亦陷害我矣！倘有不测，譬如手术室器械不全，全而不用，用而不至，又束手无策，天地不应，如之奈何？

罢了，天下事，时势耳！东逝水，何能回？

撤吧！换衣服，回病房，喝口水。人称"美女院长"的王志杰特意赶过来，此时的她依然雍容、典雅。大家一番寒暄、感叹。

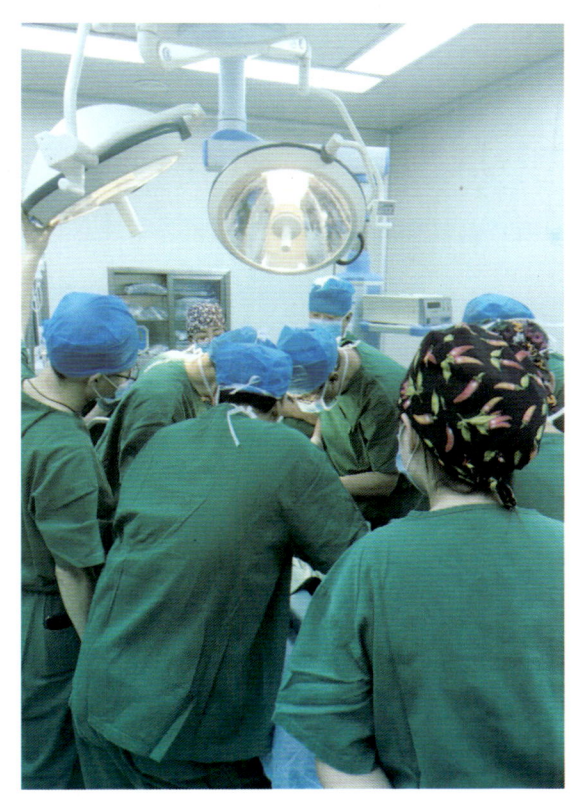

手术室工作中

    少时，有人送来盒饭，我顿感有些饿了。此时不吃，更待何时？众人齐动手、动口，皆爽……

    晚9时许，我走出医院，上车。此时路上依然车水马龙，来去匆匆，别有一番滋味上心头……

2015年11月6日

北京

2 鄂尔多斯急会诊 千里单刀赴戎机

话说，2015年10月27日晚6时，在现代肛肠学术论坛的微信群，突然出现一张救急帖子，发帖人是内蒙古群友@迷豆。

"患者男性，59岁，因混合痔入院，外剥内扎术治疗。术后第2天，因怕疼未排便，即给予灌肠治疗。次日开始，一直喊疼，不能排便，每两天灌肠一次。术后第10天，在腰硬联合麻醉下，手术探查，于截石位三点距离肛门口8cm处，发现一黏膜下脓肿，引出脓液约100mL，留置硅胶引流管并固定于肛门口。现为探查术后第二天，请问各位老师：一，怎么防止引流管脱出？二，如何观察脓肿愈合情况？三，何时拔出引流管？另外，今日冲洗引流管，能打进去，却抽不出来，患者自述剧痛，与手术探查前类似且有加重趋势，请问各位专家有何高招？特此求援！"

少顷，内蒙古鄂尔多斯市中医医院肛肠科吴慧卿主任将此求助帖直接转发于我，信中连称数个"任老师"，希望我能尽快邀请几个北京肛肠专家直赴鄂尔多斯，越快越好，不计代价。我与吴慧卿主任有师生渊源，此是后话，暂且不表，主因我是论坛创办人，责无旁贷，不容推辞。

北京人力资源丰富，肛肠大家当然多了。国内顶级若韩宝、张燕生、李国栋、赵宝明、李东冰；中青年一代若李恒爽、李华山、张书信、刘仍海、王振彪等，不一而足。但大家也有大家的特点，他们或四处讲学、会诊，飞来飞去，飘忽不定；或埋头手术室、病房、门诊，深居简出。我们虽居一城，平时也难得一见，倒是微信平台使我们天天见面，互致问候，互通信息。现代肛肠学术论坛群已满 500 人，该群很有些专业沙龙和学术之家的感觉。专业讨论尽情恣意，线上和线下互动，现实和虚拟并举，岂不是很有意义吗？

时间是晚 7 时许，我正思忖间，吴慧卿又发来一条信息："任老师，您必须来呀！其他人谁来，您决定！"

俄而，又言："患者家属在网上看了您的资料，也要求您来。现在，患者的主要表现是疼痛——剧烈疼痛。而您正是肛肠无痛技术的首创者，在全国肛肠学习班主讲的内容也是无痛技术，您来理所当然呀！所以，务必请您辛苦一趟！"

"任老师，请发来您的身份证号，我好订飞机票！"

"任老师，一共几个人来？人数不限！"

"任老师，何时动身呀？"

好个吴慧卿，猛火烤不停！手中索命绳，一扣紧一扣，扣扣有陷阱！

"好吧，我会去。其他专家马上联系，明早告诉你。"

次日下午和晚间正巧是北京肛肠专家委员会活动日。本次活动举办地在中日友好医院，由郑丽华主任主持。会议内容安排紧凑，专家发言可圈可点，专业气氛浓厚、热烈，可以称得上是我等肛肠同人的学术大餐。晚间活动时，我即刻将鄂尔多斯请求紧急会诊一事，向北京肛肠专家委员会主任委员张燕生教授汇报。同时，也希望张教授能够亲自出马，只是担心他安排不开时间。果然，张师说："我的日程早已排好，无法更改！你去吧！你的能力我知道，没问题！"又说："从目前网上发的资料看，是脓肿无疑。但要注意详细询问病史，仔细判断，分清楚是痔病前（手术）的炎症，还是手术后形成的感染。二者性质不同，感染菌属必有差异，不可忽视。如有脓肿，切开引流是其首要原则，勿存侥幸！"余谨记，谢张师教导。

又与李恒爽（首都医科大学朝阳医院肛肠外科主任、马应龙长青医院副院长）交谈。此前曾电话邀其一同赴蒙会诊，无奈李医生当下职务多、手术多，分别在数家大医院出诊，无法分身。此兄敦厚、真诚、可靠。凡其所言，我必信；凡其所嘱，必照办。其不计名、不逐利，唯少言、低调是其缺点。外出开会、游玩，总背着一个极普通的黑色双肩包，应该是孩子们弃而不用、但尚可使用的那种，哪里像个"三甲"医院的科主任、医科大学的教授？我曾多次当面揶揄他，彼只笑而不语。此话远矣，收回！

又约王振彪（北京大学世纪坛医院肛肠科主任，此人当时正是现代肛肠学术论坛轮值群主）。此君言语铿锵："我的手术已经安排好了，不能变！不能去！虽不能一同前往，但请你放心，我答应你：你周四去，我周五待命！如手术不顺利或有特殊情况，我登机即走！救场如救火，无须多言！其实，你一人足矣，无须他人！"

嘿，这哥们！之后，我们一起商讨手术方案，包括手术麻醉方式，切口部位的选择、引流方式、挂线的松紧、术后抗生素应用等，可谓面面俱到。此君凡谈及手术事宜，细如发丝，滴水不漏，甚为可靠。其短处是，生活太过讲究，风格略显别致。但凡穿戴，西服必笔挺、洁净；衬衣必雪白、得体；皮鞋必光鲜、锃亮。余本草根，家境贫寒，又不修边幅，望其项背，所谓羡慕嫉妒恨是也！又扯远了，打住！

悲夫哉，将近一整天的多方联系，结果是我独自前往，茕茕孑立，形影相吊，心情大为惆怅。

外科疾病的会诊救场，往往需要解决的问题：明确；希望达到的目标：清晰。外科医生前往，如同敌我两军阵前大喝一声："某愿往"，即拍马而出。众目睽睽之下，泾渭分明，胜败清楚，生死立判。

败者也，如大将夏侯渊，一生胜人无数，谁料定军山一战，遭人拦腰截断，好好的头颅被人拿去邀功受赏。夏侯氏一世英名，毁于一旦。有个著名京剧折子戏《定军山》，说的就是此事。

成者哉，如武圣关云长，且看帐外旌旗猎猎，战鼓震天。帐下助阵酒尚温，众人喘息间，强将华雄人头落地，关公盖世英名，自兹始耳。

上午8时许，我登上飞机，此时颇有一种悲壮情怀，无限感慨，难以名状。风萧萧兮易水寒，壮士一去不复还！天地若是不佑人，何把生灵置其间？一种难以抑制的诗意涌上心头，于是立即操起手机，记录下来，发给亲爱的自己。诗曰：

既前往，何所惧。

名或利，随风去。

平生所学德与智，

关键时刻胆和识。

欲把金戈作铁马，

不如千里赴戎机！

9时55分，到达鄂尔多斯机场，即刻见到吴慧卿医师。此人是3年前我在全国肛肠无痛技术学习班授课时所结识，彼称我为师，即源于此。寒暄一番，

任毅初到鄂尔多斯市中医医院

边走边说，直奔市中医医院肛肠外科病房。

患者费先生（化名），59岁，鄂尔多斯人，经其好友介绍，辗转至吴大夫处。今天是其混合痔外剥内扎手术后的第 12 天，也是其直肠周围脓肿切开引流手术后的第 3 天。当前迫切需要解决的问题是：肛门剧烈疼痛。

病房里的患者表情痛苦，情绪焦躁，面色苍白，双眼明亮。当他用双手抓住我的手时，我明显感到他的手在颤抖，我也感到他在极力控制自己的情绪。他说："北京来的大专家，您好啊！我信任吴大夫，也信任您！我的病情特殊呢，请您务必多费心思，救我一命！我已疼得几天睡不好了，但我有信心，能治好。我是退休老师，平时身体不错，自己也做点生意，家庭条件还可以。您不要考虑我花费的问题。我恳请您决定：需要再次做手术，就做；需要用好药、贵药，就用。拜托您了！"言毕，他猛然用双手托起我的手背，深吻不止。这使我极度震惊，不知是当地蒙古人的特殊礼节，还是他表达感情的特殊方式，但这是我有生以来首次得到的特殊问候。

若在京城，患者痛苦不堪，而且还是在同一疾病二次手术之后，面临着是否实施第三次手术时，仍能完全信任原来的主治医师，那是何等不易啊！我今日有幸面对如此善良、宽容的患者，面对如此求生若渴的人性本能和欲望之表达，我相信，苍天必受感动，石头也会哭泣！

什么荣与辱，什么名和利，过眼云烟，与我何干？

我的思绪从惊涛骇浪中回到现实：患者持续不断的剧烈疼痛，究竟来自哪里？我和吴慧卿主任一同跑到 CT 室，盯着影像科孙主任演示的动画影像，试图找到炎症或脓肿的位置所在。

CT 室的结论是：第二次手术部位（直肠左侧）处，仍有炎症，且有气泡存在（可能是冲洗所致？），但无明显脓肿存在。直肠右侧疼痛区，有炎症，或已形成脓肿，不清楚，但位置较深，应该在坐骨直肠窝处。

在手术前的讨论会议上，医院大外科主任首先发言："应该说，第二次手术是成功的。因为找到了脓肿，排出了不少脓液。（吴慧卿插话："脓液有 100mL。"）但目前仍然疼痛剧烈，高烧，血象巨高，应充分考虑到其他部位的炎症或脓肿。当前，各种措施已经很到位了，包括抗生素的应用，已经是三代头孢，最高级别了，剂量也最大了。因此，保守治疗难以奏效，手术治疗才是根本。但手术怎样做？有无脓肿？定位在哪里？很想听听北京专家的意见。"

内科主任说："目前，虽然尚未发现患者有糖尿病、神经系统等内科疾病，但特殊体质的异常不能忽视。因此，提醒各位注意特殊感染，如艾滋病等传染病。"

我发言："首先感谢各位的信任！我的意见是：直肠左、右两侧炎症均很明显。第二次手术时，探查到左侧，引出了脓液。疼痛一度大为缓解。这证明我们的处理措施得当。这点，我完全赞同大外科主任的意见。

"按照通常情况，脓液一旦引出，病情即告解决。但本病例的情形恰恰不是这么简单。在直肠右侧，我们或许犯了一个主观轻敌的错误：当时直肠右侧无症状，或者有轻微的症状，我们没有注意到。当然，也不排除当时右侧完全没有炎症，或者左右两侧炎症毫无关系。但第二次手术后，或者左侧的炎症扩散至右侧，或者本来就左右相通。

"现在的事实是：直肠右侧有炎症，而且是严重的炎症。在肛肠外科，最严重的炎症是什么？是脓肿。最严重的脓肿是什么？是马蹄形脓肿。什么是马蹄形？是直肠或肛门左右两侧相通，是环绕直肠或肛门一周。各位请注意，我对当前的认识是：本病例正是一例典型的马蹄形脓肿。

"我还要坦率说明的是：第二次手术应该是只做对了应该做的一半。这相当于炎症敌方有两个强大的火力点，一座明堡，一条暗道，而我们只解决了一座明堡。当然，这个所谓的暗堡和暗道，因为隐藏得深，伪装得好，患者自己也没有任何感觉。换句话说，如果患者没有任何症状和体征，医术再高明的医生，也难以发现和知晓。这也说明我们医生不是无所不能的神仙，我们在座的谁也不是诸葛亮。如此这般，上天不会责怪我们，我们自己的内心深处也不要责怪自己。

"我的结论是：庆父不死，鲁难未已。脓肿不开，疼痛难解。

"当下之际，重在解决暗堡和暗道，解决直肠右侧的脓肿和通道的引流，应立即进行手术探查，以右侧为主，争取与第二次手术时的创面或脓腔相贯通。手术探查如未能发现脓肿，则大范围切开，以减压、引流为主；如能直接找到脓肿，则完全获解，以切开、引流为主。

"另外，实施第三次手术，必会对患者产生很大的心理影响，请务必加强心理疏导和干预，人文关怀必须细致到位。

"再者，抗生素的应用应以细菌培养敏感度为最高标准，头孢类的二代、三代，只是经验之谈，不足为训。本院是三级医院，规模又如此之大，理应有此业务，不知实际情况怎样？"

吴慧卿插话："细菌培养已做，明后天可出结果。"

我答："那就太好了！"

肛肠外科吴慧卿主任接着发言："任老师讲得中肯、全面、形象、到位，给我们上了一节精彩的专业课。我支持立即手术，并且愿意为任老师做好手术助手的工作，全力配合！"

制订了手术方案，会诊获得共识，同时上报医院领导（此时正值院长行政大查房），院长、书记均表示赞同，医务科、药剂科、护理部也承诺大力支持。

下午1时30分，开始手术。

手术异常顺利，直肠右侧首次试验穿刺，即抽出脓液，这等于病情明朗，首举直达要害之处。原本费尽心机，准备好要抓只大老虎，结果轻而易举，逮到的原是只小耗子。

顺势切开，脓液喷涌而出。其脓腔较深，沿肛管直肠外间隙，直达深处约10cm，而且与第二次手术切开之脓腔完全相通，是典型的全马蹄形脓肿。

其高位脓腔之顶端，与直肠壁相接近，但尚未穿破直肠壁相贯通。此处若一旦相贯通，则病情严重矣、复杂矣，患者需多次手术，治疗时间需半年以上。患者幸甚！吴慧卿幸甚！任毅幸甚！鄂尔多斯市中医医院幸甚！

而在脓腔底部，在直肠左右两侧中间部，后位6点之时位，探针探之，则与直肠、肛门相贯通。此相通之处，即是马蹄形脓肿之内口，请各位看官注意：万恶之源，即在于此！

之后是常规手术步骤：扩大切口—充分引流—反复冲洗—高处挂线—低端切开—给以局部注射手术后长效止痛剂。

手术告结！

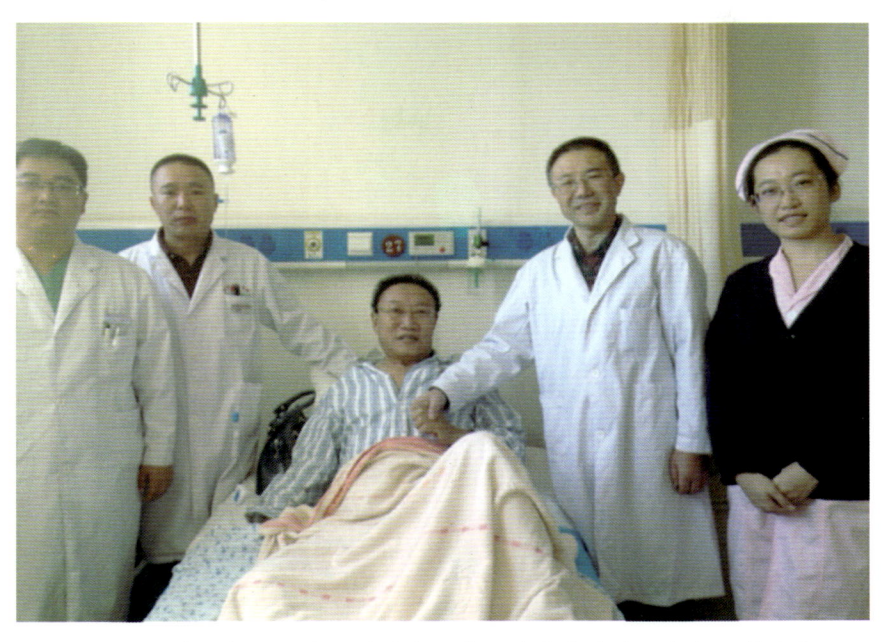

2 鄂尔多斯急会诊　千里单刀赴戎机

自左至右依次为：郭军医生、吴慧卿医生、患者费先生、任毅、护士长

次日大清早，与吴慧卿医生、首次在现代肛肠学术论坛发布求援帖子的郭军医生（后来得知即是群友@迷豆）、护士长一干人等查房。患者费先生半躺在床上，手臂上挂着输液管，面带笑容地说："啊呀，好多天没好好睡了，昨晚睡得真香啊！我的病好了，一点也不痛了，您是神医啊！"

大家闻言，心情都极为轻松。

"哈哈，哪有什么神医！您还不能太乐观喽，还要预防炎症的扩散和反复，配合医生和护士的治疗。但大的问题已解决，大的方向已明确。我和吴慧卿主任3年前就认识，彼此非常信任，在对待你的病情方面，我们的目标是一致的，我们会想方设法、齐心协力把你的病治好。以后每天给你检查治疗的就是吴主任，还有郭大夫，我们之间，包括你和我之间，都能够随时联系的。你的创口愈合时间会较长，大约40天吧，安心治疗。来，费老师，握个手，我们一起加油啊！"我说道。

查完房，吴慧卿立即告诉我，返京机票已订好，还有二三个小时的空闲。"任老师，真抱歉啊，这么急急匆匆的，我带你小转一会儿吧！"

鄂尔多斯大剧院

    离开鄂尔多斯之前，我忍不住多看几眼。这才感觉到昊空湛蓝，白云朵朵，大地辽阔，空气清新，马路宽敞，高楼秀美。特别是鄂尔多斯大剧院，那不正是擅长歌舞的蒙古族姑娘头上的帽子造型吗？

    正午时分，登机，返京。下午2时许，到京，开手机，即向北京肛肠专家委员会主委张师燕生老电话汇报，并将有关手术资料和图片通过微信发出。少顷，即获得燕生老的回复，表示赞许和鼓励，最后是3个彩色的大拇指。

    燕生老到底是大家，寥寥数语竟能使我几天来的紧张和劳顿在顷刻间烟消云散，化为乌有。不胜欣慰，快哉！快哉！

2015年11月18日初稿

2016.年2月26日成稿

北京

3 40年圆梦——我见到曹灿先生啦

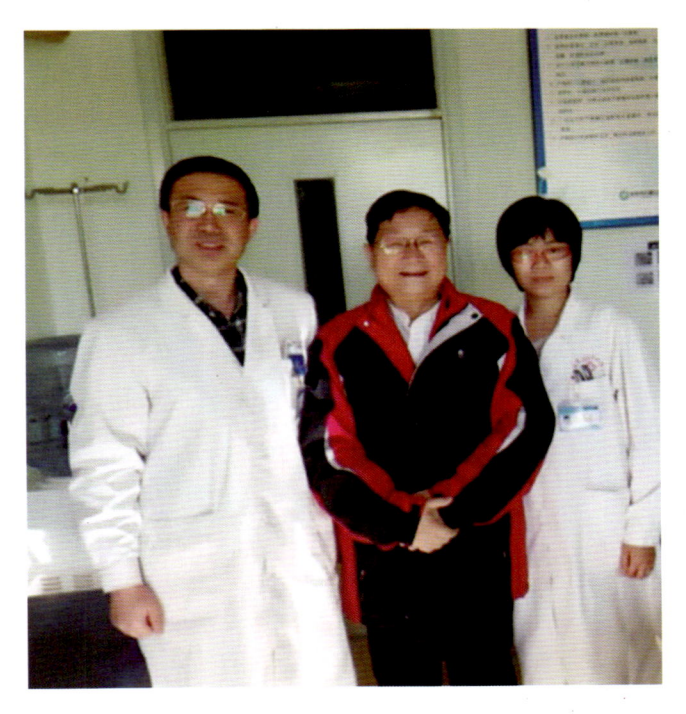

任毅及助手与曹灿先生合影

2014年10月16日，在北京市石景山区中医医院肛肠科，我为一位耄耋老人做了仔细、认真的诊病和治疗，并且详细说明了保障其健康的长期处方。期间，我与这位满脸慈祥的老爷子相谈甚欢。事毕，我与这位老先生合影，留下了一张非常难得的纪念照片。

列位看官，余已知天命之岁多矣，行医30余年，诊病执业实属常事，今日何以如此心情颇不平静？请容在下娓娓道来。

上面所说的这位老人，正是我在40年前就仰慕的著名播音艺术家曹灿先生。

20世纪70年代初，我正读小学，家里有一件唯一的家用电器（如果手电筒不算家电的话）——红灯牌收音机。正是它，把我们6口之家的喜怒哀乐紧密相连。

那时，每逢中午12点，全家一边吃饭，一边收听曹灿播讲的长篇评书《李自成》。大约半年，天天如此，雷打不动。母亲做饭，必定在12点前完成。我和妹妹，也必定在12点前从学校赶回家。进门，洗脸，吃饭。说来奇怪，那时家中只有父亲戴有一块上海牌手表，其他人没有任何计时工具，但偏偏时间掌握得极为准确。因为收听《李自成》，我们一家人的思想高度一致，精神异常亢奋。

我记得母亲每天做的中午饭都很可口、丰盛。各位切勿误解，我所说的"丰盛"，大致有两层意思：第一，大家都喜欢吃。每当午饭好了，父亲就会像一个最高指挥官，向我们兄妹4人发出指令：洗手，吃饭！我们就会兴高采烈地各就各位，大口开吃。不像当今的一些孩子，吃饭时左哄右哄，还要挑三拣四。第二，母亲做的午饭，我们都能吃得很饱，甚至会感到肚子撑得慌。我们兄妹4人都发育正常，营养良好。断不像一些孩子，或者大眼睛、细胳膊，其大多是饮食不当，营养不良所致；或者小胖墩、"巨无霸"，则是营养失衡，或食用了含有生长激素类食物的缘故。

我家的主食大多是玉米饼子、地瓜或地瓜干，以及掺和了玉米面的、比较黑一些的白面馒头。偶尔会有大米、小米混合的"二米饭"。我们每次饭后，就会迅速各干各事：上学的，步行去上学，大约二三里路程；干农活的，跟着父亲上山下地。我们总感觉身上有使不完的劲，不知啥叫苦，不懂啥叫累。

我对李自成的认识，主要是通过曹先生的播讲知道的。当年在我的心目中，李是一位富有伟大思想的战略家、高瞻远瞩的革命家、能征善战的军事家。

李自成的声音苍凉、浑厚，讲话富有极强的感染力和号召力，以致其能够登高一呼，天下响应。这些都是通过曹先生的播讲灌输到我脑海里的。

父亲不太过多评说李自成，或许他觉得李过于高大和神化，反而离我们太遥远了。

多少年以后，我完全理解了，姚雪垠先生把李自成写得如此高大，既是其成功之巅，亦是其败笔之处。我相信，大凡艺术作品，或者各种创新杰作和各种科技成果，只要违背自然规律，只要违背其应有的超脱功利的人生态度，则不管其一时如何风起云涌，浪花四溅，在人类历史的长河中，都不过是沧海一粟。

父亲经常对我们说的话是：写书的姚雪垠先生和说书的曹灿先生都是大学问家。将来你们不管在哪里，不管干什么，都要做个有学问的人。

我对曹灿有感性的认识。我常想，曹灿先生怎么会记得那么多的人物、故事和情节呢？他天天待在这个黑匣子里怎么吃饭呢？我能不能见见这位了不起的大学问家？

我清晰地记得，有一天，我把那个全家视为圣物的收音机从桌子上弄到地下，摔坏了。曹灿的声音戛然而止。老爸很生气，狠狠地朝我屁股打了两巴掌。我却没有什么疼痛的感觉。我心里说：打吧！打得好！谁让我不小心，把全家的好事给搅黄了呢？

当时，我最关心的是：曹灿先生会不会也被摔坏了？这期间，起义军和张献忠的合作会不会出现新问题？牛金星会不会又出坏主意？刘宗敏会不会再发驴脾气？李过和红娘子会不会重归于好？我当晚就做了一个梦，哈哈，黑匣子又出声啦：现在开始播放长篇评书《李自成》，由曹灿播讲……

一转眼，40多年过去了，我也终于见到了这位了不起的曹灿先生。尽管他已进入耄耋之年了，但声音依然那么熟悉和有力量，身板依然那么硬朗和直挺。各位看看照片，他像一位80多岁的老人吗？

在交谈中，我还知道了曹灿先生最著名的一句话是：小喇叭开始广播啦！这是当年的孩子们最喜欢的声音。前几年，曹灿先生还受邀在电影和电视剧里出演邓小平。

今天，我有幸为曹先生的身体健康服务。我是听着先生的播讲长大的，我愿意竭尽全力地回报先生！我也祝福曹灿先生，健康长寿，天天快乐！

2014年10月20日初稿
2016年7月18日成稿
北京

4 这张照片让我很有成就感

任毅医护团队与臧姑娘及其父母合影

拍摄人：护士马琳

这张照片摄于 2015 年 10 月 2 日，北京市石景山区中医医院肛肠病房内。话说 2015 年 9 月 21 日，一位女子与随行人员来到我的诊室。

"呵，这不是臧姑娘吗？"

"啊，任医生，您的记性真好。见到你，我心里就踏实了。9 年前，您给我做过手术。现在，我带着我父母来了，他们也患有同样的疾病，希望您能为他们做手术。"

顿时，我的心头一紧。老实说，起初我掠过一个想法，或许臧姑娘家境贫寒？其父母在外地工作，来京就医，不堪费用？一个手术患者近 10 年后，仍然记得你，求助你，这实在不是一般的信任，倒像是一种依赖和寄托。

我后来才了解到，当年的臧姑娘如今事业有成，是一位电影制片人，生活美满，两位老者都是原国家交通部退休的高级工程师。其家境殷实，条件优越；其聪明睿智、风趣诙谐，从我们以下对话中，可见一斑。

问："近期做过腹部手术？"

臧夫人答："3个月前做过输尿管手术。"

问："在哪里做的？"

答："北京协和医院。"又说，"家里共有3个孩子，小女儿在身边，总说我落伍了，这也不好，那也不行，教我用电脑、用微信，很不耐烦啊！不过，大事我还是听她的。两个儿子各忙各的，就是不顾我这个老太婆。"

臧老先生插话道："孩子们忙啊，大儿子曾经有一天上上下下坐了8次飞机。他的公司一万多人呢。"

一晃儿，十几天过去了。这张照片是他们二老痊愈出院前，由责任护士马琳拍摄的。诸位从中可以看到：老者心满意足，神情轻松，正在康复中。其中一位的手上还挂着吊瓶呢。女儿开心，医生、护士也很欣慰。照片中，从左到右依次是：肛肠科研究生文华、臧女士、臧夫人、臧老先生、我，后排是宋艳芳护士。从照片中每个人的表情看，岂不是各有收获，满堂皆欢？

其实，我所在的医院病房条件一般，也可以说，与他们的家庭条件不相吻合，反差极大。正是因为这种反差，使我的内心深处有一种感动、欣慰和成就感。

古人云，"得黄金百斤，不如得季布一诺"，可见信任之重要，绝非一般利益所能考量。一个医生面对患者的信任，尤其是经过近10年的时光消磨和距离淡化，仍然存在，而且这种信任还能够传递及他的至亲至爱，这是怎样的一种信赖、认可和荣耀啊！

今又有人言，"金杯银杯，不如百姓的口碑"。诚然，所谓金杯银杯，殊不知，承载着多少风光和利益，搅动了多少美梦和安宁。然而，百姓的口碑，却能净化心灵，强化良知，坚固操守，坚定信念。

余本草根，手握小技，乃源自父母养赐，成于社会砥砺，得心应手于内外修为和心血浇灌。而今，如果能够回报社会和济济苍生，应是理所当然之举。

更何况"谁言寸草心，报得三春晖"者乎哉！

　　再回到这张照片上来，坦言之，我会珍重它、保存它，让它伴随我。愿它时时刻刻提醒我：做一个有精湛技术的医生，做一个有良好口碑的医生，做一个内心强大、不图虚名的医生，做一个值得信赖和值得托付的医生。

　　微斯人，吾谁与归？

2015 年 10 月 23 日

北京

5 如何纪念史兆岐先生

今年是史兆岐先生诞辰八十周年。近日,各种纪念活动搞得风生水起,线上线下如火如荼。此于中国肛肠事业,无疑是大好事。

更有人将史先生与诺贝尔医学奖的获奖者屠呦呦先生相类比,认为史先生也有此实力,如不英年早逝,断可以冲击诺贝尔奖,云云。

按理说,史先生的同行弟子们有此好意,很容易招人喜欢。谁曾想,事与愿违,坊间传业界诸人有获取噱头之嫌。

其实,屠呦呦发现的青蒿素的分子式是 $C_{15}H_{22}O_5$,分子量是282.34,是不含氮的倍半萜类化合物。其发现过程虽与葛洪的《肘后备急方》有灵感来源之说,但与中医辨证思路究竟有何关系,业界仍在争论不休。本人无力分辨其真伪,但有一点可供参阅:牛顿发现了万有引力,是源于苹果落地。若论功行赏,硬要归于苹果或栽植苹果树之人,那么,这到底是顺理成章,还是荒唐可笑?

再回到史先生这边来。当下我等同人、弟子们,应当如何纪念史先生?

窃以为,欲说史先生,必说消痔灵。兹有三个观点,可供各位看官参阅。

其一,真正弄清楚消痔灵的成分、结构、机理和作用,不妨就以青蒿素为标杆,进一步研究。消痔灵虽是复方,比如五倍子或鞣酸,究竟是何成分?是何结构?分子式是什么?其与明矾配伍,相互间起了什么反应?

如果将鞣酸换成其他成分的酸性物可行否?有何依据?切不可只以一句"酸可收敛,涩能固脱"来搪塞科学。倘真以此话为依据,不但国际医学界不会予以认可,即使我辈学人,亦不能深信不疑,又何能征服全球之科学界?

其二，毋庸讳言，当下之时，消痔灵的用量越来越少，其所占的市场份额越来越小。十几年前，国内的生产厂家众多，本人所知北京、山东济南、吉林集安等有多个厂家。而今，环顾四周，唯有吉林集安的厂家在苦苦支撑。即便如此，市场上还数次传言，要停产断货。2015年上半年，本人所在的医院曾断药数月，医生心急如焚，四处联系，幸又出现。

又据称，消痔灵在全国销售量连年递减，一滑再滑。消痔灵是史先生一生之心血，事业之大成，亦是其辉煌之抓手。消痔灵受此冷落究竟是何缘故？我等又有何良策？又如何实施操作？弟子们若真心怀念史先生，岂不应就此放言讨论，共同把脉，以使其重振雄风，大放异彩？

如果仅仅局限于走走场子、唱唱赞歌、晒晒照片、拉拉家常，表面看，热热闹闹、风风光光、歌舞升平、人欢马笑，其实，消痔灵的市场形势严峻，不容乐观，生存空间不断遭受挤压，甚或岌岌可危……如此这般，史先生若泉下有知，是悲，是喜？于中国肛肠事业，是忧，是乐？

其三，努力发掘史先生心灵深处之闪光点，但也不必回避其人生事业之短板和瑕疵。

史先生是中国肛肠行业的一面旗帜，此无异议。但此人并不是神，而是一位有其历史局限性的有血、有肉之人物。

我本人十分敬重史先生，其对肛肠事业之热爱，实吾辈不能望其项背也。但评价其功过，必不能褒其一点，不及其余。纪念其生平，亦不能只仰其光鲜，而掩其瑕疵。换言之，先生有无不足之处？有无可供后人借鉴之教训？譬如，消痔灵的知识产权方面，争议若隐若现，有无可供后人警醒之经验？

其实，在我的心中，先生是一个很真诚、很有趣的人。1998年，全国肛肠会议期间，我与我师盛传亮先生一起，有幸与史先生在张家界宾馆大院相遇并交谈。

我特意提到，除了肛肠疾病，消痔灵可用于多个学科增生性疾病的治疗，如慢性肥大性鼻炎。

我记得很清楚，当时先生闻言非常高兴，并用一种特别光亮的目光注视我少许，点头，未语，好像说：你这小子好不知天高地厚呀，不过，我有点喜欢。

我趁机说:"史老师,和您合个影如何?"

史情绪兴奋:"好啊,来,就在这里!"他将手中的拐杖用力戳地,给人的感觉有定力、有情趣、有气度。这就是我和史先生,以及盛传亮先生三人合影的来历。

自左至右依次为:盛传亮、史兆岐、任毅

还有一件趣事。史先生开会累了,腰腿沉重,很想做个手法按摩。盛传亮先生当时是一家医院院长,当即答应并陪同前往。宾馆服务人员十分热情,服务也周到,随即安排。岂料按摩临近结束了,说好的价格100元,竟然开口索要600元。史先生大为不快!一边是按摩师一干人等狡黠耍赖、蛮横无理,一边是大专家据理据争、正气凛然。正在这时,盛院长出现了,大喝一声:"你们要干什么?你知道他是谁?他是这次肛肠会议的最高领导人!没有他,张家界能来这么多人?"

盛个子高,又有气势,竟然唬住了那几个年轻人。他们只好说:"找我们老板来。你们难道没听说张家界的斧头帮?"

盛扔下 100 元，拉起史就走……

二人回到房间，史仍愤愤不平，盛则笑而不语。

史先生待人真诚、无私、仁慈、宽怀。他能够用自己的钱为生病的进修生买饭，并亲自倒水、照料。当年有个从农村来京学习的穷学生刘恒均，深受其惠，今天他已经是一家医院的院长和职业技术学校的校长，每说及此，仍然情有所动。

但是，史先生在技术上、思路上、视野上则保守、呆板、迂腐。

他亲自培养的学生，学会了消痔灵的注射方法，即在基层向其他同行传授、教学、推广。当然，此学生也不乏借此挣钱、养家、生存。史先生闻言大怒，并严加痛斥，甚至不惜动用他手中的公共资源，拼命扼杀。

其实，史先生完全可以对其加以指导，不使偏废和步入歧途，就如同把一个莽撞、无知、无畏的初生牛犊引上正路，并促其猛跑。但他没有这样做。

史兆岐先生及夫人墓

何为师？引领发展也。何为高？顺势而为也。滚滚长江东逝水，浪花淘尽英雄。当今中国肛肠之业界学派林立、英雄辈出，人称"春秋战国"，又云"各领风骚"。但也不乏沽名钓誉、好大喜功者和舍本逐利、心神浮躁者。

东坡先生有诗云："横看成岭侧成峰，远近高低各不同。不识庐山真面目，只缘身在此山中。"今天，我们纪念史先生，不妨也来一个跳出肛肠看肛肠，立足彼山观此山。即我们以史先生为榜样、为坐标、为历史，扬其光、求其真、借其鉴！倘如此，则我们的纪念活动就有意义！

2015 年 12 月 14 日

北京

北京部分专家清明节在北京万佛山公墓祭拜史兆岐先生，自左至右依次为：荣誉、王振彪、韩平、任毅、杜冠潮

摄于2018年4月3日

6 查房随感：沧海桑田，略见一斑

今天下午查房时，见到术后患者常先生，他已住院近一周，身体恢复良好。特别是从手术开始到术后痊愈，几乎没有什么疼痛的感觉。他说，任毅医生的肛肠手术新模式确实好，比想象中好多了，怎么感谢都不过分呀！当他获知自己明天就可以出院的消息，一时兴奋，就是兴高采烈地向我们展示自己的文身。

各位可知道大明朝有一位开国大将常遇春吗？此人英勇无比，传说能敌十万兵，人称"常十万"。此人战功卓著，与徐达齐名，官至丞相，太子太保，封侯鄂国公，朱元璋授其开平王，在大明朝名倾一时。

而眼前的这位患者常先生，正是常遇春后人。为不忘先祖，他特意在左前胸部文一个"常"字，平时密不外露，颇为低调。今为向任毅医生团队示好，特意裸身展现。

任毅有幸睹其风采也！

欤哉，后人不忘前师者，智也；后人不辱前人之声名者，贤也；后人能扬前人之圣贤，达也！今虽时势不同，但道理不变，吾辈岂能不见贤思齐者也乎？任毅虽不文身，但应铭心、省身、慎独、多思，绝不敢懈怠矣。

2017 年 5 月 15 日
北京市石景山区任毅工作室

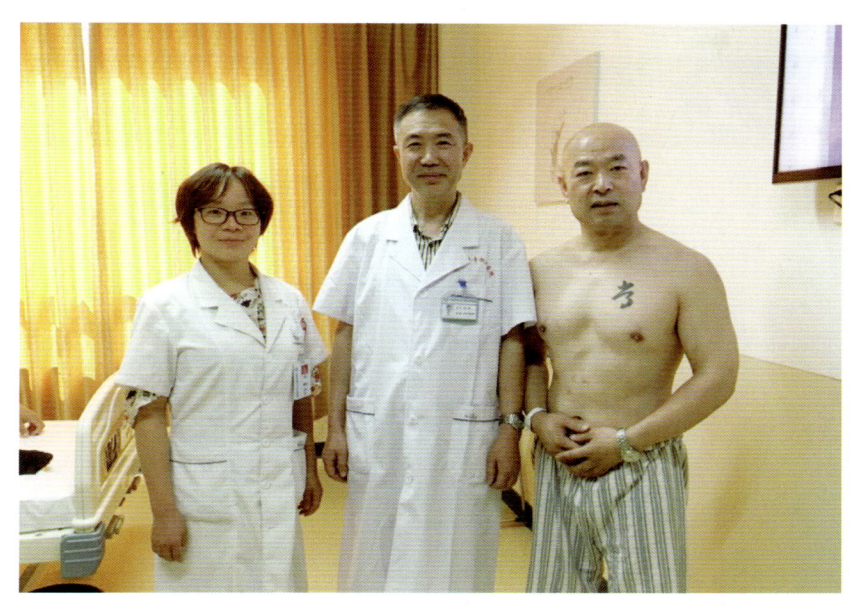

与常先生合影，自左至右依次为：助手周春桃、任毅、常先生

7 拜韩宝先生为师

2017年6月24日,是北京马应龙长青肛肠医院成立20周年纪念日,也是长青医院主办的2017年全国肛肠疾病高级培训班开课的日子,群贤毕至,长少咸集。丝竹管弦,其喜洋洋者也哉!

师徒合影,中医大师田振国教授是见证人

7 拜韩宝先生为师

紧跟师父，阔步向前

借这个好机会，本人任毅，即北京市石景山区中医医院主任医师，还有我的好朋友、好兄弟中国中医科学院西苑医院主任医师贾小强，首都医科大学世纪坛医院主任医师王振彪，以及武汉马应龙肛肠医院主任医师刘琼、内蒙古乌海市海勃湾区中医院副主任医师要利强，正式拜韩宝先生为师。

尽管拜师求学的实质内容早已展开，但凡事总有一个标志性的节点，而此时此刻，这样一个值得纪念和庆贺的特殊时刻，正作为我们拜师活动的良好开端。解放军总医院中医医院院长杨明会中将、中华中医药肛肠学会会长田振国中医大师、北京中医药大学博士生导师张燕生教授、中国中医科学院广安门医院博士生导师李国栋教授、四川十大名医之一——成都肛肠医院杨向东院长、上海市名中医——上海中医药大学曙光医院杨巍教授等贤达嘉宾，光临见证，蓬荜生辉，其情殷殷也！

小插曲：初始于2016年9月25日，任毅首提拜师，师不允，生不安。半年后，振彪加盟，师思忖月余，终应之。随之，相关准备事宜，悄然进行。不料，吾等欠周密，风声走矣，小强闻之，言辞铿锵，求入伙，师婉言："小强都博士后了，还学啥呢？"

强不舍，言词切。无可拒，相持之。幸有燕老张燕生、爽哥李恒爽善言相助，几番回合，此事成矣。哥仁喜，众人爽，皆欢。不久，又有新变数，湖北武汉之刘琼、内蒙古乌海之要利强，均有幸成为韩师的正式弟子。同时，呈师批准，我等5人，按年龄排序，任、贾、王、刘、要，上借国家中医传承之天力，下接临床科研之地气，齐心协力，共襄韩师所引领的华夏肛肠之事业。

——任毅又记

众所周知，韩宝先生是中华中医药肛肠学会秘书长、解放军总医院肛肠科主任、北京马应龙长青肛肠医院院长，可谓大名鼎鼎。当然，其学术头衔亦非常耀眼：主任医师、教授、博士生导师、国家重点学科学术带头人……不过，我们愿意拜他为师，还是因为他本身有着巨大的人格魅力。

我们为他敬献的拜师颂词是："常青不老参天松，业高德劭贤达人""龙马常青二十载，杏林妙手济世怀""璞玉浑金，德艺双馨""师道尊严"。

此处可有虚言乎？否！诸君不妨拭目观之。

20年前，他响应国家号召，紧跟改革开放浪潮，放弃了高级军医和医院院长的优厚待遇，创办了长青医院。短短20年，从无到有，从幼到壮，由小而大，由大而高，长青医院从一级医院健步发展，晋升为最高级——国家三级甲等专科医院、国家重点专科医院——今天的北京马应龙长青肛肠医院。

这条事业轨迹清楚表明，他是一位勇敢的创业者、成功的创业者。

再者，20年前，他离开军界是主动求变，改革创新。10年之后，他重新回到军界却是一种责任感使然。军队召唤他，国家召唤他，他义无反顾，众望所归，成为解放军总医院肛肠学科的领军人物。他识大局，知进退，纵横捭阖，游刃有余。他富有智慧、能力，以及责任感。

他善于创新，源于他长于继承。他作为中国肛肠大师史兆岐先生的得意弟子和助手，同史老并肩作战。在史老去世之后，他秉承史老遗志，并将其发扬光大。至今，国内唯一的史兆岐先生铜像，一直安然座落于长青医院。

在专业技术方面，他丰富了史兆岐先生研究发明的消痔灵注射疗法，创造性地研究了直肠黏膜脱垂的注射疗法，并使之规范，成为行业指南和国家标准。

在便秘的手术治疗方面，他首创了富有成效的新术式——后位开放式括约肌和耻骨直肠肌切断松解术，解决了部分梗阻性便秘患者的难题。这一术式，有创新，有深度，有拓展，当然也有很大的风险，需要进一步完善和深化。

师道尊严，快乐无限

他对专业技术精益求精。他不断探索，不断进步，不断提升。

他是一位和蔼、仁慈的长者，他是一位洞察世界的智者，他是一位严肃、认真的学者。同时也是一位充满生活乐趣的普通人。他做完手术后，通常会点上一支烟，放松一下。他常常会对周围的人说，嗨，来一支，随即就将烟扔了过去。他给周围的人带来快乐和融洽，给他所在的行业带来生机和活力。这就是我们所能够感知的韩宝先生。

记得20世纪80年代，电视剧《霍元甲》风靡全国，情节扣人心弦。霍元甲先天不足，但依靠自己的努力，创立了迷踪拳——霍家拳，称雄武坛，成为一代武术宗师。

但是，迷踪拳也有短处，也需要发展和壮大，这时陈真出现了。陈真倔强、固执、真诚、憨厚，也富有担当。每当霍家拳遇到挑战时，陈真就会不计私利，挺身而出……演绎了一段百年传颂的师徒佳话。

在当下，毋庸讳言，韩宝独创的便秘新术式，我们暂且称为"韩宝术式"，如同霍元甲和陈真同样面临着发扬光大之历史使命，同样面临着传播和推广之市场态势，同样面临着保护原创技术、尊重知识产权之社会规则。

对此，我们将勇敢面对。这样做的目的，是造福更多的患者，丰富人类医学的新认识，同时也将在世界范围内，传递中国肛肠医师的时代声音。

我们相信，这也是韩宝师长的最大愿望。我们也相信，这是我们肛肠业界的共同愿望。正是这个共同愿望，把我们紧紧联系在一起。

从现在开始，请允许任毅、贾小强、王振彪、刘琼、要利强一起正式拜韩宝先生为师，向他学习，听他教诲！和他同心，与他携手！向着我们共同的目标，努力前行！

现在，韩宝师父在上，请接受我等弟子敬献的鲜花！请接受我等弟子敬献的热茶！请接收我等弟子的虔诚礼拜！

我们衷心祝福韩宝导师健康快乐，万事如意，常青不老，基业永丰！

2017 年 6 月 24 日

北京

8 怀念肛肠外科大师喻德洪先生

2017年10月20日，正是杭州会议（中国中医药研究促进会肛肠分会年会及国际交流大会）正式召开的前一天，全国肛肠同道及国际友人从四面八方赶来杭州。

自左至右依次为：田振国会长、高野正大先生、任毅

中国中西医结合学会肛肠分会会长任东林与任毅（右）

    晚间，传来不幸消息：著名肛肠病学家喻德洪教授因病辞世，享年 91 岁。

    全国肛肠业界掌门人田振国会长闻知后，当即与韩宝秘书长会商，决定会议临时增加悼念喻老的内容，以示全行业的哀悼和怀念。次日的大会开幕式上，现场 1500 多人全体起立，静默致哀。这在肛肠会议的历史上，应是首倡之举。

    1951 年，喻德洪教授毕业于前四川成都华西协和大学医学系，历任上海第二军医大学教授、长海医院外科主任医师，兼任中华医学会外科学会肛肠外科组顾问、国际结直肠外科学会会员、中国外科年鉴副主编、中国造口联谊会主席、世界肠造口治疗师协会及国际造口协会会员、国内 20 多家医学杂志顾问和副主编及编委。1993 年，获国务院政府特殊津贴。

    喻德洪教授是中国便秘外科的奠基人，从医 51 年，在国内首创外科治疗慢性难治性便秘及肠造口康复治疗方法，首创经典术式"耻骨直肠肌切断术"。

    1988 年，他在上海率先成立上海造口联谊会，国外誉他为"中国造口康复治疗之父"。他对肛管疾病及大肠癌的治疗自成体系。他参加编写第五版、第六版《黄家驷外科学》之肛管直肠疾病章节。任主编、副主编并合作编写医学书籍 37 本，如《现代肛肠外科学》《肛肠外科疾病问答》等。在国内外发表学术论文上百篇，多次出国讲学。曾获军队科技进步一等奖 1 次，二等奖 3 次，三等奖多次。

喻德洪教授

有个很有影响的国际行业荣誉大奖——"国际造口协会职业奉献奖"，每 3 年颁发 1 次。1994 年，第一位获奖者是英国著名肛肠外科教授 Brooke，是回肠造口的先驱；1997 年，第二位获奖者是英国 Young 教授，是泌尿外科教授，对尿路造口有特殊贡献；2000 年，喻德洪教授成为第三位获奖者。

喻德洪教授在上海长海医院首建造口博物馆，馆内收藏 7 个国家的 100 多种造口器材，来自 13 个造口公司，每年接待国内外友人 300 余人次，如日、英、美、澳、丹、加等国家及港台地区的造口患者及医务人员。展出器材受到国内外同行称赞，特别是国内自行创造的简易造口器材，造口患者更是受惠良多。

此外，馆内存有 2 件世界造口界的珍品。一是肠造口治疗之父 Turnbull 医生亲笔批注的肠造口手术图谱的教材样本，该书于 1967 年正式出版，30 多年后它依然是结直肠外科医生的标准参考书，该书由 Turnbull 医生的儿媳代表全家赠送。二是世界上第一位肠造口治疗师 Norma Gill 最后穿过的白色工作服，其上附有她的名字、克里夫兰医院符号及肠造口治疗师（ET）的标记。该珍品由前国际造口协会主席 Kenneth Aukett 代表 Norma Gill 全家赠送。

我有幸认识喻老是在 1988 年，当时我前往上海第二军医大学长海医院进修（是我的好朋友、长海医院医务处干事高也淘主治医师帮助联系的。他在长海有"怪才"之称，是《临床交流学》一书的作者）。当时，我住在大学招待所之锦雪园，每日费用 17 元，含早餐，能洗澡，单位全部报销，是我首次享受到的高级待遇。

喻教授身材魁梧，仪表堂堂，潇洒飘逸，一派儒将风采。他思维敏捷、幽默风趣，只需短短的工作接触，就会为同行、晚辈及患者所崇拜。他口才极好，时不时妙语连珠。他英文流利，在日常对话中，常常中文掺杂英文，起到画龙点睛的效果，令人叫绝。

记得有一次，我跟随喻老出门诊，一个常年旅居澳大利亚的华人女患者，40 岁左右，烫染的金黄色长头发颇为时尚。她对喻老手术效果很满意，借来上海公干之际，特意到长海医院感谢喻教授。她对喻教授说了很多赞美的话。喻教授也很高兴："你很美，很有气质。不过，我的手术也 beautiful！来，我们合个影吧！"那女子顿时兴高采烈，整个诊室气氛盎然，给我留下极深刻的印象。

看来，真正的大医，不但要会诊病、手术，还要给人欢乐和信心。这就是我们通常所说的魅力，管理学上则叫作领导力或者主导力。

在上海，喻教授有一间专用办公室，宽敞，但不豪华，甚至略有些简陋，文件柜也有些破旧。整个文件柜的大张玻璃上，布满了五颜六色的照片，大多是同行、外宾、政要、喻老本人及患者的照片或手术图片，虽然原始、粗糙，但内容丰富，信息量极大。

喻老的手提包里必有一件物品，那就是一台档次较高的傻瓜相机。他喜欢随时拍照。见到有意义的人、物、事，他就会郑重其事地打开包，拿出相机，顺势而为，主动出击：嗨，拍一张！或者对旁边的人说，来，请帮我拍一张！

他具有极强的亲和力，德艺双馨，是一代名医。我深信，此人若经商，必是名高声佳、产业辉煌之儒商；若驰骋疆场，必是风流倜傥、功成名就的将帅。

任毅（左）在喻德洪教授办公室学习

20世纪80年代，我曾跟随喻老到上海金山县（现为金山区）某医院会诊手术，做的正是喻老的绝活——耻骨直肠肌切断术。喻老采取俯卧位，骶尾部横切口，切开皮肤、皮下组织，牵开脂肪，找到耻骨直肠肌，直视下挑起、切断。

怎样证明这就是耻骨直肠肌呢？喻老说："你看，我的左手食指，一直在直肠里面呢，我能感觉到一束强大的肌肉绕过直肠，约束直肠，影响直肠的走向和角度，最终，它会影响直肠的排便功能，这就是我们切断它的意义所在。"

此前，业界一直有此肌是手术禁区之说，切断它，必会造成排便失禁之后果。喻教授不仅在理论上，在临床方面也证明了并非如此。

有一次，喻老查完房，再次讨论便秘的话题，在场的还有主治军医崔凤东、肛肠硕士罗运权、杭州第三医院主治医师王子甲、安徽芜湖的一位赵姓军医。王子甲说：喻老是便秘外科之父。喻老闻言笑曰：NO，NO！但如果说，喻德洪首创耻骨直肠肌切断术，应不为过，或者叫作首开先河，也不夸张。

10年后，任毅（左）再次见到喻教授（右）

喻老之严谨、坦率、幽默，由此可见一斑。师徒相处之真诚、快慰、风雅，亦略可一窥。这也正是我20多年来一直感念喻德洪教授的原因之一。

毋庸讳言，曾经一个时期直到今天，喻老首创的耻骨直肠肌切断术备受争议，遭到冷落。为什么呢？经总结，原因有三。

其一，此术式只对部分便秘者有效，即对耻骨直肠肌肥厚、痉挛者有效。

其二，一般而言，便秘是复合因素造成的，单纯耻骨直肠肌肥厚、痉挛者并不多见，或者它只是几个因素中的一个。因此，强调某个手术能治疗便秘，必然是大而化之，失之精确，从而造成认识上的误区。

其三，怎样判断耻骨直肠肌的器质性变化对便秘有影响？喻老试图给我们答案，他和长海医院放射科的卢任华教授一起，首创了排粪造影检查，以及提出"肛直角"的概念。或许正是这个对后人功德无量的"肛直角"概念，把一些道行尚浅的临床医生的思路引入误区。

任毅何出此言？何以如此之大不敬？请容在下娓娓道来。

何谓"肛直角"？它其实是同一路段上的上段之直肠和下段之肛管之间形成的角度，这个角度如何形成？理论上说，它是被耻骨直肠肌像腰带一样缠绕，并向前牵拉而成。此角度越小，说明拉力越大，也说明耻骨直肠肌越肥厚、强大；此角度越大，说明拉力越小，也说明耻骨直肠肌越瘦薄、弱小。

当然，这个角度的大小，也在某种程度上决定了便秘的严重程度，这在排粪造影的 X 线片上，也有某种清晰的表现。而问题就出现在这里，在临床中，有的患者便秘症状非常严重，但肛直角的变化并无异常。有的患者肛直角的变化非常显著，但患者却没有任何便秘的表现。

这也是便秘的复杂性之表现。换言之，如果把肛直角的变化作为手术治疗便秘的唯一指标，那就是典型的盲人摸象，或者形而上学啊！

当年，在喻老身边学习的时候，我完全没有这样清醒和理性的认识。而 20 多年后，另外一位令我敬重的肛肠大家告诉我，当患者的便秘很严重，且与排粪造影等相关检查结果吻合的时候，这就给我们手术增添了很多的验证和信心，顺理成章，少有悬念。

但还有一些并不少见的情况，这就是患者的便秘很严重，而排粪造影等相关检查结果却不吻合、不一致、不支持的时候，这就给我们本来风险就很高的手术，增添了更多的困难和风险。

那么，这种情况下，临床医生如之奈何？这位大家说，当其他检查结果恰好与患者的临床表现相反，有 3 个方面最值得信任：

第一，患者的临床表现。第二，医生自己的手指。通过它来感受和体会：耻骨直肠肌是否肥厚？是否需要切断？切多少，部分还是全部？怎样切？第三，医生的责任心，一种完全没有功利的责任心。

这位大家是谁？他就是解放军总医院肛肠科主任、北京马应龙长青肛肠医院院长、主任医师韩宝。

2016 年 7 月的一天，我第一次参加韩宝院长的病房查房，有一位老年患者忧心忡忡地问："我手术后快一个月了，大便控制不住，不知不觉就流出来了。这，这，以后怎么办啊？"我闻言大惊，不由得吸了一口凉气。不料，韩宝一脸轻松，他对着这位老人及他的夫人，也面对着我们这些年轻的医生，其中还有几位硕士、博士，说："您老放心吧，出院吧。3 个月后，一定会恢复正常的。"

我一时有些激动，随即与此患者互留电话，加了微信，建立联系。结果，

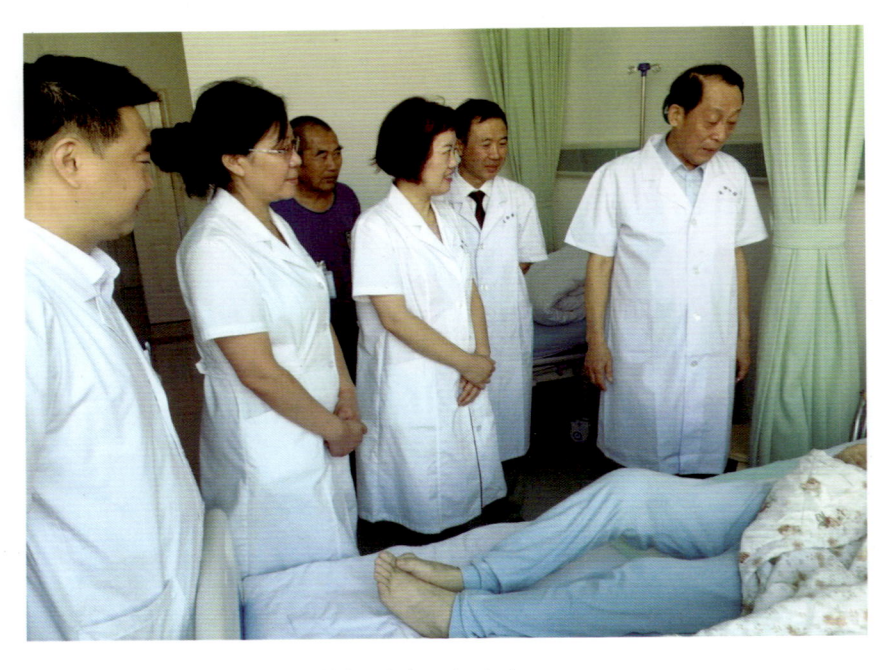

任毅（后右一）跟随韩宝教授（右一）查房

不到 2 个月，患者的排便情况便逐步恢复。2 个多月后，患者的排便情况恢复正常，每日一次。在我亲耳听到患者在以 3 个月为期限的恢复期内，得以康复，我心中悬着的那块大石头终于落地了，为韩宝院长，也为我自己。

事后，韩宝院长告诉我，他对当天查房的情形已经司空见惯。他有 2000 多例这样的大数据、宽样本，成功率在 80% 以上，略有好转者在 10% 左右。也有手术完全失败或者完全无效的病例，占 2.5%，但没有一例导致医疗纠纷。

韩宝院长还说，他也常有手术后非常担心、半夜还难以入睡的时候。

难得的真心话啊！自此以后，我对韩宝院长仰而视之。

诸君或问，为何要在这里大费笔墨，谈论韩宝？难道是我此时的思绪有些混乱？其实诸位有所不知，这因为 20 多年前，喻德洪教授对我说的一段话时常地浮现在我的眼前——就在我即将结束近半年的进修、离开长海医院之前，喻老对我说："你是北方人，肯吃苦，会学习。北京有个韩宝，也是军人，很能干，也会干，人也好。今后有困难，可去找他，就说是喻德洪交代的……"

可惜的是，20多年前，我对这段话并未特别在意，因为年轻，天不怕，地不怕，心想哪里会有什么困难？20多年来，我也未把这段话告诉韩宝，因为，三十而立，四十不惑，五十知天命，除了自身的努力，还能依靠什么呢？而今天，我忽然感觉到喻老的这段谈话很有力度，它使我的鼻子一阵发酸……

近10年来，便秘患者不断增多，治疗技术却踟蹰不前。我一直对喻老首创的便秘手术情有独钟，却不得不小心翼翼地做，因这是一种风险系数很高的手术，再加上当今紧张的医患关系，完全是"压力山大"啊！幸好有一些患者，虽治疗心迫切，但极为通达、明理，经济条件也好些，这个时候，也恰恰是患者不断给医生增添勇气和信心的关键时刻。

2017年5月，北京的一位老干部徐先生，患严重便秘10余年，每次排便已经成为其最为恐惧的大事，甚至发展到每天完全依赖灌肠才能排便。他辗转往返，穷尽资源，最终数家医院和数位专家得出比较一致的诊断结果是：盆底失弛缓综合征＋会阴下降综合征＋耻骨直肠肌肥厚。而治疗意见大致是：保守治疗，对症用药；万不得已，手术治疗。

拖延至今，保守治疗的结果是，患者的病痛越来越严重，但手术的风险更大：一是完全改善；二是部分改善；三是没有改善；四是排便困难改善了，但排便失禁出现了。就是这后几种可能出现的情况，使患者不敢接受手术，已让医生不敢贸然施行手术。

最后，徐先生找到我说："任毅医生，我已经非常清楚我的病了，您大胆做手术吧。大不了我做个肛门改道，从肚子上排便，但这比便秘给我造成的痛苦小多了，做吧！我有完全的医保和公费医疗，任何后果我都能接受。"

我给此人诊断是：盆底失弛缓综合征＋直肠黏膜内脱垂＋耻骨直肠肌痉挛。我施行的手术是：直肠黏膜内脱垂套扎吻合＋注射＋耻骨直肠肌切断术。

结果，手术非常成功，效果非常满意，本来是医生和患者的我们，则成了忘年的朋友。此人67岁了，微信玩得非常好，他把自己的就医经历在网上广泛发布，"任毅医生"成了他到处传扬的真实素材。我自己也感到极为欣慰，并为此作诗一首。诗曰：

"便秘顽疾一朝除，满面春风关不住；从此出恭无阻挡，疑是天堑变通途。"

坦率地说，这样作诗炫耀，不仅是自得其乐，更是对陌生患者之信任、尊重、托付和赞赏后的一种回应。

任毅（右）和徐先生（左）有缘分

相信这样的回应，没有私心，没有杂念，没有功利，宛若北宋先贤范仲淹笔下的那种"皓月千里，静影沉璧，渔歌互答，此乐何极"。我行医执业，以此为快，岂非把酒临风，其喜洋洋者也哉？嗟乎，人生如此，夫复何求？

看官，你或许可以感觉到，便秘是个世界性的难题，医生们在治疗的过程中和相关话题里，有多少感情需要宣泄！在这类手术面前，医生所承担的压力，确非局外人所能够体会和感受到的。

我本人常常在手术后无法入睡。或者半夜三更，突然来了电话，坏了，那个便秘的老人术后大便失禁了，一大堆子女围上门来讨要说法。小护士委屈地哭了：平时护理的时候，一个人也找不到，现在一下子来了这么多亲属……我刚要说话，突然醒来，呵，原来是一场噩梦啊！

8 怀念肛肠外科大师喻德洪先生

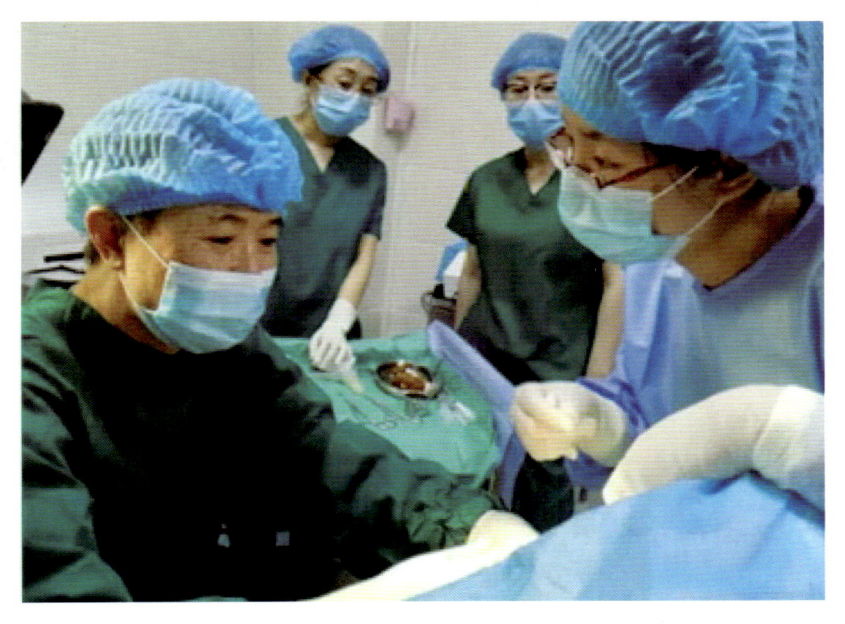

潜心手术，乐趣所在

当下，医患关系已经到了极为严峻的关头，甚至时常有刀枪相见、生死相搏的新闻报道。患者个个心怀疑虑，视医者为虎视眈眈之白狼；医生则人人如履薄冰，除了小心还是小心，除了拘谨还是拘谨，除了保守还是保守。这或许也是喻老发明的便秘术式难以推广的原因之一吧？

记得大约十几年前，联想集团的柳传志先生有一个著名的广告，国内电视台曾反复播放：人类失去联想，世界将会怎样？

——暗淡、落后而已矣！

今天，在这里，我愿意为我自己、为所有的医生，尤其是中国的肛肠专科医生，做一个我本人原创的非著名广告：

医患失去信任，社会将会怎样？

——痛苦，杀戮，不堪入目啊！

呵，扯远了，再回到喻德洪教授发明的耻骨直肠肌切断术上来。窃以为，当下能够全面理解和发展喻氏手术的，当属韩宝医生。

41

喻教授的手术，横切口，细腻，缜密，用刀，不用剪。而韩宝医生的手术，纵切口，豪放、大气。他完全切开，创面开放，先用刀，再用剪。在将要到达耻骨直肠肌的时候，他放下手术刀，换用剪刀，小心翼翼地，一点，再一点剪断，再剪断。

值得强调的是，任何一个治疗便秘的专科医生，尤其是肛肠外科医生，谁也绕不开耻骨直肠肌。同时，谁也不能过分依赖耻骨直肠肌，把治疗的筹码全部押在它的上面。

另外，便秘手术必须有明确的指征和依据，而这个指征和依据，必须掌握在医生不受任何外力干扰的智慧和责任心之层面上，坚决不能仅仅依赖机械的数字指标之表达。

今天，我们这样说，是否显得比喻老高明些、聪慧些？完全应该啊，当我们充分吸取了前辈导师的经验、教训和营养的时候，当我们站在他们坚实、可靠的肩膀上，我们应当而且必须高些，再高些。

如果仅仅奢谈传承和感恩，而不思超越和扬弃，此沽名钓誉耳，不足为训也！

回来吧，我零乱的思绪，回到喻老这里来啊，回到杭州会议中啊！中国中医药研究促进会的肛肠国际交流大会刚刚结束，中国中医科学院的两位教授李华山、贾小强，也是我的好兄弟，对我说，他们要改道去上海，参加喻教授的追悼会，希望我也去。我说："我的机票改签不了啦，你们去吧，替我向喻老送一朵小白花。不要太沉重，喻老一生潇洒，他不喜欢沉重啊！"

其实，我们确实应该为喻老送上最后一程，我只是不愿意接受喻老已经离开我们了这个残酷的事实。

饮水思源，喻老是引领我进入肛肠业界的恩师，对喻老而言，他应该已经习以为常了。换言之，有很多晚辈受到了他的教诲、提携和帮助，这是他在业界受到普遍尊敬的原因之一，而对我们每个受益的后生而言，他使我们改变了一生的轨迹……

我在酒店的房间里，一个人呆呆地坐着，躺着，再坐起，再躺下。夜已很深了，我睡不着，一个身影一直在眼前晃动。喻老，您安心上路吧。走吧，走

杭州会议北京代表团（第一排右起第二位为任毅）

吧……慢点，再慢点……如果您有什么需要交办的事情，今晚就托一个梦，给您的学生任毅，好吗？

2017 年 10 月 22 日

构思于杭州第一世界大酒店

2017 年 11 月 18 日

完稿于北京市石景山区中医医院

9 拉自己一把——认识司晶先生

"拉自己一把"是一句很通俗的话。在台北市地铁车厢里面的拉环扶手上，就印着这样一句非常醒目的话，人人可见，这是我亲眼看到的，因此说它通俗，绝不为过。但同时，它也是《拉自己一把》的书名，它的作者就是眼前这位女士——司晶先生。在一次跟随韩宝老师出诊时，我有幸与她认识。

自左至右依次为：司晶先生的陪同人、韩宝医生、司晶先生、魏笑医生

2018年11月8日
任毅摄于北京

无论是谁，生活在社会中都会有困惑和纠结的时候，甚至有无助和绝望的时候。换句话说，总有人为自己的不满足、不满意而纠结。譬如，有人纠结自己不完美，有人纠结自己挣钱少，有人纠结自己学历不够高，有人纠结自己的工作环境嘈杂，有人纠结自己的命运多舛；有人为自己抑郁，有人为自己绝望，等等，不一而足。你还会发现，每当这种情况出现的时候，任何人的劝说、开导往往都无济于事。这时候，不妨就对自己说一句：拉自己一把。或许能走出纠结，走出苦痛，走出困境，从而走向光明、走向希望，走向成功。

　　这就是司晶先生给我的启发。

　　10年前，我无意中知道了这本书，其实我也没有读过，只是书名吸引了我。我清楚地记得，在我非常困难的时候，曾在自己租住的小区里的排椅上，静坐整晚，无语无眠。只是在心里反复念叨"拉自己一把"这句话，竟出人意料地把自己拉出了困境，拉出了纠结，从而远离绝望，远离崩溃……

　　今天，说来也是非常有缘，我第一眼看到这位坐在轮椅上的患者，我就感觉到她是一位很阳光、有内涵的女性。我们无意中相互微笑一下，算是打了一声招呼。直到诊疗结束，我们一边离开，一边闲聊，我无意中知道她是一位有名的心理咨询师、作家。我问："您是《拉自己一把》的那位坚强的作者？"她眼睛一亮，莞尔一笑："是啊！我是司晶。"看得出来，她应该是为有人仍然记得她10多年前写的书而非常高兴，尤其是在一个完全陌生的地方，面对完全陌生的人。

　　我告诉她，我10年前就知道《拉自己一把》这本书，但没读过。其实，知道这样一个通俗而富有感染力的书名就够了。我对司晶先生说："您拉了自己一把，也拉了我一把，好像无意中还拉了很多人一把！您很了不起啊！今天有幸见到了，我们合个影吧！"

　　这就是大家现在看到的这张照片的来历。她还说，让她的助手尽快寄我一本书，并强调，"是送您的哦！"

　　按理说，接受写书人的赠书，是一件授受双方均感惬意的美事。1994年，我就在天津科学技术出版社出版了自己的专著，此后陆续有数部专业方面的、自我感觉尚好的专业之作得以付梓印刷，其中有一部尚在途中，而且有百岁大

45

家文怀沙先生题写书名和序言。我想说的是，对于赠书之快意，我自己深有体会，自不待言，也毫不讳言。我也相信，许多出过书的朋友们会都有同感。

然而，接受眼前这位司晶女士的赠书，则完全是另外一种感觉。简言之，酸甜苦辣咸都有啊！为什么呢？因为她是一位从没上过学的人，一个17岁才识字的人，一个终生被轮椅囚锁的人，一个经历了大小70多次手术、饱受苦难的人。她仅依靠身体内的3根钢棍支撑着瘦小的身体！然而，她自己却不可思议地拯救了许多迷茫和游荡的灵魂，改变了许多悲惨和危险的命运……这是怎样一个让人难以想象的人生奇迹啊！

面对着这位有奇特经历和坚韧毅力的女子，面对着这本用心血写成的充满传奇色彩和人生履历的馈赠之书，尤其是此书此人，曾经在10年前就与我有过一段特别的思想交流，并且使我摆脱困境、获益匪浅，让我不禁心潮澎湃、感慨万千。

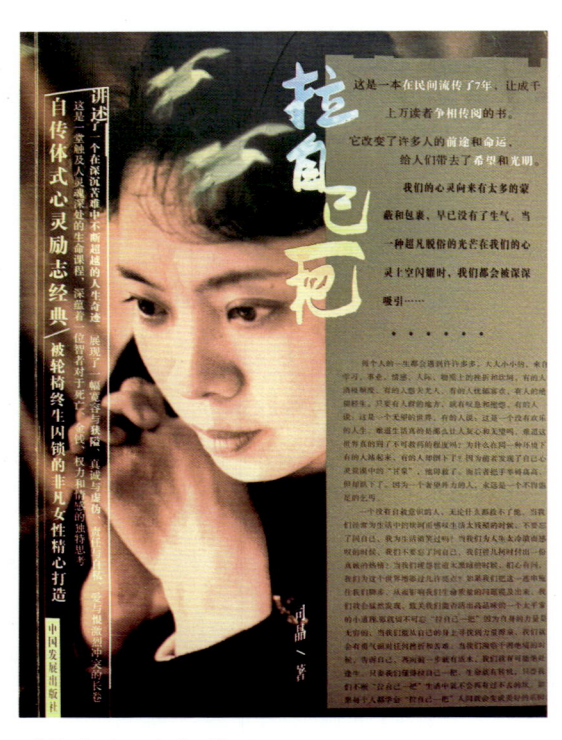

《拉自己一把》封面

之后，我上网一查，这本书仍然在，而且还在销售中，价格不足 20 元。为什么一本用心血写成的、富有人生经验和智慧的心灵告白之书，竟然会这么便宜？似乎遭受冷漠，而且很有些"养在闺中人未识"的感觉。在此，我就索性为《拉自己一把》这本书做一番广告和推销吧。

须知，天下芸芸众生，谁不想在关键时刻有人拉自己一把，从而走出纠结和困境呢？果真遇到，我也会有意或无意中助人一臂，何乐而不为呢？

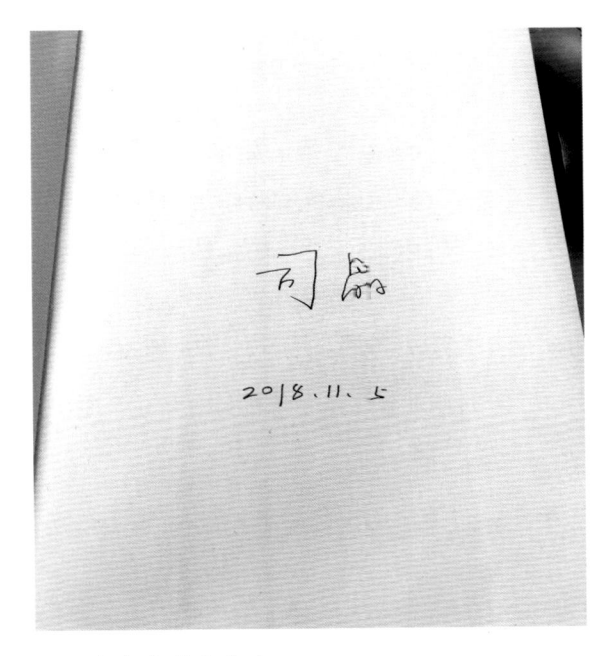

司晶先生为赠书签名

好吧，谨以此文，权作广而告之。准确一点说，或者高尚一点说，这显然应该是一种漫无边际的天下之爱吧！那么，为爱张扬，善哉快哉，为什么不呢？

2018 年 11 月 15 日

北京市石景山区任毅创新工作室

10 良性医患关系不能缺失真情和赞赏

记得上初中的时候,有一篇文章给我的印象非常深刻,那就是《纪念欧仁·鲍狄埃》。列宁在此文章中热切地写道:"无论你走到哪里,无论你是什么肤色,无论你是在异国他乡,你都可以凭《国际歌》熟悉的曲调,为自己找到同志和朋友。"列宁的这段名言,鼓舞了那个时代众多国家的无产者的斗志。

今天我要说的是,一个医生不管在哪里行医,都可以通过自己过硬的技术、负责任的态度、尽心尽力的职业操守,来获得患者的赞誉和同行的认同。

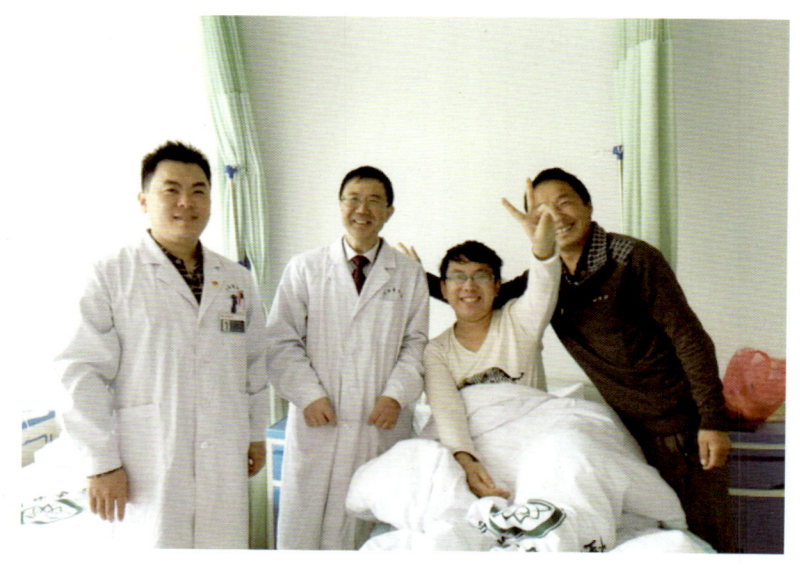

手术中无痛,术后亦无痛。患者很开心,医生也开心

10 良性医患关系不能缺失真情和赞赏

在山西大同，一座我陌生的西部古城，一位高位复杂性肛瘘患者几经辗转和选择，终于做出决定，接受我们的治疗方案：切开挂线手术。手术后恢复良好，患者非常高兴。出院2个月后，再次回院复查，确认彻底痊愈。他特意制作了一面锦旗送给我们的团队，同时还特意要求我们的团队成员，把他自己珍存多年的一瓶西凤酒转送给我，以此表示真诚谢意。我们的团队无法推辞，却之不恭，在报告医院领导后将其收下。

2017年10月间，中国工程院院士王辰在"十九大"开幕式上发表了振聋发聩的言论：医患关系是照护的关系，而不是一般的商业服务关系。

本人非常赞同。真正的医患关系应该涵盖照护、帮助、敬重与信任。

医生有责任把医学道理讲得更明白，有义务把手术风险说得更清楚，让患者知情并做出抉择，这也是患者的权利。一旦患者做出选择，接受手术或拒绝手术，医生就应该以自己的专业知识和责任心，以及最大的努力去帮助患者达成心愿。

但这种帮助并不是一般的商业约定服务。换言之，签了合同约定，付了费，并不一定能做到治好病。人财两空，也是经常能看到的结果，这是治疗本身的规律和结果。如果单纯地归咎于医治一方，就会走向极大的误区，导致医患关系紧张、社会焦躁、人伦不通，患者个个心怀疑虑，医生则如履薄冰，这是一种恶恶相生出大恶的恶性循环，它对国家、社会、国民的危害不言而喻。

当下的医患关系如何改变？本医生的处方是：化恶扬善。

首先，何谓恶？其一恶，医者之恶。欲切右肾，结果拿掉了左肾；疡在左而锯掉了右肢。此大恶，无可恕。此如何化之？无需赘述：惩之也！又或曰：民国时，梁启超先生在协和医院遭遇的不就是这种情况吗？双方不是处理得很好，并且成为传颂天下的历史佳话吗？任毅何以罔顾既往，如此毫不留情，大动干戈？任毅曰：天下事，时势耳！今协和已非彼协和，彼梁任公亦非今患者，彼此不同是也。

其二恶，医者无所用心，敷衍了事，技术不精，庸医害人。此应以改进学习，加固操守，政府和行业以及医者自我，共同化之也！

其三恶，患者之恶。不通人伦之情理，不谙医学之规律，飞扬跋扈，害人害己，

49

此应以国民教育、科学普及、社会进步、国家法律，化之矣，此全社会之责任也。

其四恶，患者囊中羞涩，财力不张，对医疗费用心存顾虑。一旦诊病、住院、手术花费不菲，影响了自己正常的生活，增加了经济和心理负担，因而变得焦虑不安，缺乏理性。此即国家一直在强调和着力解决的，亦经常见诸报端和网络媒体的"看病贵"是也。与此同时，医患之间稍有风吹草动之异响，略存鸡毛蒜皮之异议，即可情绪失控，成为剧烈冲突之导火索，甚至不惜刀枪相见，祸及无辜。此恶者，颇大、颇深、颇远、颇广泛，天下民众人人不可脱也。此恶若泛滥，足以动摇社会之安定、国家之根基。故此恶谁能化之？国家也。国家应以举国之力，增加国民福利，稳固国民之本。除此以外，尚有他乎？

上面说的是化恶扬善之"化恶"，论治法，需医者敬业、教化民众、提高福利。下面再说化恶扬善之"扬善"。

当患者对医者心存感激，颇有善意，并予以表达，此即善，应扬之也。何为扬？鼓励也、肯定也、赞赏也，此其一。其二，大医者如华佗、张仲景、白求恩、林巧稚、华益慰、吴孟超、吴以岭、王永炎、陈可冀等，国家和社会已经给予其极大之赞赏，此大扬也，非本文所能释之，但大扬小扬，其理一样。

一人痊愈，全家心安

当下患者表达善意，大张旗鼓地送一面锦旗，或一篮水果、一瓶酒、一盒香烟、一袋红薯、一串辣椒，我们则会坦然接受之，社会或许也不会多加计较。但若所送之物再加贵重，或以钱款表达之，则属于禁忌之列。此不扬反抑，谬也，因为天下之大，没有哪个社会、哪个行业、哪个人，会以收到服务对象或工作客户之赞赏、之善意为耻、为恶。此人性、天理也，也是海外诸国业界的小费之来由。在双方看来，特别是在供方，人人以收到对方的赞赏为乐，为喜，为成就和荣誉。或正因如此，我们基本看不到国外有医闹之说，有辱医、杀医之现象，也看不到游客对导游之横眉冷对，利益相搏，更看不到学生辱骂教师或对老师不敬之现状。

我们为什么就不能呢？难道我们不希望医患和谐、互敬互爱吗？我们在国家层面、行业层面，一直在强调要改善医患关系。作为一个临床医生，天天和数不清的患者打交道，试图做一个对敏感话题的探讨，或可给决策者提供有益的参考。

一位军人朋友痊愈后将跟随自己多年的军事望远镜赠送给任毅

83岁老者的信赖与欣慰

  当然，我不喜欢赠送锦旗这种赞赏的方式，因为这种古老和正统的表达方式，已经没有多少赞赏和激励的意义了，反而浪费了社会资源和患者的钱财，同时，医者也缺乏足够展示的空间。

  与此同时，对于赞赏，如果你刻意去追求、去索要，则完全失去真情，是与快乐感毫不搭界的另外一种情形。实际上，当你去索要的时候，你基本得不到，即使你偶尔得到了，这其中的快乐也会荡然无存。

  因此，本医生愿意在此大声疾呼：良性的医患关系，不能失去真诚和赞赏，并以此呐喊作为本文的题目，以示彰显，不知天下诸君以为然否？

2017 年 12 月 10 日
北京

11 西出兴安盟

兴安盟隶属于内蒙古自治区,位于内蒙古的东北部,东北与黑龙江省相连,东南与吉林省毗邻,南部、西部、北部分别与内蒙古的通辽市、锡林郭勒盟和呼伦贝尔市相连,西北部与蒙古国接壤。

兴安盟因地处大兴安岭山脉中段而得名,"兴安"满语意为"丘陵"。

兴安盟下辖2个县级市:乌兰浩特市和阿尔山市;1个县:突泉县;3个旗:扎赉特旗、科尔沁右翼前旗、科尔沁右翼中旗。

兴安盟行政公署驻乌兰浩特市。乌兰浩特(蒙语意为"红色的城市")位于大兴安岭南麓,内蒙古自治区东部,科尔沁草原腹地。乌兰浩特市原名王爷庙,因清朝第三代札萨克图郡王鄂齐尔在此建立家庙而得名。1947年5月1日,全国第一个少数民族自治政府——内蒙古自治区人民政府在此地成立,乌兰夫任政府主席。同年11月,王爷庙改称为乌兰浩特市。1949年12月,为蒙古自治区政府西迁。1964年7月,取消市建制,隶属科右前旗。1980年7月,恢复乌兰浩特市为全盟政治、经济、文化和交通中心。

大自然赋予了乌兰浩特巨大的财富,来自大兴安岭森林深处的两大河流——洮儿河和归流河,分别从城东、城西穿流而过,风光得天独享,美景无以言表,岂是一句"塞北江南"所能够完整表达的?

科尔沁草原则是乌兰浩特的另外一张奇特的名片,其北与锡林郭勒草原相接,东邻呼伦贝尔草原,地域辽阔,资源丰富。据传茂盛时节,草木葱绿,高达孩童头顶,绿海荡漾,碧波涟漪,那是一幅何等心旷神怡的画面?可惜本人

53

西出数次，包括出诊兴安盟突泉县人民医院，均未能身临其境，感受其美。人有遗憾，岂非此乎？

兴安盟蒙医院始建于1947年，是兴安盟地区唯一一家集医疗、教学、科研、制剂于一身的、有浓郁民族特色的医疗机构，是全国规模最大的蒙医专科医院，也是全国10家重点民族医医院建设单位之一。现有急诊、内科（呼吸、肝病、内分泌、脑病、心血管、肾病）、外科（泌尿、普外、胸外）、妇产科、儿科、肛肠科、骨伤科、ICU、康复科、肿瘤科、手术麻醉科、皮肤科、眼科、口腔科、耳鼻喉科、布病门诊等临床科室；另有药剂科、影像科、检验科（输血科）、病理科、图书馆等相关科室。

其中，肛肠学科在自治区内独具特色，享有盛誉，2018年被确定为内蒙古自治区蒙中医药管理局蒙医临床重点专科。目前，肛肠科配备医护人员17名，含高级职称2人，核定床位40张，拥有电子肠镜、肛肠熏洗仪、多功能肛肠治疗仪等国内外先进诊疗设备。

兴安盟蒙医医院

11 西出兴安盟

2018年6月28日，兴安盟负责扶贫工作的领导人林涛带队，盟卫计委主任母志华、兴安盟蒙医医院院长白全龙、突泉县县长李存琪、突泉县人民医院院长任建平等一行数人，专程访问国家三级甲等专科医院、中华中医药学会肛肠分会秘书长单位——北京马应龙长青肛肠医院，与韩宝院长签订对口支援技术帮扶协议，拉开了北京—兴安盟友好合作、共享资源、协同发展的序幕。

2018年11月17日，韩宝院长首次派遣我奔赴兴安盟蒙医医院，执行对口支援任务。这次任务成绩有二：一是完成了和蒙医院领导的接洽，如业务院长齐海军、分管外科副院长刘柱、肛肠科主任王苏岳乐，为北京团队的工作开展打前站；二是完成了6台手术，基本顺利。

其中一例高位复杂性肛瘘，施以最新术式"任毅术式"——伞式切开，双重挂线。手术进行得非常顺利。不料，术后患者身体反应剧烈，有感染征象，一度体温39.5℃，局部红肿，白细胞$12×10^9$/L，中性粒细胞百分比86.9%，显示炎症凶险，病情危急。在和北京团队沟通后，齐海军副院长立即调配来最有力的抗生素头孢类三代，加大了抗菌力度。2天后，炎症得到控制；3天后，病情趋于稳定。这才使得相距千里之遥的京蒙两地专家悬着的心回归本位。半个月后，6个手术患者陆续出院，效果良好，为首次帮扶任务画上了圆满的句号。同时，也为京蒙两地的技术合作，拓展了途径和空间，即使遇到困难和波折，也能逢凶化吉，转危为安，不断推进。

任毅在兴安盟蒙医医院手术室实施手术

不过，事后有朋友批评我说，外出首战，不应冒险。岂不闻一招不慎，全盘皆输？岂不知先锋不捷，大局被动？言之有理，我等确应加以考量。

但也有人说，京城专家在解决实际问题的同时，实施以新术式等于现场教学，让大家看到了实际操作，开阔了眼界，学到了技术。此如台上的鲜花，看起来炫美，但又有多少人知背后的辛苦和风险在百般交织？

本人则告诫自己，授人以鱼不如授人以渔。鱼再多，还是鱼，此量也。渔若精、若真、若实用，除了鱼之外，一定还有比鱼更加宝贵的东西，此乃本质也，愿望也，希冀也！

实际上，不论何人，当他获得鲜花和掌声的时候，谁也不会在意他所遭受的苦难和付出；当他受到批评和告诫的时候，谁也不会去体谅他所经历的心灵纠结和思想博弈。

我们非常明白，当下所处是一个讲究结果的时代。我们所从事的学科和行业，是一个注重结局的、特殊的学科和行业。换言之，面对救治生命和解除痛苦的任务，不仅需要我们绞尽脑汁来设计方案，还需要我们以"两害相权取其轻，两利相权取其重"之角度、智慧，加以取舍和选择。最后，更需要我们勇于承担风险，努力争取最佳，以达到预期目的。即使如此，谁又会知道天有不测之风云。此风此云，是福？是祸？既然不能完全预知，不如天地之间顺其自然，由它而去。个人力求做到问心无愧，坦然、释然，食有味，眠而香，可矣哉！

3个月之后，即2019年3月30日，韩宝院长与蒙医医院白全龙院长协商后，再次派我去兴安盟，执行技术帮扶任务。

本次活动中，上午接诊患者20余人，下午做手术8台，次日做手术3台，共计11台手术，均告顺利。其中，难度较大者3例，一例高位复杂性肛瘘，一例直肠黏膜脱垂Ⅱ度，一例出口梗阻性便秘——耻骨直肠肌肥厚痉挛。

对高位复杂性肛瘘者，施以内口双重挂线，外口伞式切开，实线慢性切割，虚线充分引流。

对直肠黏膜脱垂者，施以脱垂顶端套扎吻合，中段柱状褥式扣锁缝合，底端以可吸收粗线环状缩窄肛门至合适口径，全段均以消痔灵注射液双层注射，加以固脱。

任毅和兴安盟蒙医医院肛肠科团队

出口梗阻性便秘——耻骨直肠肌肥厚痉挛，则以耻骨直肠肌松解为目的，浅部耻骨直肠肌和深部外括约肌组织直接切开，深部耻骨直肠肌施以挂线切割，相当于一步分为两步走，但能同样达到松解之目的。这实际上是将肛肠前辈韩宝老师创立的"开放式耻骨直肠肌切断手术"分解为一部分耻骨直肠肌切开，一部分耻骨直肠肌挂线切割。这样做的目的是，既能做到耻骨直肠肌松解切开，又能最大程度化解肛门失禁的风险。

姑且称这台手术为"耻骨直肠肌部分切断部分挂线术"，如果不加以谦虚的话，可以算是本人的一个小小的创新，拿来与各位同人分享，也愿意接受同人批评、质疑和验证。

当然，专业的明眼人不难看出，这个创新本质是有人艺高胆大，胸有成竹，大刀阔斧，直接切断，此类人士如韩宝教授；也有人即使看准确了，目标豁然清晰，也要小心翼翼，如履薄冰，小步多步，不出错步，达到目的即可，此类人士如我等。

看官或许会问，为什么人会有时激进、贸然，有时畏缩、淡然？

答曰：岂不闻，天下事，时势耳，此一时，彼一时也？

在 2019 年 3 月 30 日的第二次京蒙合作，各位或能注意到，帮扶业务的开展，速度明显加快，效率明显提高。兴安盟蒙医医院肛肠科医护团队凝心聚力，携手共举。与其他科室的合作，尤其是手术室麻醉科变得更加融洽、和谐、高效。最重要的是，蒙医医院领导的全力支持，器械到位，药品齐全，以保证临床第一线的需要为最高标准。

这种形势令人欣然。民间有语：万事开头难，开了就不难。

我两次奔赴兴安盟，算是一个良好的开端。相信京蒙两地的技术协作，必定会有一个美好的前景。

值得强调的是，京蒙两地的战略层面的交流和意向，包括以林涛为代表的内蒙古兴安盟政府方面，以韩宝为首席专家的北京专家团队方面，是一种强有力的政策性支持和基础性支撑。

有政策性支持，有广泛的民众需求，有良好的合作互补意向，有强大的技术资源和双方的专家队伍。有此"四有"，何忧之有？

就在本文将要收笔的时候，亦自兴安盟返京后一周，蒙医医院肛肠科主任王苏岳乐传来消息：11 位手术后患者病情稳定，恢复良好，效果确实，患者满意。

太好了，这不就是一个医生最想要的结果吗？

其中 3 台复杂性手术也非常理想。特别对于那位高位复杂性肛瘘，我返京前到了飞机场还一再叮嘱王主任：看紧了，盯死了，决不能再出现手术后感染的情况。如果在相同的地方，出现相同的错误，我们自己心理这一关就过不去啊！

最后，借用唐朝著名塞外诗人王之涣的诗句来作为本文西出兴安盟的结尾，其内涵各位可自我遐想，尽情发挥。

诗曰："白日依山尽，黄河入海流。欲穷千里目，更上一层楼。"

2019 年 4 月 6 日

北京

12 北上鞍山
——鞍山会诊和大艺术家及其他

各位，看此题目，是否有毫不搭界的感觉？哈哈，非也！岂不闻，宝玉在璞中，好话在文中？不妨一读，或有所得。

自左至右依次为：娄燕妮院长、任毅、铁西区人民医院顾宇主任

2019 年 5 月 18 日，应鞍山市铁西区人民医院之邀，我有幸到鞍山会诊。

大约二三十年前，鞍山出了个大名人单田芳。因为评书，单田芳在中国家喻户晓，人人皆知，所以我自然想到了单先生。

单田芳，1934 年出生于距鞍山不远的辽宁省营口市，成长于鞍山。1953 年高中毕业，考入东北大学，但因病退学，其间在辽宁大学历史系（函授）学习。1955 年，加入鞍山市曲艺团。1956 年正月初三，首次在鞍山市内的茶社登台亮相播讲评书《明英烈》，从此一发不可收拾。

1955 年至 1956 年，单田芳先后评说传统评书《三国演义》《隋唐演义》等。1958 年，曲艺团走上正轨，由个体转成集体编制，单田芳也从一名个体演员，转成正式评书演员。1962 年，政策要求，传统曲艺全部停止，演员必须说新唱新。单田芳脑子灵光，接受新事物快，很快评说了《林海雪原》《平原枪声》等 30 部现代小说，名气再次大涨。

不料，"文革"期间，他也成了众矢之的，在一次批斗过程中，遭受痛打，听力重度受损，几乎失聪。1968 年冬天，他被安排到鞍山市委党校"改造"。1969 年 4 月，下放到营口干于沟。1970 年 2 月，他被无罪释放，离开鞍山。

1979 年 5 月 1 日，单田芳重返鞍山，在鞍山人民广播电台首播《隋唐演义》，大获成功。此后 10 年间，连续播出了 39 部评书，风行大江南北。

在鞍山，单田芳一举成名，鞍山也因为单田芳而天下皆知。有人说，"凡有井水处，皆听单田芳"。"单田芳评书"已经成为中国文化的一个符号，而且在海外华人中也有一定影响力，有"单国嘴"之美誉。1995 年，北京单田芳文化传播有限公司注册成立，单田芳任董事长，首开评书走向市场之先河。61 岁的单田芳或许也是北漂一族？至少应该是文人下海吧。

2006 年，我刚刚调往北京，一度非常困难，情绪沮丧，彻夜无眠。一个偶然的机会，得知单田芳先生竟然要依靠评书在京城生存、发展，甚为敬佩。我曾经很想拜访先生，并且花了一些精力深度研究先生的经历，其目的是为自己寻找一些勇气和力量。据说，先生的公司也一度经营困难，有工作人员住在地下室。创业艰难，可以想见。可喜的是，先生依靠其聪明才智，不屈不挠，终成大器。

试想一下，单先生年过花甲，尚能打拼。吾辈正值壮年，竟然颓废、消沉，屈从压力，实在有天渊之别啊！

当年虽然未能见到先生，但受其鼓舞，也获益匪浅。先生在我的脑海里，留下了极为深刻的印象。

由此可见，大凡人在困难的时候，实在需要有人拉你一把。但实际上，无论何人，能够拯救你的，恰恰是你自己。我曾在台北地铁里，看到拉环扶手上写着"拉自己一把"的文字标识。所以，我经常对自己说："来，拉自己一把！"哈哈，果然，自己就走出心理的泥潭了。

这是我此番到访鞍山，自然就想到单田芳先生的深层缘故。

2018年9月11日，单田芳在北京病逝，享年84岁。

当下，鞍山如果建立一个单田芳纪念馆，对于提升当地影响力和开发旅游资源或许会有意想不到的效果？愿决策者察之。

此外，当年鞍山还出了一位大艺术家，那就是刘兰芳先生。她播讲的《岳飞传》《杨家将》等也是脍炙人口，家喻户晓。

在一个小小的地级市，竟然能够先后，或者说几乎同时走出两位大师级的艺术家绝非偶然。我相信，鞍山此地一定有其内在的艺术土壤和人文风水。

这次来鞍山，偶然看到了关于刘兰芳当年拜师学艺的记载。

1958年，刘兰芳的母亲请来了"引见师""保师"以及众多亲友，在辽阳"福海兴饭庄"为女儿摆下拜师宴，并按行规立下了门生贴：

"刘书琴情愿投奔杨丽环门下学艺。今后虽分为师徒，但情如母女。对于师门，当知恭敬。身受教诲，没齿不忘。学徒期间，如果马踩车轧、投河觅井、天灾人祸，师父概不负责。三年学艺，一年效力，供吃不供穿。中途不学，包赔饭伙。情出本心，绝无反悔。谨据此证。"

就这样，刘书琴磕头行礼之后，师父给她改名为"刘季红"。那年，她14岁。

看到这里，颇有些不仁道和不完整教育的感觉。我很想为当年这个小姑娘鸣不平啊。或者，当年的师傅似乎有点不负责任？一个14岁的孩子，正是天真烂漫、大脑一片空白的时候，如果这时候只教育其学艺，而不教育其日常生活自理能力和思想成长，则极为不妥。而且还要注明：马踩车轧、投河觅井，师傅概不负责。

如果马踩车轧尚属天灾人祸，那么，投河觅井就完全是心理不健全，或遭遇困难、走投无路的表现，而师傅竟然概不负责？

另外，师傅为门徒取名"刘季红"，这个很值得商榷。凡学艺均以求名、求红为荣，故多以花寓之。而天地间，有一个月开一次的花，如月季花。也有一年开一次的花，如牡丹花。但哪里有一个季度开一次的花呢？既（季）不存，焉能红？若不红，何必学？学不成，谁之过？

幸好，次年，也就是1959年，刘季红考入鞍山曲艺团，成为该团唯一的东北大鼓学员，遇到了另一位师傅——知名鼓曲演员孙慧文，也是当时鞍山曲艺团的台柱子，专教东北大鼓。孙见刘勤奋好学，便正式收为门徒，并且立即把名字改为"刘兰芳"。此名字颇响亮，既兰且芳，亦美亦香，这样一朵艺术之花怎么会不受欢迎，不红遍天下？

孔夫子曰，名不正则言不顺，言不顺则事不成啊。我觉得，刘兰芳的成功，应该和这个名字很有关系，当然，更离不开她自己的天赋和后天的努力。

同时，这师傅也颇有些格局和气度。一个教东北大鼓的师傅，怎么会培育出一个专门说评书的艺术家？换言之，这个专门教东北大鼓的师傅怎么会允许她去学说评书？再通俗一些说，一个木匠怎么会允许自己的徒弟去学瓦匠技术，而且还能成为一个优秀的瓦匠呢？

所以说，这位师傅颇有格局和气度，刘兰芳的成功，应该就是他因材施教，而不是削足适履的典型案例。这样的师傅，是值得尊敬的。

当下，我身边有很多好友和同事，都有导师、教授、主任等耀眼的头衔和光环，在某种程度上，他们都对手下弟子、学生的学业和前程握有生杀大权。各位可否都来认识一下这位孙慧文师傅，看看有无值得借鉴的地方？

罢了，以上是说别人，现在开始说自己。

本次出发自北京北上鞍山，应该算是一次陌生之旅。我原本和人民医院肛肠科顾宇主任并不熟悉，仅在网络平台上有过交流。因此，我要求顾宇主任按正常程序办好相关会诊手续。

现在看来，顾宇主任在鞍山也是赫赫有名的肛肠专家。他带领的肛肠科是

12 北上鞍山——鞍山会诊和大艺术家及其他

任毅与顾宇主任合影留念

铁西区人民医院重点科室，业绩颇丰。因为突出，他这个科主任能够享受到院领导级别的待遇，其优秀由此可见一斑。

按他的说法，此番邀请我前来鞍山，就是想多看看国内肛肠大家的手术是怎样做的，以领教其风采，欣赏其风格。这当然是一个聪明绝顶的学习方法。

不过，本人并不是大家，但可以说是一位实干家。曾经创下一天做15台手术的最高纪录。现在一天做六七台，就感觉有点累了，做三五台最合适。

外科手术是脑力和体力相结合的实践艺术。手术量多了，则必有窍门。窍门多了，则必有规律可循。如果这些规律可以和同道分享，并且可以被复制、被检验，那么这就是学问。谁掌握了这些学问，谁就有可能成为大学问家。这个大学问家，就是我们通常所说的大家。在文化艺术领域，这样的大家就是大艺术家。不管在哪个行业，每个人都应该努力学习，争取成为大家。

而且，我们所谓的"大家"，多半是由社会和市场自然选择而成，与高学历、高职称并无必然联系，也与平台大、出身好没有必然联系。换言之，人人需要努力，谁也不能偷懒，依靠实力而形成的大家，才是真正的大家。

任毅与顾宇主任会诊患者

任毅在顾宇主任诊室

任毅与顾宇主任团队及患者

本次会诊，选择手术治疗并顺利实施的疑难患者，计8例。其中1例患高位复杂性肛瘘，已经辗转各地做过3次手术，均未能完全愈合，本次手术是第4次。

对于高位肛瘘，任何肛肠专科医生都要面临的问题是：切除肛门括约肌肉组织过少，虽能保证完好的肛门功能，但也可能造成肛瘘的复发；切除肛门括约肌肉组织过多，虽不会复发，但有肛门失禁之忧虑。

各位可以想见，在两难选择面前，无论是接受手术的患者，还是施行手术的医者，都会面临巨大的心理压力和极高的技术风险。

怎样选择前后左右这样一个平衡点？如此说来，手术医生像不像走在钢丝绳上的杂技演员？看似动作很优美，实则掌控大不易。

"进退维谷""围追堵截""举步维艰""左右为难"，它们都是啥意思？呵呵，当你面临这种选择的时候，自然就会深刻理解了。

幸好，上天有助，当手术结束的时候，我长长地舒了口气，本次手术获得了成功！

我本人对此类高位肛瘘的手术心得是：伞式切开，多孔引流，深探内口，双重挂线。

此术式因由本人最先提出，姑且称之为"任毅术式"。值得庆幸的是，本

65

手术完成，医患皆欢

术式自 2014 年正式提出和应用 [《近切开远对口引流法治疗复杂性肛瘘的临床研究》，作者任毅、马树梅，《北京医学》2014.36(7)]，我们完整观察了 200 余病例，手术痊愈后，尚未有复发者出现。对此，本人深感欣慰，也非常愿意与同人共享，愿意接受同人验证。

还有一例高位复杂性肛瘘，也采用此术式，顺利告结。

疑难病例中另外一例是直肠黏膜脱垂，当前这种疾病已不多见。1977 年，全国统计其发病率是 0.58%，据 2015 年统计，发病率仅为 0.02%，因此，这种手术就少之又少了。

换言之，能施行这个手术的医生，能看到这个手术的同人和朋友，都应该算是"幸运"的。

这种手术也有复发的可能，但若思考周全，设计缜密，操作精细，可避免复发。

本次施行手术是所谓直肠黏膜脱垂五联术，即五部位：内、外、上、中、下；

三原则：立柱、固脱、缩肛；三手段：注射、缝扎、置环。

其具体步骤是：脱垂顶端长针头注射（上），脱垂主体柱状连锁缝扎并注射（中），肛门丝线环缩（下），直肠壁内外双层注射（内、外）。本手术亦顺利完成。

另外，值得高兴的是，会诊基本告结的时候，见到了5位多年未见的大学同学：刘帅明、陈余粮、姜忠杰、唐秋发、张吉林。他们均已在鞍山扎根、开花、结果，都已是当地名医。譬如，陈余粮在鞍山市泌尿外科首屈一指，尤其是在前列腺手术方面，颇有独到之处，市内外有相关疑难病例会诊，都能见到陈主任的身影；姜忠杰对烧伤整形手术造诣甚深；刘帅明是美容整形专业的专家；唐秋发在康复医学方面，有丰富的临床经验和良好的社会口碑；张吉林在30年前就能独立开展一些有难度的妇产科手术，现在是鞍山海城市一家医院的院长和妇产科专家，专业管理一肩挑，在当地有很高的知名度，也很有些社会精英的味道。时光荏苒，岁月无情。35年前的一批愣头愣脑、懵懵懂懂的毛头小伙，转眼间，个个绿树成荫、枝叶丰茂。当然，也少不了栉风沐雨的沧桑感。

老同学们把酒临风，好有一番欣喜在心头啊！

自左至右依次为：大学同学刘帅明、陈余粮、姜忠杰、任毅、唐秋发、张吉林

次日，略闲，我很想到鞍钢公司一看。于是，顾宇主任和我等驱车前往，但在鞍钢大门口被温柔拒绝。想当年，鞍钢公司有"共和国钢铁工业的长子"之誉，何等显赫。虽然今非昔比，但是瘦死的骆驼比马大。如果能敞开胸怀，放下身段，转换机制，走向市场，或许凤凰涅槃，浴火重生，再展雄风，一定不会遥远的。

周日下午，我顺利返京，鞍山会诊告结。

2019 年 5 月 23 日
北京

13 我的朋友沈广会

20世纪二三十年代有一种社会现象：许多人都以"我的朋友胡适之"为口头禅，好像如此就能够提高自己的身份。鲁迅先生对此不以为然，曾加以嘲笑。近一个世纪过去了，当代人当然不能完全理解前人的种种心理，但我想，如果愿引某人为同类，为榜样，且以为荣，应当算是普世价值的一种，且不会随时光的流逝而改变。对我而言，每当脑海中出现某人的形象，心中就会感到有生气、有活力——社会学家对此加以美化，或曰感染力，或曰人格魅力。大文豪歌德所说的"利必多，亲和力"，大概也就是这个意思。而给我最直接的感觉就是心灵为之一震，情绪陡然而起，这就足够了。本文要说的就是我的朋友沈广会。

我是一名肛肠专科医生，祖籍山东半岛莱州市，2006年作为专业人才由政府引进，全家迁来北京，在石景山区中医医院工作至今。显然，本人与京城人士没有什么深层的渊源和瓜葛。认识沈广会，自然是通过看病。

时间大约是2006年的夏天，沈广会坐在我的诊桌前，不厌其烦地告诉我，他十几年前患了慢性病，按医学专业术语叫作"溃疡性结肠炎"。此病对人体的健康摧残不小，会使大便稀溏，或伴黏液，或伴脓血，每日5～8次，甚至更多，体内营养和水分随之流失。民间有俗语说："好汉架不住三泡屎"，又曰："肠子病，半条命"，其严重程度可见一斑。

此病与人体的免疫力有关，与饮食有关，与劳累有关，也与情志有关，但其根本原因尚不明了。正因为原因不明，所以治疗起来十分棘手。

他还告诉我，患病后经多方治疗不见大的起色，曾两次肠道大出血，一度病情危重。有一位医生对他的家人说"活不了多长时间"——此话何等严重，如同法官宣判死刑，岂能随便出口？

至今，我对此说法高度质疑，是其病情真的严重到某种程度，还是医生的诊断太过武断？

"这话真的是一位医生说的，决不骗你！"

他接着说，京城的医院他去了十几家，大多是，去时满怀希望，归则垂头丧气。反复治疗，反复发作。他说："这家伙比癌症还癌症。"他家里备存好多随时要用的药品，办公室的抽屉里是药，平时衣服兜里是药，外出开会时手提包里是药。他自嘲是有名的"药罐子"，对自己是"烦不胜烦"。而到我这里就医，其实多半有试一试的意思，且毫不忌讳："死马当活马医呗。"

对于溃疡性结肠炎我素来有兴趣，也确有研究。对于沈广会，我首先对他的病感兴趣，继而对他的人感兴趣。回过头来，再对他的病进行深入研究，细心琢磨。

我决定采用一种大胆的治疗方案：放弃所有的西药，从整体着眼，辨证施治。

中医辨证认为：溃疡性结肠炎主因是脾虚和湿热，气滞和血瘀，其治疗原则：健脾祛湿、行气活血是也。所不同的是，此前多采用药物口服，此为顺势。今日的方法，则是全面采用中药经肛门直肠加压灌注，曰灌肠，使药物直达病所，直奔主题。此为逆行也。

照此原则，每日一次的中药灌肠即开始施治。14服中药煎剂用完，症状已有所控制。再用14服，排便次数减少，不再出血。又用14服，排便次数减至每天1～3次，粪便形状偏稀，趋于成形。继续用14服，无黏液，无血便，腹痛减轻，大喜！

恰在这一过程中，我代表石景山区中医医院肛肠科团队向北京市中医药管理局申请投标的"中医药治疗慢性结肠炎"的课题中标成功，成为全市唯一一个在中医药治疗结肠炎领域里的科研项目，并获得10万元的经费支持。自此，关于结肠炎的中医药灌肠治疗在临床实践中，一个又一个的病例获得了良好的治疗效果，沈广会就是其中之一。这也标志着本人及团队的这一攻关项目驶入了快车道。

回头来说沈广会。他开始接受我的治疗时，对我半信半疑，准确一点说，对我有点不尊重、不买账。几百年来形成的、天子脚下的特殊臣民特有的那种气质及老北京人的脾气和秉性，他都有啊。好像他的疾病迁延至今是医生所致，好像他的病久治不愈与我有关，或者天下医生都不过如此，看病用药，无奈而已。

对我而言，这不是天大的冤枉吗？我只是顾不上过多地理会这些而已啊。或者有感而发，准确一点说，本人不惑仅有数年，携家迁来京城，心理上举目无亲，工作上压力山大，生活上濒临绝境。而无论何人，一旦置于绝地，唯其求生而已，遑论其他？

现在看来，我真应该好好感谢我的老乡郑燮先生——郑板桥是也。他的故事在我的家乡传颂甚广。板桥先生有一首《竹石》诗曰："咬定青山不放松，立根原在破岩中。千磨万击还坚劲，任尔东西南北风。"这些话对我有醍醐灌顶之功效，使我受益无穷。此决无虚言也。

继续回到我的诊桌上来。

面对着长期遭受病痛折磨、内心极有不满，情绪略有表现的患者沈广会，我对自己说："治病救人是天职，管你尊重不尊重，自我淡定啊！"

如此这般，一个疗程 28 天下来，他的态度略有好转。再一疗程，对我恭敬有加。3 个疗程后，则有些喜出望外了。

之后，他则完全遵照我的医嘱和要求，努力改变饮食结构，全面调整生活节奏，按时用药，定期复查。直至大约半年后完全恢复正常。

有趣的是，这一过程完全如同民间所讲的那种朋友交往待遇规格升级版："坐，请坐，请上坐"；"茶，上茶，上好茶"。可以说，至今为止，沈广会是我来北京后结识的最要好的朋友之一，他给我带来了快乐和自信。

此后，他经常把我介绍给他的亲朋好友。而且不论罹患何病，只要是与肠道沾边和肛肠涉及，他就会在他的亲朋好友面前吹嘘、炫耀一番：任毅的医术如何高，任毅的人品如何好。

他的一个同事患有慢性肛瘘，在接受了我的手术治疗后，对结果非常满意。她说："是我们的沈校长让我专门来找你的，他都快把你说成神了。不过，你确实有点儿神。以前我想象中的肛肠手术很痛苦、很恐怖。我还听说过肛肠手术是'天下第一疼'。现在我亲身体会到了，打上一针，睡上一觉，不知不觉中，手术做完了，真的没有什么可怕的。"

我知道沈广会四处说我的好话，心中不免欣慰，但还是要装作一种不以为然的样子。有一次，我对他说："看好一个病人有什么呀，这就是我的职业，别到处忽悠了。"他闻听此言，眉毛一挑："我的年龄比你大，我都快退休了。我的职位也比你高，不管怎样是一个单位的领导，也多少有些名气，我凭啥忽悠你呀？谁又能收买我的心呢？我对你绝对是认真的，我用不着私下里恭维你啊！"

我一时语塞，真的找不出什么话来应对他。

同时，他的这番话对我的思想也有着很大的影响和震动，更激起了我对他进一步认识和探究的欲望。

我注意到，他每次来我的诊室，几乎都是一身整洁：雪白的衬衣，醒目的领带。他走起路来刚劲有力。他坐下来腰板笔直。谈起自己的顽疾时，没有给人半点颓废和痛苦的感觉，反而让医者——我感到他内心的强大而充满力量，让我感受到的是坚强、活力、精神、兴奋、勇气、斗志……在中医阴阳五行中，所谓的阳刚之气，大体也就是这些词语所能表达的思想内涵吧。而这些感觉，我几乎都能够通过我眼前的这位患者一一体验，这真是让人不可思议。

更不可思议的是，十几年来，溃疡性结肠炎的病痛和他纠缠不断，若隐若现，而他却和成功相随相伴，密不可分。他疯狂、快乐地工作。他的工作具有创造性——他亲手带教的学校鼓乐队从无到有，从小到大，从名不见经传到名扬全国。他的精力和体力从何而来？

他的工作岗位一变再变——从普通教师到教导主任，到校长，到校长、书记一肩挑。他是有名的"拼命三郎"。

他的荣誉光环一加再加——从全国优秀教师到北京市党代表，到劳动模范，他的动力和活力又从何而来？

20世纪六七十年代，有一句流行语叫作"小车不倒只管推"。此话用在他身上非常合适。但我更喜欢用银幕上的美国牛仔的一句台词来形容他："只要不倒下，就是一条好汉。"正是这种刚烈、坚毅、心胸豁达、做事执着的男子汉气概，使我对他产生了兴趣、敬意和挚爱。

据说，石景山区一位领导在一次大会上说，沈广会是工作狂，是典型的拼命三郎。自此，"拼命三郎"的雅号在石景山区，甚至北京市逐渐传开。

任毅和沈广会——亦师亦友、亦医亦患

坦率地说，此间我的精神状态欠佳，算是处于人生的低谷。自认识沈广会后，好像他无形中在我的后腰部猛推了一把，使我以最快的速度走出了生活的困境和迷茫。当然，我这些单方面的感受，对方也许毫无所知。一般而言，患者往往会把医生当作强大和希望的化身，医生的一举一动都会对其心理产生影响。谁会想到，我用实实在在的药物干预了他的疾病转归，他却用无形的力量改变了我的思想轨迹。

"互通有无，理念交换"，这或许是我们成为朋友的基础。但更有一种奇特的缘分，我至今百思不得其解：

他所患有的疾病，即慢性溃疡性结肠炎，显然是当今医学公认的难治之症——这也正是目前我承担科研课题的意义所在。

而就沈广会而言，他身居首都，进进出出，奔波了多少家大小医院。反反复复，历经了多少位医家圣手，竟然没有大的改观和转机，甚至一度到了濒临死亡的边缘——"活不了多长时间了！"

而我甫一接手，即有疗效，整个过程几乎没有反复，没有弯路，一路高歌，顺风而下。天遂人愿啊，他痊愈了。苍天厚爱，当如此乎？

沈广会说，结识了我，他好像遇到了梦中的神。我则告诉他，偶然而遇，我看到了我心中的佛。我甚至还隐隐约约感觉到，上天不但没有抛弃我们，而且对我们还有些眷恋和偏爱。

我的思想状态从此由焦躁转为淡定，有一句藏人的咒语"唵嘛呢叭咪吽"可以表达我对逢凶化吉、遇难呈祥的祈福心愿。本人如此这般，还需要扭扭捏捏吗？还需要加以掩藏遮盖吗？完全不必！

2009年春天，沈广会要去法国、英国公干。行前，他很担心长期没有发作的溃疡性结肠炎会再度"光临"他的身体，希望我能准备一些药物，以防万一。毕竟西方的环境、饮食与我们大不一样，中国的南北方还有个水土不服的问题呢。我嘴上告诉他没问题，但心里也有些打鼓。我没有去过欧洲，两地不同究竟到何种程度，全然不知。而在他出国后，近一个月中，我的心中还真有些牵挂和不安。好容易到了他回国的日子，不料，一下飞机，沈广会一干人等即被隔离，"失去自由"一周，因H1N1流感所致也。

一天上午，沈广会来到我的诊室。好家伙，他仍然穿着雪白的衬衣，系着颜色醒目的领带，红光满面，神采飞扬，一个典型的帅男和春风得意的马仔形象。他告诉我，此次欧洲之行，工作上和其他方面都有巨大收获，身体也很争气，行前准备的药物一概没有用上。他说，"乘兴而去，满载而归"是他此行最真实的感受。

诸位可以想象，他在说这话的时候，是何等的踌躇满志。

"春风得意马蹄疾，一夜看遍长安花。"欢愉到来，他人尚且喜不自禁，况事主本人乎？

2009年是新中国成立60周年，天安门广场上的国庆大阅兵是中国人之盛事，沈广会有幸再次参加，而且是率领他赫赫有名的鼓乐队。这是他第4次参加天安门广场阅兵活动。

从毛泽东、邓小平、江泽民到胡锦涛，他亲眼见证了新中国4代领导人的阅兵形象。特别是他第一次见到毛泽东在天安门阅兵场的身影，其实也就是那瞬间的一瞥，但现在说起来，他还会很激动。这种激动，在当今的年轻人看来或许不以为然，但在中年以上人群中，总会有特别的共鸣。我愿意听他的诉说，分享他的历史，毕竟那是一个特殊的年代，有一种特殊的感情啊！

说到他带领的鼓乐队，可以说是沈广会半生的心血和杰作，也可以说是他一直与疾病做抗争的动力和结果。是沈广会的努力，使石景山区八角北路小学的鼓乐队，从默默无闻到天下称雄、举国闻名：奥运期间，在北京市的专业比赛中排名第一；在全国的比赛中获得冠军。北京市团委特别为其命名：北京市青少年乐仪队。

我这样大说特说，是否有些恭维和溢美？不然！如果你亲眼看到沈广会所带领的鼓乐队员们在湖南电视台《天天向上》直播节目中的优秀表现，你就会得出这样的结论。

2009年的秋天，沈广会和他的鼓乐队受湖南卫视特邀，从京城直下长沙。须知，当时的湖南卫视风头强劲，响彻华夏。他们耗此精力接待沈广会师生一行几十人，必有其特殊意义和效益考量。

果然，在电视机前，孩子们机敏、大方、睿智的即兴表演，让现场和电视机前的观众赞叹不已，甚至让我们这些成年人难以置信和刮目相看。这也可以反映出沈广会的培训方法如何了得，以及他所代表的这个学校的素质教育，到底好在何处和好到何种程度。

但是，在那次节目直播中，有一个七八岁的孩子反应迟钝、茫然，甚至不知所措，完全脱离导演编排的情节，但他的即兴反应真实、自然、童言无忌，竟然更加亲切、可爱。

后来，沈广会谈及此事，好像大有遗憾，他说："孩子太累、太困了。坐了一天的火车，节目又持续了那么长时间，主持人叫他时，他还在睡梦中呢。"

我则不以为然："正因为这个孩子的真实表现，让全国的观众都看到了这种真实的、自然的情景，而没有半点的虚假和作秀。这个孩子的表现，就他自己而言，或许有些遗憾，但对团体而言，绝对是一个亮点。就像一个小品。没有正反两方，就不会有更大的精彩，那么，谁还有兴趣欣赏呢？"后来，社会上对湖南卫视的这次活动好评如潮，或许有我说的因素在其中。

就在我撰写本文后不久，也就是2010年3月，鼓乐队应邀赴香港参加港府组织的文化活动。带队的仍是沈广会。不过此时，他已卸下校长的重担，轻轻松松、自由自在地去做他自己喜欢的事情。他说，他为此感到快乐，而且是相当快乐。

与此同时，通过对沈广会的认识和琢磨，我能够体会到：一个人如果能够按照自己真实的意愿去做自己想做的事，而且是完全本色地做，无拘无束、自由自在地做，这才是幸福和快乐。这也是一种人生至高、至上的境界，一种意愿完美的状态。

法国大作家拉伯雷最有影响的名言就是："Do what you love."

其实，谁不羡慕这样的一种人生境界呢？

做自己想做的事，快乐无限，而这正是当下沈广会的人生坐标。作为朋友，或许我们都应该向着这样的目标努力！

2010年冬初稿

2015年夏成稿

北京

14 医者秋色赋

时在乙未，九月秋高，晴空朗朗。余一军界好友，引来痛者。彼不堪其苦，恐惧医治，虽身处医疗精英之中心，竟然有无医可托之忧虑，痛而躁也。

余接诊细察之，专心致志，迅而有序也。次日收住院，再一日施以手术医治，治疗过程宛若潺潺流水。手术当日，彼沉睡半天，无不适。次日，下床活动，伸展自如，无痛状。术后三日，感觉清爽，笑谈不拘，无顾虑。术后六日，甚欢，问及何时出院。术后七日，结账，出院，笑容灿烂，又言后会有期，来日方长。彼言之凿凿，愿与任毅深交友，常联络，通有无。此有满意、有轻松、有欢快、有重诺、有真情也。

好友闻之，欢喜也。余观之，亦欣慰也。

此痛者，何许人？欤哉，彼军人，且有阶，如在军内医治，则完全不涉费用，今专寻任毅操刀，则完全自付银两。彼同人，高阶医者、医学高级专业人士也。彼平台，闻之如雷贯耳，吾称高大上也。何为高？天下顶尖也。何为大？业界无出其右者也。何为上？当今医界同人共仰之也。此平台者何？曰：中国人民解放军总医院。噫哉，吾称其高大上，读者诸君，可有疑乎？

三年前，余曾发文，刊载于国内医学界第一媒体《健康报》网站，引起反响，广为传播。其文名曰《肛肠外科手术新模式——微创、无痛、无恐惧》，今彼即携此文辗转其友，辨真假，考虚实，涉崎岖，穿街道，直奔任毅也。

吾诊病，决不敢疏忽，凡有疑问者，必详而告之。然彼却不疑。好友疑之，问方式，彼曰不必究。问费用，彼曰不必计。问结果，彼曰不必忧，唯有信任耳。

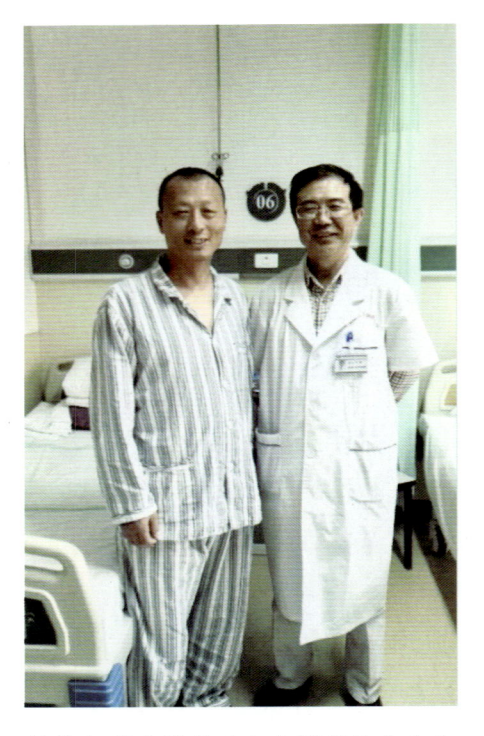

任毅与手术患者（文中所指彼先生）
解放军总医院陈华主任合影

2016年9月26日

周春桃主治医师摄于病房

    手术顺利，如期痊愈，病痛者心满意足，好友者如释重负，余则成就感匐然。吾常曰："做一台手术，出一个精品；诊一例患者，交一个朋友。"日积月累，则大医成焉。今又续之耳，岂不快哉？静观网络余之盛名，点赞者多，虚也。身临其地，余之服务场所，楼不高也，室不奢也，名不显也。如此情形之下，彼痛者，始知余从网络之虚幻，中途经由好友介绍，终获识于自我感官。彼对余依赖始终，果断如铁，完全、彻底，咬定最大之目标，不及其他小枝节。终天遂人愿，事随心成。如此情形之下，余纵有泰山顽石之心肠，能不怦然动青乎？

    平心而论，面对此类病痛，属本专业常见疾病或略有甚者，乃吾平生所学，且学有所思，思有所成，何足道哉？如不受其他外力干扰，加之用心、尽智、倾力，治且痊愈，岂非笼中捉鸡，易如反掌？岂非手到病除，小事一桩者也乎？

3个月后，任毅（左二）与解放军总医院老年医学研究所王喜群主任（文中所指军界好友）、好友陈华主任等人在京城小聚

  彼痛者及余医者，何须再三踌躇、前后思量？一言以蔽之，当下，医患之间缺乏足够真诚之信任。

  古先贤范仲淹公有教曰：居庙堂之高，则忧其民。处江湖之远，则忧其君，今医者身处医患利益博弈之前沿，医患本应携手抗争天降不测之病痛，同心应对千变万化之恶疾，怎料数千年来形成之医患良好角色突然变脸，天下医者实茫然不知所措。患者或百般猜忌，或冷言以对，或好言博取医者之同情，手术既成，大病初稳，遽尔悄然而去，账目悬空完全由患者转嫁至医者，实哭笑不得，直使无端生内耗，苦心志，劳筋骨，吾忧虑其险也；甚或恶意算计，伤及生命，吾忧虑其恶也；而一旦有病者诚心而来，吾乃医者，则忧虑余之技能否一招封喉也；有痛者真挚以求，吾再忧虑余之德能否感化彼之焦躁、苦痛、恐惧之心也；若坊间有以名利相诱惑，以前程相挟制，吾则忧虑余之职业操守及心灵底线能否坚守本我，独善其身也。

吾今知天命有余，大道至简，上天在心。虽身心常处忧虑和诸多不平之中，却幸而能运化其险，精湛其技，淡定其心，坚定其守。虽冯唐易老，李广难封，余以良医为最高之境界，助人、达己、顺天、合时。虽外之无奈，而内之坦然，若古今之丈夫能立于天地间，实无悔也！若此，即人生收获之阶段，秋也。春华秋实，遂成此文，用以自勉，也愿与天下同道好友共勉之！

2016 年 10 月初稿

2018 年 10 月成稿

北京

15 消痔灵的战略思考和深度期待
——来自临床一线的特殊报告

（一）引子

消痔灵的全称是消痔灵注射液，是一种治疗肛肠疾病的手术常用药物。说很多人知道它，其实未必。因为只有肛肠专科的医生知道它、了解它、需要它、应用它。而肛肠专科医生显然是少数，所以说，实际上很多人并不知道它。

不过，虽然关注消痔灵的肛肠专科医生是少数，但是，肛肠专科医生所服务的对象却是多数，所谓"十人九痔"是也，因此，关心消痔灵的人，就不一定是少数了。换言之，说很多人知道消痔灵，也应该不是空穴来风。

曾经一度唯一生存于中国市场的消痔灵生产厂家和产品

2015 年，研究青蒿素的屠呦呦获得了诺贝尔生理学或医学奖，自然引发社会关注。人们也突然发现，消痔灵和青蒿素的研发有许多相似之处。

第一，它们都有相同的历史背景。换句话说，都是当年利用国家资源，统一整合成强大的科研团队，投入研发而成。

青蒿素项目就以 1967 年 5 月 23 日开会研究日期命名，称为"523 项目"。这就是青蒿素的研发起始。当时，屠呦呦是原卫生部中医研究院（现为中国中医科学院）中药研究所该项目课题组组长。

消痔灵的研究发明人史兆岐，则是原卫生部中医研究院（现为中国中医科学院）广安门医院肛肠科医生。他于 1977 年 5 月选择中药五倍子、白矾研制成水溶液，并命名为"775 液"，这就是消痔灵注射液的雏形和前身。

第二，它们的灵感来源都与古老的中医药文化理论有着密不可分的联系。譬如，青蒿素与中医古典葛洪的《肘后备急方》中的"青蒿一握，水一升渍，绞取汁尽服之"有灵感来源之说。虽有争议，但渊源不断。

而中医的"酸可收敛，涩能固脱"理论，对消痔灵的研究有指导作用，则是史兆岐本人多次强调的。

第三，青蒿素挽救了成千上万例疟疾患者的生命。曾被世界卫生组织称作"世界上唯一有效的疟疾治疗药物"。很多非洲民众尊称其为"东方神药"。

消痔灵虽然缺乏这样的声誉，但从实际应用看，消痔灵对肛肠疾病中的痔病的治疗是不可或缺的。2015 年出版的《中国成人常见肛肠疾病流行病学调查》中说，痔的总患病率是 49.14%，近一半人患有痔病。因此，说消痔灵挽救了数以亿计患者的健康，是显而易见、绝不夸张的。

现在，对于消痔灵的研究，早已经超过史兆岐先生发明时的范围。我门在消痔灵药物说明书上看到，其功能主治是：收敛、止血，用于内痔出血、各期内痔、静脉曲张性混合痔。简言之，它只能治疗内痔、混合痔。就这么一句话，就这么一个功能。

实际上，消痔灵不仅能够治疗内痔、混合痔，还可以治疗很多肛肠疾病，比如说直肠黏膜脱垂、直肠前突，以及一些与血管有关的疾病，如血管瘤、静脉曲张等，与组织增生有关的鼻炎、扁桃体肥大、前列腺增生等。

也就是说，它的治疗范围明显比原来扩延了。

问题是，当下这种扩延正处在不受法律保护状态中，或者说，是一种不合法状态并遭受危险。一桩有利于国家、有利于民众、有利于人类的善举美事，因为认识不充分、投入不足够、开发不到位而濒临停滞、萎缩，直至消亡。

这就是本文长篇深说的原因所在，是对消痔灵的战略思考和深度期待，也是来自临床一线的特殊报告和呼唤。

1998年，任毅与史兆岐先生在张家界。在向史兆岐先生求教时，任毅特意提到，除了肛肠疾病外，消痔灵可用于多个学科增生性疾病的治疗，如慢性肥大性鼻炎

（二）消痔灵的药理作用和功能

消痔灵注射液是国家药典所记载的药物，其治疗痔的药理作用是：第一，良好的收敛作用，可以引起内痔的血管收缩，从而使得痔疮，尤其是内痔的体积明显缩小。第二，可以使局部组织产生无菌性炎症，引起内痔血管栓塞。第三，促使内痔间质纤维化，使黏膜与黏膜下层粘连固定。

以上是当下最权威、最可靠的记载。来自药物发明人史兆岐的临床研究报告（《消痔灵注射液注射治疗三期内痔的体会》，《中医杂志》，1980年7月）。

实际上，"收敛"并不是一个专业的医学术语，放在这里也并不十分恰当。按照我们后面将要说到的，在这里，"收敛"要表达的本意应该是组织的纤维化和组织体积的萎缩。如果将纤维化进一步延伸至通俗易懂的程度，权且称为"固化"，则其内涵会更加丰富。换言之，如果将消痔灵的功能定位于"止血、萎缩、固脱"，则不仅在痔的治疗方面更加确切和全面，同时也为消痔灵在治疗其他相关疾病方面提供了切实和广阔的空间。

本文作者认为，消痔灵的三大药理作用是：止血、固脱、抗组织增生。这也是本人最想表达的观点，也是本篇的主题思想。

1. 消痔灵是怎样止血的？

消痔灵直接注射到内痔部位，使血管收缩，达到直接止血的目的。这个说法看似很正确、很直接，逻辑也很通。其实不尽然。为什么呢？我们知道，内痔出血其实是有周期性的。也就是说，多数情况下出血是在排便时或排便后，更多情况下是排便后。或者当用手纸擦拭的时候，鲜红的血液染满手纸。或者是血液直接喷射而出。此种情况，专业术语谓之"射血"，此时，多数当事人会大惊失色。

当然，如果粪便是干燥的，比较硬，在需要特别用力怒挣的情况下，出血量也很多。

值得强调的是，不管上述哪种情况，当排便停止的时候，或者排便结束之后，这种出血都会自动停止，直到下次排便时，再次重复上述所列的情形。这就是上面所说的周期性。

为什么会自动止血呢？这有两方面因素：一方面，肛门直肠局部有强大的肛门括约肌、耻骨直肠肌等强大的肌肉组织环绕。当排便结束的时候，这些肌肉就会自动地强力收缩，造成局部的血管挤压，收缩而止血；另一方面，内痔的出血是积累性的。当内痔核内的淤血达到一定的容量，膨胀到一定的程度，此即是危险的状态，或者叫作濒临出血状态。当肛门直肠肌肉收缩的时候，或者准确一点说，当排便开始的时候，这种肌肉收缩的力量挤压内痔，使得内痔黏膜表面破裂而出血。与此同时，干硬的粪便也会擦伤内痔核黏膜表面，从而加重破裂而出血。这就是粪便越干燥，出血越严重的机理所在。一旦本次排便出血发生之后，内痔的体积也随之减小，甚至萎缩，不再具备内痔出血所必需的瘀血容量及体积，直至其继续积累，达到下次出血所必需的容量及体积，这也是一个周期性的病理变化过程。

准确地说，消痔灵注射于内痔核以后，早期除了微小血管收缩外，在痔核内部还有一种组织压迫作用。这或许与消痔灵的酸涩性、不易快速扩散有关。这样就会导致间接地缩小痔核体积，或其他组织体积减少瘀血容量而出现止血结果。

如在痔手术后出血时，或食道静脉曲张出血时的治疗作用，即是有良好的佐证。当直肠黏膜组织渗血的时候，直接局部注射消痔灵，则渗血可以很快停止；在上消化道，如食道、胃部因静脉曲张而导致的组织出血，局部注射消痔灵，出血也会缓解或停止。

消痔灵注射于内痔核后，稍晚期即会使痔组织产生无菌性炎症反应，然后在痔黏膜下层逐渐形成纤维化。

纤维化组织可能有两个重要作用：其一，在其痔核内的小静脉及小动脉周围形成一层保护膜，使薄弱的血管避免因排便等损伤而出血；其二，因纤维化组织收缩，使血管腔闭塞或血栓形成，从而消除了痔静脉扩张或充血，使小血管相对减少，使痔组织萎缩，也因此减少了出血的倾向。有人将这种病理变化称为"去血管化"。这种所谓"去血管化"是大多数传统硬化剂，如鱼肝油酸钠、李雨农的"新6号枯痔液"等治疗内痔药物的主要作用机理。

综上所述，消痔灵的止血作用有三：第一，早期即刻出现的局部组织压迫；第二，微小血管收缩；第三，稍晚期痔组织无菌性炎症，导致痔组织纤维化。

很显然，出血是内痔的最主要症状，治疗内痔出血则是消痔灵的最基本功能。

首先，在内痔的治疗方面，史兆岐先生发明的消痔灵注射四部疗法，充满了智慧。他将痔分为早期和晚期，然后根据不同时期以及不同的部位，选择不同浓度，实施不同的方式进行注射。

早期，采用高浓度，以一步法直接注射。晚期，采用高浓度和低浓度相结合，以四步法注射。

所谓早期，指发病时间短，一般在 1 年以内，痔核体积小，以出血为主。

所谓晚期，指发病时间长，痔核体积较大，以组织脱出肛门外为主，伴以出血或不出血。在脱出的程度上，又有脱出后可自动还纳和不能还纳需加用外力帮助还纳之分。

关于痔的早期和晚期，以及四步注射法，在消痔灵的国家法定药物说明书中写道：

早期内痔：用本品原液注射到黏膜下层，用量相当于内痔的体积为宜。中、晚期内痔和静脉曲张性混合痔：按四步注射法进行。第一步，注射到内痔上方黏膜下层动脉区；第二步，注射到内痔黏膜下层；第三步，注射到黏膜固有层；第四步，注射到齿线上方痔底部黏膜下层。第一步和第四步用 1% 普鲁卡因注射液稀释本品原液，使成比例 1∶1。第二步和第三步用 1% 普鲁卡因注射液稀释本品原液，使成比例 2∶1。根据痔的大小，每个内痔注入 6～13mL，总量 20～40mL。

以上是具有法定意义的权威描述。实际上，早期或晚期说法并不十分准确，临床也早已放弃了这种说法，或者，这种说法本来就没有形成共识，临床实际意义不大。而通用分法是把内痔分为 4 期，以罗马数字记之，也就是 Ⅰ 期、Ⅱ 期、Ⅲ 期、Ⅳ 期。这种分法目前在国内外基本达成共识，对临床治疗有明显指导意义和实际意义，即对指导临床治疗有明显的可操作性。其具体分法如下：

Ⅰ 期内痔：无明显自觉症状，痔核小，便时粪便带血，或滴血，量少，无痔核脱出，镜检痔核小，质软，色红。

Ⅱ 期内痔：周期性、无痛性便血，呈滴血或射血状，量较多，痔核较大，便时痔核能脱出肛外，便后能自行还纳。

Ⅲ 期内痔：便血少或无便血，痔核大，呈灰白色，便时痔核经常脱出肛外，甚至行走、咳嗽、喷嚏、站立时也会脱出肛门，不能自行还纳，须用手托、平卧休息或热敷后方能复位。

Ⅳ 期内痔（嵌顿性内痔）：平时或腹压稍大时痔核即脱出肛外，手托亦常不能复位，痔核经常位于肛外，易感染，形成水肿、糜烂和坏死，疼痛剧烈。指诊肛门括约肌松弛，肛内可触及较大、质硬的痔核。镜检见痔核表面纤维组织增生变厚呈灰白色。长期便血者可引起贫血。

如果一定要把早期、晚期的说法和四期分法结合起来，我们可以这么认为，早期即Ⅰ期，晚期则为Ⅱ期、Ⅲ期、Ⅳ期。

值得注意的是，史兆岐先生的四步注射法的指导意义要比其实际意义大得多。

第一步，阻断其来源：注射到内痔上方黏膜下层动脉区；阻断痔组织的血液供应来源。

第二步，直击其病所，注射到内痔黏膜下层，这是痔组织富含小血管的中心部位，也是最主要的出血部位，因此，这步是注射治疗的最主要的一步。

第三步，扫荡其外围，注射到黏膜固有层，这是痔组织的最浅层，在黏膜下层之外表层。显然，这也是痔组织的外围，注射只是点到为止，并不重要。

第四步，防止其蔓延，注射到齿线上方痔底部黏膜下层，这是痔组织的最远端，意在防止其蔓延。

从解剖层面看，可把痔组织或痔核看成一座山丘，那么，四步注射法分别是针对顶端，底部，中间部位之深层、浅层。整个痔组织或痔核均得到不同数量的药物的广泛分布。因此，四步注射法充满了根除治疗的智慧。

但在实际注射的时候，有此思想即可，完全不必拘于形式和步骤。注射时，使痔组织广泛着药，即可达到理想的治疗效果。

老道而富有经验的一些专业医师，根本不受四步注射法的限制。他们看起来随心所欲，实则胸有成竹。譬如，说到注射，则必然涉及注射深浅的问题。

换言之，消痔灵注射的深度标准是什么呢？

如果注射以后，整个痔组织没有任何反应，这说明注射太深了；如果注射后，立即出现组织变得苍白的现象，这就说明注射太浅了。

那么，既不深，又不浅，正合适的深度是多少呢？

答曰：当注射以后，组织很快变得饱满，而且组织表面布满了清晰可见的微小血管纹理，我们称为血管纹理征，这就是注射深度最合适的"金标准"。

2. 消痔灵是怎样固脱组织的？

消痔灵注射内痔核以后，可以使局部组织产生无菌性炎症，引起内痔血管栓塞和炎症，促使内痔黏膜下层（又叫作间质组织）纤维化，使黏膜与黏膜下层粘连固定。

内痔间质组织纤维化为什么有治疗作用？

我们知道，机体组织或器官由实质和间质两部分构成。实质是指器官的主要结构和功能细胞，如肝脏的实质细胞就是肝细胞。间质分为间质细胞和细胞外基质，主要由胶原蛋白、蛋白聚糖、糖胺聚糖、糖蛋白和弹性蛋白构成，分布在实质细胞间，主要起机械支撑和连接作用。此外，细胞外基质构成维持细胞生理活动的微环境，是细胞之间信号传导的桥梁，参与多种生理病理过程，在组织创伤修复和纤维化过程中起重要作用。

纤维化（Fibrosis）可发生于多种器官，主要病理改变是器官组织内纤维结缔组织增多，实质细胞减少，持续进展可致器官结构破坏和功能减退，乃至衰竭，严重威胁人类健康和生命。

而组织纤维化也有对组织创伤修复有利的一面。对内痔的治疗即是如此。消痔灵注射于内痔后，使痔组织产生无菌性炎症反应，然后在痔黏膜下层逐渐形成纤维化。

纤维化组织可能有两种重要作用：其一，在其痔核内的小静脉及小动脉周围，形成一层保护膜，使薄弱的血管避免因排便等损伤而出血。同时也因纤维化组织收缩，使血管腔闭塞或血栓形成，从而消除了痔静脉扩张或充血，使痔组织萎缩，也因此减少了出血的倾向。其二，由于纤维化组织的粘连作用，将已松弛的黏膜固定于肛管的肌层，使痔脱出症状得以消除。因此，可以说，纤维化作用形成越充分，硬化作用也会越好，治疗效果越可靠。

需要说明的是，组织纤维化是人体器官和组织发生以缩小为主的病理变化的专业术语。很显然，组织纤维化所表达的意思，要比"收敛"一词准确得多。

所谓"组织硬化"，即组织纤维化的通俗说法，或者说是一种直观形象的描述而已。当组织发生纤维化，体积缩小，达到某种触摸起来有硬结的程度，我们就会说，组织发生了硬化。我们就把导致这种硬化的药物，称为"硬化剂"。

当组织发生纤维化，体积缩小，达到其种触摸起来尚未有硬结的程度，我们就会说，组织发生了并非硬化的变化，有人称为"软化"，同时，又会把导致这种软化的药物，称为"软化剂"。

因此，所谓硬化剂、软化剂，只是导致组织纤维化的程度不同而已的一类药物。它们的共同特点是导致了组织萎缩和纤维化。

消痔灵是典型的硬化剂，我们在临床注射时，随着药物的注射用量和浓度的不同，组织的硬化程度也完全不同。

换言之，当注射消痔灵时，药物浓度比较高，注射用量又比较大，造成硬化的程度就高，感觉到的硬度就非常明显。反之，当消痔灵的浓度比较低，注射的用量又比较小，注射的部位也比较适中，那么，造成硬化的程度就低。

或者如史兆岐先生所强调的那样，当注射消痔灵后，即可在注射的部位做轻柔的手法按摩，以使其扩散至均匀的程度，这样，我们感觉到的硬度就不明显，或者根本就感觉不到硬结的存在。那么，这种程度就根本不能称为"硬化"。

由此可见，硬化剂和软化剂并无性质上的不同，只是导致组织纤维化程度上的不同而已。而且，硬化剂在某种条件和状态下，就是软化剂的一种形式。或者，二者其实可以互为转化和表现。

质言之，所谓硬化剂、软化剂均是组织纤维化类药物，可称之为"组织萎缩剂"。

因此，自 20 世纪末，国内肛肠业界关于以消痔灵为代表的硬化剂和以芍蓓注射液为代表的软化剂的种种争议，在组织纤维化面前均可休矣。

如果有人总是愿意以硬化剂或软化剂大做文章，那就应该是专业学术以外的市场因素，或以某种特点为抓手、为噱头，而便于推介和营销，此优胜劣汰、自由竞争也。可任其公平博弈，促其改进，而普天下消费者、使用者，也就是肛肠专科医师，以及受用者，即肛肠疾病患者则大受其益，此岂不是普天下之幸也哉？

还是回到固脱的话题上来吧！

从严重程度来分，痔可以分为四度：Ⅰ度以出血为主；Ⅱ度以出血和组织滑脱，但还能自行还纳为主；Ⅲ度、Ⅳ度则以组织滑脱，不能自行还纳和不可还纳为主。

注射消痔灵后，可以使内痔局部组织产生无菌性炎症，引起内痔血管栓塞和炎症，促使内痔间质纤维化，使黏膜与黏膜下层粘连固定。

这是关于消痔灵治疗痔组织固脱的标准表述之一。在临床中也得到了良好的验证。

除此以外，消痔灵对直肠黏膜脱垂也有良好的固脱作用，对治疗阴道内黏膜脱垂、直肠前突等的固脱作用也是这个机理和逻辑推理。

尽管这些治疗功能和机理还没有得到国家合法的承认，或者说，这种承认正在路上，但这些功能和机理的存在是确定无疑的。

3. 消痔灵是抗组织增生，还是抗组织肥大？

我们知道，慢性鼻炎、扁桃体炎、血管瘤、前列腺增生都是组织增生性疾病。

什么是组织增生？器官、组织内细胞数目的增多，称为组织增生，常发生在具有增殖分裂能力的细胞，如表皮细胞、子宫内膜等。病理性增生多因内分泌激素或局部致炎因子过度刺激所致，如子宫内膜增生、肠黏膜增生性息肉等。增生也是结缔组织在创伤愈合过程中一个重要反应，增生过程对机体适应反应有积极作用。

什么是组织肥大？细胞、组织或器官体积的增大称为肥大（Hypertrophy）。其本质是细胞体积增大，但也可伴有实质细胞数量的增加。在性质上，肥大可分为生理性肥大和病理性肥大两种。在原因上，则可分为代偿性肥大和内分泌性肥大等类型。

肥大若因相应器官和组织功能负荷功能过重所致，称为代偿性肥大（Compensatory Hypertrophy）。如生理状态下，举重运动员上肢骨骼肌的增长肥大；病理状态下，高血压心脏后负荷增加，或左室部分心肌坏死后周围心肌功能代偿引起的左室心肌肥大等。

肥大也可因为内分泌激素作用于效应器所致，称为内分泌性（激素性）肥大（Endocrine Hypertrophy）。如生理状态下，妊娠期孕激素及其受体激发平滑肌蛋白合成增加而致的子宫平滑肌肥大；病理状态下，甲状腺素分泌增多引起的甲状腺滤泡上皮细胞肥大等。

在实质细胞萎缩的同时，间质脂肪细胞却可以增生，以维持器官的原有体积，甚至造成器官和组织的体积增大，此时称为假性肥大。

从以上对组织增生和组织肥大的专业概念看，组织增生重在细胞数目，组织肥大重在细胞体积。但有时二者相互交织，难以区别，数目和体积均有所增大，这时候，增生的含义就较肥大的含义更加宽泛和更加准确，因为增生还可以涵盖肥大。

正是基于这种宽泛和准确，我们说，消痔灵具有抗组织增生和肥大的功能，统称为抗组织增生功能。其机理是：消痔灵通过其能够促使注射局部的组织纤维化，直接导致肥大的细胞、组织或器官体积的缩小，或者间接导致增生的器官、组织内细胞数目的减少。

基于大致相同的机理，对于小血管，消痔灵可以有使小血管收缩、闭塞的作用。这是消痔灵能够治疗一些疾病的原理所在。就目前所知，这些疾病包括：慢性鼻炎或下鼻甲肥大、慢性扁桃体炎或扁桃体肥大、前列腺增生或前列腺肥大、腋臭、血管瘤、静脉曲张等。

（三）消痔灵的现状和潜力

关于消痔灵的临床研究资料，已扩大到诸多学科、诸多疾病，浩如烟海，不胜枚举，这实在是消痔灵的福音。

那么，是不是因为消痔灵涉及众多的学科、专业，医生都关注它、研究它、喜欢它，它就是众星捧月、不愁嫁的皇家格格？非也！消痔灵本身似乎麻木不仁，浑然不知。准确地说，应该是消痔灵的"家长"，或者说是消痔灵的法定代表人，懵懵懂懂、认识表浅，因而瞻前顾后、无所作为，以致消痔灵一度濒于停产，乃至消逝，险些成为市场的弃儿，对肛肠外科行业造成难以估算的损失。

幸有一些肛肠业界知名人士和专科医生，如田振国教授、韩宝教授、张燕生教授、赵宝明教授、韩平教授等奔走呼号，四处游说，使得这一中华瑰宝得以存活、复苏，并渐显活力。

众所周知，消痔灵是中华中医药学的传统瑰宝，是20世纪70年代，中国著名肛肠专家史兆岐教授研究发明的肛肠疾病专用药物，也是肛肠科医生使用率最高的专科手术用药物。发明人史兆岐先生也因此荣誉加身，光环无数。近来，有人把消痔灵与青蒿素相提并论，把史兆岐与获得诺贝尔奖的屠呦呦等量齐观，在国内外反响强烈。

然而，毋庸讳言，随着近年来医学新技术的不断涌现，消痔灵的耀眼光环渐行褪色。消痔灵的生产厂家急剧减少，产品生产供不应求，市场断货现象一现再现。那边厢，生产厂家低迷不振，效益不高，叫苦不迭；这边厢，临床医生的研究愈来愈深，应用范围愈来愈广，临床需求愈来愈大，临床医生频频叫急；而另一边厢，手术患者则因为费用上升对医生横生猜忌，怨声不断……

我们姑且把这种与消痔灵有关的叫苦、叫急、叫怨现象，称为"消痔灵现象"。那么，这种"消痔灵现象"的本质问题是什么？产生原因是什么？症结何在？如何化解？

换言之，消痔灵能否再度辉煌，为中医药振兴增添动力？

自2018年起，消痔灵的老问题尚未彻底解决，又凸显新问题：一方面，消痔灵的价格一涨再涨，从当初的每支2元多点，到今天的近200元，跨度之大，台阶之高，足以使临床医生瞠目结舌。一些偏远地区的基层医生几乎无法接受，继而怨声载道，或出言不逊，或捕风捉影，或失之客观。

另一方面，消痔灵的生产经营者初尝价格开放之雨露，即开始不断深化生产和提高质量，持续增添技术内涵和学术服务。消痔灵的使用和研究也呈现活力，譬如在直肠脱垂方面，国家层面的专业标准和行业共识陆续出台，这就解决了整个行业面临的瓶颈问题：以往用消痔灵治疗直肠脱垂，虽然效果良好，实际上，使用者属于超范围用药、违规用药，一旦出现不利情况，临床医生则完全处于一种不受法律保护的尴尬境地。类似情况比比皆是：如消痔灵治疗便秘（直肠前突）、鼻炎、静脉曲张、前列腺增生，等等。

为此，现代肛肠学术论坛特以组织肛肠专家专题讨论，同时，本活动也欢迎有关消痔灵的各个方面、各种角色，包括管理者、使用者、生产经营者都能深度参与，畅所欲言，坦诚交流。参与者应怀有历史责任感、民族医药发展紧迫感，或开放思想，坦言直抒；或把脉诊病，开具处方；或良药出手，猛击沉疴；或挥刀割瘤，振聋发聩；或有进一步的临床研究和范围拓展……

如此者，目的何在？笔者曰：昌学术，宽思路；兴国医，振民族。

判断一个事物或人物之真伪，古人有云：偏听则暗，兼听则明。推介一种方式或药物，古人又云：内举不避亲，外举不避仇。华夏古人尚有此等胸襟和气度，何况 21 世纪之我等？

那么，当下如何突破消痔灵发展的瓶颈？由谁来出面？谁来出资？

首先，面临的问题表现在：

第一，消痔灵治疗痔，只是其治疗的众多肛肠疾病当中的一种，亟待扩展到治疗其他疾病。这一层面的工作，肛肠行业协会正在做，而且已经有明显的进展，如治疗直肠脱垂已有了国家共识和标准等。

第二，消痔灵治疗的肛肠疾病，只是众多人体疾病当中的一种，亟待扩展到治疗其他学科，譬如普通外科、耳鼻喉科、妇科。在这层面，有人已经认识到问题的本质所在，并试图组成跨学科之学会，如中医药固脱学会。但困难颇多，举步维艰，或可用"只听楼梯响，不见人下来"来加以表述。为什么会这样呢？按照现在的分科规定，此科不能参与彼科的业务，普通外科无法涉及耳鼻喉科疾病的治疗，所以没有哪个科能加以综合。

第三，消痔灵有三大药理作用，当下我们只是开发了其中的 1/3，还有大量的功能未能开发、利用。就当下我们已经获知的信息和结论，其资源极其丰富，其前景极其广阔，就如同对待矿石的精细冶炼一样，无论从科研、经济、民生、医疗等诸方面考虑，对消痔灵的研究和开发，应该具有巨大的潜在魅力和投资价值。

其解决的思路为：

就政府的层面来说，国家一直鼓励各行各业的创新，当然也包括我们医药行业。鼓励各种新药的研究、开发和推广，这就从政策层面给予我们强大的支持。那么，谁是这种研究、开发和推广的主体呢？当然不是政府，而是政府指导和鼓励之下的科研团队、医疗机构、生产企业。

对此，我们不妨先从"伟哥"的拥有者——辉瑞制药公司及其在研究、开发过程当中的表现入手，看看有没有值得我们借鉴的地方。

辉瑞制药公司创建于 1849 年，迄今已有 160 多年的历史，总部位于美国纽约，是目前全球最大、以研发为基础的生物制药公司。辉瑞公司的产品覆盖了化学药物、生物制剂、疫苗、健康药物等诸多广泛而极具潜力的治疗及健康领域。同时，其卓越的研发和生产能力处于全球领先地位。辉瑞公司的股票于2004年4月8日成为道琼斯工业指数的成分股。

"伟哥"由美国辉瑞公司研发，它的成功其实是一个意外发现，其最早的名字应该叫"西地那非"。它本来是辉瑞公司的研究者发明的心脏病新药，用以治疗心绞痛等心血管疾病而进入临床研究。研究者希望西地那非能够通过释放生物活性物质——一氧化氮舒张心血管平滑肌，达到扩张血管、缓解心血管疾病的目的。但是临床研究显示，西地那非对心血管的作用并不能达到研究人员的预期。作为心血管药物，西地那非的表现令人失望，无法成为一个成功的治疗药物。1991年4月，西地那非的临床研究正式宣告失败。此时，西地那非研究者们大失所望，一片沮丧。

与此同时，细心的研究人员发现，承受这次失败的群体——受试者，在领取过试用药之后都不愿意交出余下的药物，甚至还试图向医生索要更多的药物。原来，男性患者们发现，该药具有一种奇特的副作用：它能使他们的生殖器官迅速勃起。

研究人员大为兴奋，经过深入调查，发现这种药对受试者的性生活有明显改善。在经辉瑞高层许可后，研究人员就西地那非对阴茎海绵体平滑肌的作用展开了研究。在西地那非的临床研究正式宣告失败7年之后，即1998年3月27日，伟哥获得美国FDA的上市许可，成为使辉瑞公司名声大噪的热门产品。

可见，辉瑞公司并不回避失败，而且能够正确地面对失败。同时，他们也具有"船小掉头快"的敏感度。他们在发现新的目标之后，立即投入新的研发，直到取得新的成就。1998年，美国辉瑞公司开发出"伟哥"的消息轰动整个世界，迅速引起了抢购热潮。3位研发科学家获得诺贝尔医学奖，中国各大医学媒体也纷纷报道。

同时，辉瑞公司还像对待自己的孩子一样，对待自己的产品：长期负责，闻过即改。一旦有人产生怀疑，发现问题，绝不护短、掩盖，而是直接面对，深入调查，力求以科学、客观、合情、合理、合法的数据和事实得出结论，自证清白。

实际上，任何事物、产品和人，一旦社会上对之产生质疑，市场上有人吐槽，你既护不了短，更掩盖不了。"伟哥"经历的一场风波，正说明了这个结论。

事情起因是，2005年3月，美国明尼苏达大学研究人员在《神经眼科学》杂志上发表论文，认为某些患者的失明可能与服用万艾可（即"伟哥"）有关（《中国医药报》2005年6月2日进行了相关报道）。辉瑞公司闻声大惊，却不动声色，立马进行相关调查。事情仅过去3个月，即2005年6月27日，辉瑞公司宣布：他们对男性勃起功能障碍（ED）治疗药物万艾可上市后全部不良反应事件经过调查分析后得出结论：患者服用万艾可不增加发生失明的风险。

辉瑞公司首席医学官 Joseph Feczko 博士在官方声明："没有证据说明，万艾可会导致失明或其他严重的视力问题。与同年龄、健康状况相同的未服用万艾可的男性比较，服用万艾可不增加导致失明的风险，或发生其他视力改变。"辉瑞公司也已证实，正与美国FDA讨论更改万艾可的说明书，以反映在服用万艾可患者中会发生罕见的非动脉炎性前部缺血性视神经病变（NAION）的病例报告。

作为老年人最常见的急性视神经病变，NAION与ED具有同样的常见危险因素：包括年龄大于50岁、高血压、高血脂和糖尿病。Feczko博士认为，经过全世界2700万男子10年以上的服药实践和安全评估，没有证据证实，服用万艾可与发生失明和其他严重视力不良事件有相关性。辉瑞公司同时表示，患者使用任何方法治疗ED，都应向医生咨询，并按产品说明书进行服用。与此同时，辉瑞公司将自己的调查报告上报美国政府，由美国FDA——相当于我们的国家药监局——向全世界宣布：我们已经做出结论，万艾可与NAION的发生，无因果关系。此后，"伟哥"在全球的销售量再创新高。

由此可见，辉瑞公司在这次应急事件的处理中，表现出敏锐、快捷的处理事件的能力。处理方式有理、有力、合情合理、合法合规，展现了世界500强企业所具有的高超的应急事件处理能力。

与此同时，"伟哥"的研究者，也就是它的发明人，一直保持一种低调的、含蓄的、幽默和可爱的姿态。

2000年7月25日，来自美国得克萨斯大学、被称为"伟哥之父"的Ferid Murad博士，被广东省第二人民医院特聘为教授，并在该院举办了"诺贝尔成功之路"的学术报告会。这位71岁老人风趣地说：30年前，他就发现了硝酸甘油对心绞痛的病人有显著疗效。后来，他的研究进一步显示，硝酸甘油和一些相关心脏药品使用时，可以导致一氧化碳的形成，从而使得体内血管直径扩大，确立了一氧化氮是心血系统中传递信息的分子的医学理论。接着，人们发现，因该理论研制出的伟哥对阴茎血管扩张效果更加明显，对于治疗阳痿效果更加显著，于是，歪打正着地成了"世界医学界的奇迹"，他也被誉为"伟哥之父"。Murad坦言，他并不喜欢"伟哥之父"的称号，因为"伟哥"对科研来讲没有太大作用，他更关注该理论在其他疾病中发挥的作用。（以上摘自《信息时报》，2000年7月26日）。

尽管Murad根本就没有直接参与制造"伟哥"，但对"伟哥"的发明奠定了理论和发现基础。在得知人们称他为"伟哥之父"时，他竟然气愤地说："这是一个极其愚蠢、无聊的称号，我很不喜欢。如果时光倒流，我宁愿自己从未导致这种药物的发明。"

他还强调说，"伟哥"的发现，完全是歪打正着。在这么似乎毫不介意、侃侃而谈的过程中，这位诺贝尔生理学或医学奖的得主内心充满了智慧、轻松和自信。

综上所述，研发"伟哥"的道路，是由获得诺贝尔医学奖的3位科学家铺平的。就像医学界的许多发明一样，"伟哥"的发现既源于勤奋的研究，也有抓住机遇的启迪。

辉瑞公司于20世纪90年代初，在英国开展勃起功能障碍这方面的研究。当获得初步认可之后，辉瑞于1993年开始在美国进行认真的临床研究。参加临床试验的人数多达3000多人。"伟哥"是历史上研究得最为广泛和深入的药物之一，仅辉瑞向美国FDA提供的资料就不计其数，结果只用了约6个月，就迅速得到FDA的批准。而这么快捷的审评方式，通常是留给那些创新的，或具有挽救生命意义的药物治疗方法的。

当然，这其中最为受益的，除了患者外，自然是辉瑞公司。它赚得盆满钵满，还赚足了全世界的口碑，名利双收，特别是有"诺贝尔奖获得者"头衔的研究者为其站台，使该公司成为目前全球最大的以研发为基础的生物制药公司，其在 2017 年出版的《财富》世界 500 强排行榜中，排名第 173 位；在 2017 年全球最赚钱企业排行榜中，排名第 14 位。

列位看官，笔者在这里花费了巨大的篇幅和精力，回顾了"伟哥"的研究发现和成长及壮大的历程，最终还是要回到消痔灵这边。

因为我们对消痔灵有太多的爱——这种爱，就是"爱之愈深，责之愈厚"的那种爱，和太多的期待——这种期待就是希望消痔灵有一个飞跃式的发展那种期待。

当下，有关消痔灵的研究、开发、拓展，其主体应该是谁呢？窃以为，首先是消痔灵的生产者和相关的科研团队，因为他们拥有消痔灵的技术资料和知识产权、开发和生产能力。

"爱之深，责之厚"是众多肛肠专家的真情实感

直言之，当下应当成立一个消痔灵研发中心。按照谁受益谁投资、谁投资谁受益的原则，消痔灵的生产者，首先应当义无反顾，发挥优势，融资投资，着力开发。在我的内心深处有一个想法：在消痔灵的研究、开发、拓展方面，消痔灵的生产者可以做得更好，可以有更大的作为。

什么是可以做得更好？什么是可以有更大的作为？譬如说，消痔灵不单纯能够治疗痔疮，而且可以治疗直肠脱垂、直肠前突，更重要的是，还可以治疗慢性鼻炎、扁桃体肥大、静脉曲张、前列腺增生等慢性增生性疾病。我们在研究消痔灵可以治疗这些疾病的同时，要进一步使其合法化、正规化、规范化。

同时，我还有一种深层愿望：这就是，要使消痔灵从中国走向世界，使中国肛肠医生在国际医学界享有一席之地。

我也相信，这种愿望，应该会得到更多肛肠同人的认同和支持！

（四）结语

再回到成立消痔灵研发中心这个话题。

1998年，在张家界会议上，我当面向史兆歧先生提出消痔灵有其他功能的问题，先生一度异常兴奋，并详细询问了有关消痔灵治疗慢性肥大性鼻炎、慢性扁桃体炎的具体情况。先生还表示要严格观察其临床疗效，好好总结经验，尤其要保存好第一手资料，加以研究和开发。

现在斯人已去，言犹在耳。

消痔灵的研究和开发，理当由其传承者接棒继续。这既是责任，亦是义务，更是担当。

直言之，对此项目，谁人挂帅最好？

古人有云：千军易得，一将难求，何况帅乎？

又云：举能荐贤，内举不避亲，外举不避仇。

本人以窥豹之见，不揣冒昧，特此向消痔灵研发中心举能荐贤，以期尽快推进这个项目。

他们就是田振国、韩宝二位肛肠行业的杰出代表。

此二人识大局、有高度、善谋略、知人心、能运筹帷幄，可知人善用，对全国肛肠行业技术力量和人力资源了如指掌。尤其值得说明的是，他们都对消痔灵有感情，有长久使用和研究而产生的心理依赖，对发明人史兆歧教授也有着深厚的感情。

至今，史兆歧先生的雕像仍然完好如初地存放在韩宝创办的国家重点专科、北京马应龙长青肛肠医院的门诊大厅里。这种感情和传承，由此可见一斑。

另外，此二人曾是中国肛肠行业领导人，在任10年业绩辉煌，有目共睹。二人珠联璧合，配合默契，已经在行业内外传为美谈。当下，他们分别任中国中医药研究促进会学会肛肠分会会长和秘书长。

消痔灵是中医药范畴，促进消痔灵的研究、升级、发展，也是该促进会的职责和分内之事。

促进，促进，不促何能进？不进何必促？

愿相关决策者察之！

至于消痔灵研发中心首先应该做什么事？

修改药物说明书，把消痔灵的三大药理作用——"止血、固脱、抗组织增生"——写进去，把消痔灵能够治疗的疾病或范围，明确、完整地标示出来。这是第一目标。

或者奢侈一点，再做一件事：给消痔灵起一个合适的名字，使其能脱离只能治疗痔的限制，增加新的使用空间，并能根据其原理，继续扩大其临床应用范围。这是第二目标。

此举说来容易，实则工程庞大。只做成一件事，就是大成就。做成两件事，就近于完美。据说，当年史兆歧先生决定用消痔灵这个名字时就颇有争议，只是还没有找到更好、更合适的名字而已。

孔圣人有云："名不正则言不顺，言不顺则事不成。"事实上，谁人不想给自己的孩子，或者产品起一个独特、响亮有意义的名字呢？

不妨还拿本文前面所介绍的、人人皆知的"伟哥"来说吧。"伟哥"，这个药物的名字直接、响亮，可以给很多男子带来极大的希望和诱惑。

另外，还有值得强调和重复两个段落：

"仅仅在西地那非的临床研究正式宣告失败7年之后，即1998年3月27

99

日,'伟哥'获得美国 FDA 的上市许可,成为辉瑞公司名声大噪的热门产品。可见,辉瑞公司并不回避失败,而且能够正确地面对失败。同时,他们也具有船小掉头快的敏感度。他们在发现新的目标之后立即投入新的研发,直到取得新的成就。"

此其一。时间是 7 年!

"'伟哥'是历史上研究得最为广泛和深入的药物之一,仅辉瑞向美国食品和药品监督管理局提供的资料就不计其数。结果,只用了约 6 个月就迅速无比地得到 FDA 的批准。"

中医大师田振国会长(中国中医药研究促进会肛肠分会)、博士生导师韩宝秘书长在全国肛肠行业会议上

2021年3月26日

此其二。时间是 6 个月。

消痔灵出世已有近 50 年历史,发现有其他功能至少也有 30 余年。相比之下,我们和世界发达国家的科研差距,昭然若揭。因此,好事快做,对消痔灵的开发研究,已经时不我待。

还是回到消痔灵研发中心的所要做的一件事,或者两件事上来。

有人问,谁有资格来安排这样一件事,或者两件事?他是谁?笔者直言,

他的名字是：苍苍上天，芸芸众生，经济市场，社会需求，民族进步，华夏昌盛

  窃以为，如果田振国、韩宝二位出山、上任是众望所归。我也相信，田韩二人一定会顾全大局，义不容辞，振臂一呼，行业响应。

  果如此，则天下幸甚！

2019 年 5 月 28 日初稿

2020 年 1 月 6 日成稿

北京

16 赤峰，赤峰，赤色之峰

2019年8月26日，随着北京对口内蒙古技术帮扶工作的推进，作为国家中医药管理局三级甲等专科医院、国家临床重点专科、国家中医重点学科的北京马应龙长青肛肠医院与内蒙古自治区赤峰市松山区蒙医中医医院结为京蒙技术帮扶对口支援单位，北京专家定期到赤峰开展工作。同时，国家名中医韩宝工作室也将落户赤峰松山。

这天，韩宝、付国新两位院长在北京签署了相关合作文件。次日，国内相关主流媒体多有报道。值得说明的是，为什么这次业务合作会引起行业内外的关注呢？

北京马应龙长青肛肠医院与内蒙古自治区赤峰市松山蒙医中医医院结为对口支援单位

摄于北京

大概有几个原因。其一，京蒙两地的各行业技术帮扶既是国家战略，也是各地方政府高度考量的工作任务，因此，相关部门重视也就顺理成章了。其二，北京马应龙长青肛肠医院的行业级别和业务水平是国内最高级的，作为学科带头人、主任医师、博士生导师、解放军总医院中医肛肠科学科带头人、院长的韩宝，其影响力也是国内最大的。

韩宝其人深受业内人士爱戴，弟子众多，麾下猛将如云，其业务活动受到行业关注，亦合情合理。

本人自2016年有幸成为北京马应龙长青肛肠医院的会诊专家，也是韩宝工作室的一分子。因此，我出诊赤峰，就成为一种责任、义务和任务。当然也是一种学习、锻炼和展示，还可以顺便了解异地的风土人情，领略祖国大好河山，广交天下同道好友，实在是好事一桩。

我对赤峰并不熟悉。2019年10月23日，第一次来到赤峰，我就对这个地方产生了特别的兴趣。赤峰，顾名思义，赤者，红也；峰者，山也。换言之，赤峰就是红山。曾闻这里的山都是红颜色，可以说是独一无二。恰好，赤峰市政府所在地就叫红山区，近年则搬迁至新区，名为松山区。

韩宝、付国新院长签署合作协议

不管红山区，还是松山区，它们都与红色的山有关。红山在蒙古语中为"乌兰哈达"，乌兰为赤色、红色，哈达意即山峰，赤峰这个名字也是从"乌兰哈达"而来。

赤峰不仅有红山，还有"红山文化"。最早提出红山文化的是梁启超的儿子梁思永和考古学家尹达。梁思永曾任中国科学院考古所副所长。他早年实地考察过赤峰。他们认为：红山文化是北方细石器文化和仰韶文化的结合，属于长城南北接触而产生的一种新文化现象，故定名为"红山文化"。此外，专家们还有明确结论：赤峰之红乃与富含三氧化二铁有关，但此物何以在此地多多，则不得而知。

各位如有兴趣，可到赤峰一游，以进一步了解红山和红山文化。

任毅在赤峰市松山蒙医中医医院会诊

赤峰与红有关，不料，本人来到赤峰，也与"红"字发生了意外纠葛。一日上午，赤峰市松山区蒙医中医医院，窗外白雪飘飘，专家诊室里则热气融融，预约号刚看完，正要准备去手术室，有人说："任老师，能不能加一个号？来人说是您的老朋友，专门找您看病。"咦，赤峰这边怎么会有我的老朋友呢？心中甚是疑惑，甚至好奇，于是赶快请他进来。

大约四五个人，男男女女，其中一个壮年男子进门即开口："任毅老师呀，我也是肛肠科医生，四五年前我就知道您，在网上听过您讲课，见过您照片，读过您的文章，看过您的手术视频，也和您语音对过话，所以说和您是老朋友！不过，今天是第一次和您见面哦！"

连珠炮似的一席话，使得大家忍俊不禁，还是我说："哈哈，好吧，那就和第一次见面的老朋友握个手吧！"

事后，朋友们说："任毅，你这是典型的'网红'啊！"

此前就有多人揶揄我为"网红"，我一度感到难堪不适，现在看来，做"网红"很不错，特别是与赤峰之红有关，既有天然之红，又有文化之红，最重要的是，与我的职业和日常工作有关，自此以后对于"网红"之谑称，本人就完全笑纳啦。

关于赤峰的红，据说，赤峰当地还流传着一个美丽、动人的神话故事：

很久以前，红山并不是红色，而是一座熠熠发光、五颜六色的山峰，每遇彩霞夕照，金光闪烁，瑞气千条，山脚下有偌大的一片水域直抵天边。湖面平静，宛如妆镜；气团变生，波涛翻涌，似有云雾上升，袅袅浮动；鱼跃鸥扫，飞花点点，金波光耀；遍野的黄花、野百合、鸽子花一团团、一簇簇，如仙境般。

一天，久在天宫瑶池西王母的九个女儿不甘寂寞，偷偷地溜出南天门，踏着祥云，来到红山脚下，解下罗裙，一个个纵身跃入碧波之中，顿时，水面上绽开了朵朵白莲。王母娘娘知道了九女下凡的事，大发雷霆，命太白金星下凡，速令九女回天廷。这时，仙女沐浴已毕，正在整妆，忽见太白金星驾云而至，亲传王母口谕。众女一看时至过午，情知不妙，仓促飞离，慌乱中不慎把胭脂洒落在山上。从此，五颜六色的山就变成了红色。

就在众仙女即将返回天宫的刹那，乌云滚滚，电闪雷鸣，一群天兵天将把众仙女团团包围，玉帝降旨，把九仙女贬入凡间，化为山石，永不许返天宫。太白金星见此，只好含泪惜别。此时，沉雷又炸，暴雨如注，一直下了九天九夜。雨后，九女变作九座山峰，耸立于红山之中，当时又因雷击过猛，迫使金河的水倒流回溯，绕山麓回环云，再曲曲折折东流归入土河。至今在赤峰一带仍流传着"红山九个头，英金水倒流"的民谣。

我观这一传说，既不美丽，亦不动人，倒是使我有一种不爽之感。

其一，赤峰此番宝地，环境优美。孩子们在一个地方待久了、玩腻了，出门游玩一番，既不费时又不费钱，且利于成长，尤其是利于天堂和人间的文化交流，合情合理，何罪之有？即使有不请假嫌疑，闻母急招，火速返回，做一番检讨、改正，事情也就应该到此为止了。

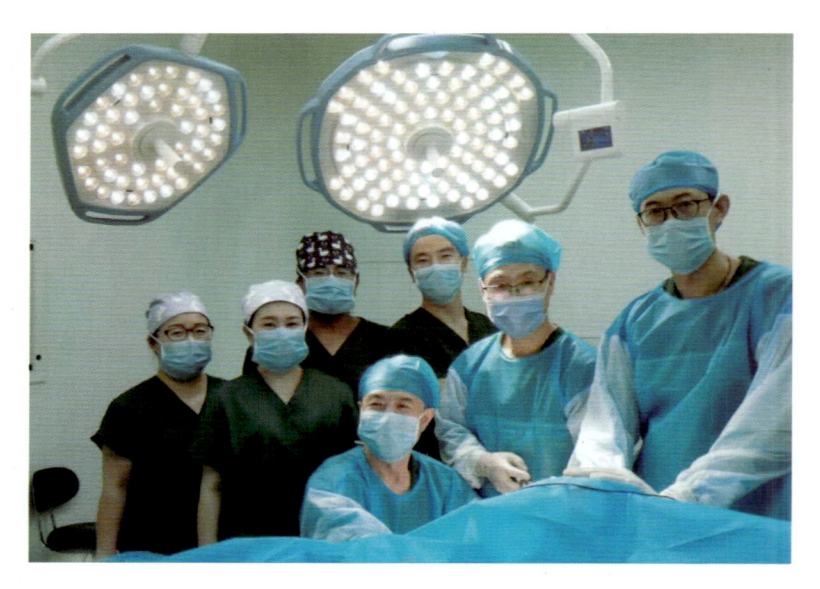

任毅在赤峰市松山蒙医中医医院手术室

其二，就在孩子们即将返回天宫之际，玉帝却大动干戈，令天兵天将将她们团团包围，而且又将孩子们贬落人间，并剥夺其生命，令其化为山石。且不说这后宫内事应由王母管理，既然王母已着手处理，玉帝不宜直接插手，这恐怕也不符合天廷规矩吧？

至于天兵天将团团包围，这是多么危急的状况？多么不可掌控的情形？需要出手此等大敌当前之动作？但说孩子们离开自家地盘，外出游玩一番，就要戮杀，这是何等不通情理，不近天伦？玉帝对待自己女儿尚且如此，又怎么会宽怀、仁慈对待天朝的子民呢？玉帝这般处理，是恣意和草率，儿戏生命？还是有天条可依？如果确有这样的天条，那也是涉嫌邪恶的天条，应予修改或废除，后人更不应当广为传颂。

其三，不说玉帝这一举动需要耗费多少资源和人力成本，最重要的是，此举丝毫不能体现天廷的教化和恩德，更不能增加天廷的凝聚力和归属感。

其四，再说这赤峰之红色，如说是女儿们的胭脂洒落人间，使之一片红色，实在勉强。推测一下，孩子们临时外出，又是偷偷摸摸，应该有快去快回的考量，怎么会带有大量的胭脂呢？因此，如果说，是孩子们鲜红的生命和血液染红了这块是非之地，或许合乎逻辑？

其五，且说一番这个太白金星，在大唐年间的《西游记》里，这位天庭重臣神通广大、能力非凡，在天上和人间均有良好声誉。而在本传说中，这个太白金星一不出谋划策，二不进谏规劝，只是含泪惜别。在大是大非、生杀予夺之面前，含泪有何用？惜别岂不是逃避责任？可见，此君颇有失职、渎职之嫌疑，建议报送包拯同志审查……恍惚间，忽闻铿锵之音……王朝马汉何在？二十大板伺候……

综上五点，我的结论是，这传说既不美丽，亦不动人，更不足以增添地域的风光、风情和文化魅力。窃以为，不传也罢。

那么，什么是传说？有《汉语词典》曰：传说者，传来传去的说法也。神话传说则更是传来传去的神说法，往往不确切、不真实，还会夹带着传者的想念、愿望和希冀。

既如此，则完全可以理解为凡是关注某人、某事，人人都有传说的权利和传说的空间。好吧，今番任毅医生有幸到达赤峰宝地，不妨也杜撰一个任毅版本的赤峰传说，拿来和各位分享一番。各位若喜欢，给个鼓励，点个赞，不妨传播出去，尤其要看看赤峰的朋友们是否喜欢。若不喜欢，更简单，不传可矣。

与此同时，此版本传说就算是本文的最后段落，静待众人评说，而决不狗尾续貂。

语曰：21世纪20年代，有任毅所述赤峰往事。

很久以前，红山并不是红色，而是一座熠熠发光、五颜六色的山峰。每遇彩霞夕照，金光闪烁。山上遍野的黄花、野百合花、鸽子花团团簇簇，绚丽多彩。山脚下，一片湖水直抵天边，时而湖面平静，宛如妆镜；时而波涛翻涌，气团变生，云雾上升，袅袅浮动；时而鱼跃鸥拍，飞花点点……

一天，天宫瑶池王母的九个女儿，因羡慕人间的恩爱乐趣，于是偷偷溜出南天门，踏着祥云，来到红山脚下。她们解下罗裙，欢呼雀跃地戏于湖水碧波之中。顿时，水面上绽开了朵朵白莲。不料，王母娘娘很快获悉九女离宫之事，大发雷霆，即命太白金星下凡，令九女速回。时至过午，仙女们沐浴已毕，正在整妆，忽见太白金星到来，传王母口谕。众女情知不妙，仓促飞离。

天宫堂上，玉帝王母端坐，众臣诸神列位，九女跪于堂下。太白金星首先呈报九女擅自下凡，请玉帝发落。

帝：卿意如何？

太白金星：九女擅自离宫，触犯天条。但闻错即改，态度尚好。九女皆年少，大者刚刚弱冠，幼者年仅七八岁，且均无恶意冒犯天廷，只是出于儿童天性，游玩好奇。同时，亦未造成恶劣影响，倒是为天上人间的友好交往，开辟了一条蹊径。再者，开放交流也能够传播大帝恩德，广撒天宫甘露，有利于天上人间的共同繁荣。吾天廷历史悠久，欲千秋万代，永葆昌盛，亦应与时俱进，吐故纳新，修改旧条，施行新法。

综上所言，老臣斗胆建议，从轻发落九女，并借此契机，整治朝纲，恩泽天廷并惠及人间。老臣恳请玉皇大帝明察！

帝与王母互交眼神后，又转向两侧问：众卿何意？

众臣曰：太白公所言有理，吾等愿拥绕大帝，整治朝纲，恩泽天廷，千秋万代，永葆昌盛！

玉帝贤明，即颁发诏令，惩处九女之首大姊，令其素面素衣素食，于冷宫抄写《金刚经》一年。余八女，贬回人间红山，自食其力。

九女堂上叩谢玉帝不杀之恩，又感恩众臣，相拥而泣。接着，两武神上前架离大姊，大姊又叩拜王母，对众女哭曰：吾已素人，请将吾所存胭脂尽撒红山……

此后，此地即成红色，众神对此地也多有关照，年年风调雨顺，百姓丰衣足食，政治清明，人心尚德……

此地，即今之赤峰者也哉！

2020 年 1 月 20 日

16 赤峰，赤峰，赤色之峰

任毅在赤峰松山脚下

17 与文怀沙先生交往二三事

文怀沙文老去世将近两年了。2008年，我有幸和文老认识，之后的交往中一直想写一点关于文老的文字，但直到2018年6月23日文老去世，我的这个想法一直没有付诸行动。

这是怎样的一种感情债呀，一直让我不能释怀。所以，每当念及文老，我一直心神不宁。它既是一种让我怀念文老的回味之美，又是一种压力和还责的心理负担。

现在看来，这些想法都有些幼稚。因为天下事很难万事俱备，等一切都完美了，再按部就班进行，这算是一种奢望和不现实的想象。凡事预先设计是必要的，但只是框架和大概。而实施过程则是另外一种体验。

关于文怀沙，其公开的资料是：文怀沙，名奫，原名文哲渠，字贯之，斋名燕堂，号燕叟，笔名有王耳、司空无忌等。他1910年生于北京，祖籍湖南，现为燕堂诗社社长、上海大学文学院名誉院长、西北大学"唐文化国际研究中心"名誉主席、中国诗书画研究院名誉院长、龟学院名誉院长等。20世纪40年代，文怀沙就在文化界有一定名望，部分媒体称之"国学大师、红学家、书画家、金石家、中医学家、吟咏专家、新中国楚辞研究第一人"。

我初识文老是通过看病。2008年初夏，文老因为肠道出血，辗转几家医院治疗不见好转，经过我的一位老朋友王成纲先生介绍，文老一班人马就直接到了我所在的医院。

说到王成纲先生，就必须先做一番介绍。王成纲，1939年出生，山东蓬莱

17 与文怀沙先生交往二三事

任毅与文怀沙先生结识
卢克利摄于北京市石景山区中医医院
2008年初夏

人。其博学多才、学养深厚，是诗词界、书法界比较活跃的诗词家、书法家。其正式职业是北京市石景山区中学教师，自称是称职但没有职称的语文老师，文怀沙则称其为"格律诗家"。

　　王先生著有《中国成语典故》（上下集）一书，曾送我作为礼物。我浏览之，内容丰富，确有独到之处。他的书法也有特色。王先生祖籍山东蓬莱，是我的胶东半岛老乡，其年长，是父辈年龄。我为其诊病后，即成为好友，是忘年交。我喜欢其书法，有三个原因：其一，有一天，我在北京某橱窗内看到有署名王成纲的书法展示，后经证实，确是我老乡王先生的作品。其二，我居所引近有一家较大的公司，其招牌是王先生亲笔所题。该公司将其制成鎏金牌匾，悬于街市，以招徕眼球。可见其作品很有雅俗共赏的意味。其三，他在并未曾告知我的情况下，为我题写了条幅："金刚手段 菩萨心肠"。除了其书法刚劲隽秀、风格独特外，其文字对仗工整，其内涵寓意深刻，既可以看作对本人的赞许，亦可以当作本人的努力目标，内外得当，左右皆宜，确非一般人所为，由此对王先生颇为敬佩。

王成纲先生赠送任毅书法条幅：金刚手段 菩萨心肠

他和人相处也有个性，批评人更有独特之处。一次，他拿着我写有他名字的病历，说："任大夫，我得好好感谢您啊！"我问："您这是啥情况呀？"答曰："坊间皆知，您是肛肠科著名大夫，您把在下'王成纲'变成'王成刚'，这问题倒也不严重，如果写成'王成肛'，那可如何是好哦？"我接过一看，果然，我"纲""刚"不分，急忙道歉不迭，算是纠正了错误。

此人睿智，可见一斑！

以上是插曲，再回到文老先生这厢来。文老的肠道出血量较大，色鲜红，这对于一个98岁的老人来说，有些恐慌是正常的。而对于任何一个接诊医生来说，再怎么重视也不过度，诊治再怎么烦琐也不过分。譬如，考虑有无恶性肿瘤，首选肠镜检查，全面系统化验……但是，这些检查既费时又烦琐，还有一定的风险……这应该是文老弃近就远——放弃北京协和等身边大型医院的专家而直奔北京西五环寻任毅医生的主要原因吧？

与此同时，彼当下的主要诉求是止血，尽管这种出血并不是通常所说的危急、危险，但它对于患者的心理影响与危急、危险并无二致。因此，文老在回答我的医疗风险知情同意征询时说："我早年在北京中医学院（今北京中医药大学）教过医古文，对医学有所了解。我还一度被指责为非法行医呢（难怪有人称其为中医学家）。当前，只要尽快止血，我就心满意足啦。"

有此承诺和知情同意，我也可以放手施治了。在做直肠镜检查的同时，我也做好了注射药物的准备。在几分钟的时间内就完成了检查、诊断和治疗，甚至在一二分钟内，快速完成了内痔注射治疗。

在治疗过程中，为什么已经98岁的文先生并没有什么不适的反应呢？其一，注射的位置处在肛管深处，这里并没有主管疼痛的神经——通常反应敏锐、快捷的脊髓神经。直言之，此处又称无痛区，这里存有的神经是主管牵拉、蠕动和坠胀的神经——植物神经，通常反应迟钝、缓慢。其二，本人操作熟练、迅速，还没等这位98岁老人反应过来，我的一句"检查和治疗全部结束，文老放心！"，立马就把紧张情绪和气氛缓和，而这种情绪和气氛很快就能抵消植物神经的迟钝反应。其三，如此操作，有据可查。当年这种注射药物的发明人、中国著名的肛肠大师史兆岐教授在中东某国为国王施治，就是采用不做麻醉、不做特殊

113

肠道准备、快速注射、快速结束的办法，结果甚好，为中国医学和中国医生赢得了广泛赞誉。

文老治疗当日精神平和，状态良好，并无大的不适。我开具了一系列药物，做了一番详细的专业交代和说明，即嘱咐返家休息，如无特殊情况，隔日再来。

隔日，文老看起来精神矍铄、情绪高涨，和首次见面截然不同。他说："一个多月的肠道出血，到昨天为止，完全消失了。今日排便也完全正常。真没想到这么快就好了，看来任毅大夫确有特别手段啊！"随文老前来的王成纲先生和其他几位陌生朋友，都附声说了一些客套话，听了这番话，我紧绷的神经也放松了。

我又安排护士带文老到治疗室，用中药熏蒸仪进一步治疗，文老边走边交代身边的人："注意缴费哦！"——此话看似轻巧，实则不然。其人品、素养，医界朋友闻之即能知其高下。

大约五六分钟，我也来到治疗室。不料，我看到了我从医以来完全没有看到过的情形：文老正闭目端坐在治疗仪上——我们的中药熏蒸仪，可药物冲洗、雾化熏蒸，既能治疗疾病又非常舒适——文老身边站有一位年轻人，手捧一本书正在诵读。显然，这是专门读给文老听的。

这一幕，过了十多年，至今仍然清晰地定格在我的记忆中，从不模糊。当下，人们对于读书似乎已经感觉非常陌生了，以至于国家有意设立读书日，以求推动。

近年来，关于文老是否是真正的国学大师颇有争议，至今亦无定论。但窃以为，仅此一幕之定格，即可以看到国学大师的影子，不是吗？

记得当时和文老一行相谈甚欢，我问那位为文老读书的年轻人："您是文老的徒弟？"他腼腆一笑："我哪有资格做文老的徒弟啊，我是他的徒孙呢！"听大家介绍，此人年轻、聪慧，专修文化艺术，刚从英国剑桥大学留学归来，天津人，名卢克利。卢也一时兴奋，对我说："任毅大夫呀，等文老的顽疾痊愈后，我想专门为您刻写一幅书法作品，供您欣赏，既表达本人对文老康复的欣慰，也表达对您的敬仰之意。"

"哈哈，好呀！"如此大雅之礼，却之不恭啊！况且，此类表达完全不在我们行医执业禁忌之列，所以我就恭敬不如从命啦！随后，在我的诊室里，本人和文老的两张合影都是卢克利先生所拍，幸甚！

此后至今，卢在天津开办刻字艺术文化公司，风生水起，名声大振。我们虽未再见面，但一直交往不断。此是插话。

大约4个月后，有幸再次见到文老。此期间，一直和文老保持联系，大致是关于康复过程中的细节琐事、健康问候之类。因此，本次相见，算是对文老的一次健康随访。文老给我的印象是健康、豁达、幽默，甚至有些率性。

自从与文老结识，对其有了进一步的了解和关注。论文怀沙先生的资历，应该是郭沫若、钱钟书、游国恩、郑振铎等文化大家之小兄弟吧，其文学作品或许只有《离骚今译》能登堂入室，列于大作之列？其主编的《四部文明》共计1.4亿字，是"十五"期间国家重点图书，算不算大作？人们所称的"当代屈原""楚辞学家""国学大师"是否贴切？这些问题离我何其遥远，不问、不闻也罢。而文老是中国文化界有影响的人，则无可争议。

2008年，年轻的马英九当选台湾地区领导人，一度踌躇满志，致力于推动两岸关系发展，首先着力于发展两岸文化关系。当时，有人开列的两岸文化交流人士名单，文怀沙名列前位。尽管最后没有成行，但文老之影响，可见一斑。

之后，京城有显赫人物欲拜访文老，特意安排专人、专车接迎。文老竟然说："我年老体衰，有些忙，也有些累，以后再说吧。不过，请转告，如先生光临寒舍，老朽随时欢迎！"

此小事一桩，文老待人接物之风格，跃然纸上也。

此间，有人在报端质疑其年龄，认为其涉嫌造假，进而质疑其人品，指责其沽名钓誉。但从未见文老对此回应。

2008年，我接触文先生时，他确实已经是一位老人，白发浓密，银髯飘拂。然而，他思维敏锐，表达意思准确而快捷，完全不像是一个98岁的老者，倒是一个活脱脱的幽默、真诚、率直的老顽童。

2012年底，我和王成纲先生同行，再次拜访文怀沙先生。其实，这次见面是我有求于先生。此时，我在筹备《肛肠病微创治疗学》的写作和出版，当得知我很希望文老能根据自己的亲身感受为出版作序，他欣然应诺，并大加鼓励。他说："您是能看病、能做手术的医生，还是能出书的医生，这非常难得！"

任毅专程拜访文怀沙先生

王成纲摄于2012年冬
北京麦子店乡文氏居所

文怀沙先生为任毅书稿作序

王成纲摄于2012年冬
北京麦子店乡文氏居所

17 与文怀沙先生交往二三事

在其北京东三环麦子店乡永安宾馆的居所，文老用铅笔逐字、逐句核对，严谨、认真地校对和说明，给我留下了终身难忘的印象。

文老身边的一位工作人员悄悄地说，老爷子对任医生很偏爱哦！

一个小时后，文老又带我们一行人等到他的书房和画室。下楼，出门，王成纲先生坐我开的车，文老及工作人员坐另外一台车。行车四五分钟，再步行四五分钟，即到达一座公寓的一层。我们一行进门，只见客厅宽敞，光线明亮。木制家具古香古色，其文化气息浓厚。文老嘱我们在客厅稍坐，有工作人员用茶水招待。他则自行进入一室。20多分钟后，文老出来了，说："这是你、任毅医生要的书名，写了两张，还好，你自己看着选一个吧。"又说："这是我们刚刚制作的新年挂历，一大一小，全是我的照片和书法作品，特意送您的，请收下吧！"

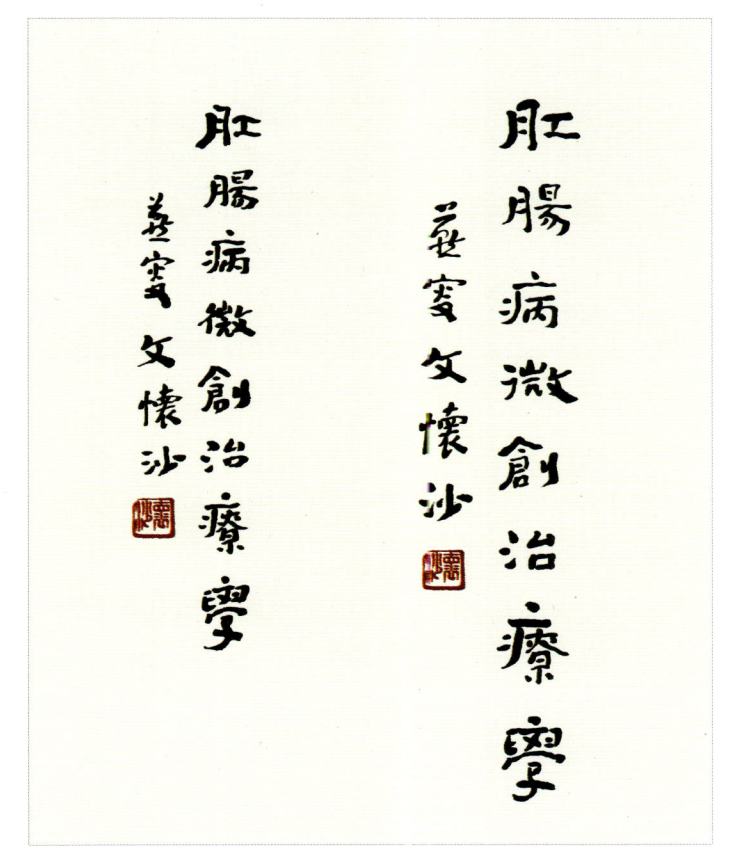

文怀沙先生为任毅题写书名

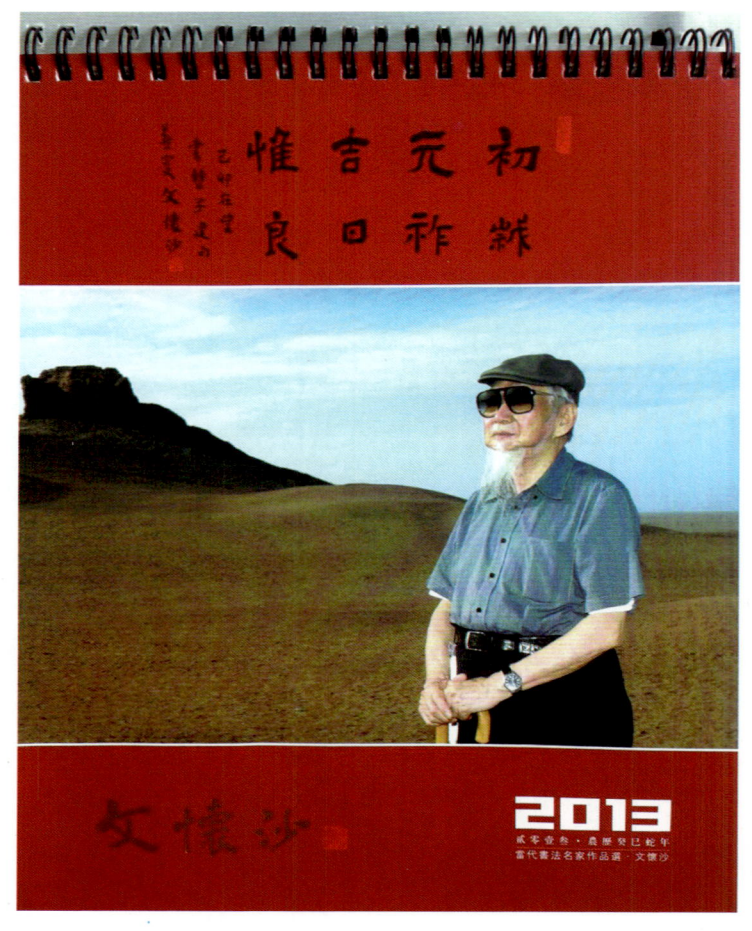

文怀沙先生作品欣赏

  我非常激动，语无伦次地说了些"谢谢"之类的话。这时，王成纲先生插话说："2013年的新年挂历，我也没有看到呀！"

  我有些惭愧，王成纲先生是我的引荐人，一路同行，彼无而我独有，如同一人向隅，满堂不欢。我十分不舍又鬼使神差地说道："那，这个就给王先生吧！"

  "不，这就是给你任毅医生的。给王先生的，在我这里呢。"文老随即又拿了一份挂历给王成纲先生。

  正在这时，又有一行人等自门外进入客厅。文老给我介绍其中的一位年长女性说："这位是艾青先生的夫人高瑛先生。"

艾青，这可是一个大名鼎鼎的人啊。艾青的诗作曾影响了一代中国人的思想。

这个场面，我完全没有想到。

"夫人好，艾家盛产民族英雄啊！"

艾夫人有所示意，未语。我们随即告退，离开文府。

2012年底的这次见面，是我最后见到文老，也是留有深刻印象的一次会面。

各位看官，已经103岁的文老，其思维条理清晰，其大脑反应精准，真是见所未见，让人叹为观止！

我真想问问研究人类健康和长寿的专家们，这算不算是一个奇迹？

文老是一个坦率、真诚，甚至有些桀骜不驯、放荡不羁的人。

我还记得有一次，大约是2008年夏。在石景山大东北酒店，我们和文老一起吃饭，当时有王成纲、卢克利，还有一位忘了姓名的朋友。席间，一位服务员为文老添加茶水，文老抬头微笑说："小姑娘，你长得真标致啊！"服务员莞尔一笑，轻盈离开。

20世纪六七十年代，如果你当面对一女子说，您真美。大约回答是：你这个臭流氓。皆恼。

改革开放以后，大约回答是：羞涩一笑，不语。皆爽。

现今，则多半是：是吗？谢谢。皆欢。

其实，当时的我立马就联想起了大文豪歌德在《浮士德》里的著名诗句：你真美啊，请停留一下！

我想说的是，当我们在现实生活中说出"你真美"一类话的时候，那得需要有多么宽广的胸怀，多么自由和美好的心灵，多么真诚和坦白的表达。

看官朋友，不妨问问自己，您有过这样的感受吗？

文老是一位特立独行的高人，也是一位誉谤天下的大师。

诗人臧克家先生曾在抒情诗《有的人》中写道："有的人活着，但已经死了；有的人死了，但仍然活着。"

对那些质疑文老先生是不是大师的人。我想说的是，有的人挂满耀眼、炫目的头衔，但完全没有大师的光芒和风范；有的人到死好像也不得志，没有任何可以炫耀的荣誉和奖章、权力和地位、金钱和财富……但是他有个性、有尊严、有快乐。换一句当下流行的网络语言——"他不装，不会装，不能装，不必装！"他死了，人们会想念他、怀念他、纪念他……

2018 年 5 月构思
2020 年 3 月 3 日定稿
北京

（任毅注：至今，计划中的《肛肠微创治疗学》专著虽然未能出版，但文老的序言却倍加珍藏，并作为本书《中医肛肠外科医师执业感悟》之序，以飨读者！）

18 肛肠外科手术新模式
——微创、无痛、无恐惧

（本文原刊载于 2014 年 6 月 12 日健康资讯网，本书收录时有改动）

肛肠外科手术近 30 年来，发展异常迅猛，就本质而言，其最大的成就是解决了三大问题，或者，为了与本文题目相呼应，姑且称其为旧亮点：一是搞清楚了肛肠局部的解剖，譬如内外括约肌的三肌襻学说。此是埃及医生 Shafik 之首功。二是从痔是肛垫的新结论中形成的手术规范：痔手术该不该做？无症状的痔做不做手术，怎样做？首先选择硬化剂的注射和胶圈套扎及相关技术。这一成就应该归功于美国 Thomson 博士以及中国肛肠医生，其代表人物是消痔灵的发明人史兆岐教授。三是关于痔手术的疼痛问题，包括痔手术中和手术后的疼痛，这一问题的初步解决，主要由国内一位乡镇医院的医生完成。1978 年 3 月 18 日，在全国科学大会上，该医生受到了国家级的奖励。他就是山西稷山县稷山镇医院任全保医生。他创造性地提出术后长效止痛剂，并由此带动了全国各地的肛肠科医生对此加以研究、广泛应用和改进完善。尽管这种技术对肛肠手术后疼痛的完全解决，尚有不尽人意的地方，有点行百里者半于九十的意味。但是，术后长效止痛剂，在很大程度上解决了肛肠疾病术后疼痛，是不容置疑的事实。本人对肛肠手术疼痛的一些新认识和理解以及略有改进，也是受到了任全保先生的启发和影响。

而肛肠手术一旦戴上了"天下第一疼"的帽子，想摘掉它就有些难度了。

其实，肛肠外科手术是外科手术中，创伤和风险都相对较小的手术，但其

2009年，任毅在北京首次见到任全保先生，并请教相关问题

对人的心理影响却很大。面对肛肠手术，手术前的患者会辗转不安，心怀恐惧。其原因有三：一是这个部位因神秘和隐私平时少有人关注，一旦出了毛病就会异常注意，高度敏感；二是这个部位的神经确实非常丰富、敏感；三是民间对痔手术的误导和讹传，同时正确的、科学的认识尚未完全普及于民。

那么，临床医学发展到今天，肛肠外科手术新亮点在哪里？这也是肛肠外科医生热衷探讨的专业热点。

我从事肛肠外科工作30年，身在其中，既不避班门弄斧，又极愿抛砖引玉，与业内同道共同探讨。故有此文呈现于名医堂。

余以为，肛肠外科手术新亮点，或又称为肛肠外科手术新模式，其内容有三，即微创、无痛、无恐惧。

其一，微创。微创首先指手术的创口微小、准确，手术创面缝合精密、细致，且必须缝合时，大部分使用可吸收的缝合线，可自行完全吸收，不必等待若干天后再行拆线；其次，指不需人工切除和缝合。吻合器的出现，使用精密的环形刀刃和细微钛合金钉，代替了手术切除和缝合。"咔嚓"一声，即完整地切下组织，瞬间完成。与此同时，吻合器瞬间完成吻合——组织缝合也随即完成，

18 肛肠外科手术新模式
——微创、无痛、无恐惧

（本文原刊载于 2014 年 6 月 12 日健康资讯网，本书收录时有改动）

肛肠外科手术近 30 年来，发展异常迅猛，就本质而言，其最大的成就是解决了三大问题，或者，为了与本文题目相呼应，姑且称其为旧亮点：一是搞清楚了肛肠局部的解剖，譬如内外括约肌的三肌襻学说。此是埃及医生 Shafik 之首功。二是从痔是肛垫的新结论中形成的手术规范：痔手术该不该做？无症状的痔做不做手术，怎样做？首先选择硬化剂的注射和胶圈套扎及相关技术，这一成就应该归功于美国 Thomson 博士以及中国肛肠医生，其代表人物是消痔灵的发明人史兆岐教授。三是关于痔手术的疼痛问题，包括痔手术中和手术后的疼痛，这一问题的初步解决，主要由国内一位乡镇医院的医生完成。1978 年 3 月 18 日，在全国科学大会上，该医生受到了国家级的奖励。他就是山西稷山县稷山镇医院任全保医生。他创造性地指出术后长效止痛剂，并由此带动了全国各地的肛肠科医生对此加以研究、广泛应用和改进完善。尽管这种技术对肛肠手术后疼痛的完全解决，尚有不尽人意的地方，有点行百里者半于九十的意味。但是，术后长效止痛剂，在很大程度上解决了肛肠疾病术后疼痛，是不容置疑的事实。本人对肛肠手术疼痛的一些新认识和理解以及略有改进，也是受到了任全保先生的启发和影响。

而肛肠手术一旦戴上了"天下第一疼"的帽子，想摘掉它就有些难度了。

其实，肛肠外科手术是外科手术中，创伤和风险都相对较小的手术，但其

2009年，任毅在北京首次见到任全保先生，并请教相关问题

对人的心理影响却很大。面对肛肠手术，手术前的患者会辗转不安，心怀恐惧。其原因有三：一是这个部位因神秘和隐私平时少有人关注，一旦出了毛病就会异常注意，高度敏感；二是这个部位的神经确实非常丰富、敏感；三是民间对痔手术的误导和讹传，同时正确的、科学的认识尚未完全普及于民。

那么，临床医学发展到今天，肛肠外科手术新亮点在哪里？这也是肛肠外科医生热衷探讨的专业热点。

我从事肛肠外科工作30年，身在其中，既不避班门弄斧，又极愿抛砖引玉，与业内同道共同探讨。故有此文呈现于名医堂。

余以为，肛肠外科手术新亮点，或又称为肛肠外科手术新模式，其内容有三，即微创、无痛、无恐惧。

其一，微创。微创首先指手术的创口微小、准确，手术创面缝合精密、细致，且必须缝合时，大部分使用可吸收的缝合线，可自行完全吸收，不必等待若干天后再行拆线；其次，指不需人工切除和缝合。吻合器的出现，使用精密的环形刀刃和细微钛合金钉，代替了手术切除和缝合。"咔嚓"一声，即完整地切下组织，瞬间完成。与此同时，吻合器瞬间完成吻合——组织缝合也随即完成，

18 肛肠外科手术新模式——微创、无痛、无恐惧

且对位精准，既快捷又省力——当然，也不用担心这些钛合钉的排异反应，它们本来就没有排异反应，而且在一个月后或更长一些时间，就会悄然脱落，即使不脱落，留在体内，就像心脏支架留置在心脏内一样，几乎无影响。

这就是当前国内外的主流技术——PPH 吻合器技术。

任毅向世界著名肛肠外科教授、PPH吻合器技术发明人、意大利Longo教授请教相关问题并共进晚餐

关于微创的内容，除了相关微创技术外，譬如腔镜技术、吻合器 PPH 技术、弹力线套扎 RPH 技术，尚有良多手术细节和技巧，譬如：手术中的手法扩肛，改善局部血液和淋巴循环，打破"充血—梗阻—痉挛—疼痛"的恶性循环。手术切除缝扎的"8字"秘诀：不扎皮肤，不扎黏膜。可避免对感觉神经以及植物神经的刺激，从而避免疼痛和坠胀的出现。注射硬化剂药物的"8字"秘诀："宁深勿浅，宁远勿近。"肛周脓肿及肛瘘手术中的"多孔引流，双重挂线"新术式既强化了引流，又加大了慢性切割的力度，同时还能更好地保护肛管直肠括约肌的功能。

如此等等，更多专业内容，不予详述。

其二，无痛。无痛应该是以微创为基础的，无微创则难以有无痛。此无痛，应是完全的、彻底的、不留死角的无痛状态。其实，手术是对机体的创伤和侵

123

害，疼痛是正常机体内在的必然反应，理所当然，不可避免。手术进行中的疼痛，由于麻醉技术的进步，已经迎刃而解。而对手术后的疼痛恐惧，则正是坊间以讹传讹、无限放大所致。

对此，我们的新理念是超前镇痛：当疼痛还没有出现的时候，即采取相应的措施。

其生理依据是：人体产生疼痛是因为人体内释放了大量的、有活性的神经递质，如 5- 羟色胺、组织胺、缓激肽、乙酰胆碱等，它们的主要作用就是启动并完成疼痛的生理反应，因此被称为致痛因子。这些致痛因子平时并不存在，当机体出现不良刺激，如手术创伤等异常情况时，才得以合成并释放到血液里而发挥其致痛作用。

换言之，当这些致痛因子已经出现，再采取任何措施都不能完全阻挡它们的生理作用。只有影响它们的生成，防止它们的释放，阻挡它们发挥正常的作用，才是最根本的措施。这就是超前镇痛。换句目前流行的话，这叫关口前移。就如同大火还没有烧起来，即去灭火、防火。当下所有的止痛措施均以此为原则，本文不予详述。

其三，无恐惧。通俗地说，就是不害怕。就其实质而言，无恐惧的要求是无疼痛要求的更深层次、更高级的延伸。

肛肠手术后的痛苦，包括疼痛，其中有一部分是心理作用造成的。现代心理学研究已经证实，恐惧状态下的人体，很容易分泌产生如前所述的致痛因子并引起其相应的应激反应，如应激性胃溃疡造成大出血就是典型事例。由于恐惧的心理，会导致并且加重疼痛。反过来，疼痛又会加重心理恐惧，这是一个很不招人喜欢的恶性循环。

20 年前，我做肛肠手术时，患者一直处于神志清醒的状态中。因此，为缓解患者的紧张，我会不停地与患者交流："疼吗？疼就再加点药麻呀！"此时患者躺在手术床上，也会咬着牙，用与以往不一样的声音说："不疼呀，还行……"，其实，此时他已经大汗淋漓了。现在想来，他当时的恐惧状态一定是非常严重了。后来有患者对我说，他在手术中的听力特别敏感，一听到刀、剪的金属碰撞声，就会心头一紧，全身不安。这些感受都会铭刻在患者敏感的脑海中，而形成不良的记忆，其专业术语就叫作显性回忆。这种回忆虽然是不良的刺激并能加以放大，这也是肛肠手术能成为坊间"天下第一疼"的一个重要因素。

其实，中国人很早就认识到这一问题，但当时苦于没有好的技术和方法去实现，只好借助坚强的意志来控制，譬如神医华佗对关公的刮骨疗毒治疗。关公的坚定意志和超凡表现，大概就是这样一种美好的意愿和传说。

100年前，欧洲诸国的麻醉师，就已把疼痛和恐惧放在了多种考量选择的首位。在乙醚麻醉技术的早期应用中，他们宁肯不要消毒，不要防护，也要保证不疼痛、不恐惧。

而我们现在所施行的无恐惧手术，则完全无此担忧。在患者完全无意识、无知觉的睡眠状态下完成手术操作。手术中完全由专业麻醉师控制患者的意识状态。当手术结束时，患者怡然醒来，心理轻松且有轻松感或欣快感。这就是无恐惧手术的过程和意义。

还有一点值得欣慰的是，麻醉师的意识控制剂竟然还能够决定你梦中的状态是美好的还是可怕的。换言之。高明的麻醉师能够在完全安全的前提下，通过不同药物的种类和浓度的选择，来决定让你在手术过程中做一个轻松、愉快的美梦，以致醒来后非常舒适，很长一段时间都会留下一个美好的回忆。

自2008年，我院和留美博士赵秋华麻醉师合作，实施了首例神经麻醉－意识麻醉手术，结果使我们欣喜不已：肛肠手术完全无痛苦、无恐惧的时代到来了！

由此可见，随着生命科学的发展，现代医学的每个学科的进步，都将按照恩格尔所倡导的重视人的全面状态而形成的生理－心理－社会的医学模式发展，在这一模式的框架内，肛肠学科所能做的正是：在患者的身体和心理均处于最舒适的状态下完成手术。这也是对人类的健康和尊严的一种敬畏。

因此，如果一定要说肛肠外科手术有新潮流、新亮点的话，那么，微创、无痛、无恐惧正是我们要追寻、要迎合的学科新时尚。

换言之，所谓新亮点、新时尚，就是我们所说的肛肠外科手术新模式——微创、无痛、无恐惧。

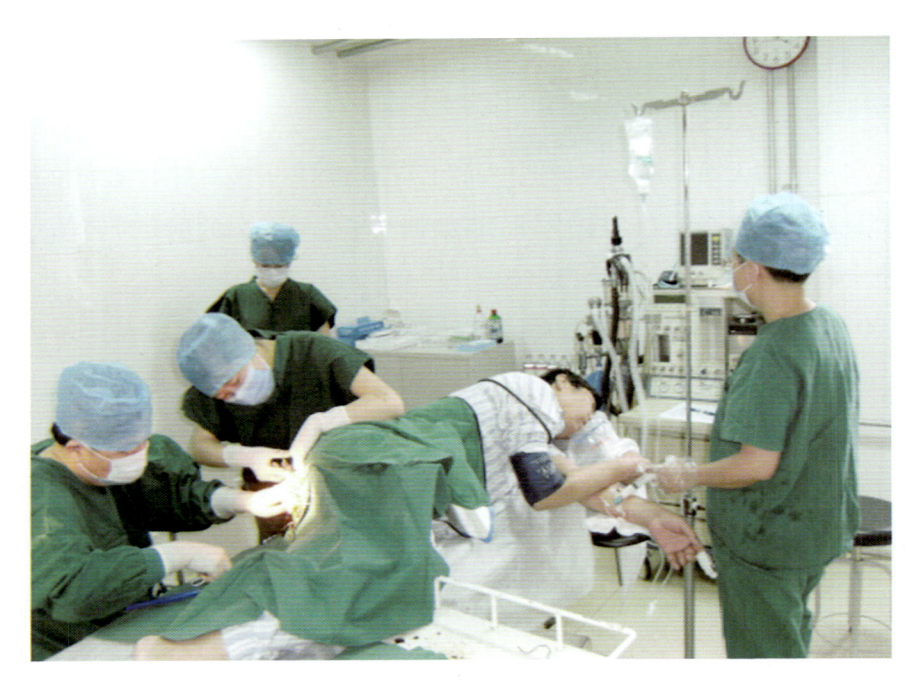

2012年，国家核心期刊《北京医学》（第34卷第8期）发表了任毅、赵秋华团队的专业论文：《腰硬联合麻醉复合靶控输注丙泊酚或咪达唑仑镇静对PPH手术患者记忆的影响》。本图片是肛肠外科手术新模式的手术场景

19 有些肛痈不做手术也能治

（本文发表于 2015 年 3 月 18 日的《健康报》之《临床学术》版上的《名医堂》专栏，收录本书时略有改动）

中医可治急症乎？可！大师先贤早有结论，余今加以佐证也！

在肛肠科患者中，也常有急诊患者：来者多表现为肛门周围突然出现小硬块，继而疼痛剧烈、红肿发热，持续加重。一般伴随坠胀不适，令患者坐卧不宁、夜不能眠；或大便秘结、排尿不畅；或里急后重，频繁如厕，但并无排便，致其焦虑不安。如不加干预，随时可能出现全身不适、精神疲惫乏力、体温升高、寒战高热等全身中毒症状。

此为何症？肛痈也。

肛痈，现代医学称之为肛管直肠周围脓肿，简称肛周脓肿。其病因清晰、明了，是肛管、直肠周围软组织或其周围间隙内发生急性化脓性感染。

常见致病菌有大肠杆菌、金黄色葡萄球菌、链球菌和绿脓杆菌，偶有厌氧菌和结核杆菌。多数为多种病菌混合感染。

肛痈的一般特点是：发病急骤、疼痛剧烈、持续加重。

一旦脓肿形成后，易向周围软组织间隙扩散、蔓延，形成新脓肿。脓肿成熟后，可自然破溃。由于直肠内压力变化，肠腔内气体和液体不断地从肛隐窝、肛窦进入，使脓腔持续感染，难以粘连、愈合，最终形成肛瘘或瘘管。或感染沿着括约肌各部间隙蔓延，使脓肿更为严重。

只有早期肛痈可通过坐浴及局部理疗等保守疗法消散炎症。或口服小金片等散结消肿、化瘀止痛的药物治疗。一般联合应用抗生素效果更好。但应注意，抗生素的应用以短时间、高浓度静脉输入为佳，对控制炎症有更可靠的疗效。如脓肿已明显形成，多数需要急症手术治疗。对此，传统中医和现代医学有共同的认识。

中医对肛痈辨证，一般分为3型：

1. 火毒蕴结证。肛缘硬结或肿块疼痛，皮肤微红且热，伴恶寒发热，食欲不振，大便干结，小便短赤；舌质红，苔黄腻，脉弦数。

此型以泻火解毒、散结消肿为治则。可用仙方活命饮、防风通圣散、五味消毒饮加减。成药则口服防风通圣丸。

2. 热毒炽盛证。肛周红肿、热痛明显，触之有波动感，或肿痛剧烈，痛如鸡啄，持续数日，夜不能卧，伴有高热，口苦咽干，便秘，小便困难；舌质红，苔黄厚腻，脉弦滑数。

此型以清热解毒、托毒透脓为治则。如脓未成，用仙方活命饮；脓已成，用透脓散加味。亦可用清热解毒口服液。

3. 阴虚毒恋证。起病缓慢，皮色不变或呈暗褐色，界限不清呈蔓肿，成脓亦迟，溃破后脓液稀薄，无臭，溃口内陷呈空壳状。伴形体消瘦，神疲乏力，食欲不振，大便溏薄，低热盗汗；舌质淡，苔薄白，脉细弦。

此型以滋阴、清热为治则。方药以青蒿鳖甲汤加减。或用大补阴丸。

中医外用药物，有3种方法供选择使用：

1. 外敷法。初起，实证用金黄膏、黄连膏外敷，位置深隐者，可用金黄散调糊灌肠；虚证用冲和膏，或阳和解凝膏外敷。

2. 提药法。脓肿破溃后，可选五五丹纱条提脓、化腐，待创面无脓性分泌物，肉芽生长良好时，可改用生肌玉红膏纱条以生肌收口。

3. 熏洗法。用痔瘘熏洗液坐浴熏洗。

如此，在辨证基础上施治，多能奏效。如不能奏效，则完全依赖手术。无论古今，不分中医与现代医学，均循此路径，别无他途。

值得提醒的是，现代化新工具对传统中医同样有帮助，如超声和核磁共振检查，能准确地定位脓肿的部位、大小、轮廓、形态以及与周围组织的关系。同时还可以确定脓肿是否完全液化，确定穿刺部位、进针方向和角度以及深度。

对于肛痈而言，其最本质的治疗是完全、彻底引流：无论是砭刀、火针放脓，还是手术切开、穿孔引流，自古至今，真理一致。所不同的是，中医技术发展至今，已经从古远的刀针放脓，到近代的手术切开引流，再至今天，重新返璞归真到穿孔引流——当今深为医界推崇的微创手术。

就本病而言，本人对微创手术深受其益，2014年我在《北京医学》上发表的《近切开远穿孔贯通引流法治疗复杂性肛瘘的临床研究》一文，正是对本病的研究心得，曾一度受到同人的关注。

这等于说，21世纪的现代郎中们，已经完全摒弃或者变革了传统行医的车马舟楫，取而代之以完全新型的现代化行医工具。这是现实意义上的与时俱进啊！

20 南下，南下，新模式推广到天涯

自2012年8月，我在国家核心期刊《北京医学》上发表的论文中，首次提出肛肠手术新模式之无恐惧手术理念及其相关技术。2014年6月12日，我在健康资讯网，进一步阐释了肛肠外科手术新模式的主要内容，即微创、无痛、无恐惧，受到业内关注。后来也一直在全国范围内推广这一理念和技术。

2018年，我们在北京市石景山区中医医院成功举办了首期肛肠手术新模式推广培训班。

任毅在北京市石景山区中医医院举办肛肠手术新模式推广培训班

2020年10月31日，在深圳市中医肛肠医院承办第二届粤港澳国际肛肠高峰论坛上，本人所做的"肛肠手术新模式——多孔引流，双重挂线，肛周脓肿手术方式改进"学术报告，引发关注。

所谓多孔引流，早已有之，也是当下微创手术的大势所趋，其特点在于引流口之多、之小，且其中相互交通，有利于引流。

双重挂线则是丝线、皮筋并用，同时挂线，即二者均为实线，挂置3天之后，其中丝线失去切割功能，由实线转为虚线，其功能亦转为引流，至此而言，可以称为虚实双挂。此是任毅团队之首创。该技术及相关器械已获得国家专利。

深圳会议算是本人本次南下推广业务的首发之举。

除此以外，本人与深圳中医肛肠医院院长李一兵教授在本次活动中，有了一段特殊的交往，尤为珍惜。

我曾在《深圳会议》一文中写道：

任毅和李一兵院长在深圳

在和李教授交谈中，李谈笑风生，豪爽、幽默，有一种成功人士的气质。

李告诉大家，1994 年，天津科技出版社出版的一本专业小册子——《肛门直肠病》使得李一兵和任毅有了跨越时空的神交。20 多年后，二人才相见，感慨良多。李说，年轻时，读任毅写的书，原以为作者是一位老成、严谨的大专家，一见面才知道，原来是一个和自己年龄相仿的老小伙。

现在，《肛门直肠病》这本书已经过时啦，也很难找到了。但是李大教授说，这本小型专业书伴随他南下深圳创业，颇有收益，至今保存完好，感情笃深。任毅作为著作者如果有意回购，可以出 10 万元人民币，或可考虑成交。

哈哈！李一兵院长不但胆识过人，而且豪气冲天，开口 10 万，岂不是日进斗金，我等草根学人，也能与富翁、大贾距离一步之遥？

当年，李一兵毅然放弃陕西中医药大学附属医院肛肠科主任的身份和待遇，只身前往深圳，从零开始，打拼 10 年余，打造了一家富有特色和影响力的深圳市中医肛肠医院，令人刮目相看。

再来说这本 32 万字的小册子，其实浸透了我的心血。那时节，没有任何简捷的工具，更没有电脑、网络一类的神器，完全是在恩师盛传亮教授指导下，一笔一画在方格纸上完成的。论感情投入，论心血挥洒，论知识纵横，论爱恨交加，论进取得失……虽黄金万两，岂可同日而语，相提并论？又遑论 10 万元之财富乎也哉？

不过，果真有人认为一本书标价 19.6 元，而价值 10 万元，实在是相惜相知。而同一本书，与两个不同时空的人密切关联，又何尝不是天大的缘分？鲁迅先生说，人生得一知己足矣！曹孟德说，天下英雄，唯使君与操耳！在这个人才辈出的年代，李一兵从古长安南下深圳，任毅自今齐鲁北上京城，途虽殊而其归则同！

南下者，事业有成，声名远扬！北上者，站着挣钱，也能养家糊口。身有小技，四方行医，既可以借此遍访名山名水，又能看望久违的亲朋好友，期间略有小酌，不亦快也哉？

好了，收回思绪，言归正传！进入第二站——第二届南方医院肛肠高峰论坛。

2020年12月5日，任毅在第二届南方医院肛肠高峰论坛（疼痛预防与治疗专题研讨会）上

本次活动由南方医科大学南方医院主办。肛肠科主任李胜龙教授是硕士生导师，是国内最早和互联网结缘的青年才俊。他善于接受新事物、应用新技术，是典型的"网红"医生，还获得过"2020年羊城好医生"称号。

本次论坛和研讨会、专家讲座和会诊检查与治疗手术同时进行。线上线下直接交流。全程直播，现场教学。可谓信息发端于广州南方医院，通过网络视频同步传播到大江南北，受到同人的热奉和围观。

我所做学术演讲的题目和主要内容是"肛肠手术新模式：疼痛管理之三大法宝——超前理念、手术技巧、心理干预"。

我的团队与李胜龙的结识，完全是网络的关系，即通常所说的"网友"。他在我的团队创办的现代肛肠学术论坛上非常活跃。他在《肛肠名家大讲堂》的讲座深受欢迎。2019年，他携南方医院医联体肛肠联盟工作群改弦易帜，改为现代肛肠论坛系列群之21，全称是"现代肛肠学术论坛21——南医肛肠联盟"群。至此，全国肛肠网上联盟渐入佳境，肛肠手术新模式在全国推广也持续推进。

2020年12月26日，在广东省茂名市人民医院，新模式推广活动达到高潮。

为什么说是高潮？请容在下娓娓道来！

任毅和李盛龙、王晏美教授在南方医院

    100多年前，在广东出了一位大人物——孙中山先生。他对中华民族有重大意义。至今，他的巨幅画像还矗立在天安门广场。他提出的"知难行易"之，和中国传统理论"知易行难"，正好相反。其大意是，懂得事情的道理难，而实行却比较容易。但本人却并不这么认为。

    因为"知易行难"说，即"非知之艰，行之维艰"之说，是中国传统认识论的基本观点，从春秋战国到明末清初，这一认识已深入人心。如王阳明的"知行合一"，均强调行的重要性。"知易行难"就是认识事物的道理，容易；实行其事，则较难。

    以上争论，也可以看作理论和实践关系的争论。本人认为，知易行难是基本常识。换言之，提出一个理论或学说，易；实践和操作起来，难。

    归结到本文，提出一个肛肠手术新模式，易，不难；而在实际工作中，特别是要求大家一起来执行、操作，难，不易。实际上，这个难也有一种来之不易、需要倍加珍惜的意思。

    在茂名市人民医院，新模式推广非常顺利。

    首先，该院是拥有2500张床位的三级甲等大型综合医院，始建于1960年，是南方医科大学附属医院、全国第一批住院医师规培基地、茂名地区首家教学医院、全国地级市百强最具公信力医院。其实力之雄厚，可见一斑。尤其令人鼓舞的是，医院领导对新项目推广高度重视，党委书记张锋华和副院长唐志忠均亲临现场，表示了极大的支持。

茂名市人民医院党委书记张峰华、副院长唐志忠支持新项目推广，欢迎北京专家范学顺、任毅到达茂名市

在这里，我们的理论说教显得苍白无力。换言之，这些专业道理大家都懂啊，都很容易啊，而手术演示和实际操作则独具一格。

理论是灰色的，实践之树常青；认知是软性的，而具体的手术操作是硬性的，无法替代的。

周六的上午，手术室里，范学顺医师、我和茂名市人民医院肛肠科主任医飞雁等医护组成手术团队，密切合作，6台手术均顺利完成。

我们在患者完全没有痛苦、没有恐惧 安然、平静、没意识的睡眠状态下，将手术完成。

而患者则像被定时闹钟叫醒一样，忽然醒来，大多会很平静、很舒适地问一句：手术做完了？这么快？没啥感觉呀……

这就是肛肠手术新模式的最大魅力所在。

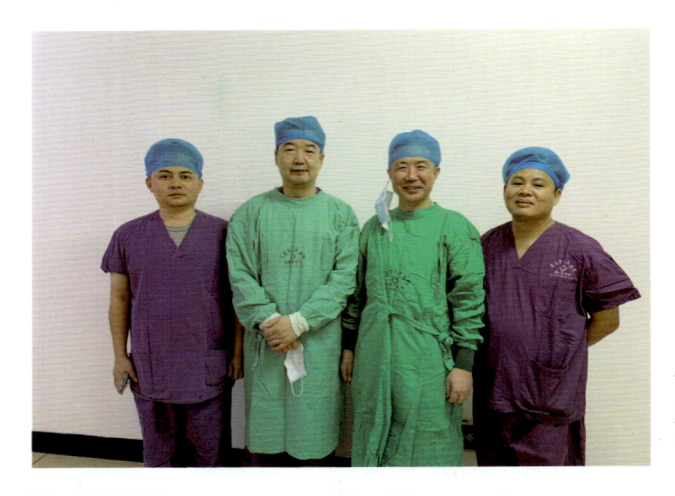

任毅和范学顺、陈飞雁、廖明3位教授在茂名市人民医院手术室合影

任毅和范学顺、陈飞雁在茂名市人民医院合影

当然，这首先是得益于我们的专家团队手术操作技能娴熟，专业知识扎实。先说主任医师范学顺，他在手术方面有独特的思考和技巧。

记得那是2018年，在北京市石景山区中医医院举办的全国肛肠手术新模式培训班，他以违反课堂规则而引发大家的关注。

课堂上，此人足足讲了一个小时，严重超时啦！

他从肛周力学失衡为切入点，阐释了他对肛肠手术的认识和感悟，结合他丰富的临床经验和大量的手术案例，图文并茂、深入浅出，加之其风趣幽默的演讲风格，使演讲受到热捧，掌声连连，而且不断有学员提问，教学互动气氛热烈。好一个探求学问、切磋技术的殿堂啊！

试想一下，如此场面，哪个主持人会生硬、死板地打断讲者呢？

毋庸讳言，当前学界确有浮躁、呆板的情形，专家们走马灯似的在规定的时间内，往往并不能完整表达其思想。或者本来就没有新的创意，长于泛泛而谈，引经据典，看似高而上，实则虚而空。

作为会议主办者和课堂主持人，面对重形式、轻本质等不智之举，毫不取也。相对来说，按实际内容给讲者足够的空间，既体现其学术境界和水准，又能展示其表达能力和沟通情商，如此这般，或许能给业界带来一丝生气和活力。

正如培训班学员所说，只要是能够指导临床的认知和经验，那就是我们行业喜闻乐见的需求。有需求就应该充分满足，而不宜拘于形式。

满足需求，有益社会，何乐不为？

此番南下的另一位专家——深圳市中医肛肠医院副院长梁靖华，是深圳市临床重点学科的领军人物。作为国家级区域诊疗中心项目负责人，他曾以意大利锡耶纳大学访问学者身份，致力于中医肛肠走向世界。此人在小儿肛瘘治疗方面国内独树一帜，数不清的疑难小儿肛瘘在他手里得以痊愈。在本次行程中，他是现代肛肠医生集团（宝象）儿童肛肠专业委员会主任委员，而这样独特的专业委员会，在国内，在当下，在本行业，是第一个，是唯一，是专业学术级别最高的一个，没有之一。

遗憾的是，就在他要动身前往茂名的时候，突然有特殊的公务在身，也只

137

好退掉了飞机票。但紧急情况处理完毕后，他即连夜赶到我们的下一站——佛山市南海区，继续参加推广活动。

另外，令人欣喜的是，我们的好朋友、著名实业家、法律顾问鄢烈超律师也专程从深圳赶往佛山和我们的团队汇合。此后，他将以现代肛肠医生集团（宝象）法律顾问的身份，全力支持我们的科技推广活动。

在佛山市的南海第四人民医院，联合开展的义诊和会诊活动现场，人群熙熙攘攘，却井然有序。当地颇有影响力的肛肠名医廖明主任医师，与我们的专家团队融洽合作。他说，要让肛肠手术新模式在南国佛山扎根、结果，大放异彩，造福患者和社会。秦宏兴副院长亲临现场，对推广活动给予大力支持。

任毅和梁靖华院长、法律顾问鄢烈超律师、廖明主任一行人等在佛山市南海第四人民医院合影

而在医院的窗外远处，就是广东四大名山之一的西樵山。100多年前，21岁的康有为在此潜心求学。他的诗作《重书西樵白云洞》详细记载了他的心境和感悟，也为他苦求变法、强国之路打下了深厚的思想基础。

戊戌变法又称"康梁变法"，故此处被称为"戊戌变法的摇篮"。变法失败后，康逃亡海外。后人称其为康南海，此"南海"二字，算是故乡百姓的一种引以为荣、引以为傲的情结吧；或者是在告诉世人，什么是受人敬仰，什么是千古流芳。

西樵山上有一尊巨大的观音铜像，从远处即清晰可见，是当今世界最高最大的观音座像。此观音莲花座，四面环水，环境秀丽。所谓"泉声如琴，松涛如韵，瀑声如潮，鸟声如雨"，身居此佳地，心境如水，全身舒适，何等欣慰，何等美妙！

久闻南国佛教盛行，传承和弘扬中华文化，源远流长。今由此可见一斑。而就本质来看，人们对观音的信奉、崇尚，既不神秘，亦不深奥，不外乎就是对美好生活的向往，对风调雨顺的祈盼，对万事通达的期待。如果说，有人类共享通用的思想基础，有放之四海而皆准的价值观，这就是啊。

任毅等人游览广东四大名山之西樵山

这也是本人此次南国之行而得到的感悟和认识。本人不揣冒昧，也不加保留，和同伴分享，和团队共进，这也就是本文有些冗长、扩展和联想的原因啊。

好了，说远了，收回。

就用此行凑成拙诗一首，来作为本文的结尾。

与此同时，时值年终岁尾，2021年已经悄然来临，本诗亦权作祈福、祝愿、希冀，为我们团队，为我们的新技术推广项目，为我们的专科和行业，尤其为本文中提到的每个非常重要的人（李一兵、盛传亮、李胜龙、王晏美、张峰华、唐志忠、陈飞雁、秦宏兴、廖明、鄢烈超、范学顺、梁靖华、任毅）以及所有关心和支持我们的朋友。

阳光普照，天人共襄
挥手人间，生机无限

诗曰：

　　　　与好友、同人游西樵山
　　　　　——观音文化苑

朝辞京城凛冽风，？沐南国葱绿景。
四海之内存知己，天涯无处不风情。
今岁将去胸胆开，明年宽阔好驰骋。
千事万事日相催，观音佑助踏歌行。

　　　　　　　　成诗于佛山市南海区西樵镇
　　　　　　　　　　　2020 年 12 月　日

　　　　　成文于北京市石景山区任毅创新工作室
　　　　　　　　　　　2020 年 12 月　日

附文一

全国卫生健康技术推广传承应用项目联合办公室关于中西医结合肛肠外科诊疗新技术师承人（学员）招录的函

作者注：就在肛肠外科手术新模式推广普及逐步开展之际，全国卫生健康技术推广传承应用项目联合办公室将肛肠外科手术新模式等共计10个项目作为2021年中西医结合肛肠外科技术推广传承应用工作项目，并发布5位肛肠专家（范学顺、任毅、贾小强、梁靖华、刘仍海）作为传承人招录师承人（学员）的函。

10个项目及5位传承人是：

1. 保留内括约肌的肛裂微创术式
2. 直肠黏膜多点结扎＋肛门折叠紧缩术治疗直肠脱垂

　　传承人：范学顺　主任医师　教授　中日友好医院肛肠科支部书记

3. 肛肠外科手术新模式
4. 肛周脓肿（肛瘘）手术微创术式——双重挂线，多孔引流

　　传承人：任毅　主任医师　教授　北京市石景山区中医医院肛肠科主任

5. 高悬低切术式治疗混合痔
6. 消痔灵注射加瘢痕支持固定术治疗盆底松弛型便秘

　　传承人：贾小强　主任医师　教授　博士生导师　中国中医科学院西苑医院肛肠科主任

7. 注射疗法在痔病中的应用
8. 肛瘘微创根治术治疗婴幼儿肛瘘

  传承人：梁靖华　主任医师　教授　硕士生导师　深圳市中医肛肠医院院长

9. 穴位埋线法治疗便秘
10. 内套外夹保留齿线术治疗混合痔

  传承人：刘仍海　主任医师　教授　博士生导师　北京中医药大学东方医院肛肠科主任

2021年9月22日，全国中西医结合肛肠外科诊疗新技术10个项目，获得国家卫生健康委员会相关部门批复，推广传承应用活动正式启动。相关会议结束后，有关人员合影留念

自左至右依次为：中医传承肛肠专业委员会主任张明华、肛肠病传承专家教授范学顺、国家卫健委信息处处长王博、任毅

中医传承肛肠专业委员会王岑宁秘书摄影

此处将函告内容全部照录如后，以飨读者。

附录　全国卫生健康技术推广传承应用项目联合办公室关于中西医结合肛肠外科诊疗新技术师承人（学员）招录的函

各有关单位：

全国卫生健康技术推广传承应用项目肛肠专业委员会按照工作安排，在全国范围内开展 2021 年中西医结合肛肠外科技术推广传承应用工作，此次推广传承重点以肛肠病诊疗新技术内容为主，包括：1. 肛肠外科手术新模式。2. 肛周脓肿（肛瘘）手术微创术式——双重挂线，多孔引流。

现将招录师承人（学员）的有关事项函告如下：

一、传承内容

肛肠外科手术新模式是任毅主任医师集 38 年临床经验，于 2012 年首先提出的新理念和新技术规范。其主要内容包括微创技术、无痛技术、无恐惧技术。

肛周脓肿（肛瘘）手术微创术式——双重挂线，多孔引流，是任毅团队近年提出的关于肛周脓肿（肛瘘）手术的微创术式。

该技术的主要传承人任毅，现任北京市石景山区中医医院肛肠科主任、全国中医肛肠学科名专家、世界中医药联合会外科分会副会长、中国中医药研究促进会肛肠分会副会长、中华中医药学会肛肠分会常务理事、中国老年保健协会肛肠分会副会长、北京疑难病学会肛肠专委会副主委、北京胃肠肛门病研究所便秘研究室主任、深圳市中医肛肠医院特聘教授。

二、教学计划

（一）学制安排

学制一年期。（面授 72 个学时，自学 72 个学时，撰写学习体会 36 个学时，共计 180 个学时，详见传承计划）

（二）使用教材

《肛门直肠病》（盛传亮、任毅 编著，天津科学技术出版社出版）

《炎性肠病中西医治疗新解》（任毅任主编，中医古籍出版社出版）

《中国肛肠病学》（任毅任编委，山东科学技术出版社出版）

《实用临床医学——肛肠外科学》（任毅任副主编，中医古籍出版社出版）

《肛肠病诊疗新图解技术》（任毅任副主编，辽宁科学技术出版社出版）

《肛肠疾病研究新进展》（任毅任副主编，中医古籍出版社出版）

《中国肛肠病诊疗学》（任毅任编委，北京大学医学出版社出版）等相关专业资料。

三、报名条件

（一）遵纪守法、爱岗敬业，在执业过程中无不良记录；

（二）从事临床医学专业，具有中级及以上职称的医疗卫生工作者；

（三）在专业领域内有特殊专长或突出贡献者，可不受职称限制；

（四）45岁以下且担任本专业科室主任、副主任职务的优先录取。

四、招生安排

（一）报名时间

自2021年10月1日起接受学员报名。

（二）报名方式

登陆国家卫生健康技术推广应用服务平台（www.gjwsjkjstg.cn），点击"全国卫生健康技术推广传承应用项目"专栏，在报名版块中根据提示填写个人相关信息，并提交学历学位证书、医师资格证书、职称证书或相关技能证书等证明材料的扫描件，生成《师承人登记表》，经所在单位审核同意后，邮寄至报名联系地址。

（三）录取流程

由项目办公室肛肠专业委员会组织专家组审核申请人员相关资质的真实性、有效性后确定，经项目联合办公室备案后通知学员。

五、收费标准及付款方式

（一）收费标准

收费标准：一次性交纳学费 3 万元，包含授课费、教材费、资料费、证书工本费等，不包含交通、食宿费。

（二）交纳方式

报名人接到录取通知后，通过银行汇款交纳学费，注明"传承导师姓名 + 报名人姓名"。如需开发票请在备注栏写明单位名称和税号。汇款后请及时与联系人确认。汇款账户信息如下：

汇款账号：1000000010120100961956

开户名称：《中国中医药报》社有限公司

开户银行：浙商银行北京分行营业部

六、其他事项

如有疑问请咨询放射学专业委员会联系人或项目联合办公室联系人。

联系人：范学顺（肛肠专业委员会） 王岑宁（项目办公室）

电话：13651300300 010-62361431

地址：北京朝阳区樱花东路 2 号
　　　中日友好医院肛肠科一部

附件：

1. 全国卫生健康技术推广传承应用项目简介
2. 全国卫生健康技术推广传承应用项目传承人介绍
3. 全国卫生健康技术推广传承应用项目传承技术介绍
4. 中西医结合肛肠外科诊疗新技术传承一年制传承计划

全国卫生健康技术推广传承应用项目联合办公室

2020 年 2 月 26 日

附件1
全国卫生健康技术推广传承应用项目简介

"全国卫生健康技术推广传承应用项目"（以下简称：传承项目）遵循医学理论和发展规律，坚持继承和创新相结合，保持和发挥我国医学特色和优势，依托全国众多著名卫生健康领域专家学者力量，面向基层卫生健康工作者开展卫生健康技术推广传承，加快卫生健康技术在基层的普及应用。通过项目实施，逐步分批次、分层次确定卫生健康技术推广传承人和师承人，整理并推广传承人的学术思想、临床经验，积累并探索传承的有效方法和创新模式，系统化地将传承人的学术思想、临床经验向师承人传授，并逐步将其成果共享至国家卫生健康技术推广应用信息服务平台，供广大卫生健康工作者和群众共享，以实现推广卫生健康技术，提高基层卫生健康服务能力的目标。

一、项目传承人和师承人

（一）卫生健康技术推广传承人

传统医学技术传承人，即传授中医药技术的专业人员，分为国医大师、名老中医和知名专家三个层级。

现代医学技术传承人，即传授西医技术的专业人员，分为院士和享国务院特殊津贴突出贡献专家、资深专家及知名专家三个层级。

（二）卫生健康技术推广师承人

师承人，即学习、效法和继承传承人卫生健康技术的专业人员。从事卫生健康事业，具有一定卫生健康专业知识和临床实践基础，经过筛选，可以确定为全国卫生健康技术推广传承应用项目师承人。

二、传承流程

（一）拜师申请

师承人员根据自身需求登录国家卫生健康技术推广应用信息服务平台提出拜师申请，在全国卫生健康技术推广传承应用项目报名模块中提交相关资料，包括：报名信息表（含个人简历）、学历学位证书、医师资格证书、职称证书或相关技能证书等。

（二）拜师审核

项目联合办公室组织专家组审核申请人员相关资质的真实性、有效性，经研究评定审核通过后，即取得师承人资格。

（三）师徒匹配

依据申请人员提交的申请意向，匹配项目传承人专家库中的资源，向项目传承人提出建议，经传承人同意后，进入拜师环节。发放拜师帖，签订师承关系合同书，建立师徒关系。

（四）跟师带教

师承人员学习期间，可按照技术推广内容的不同参加半年、一年和三年等不同学习周期的课程，按照师承人和项目联合办公室共同制订的《师承教学计划》通过会议、讲座、面授、随诊、远程指导等多种形式传授卫生健康技术，传承卫生健康技术及学术思想、临床经验。

（五）出师考核

师承人员学习期间，需完成项目规定的学习课程，并向传承人提交病案、学习笔记、读书临证心得、论文等材料，经传承人认可后，由传承人颁发主办单位监制的"全国卫生健康技术推广传承应用项目证书"（师承帖），传承活动结束。

三、项目内容

（一）整理传承人传承教材

结合传承人学术思想和临床经验，全面分析、整理传承人临床原始资料、学术论文著作、典型病案等。

（二）整理传承人临床诊疗方案

重点选择传承人擅长治疗的3～5个常见病、疑难病，对其学术思想、处方及技术方法等进行系统整理和研究，形成相应的诊疗方案并推广。

（三）整理传承人影像资料

为每位传承人整理编辑诊治病证和讲课的影像资料（如点评讲解、诊疗手法、技术演示、讲课内容等），并通过国家卫生健康技术推广应用信息服务平台展示推广。

（四）推动形成传承人技术产品

整理和研究传承人在长期临床实践中形成的组方合理、疗效可靠、主治病证明确的药方及独特的诊疗技术等，探索研制开发新产品、新技术予以推广。

（五）向师承人系统推广传承人成果

传承人通过面授（带教）、病案分析、远程指导、网课等形式向师承人开展卫生健康技术传授教学。项目按照技术推广内容、等级的不同分为半年、一年和三年等学习周期。

（六）成果共享至国家卫生健康技术推广应用信息平台

将项目整理后的、具备向卫生健康及相关从业者进一步推广应用的学术思想、临床经验，逐步上传至国家卫生健康技术推广应用信息服务平台，使其成果为社会共享。

（七）建设技术推广传承应用项目工作站

根据项目需要，建设一批国家卫生健康技术推广传承应用项目工作站，承担项目联合办公室委托的组织传承工作。

四、项目组织

（一）指导单位

国家卫生健康委流动人口服务中心。

（二）发起单位

1. 中国卫生信息与健康医疗大数据学会健康服务与技术推广分会。

2. 中国中医药信息学会专科专病诊疗分会。

3. 中国中医药报社。

4. 山东中医药大学中医学院。

5. 北京荟元堂健康管理有限公司。

（三）执行机构

全国卫生健康技术推广传承应用项目联合办公室。

附件2
国家卫生健康技术推广传承应用项目传承人介绍

任 毅

（主任医师，全国中医肛肠学科名专家）

任毅，男，1962年出生，中共党员，主任医师，现任北京市石景山区中医医院肛肠科主任。

学术兼职：全国中医肛肠学科名专家、世界中医药联合会外科学会副会长、中国中医药研究促进会肛肠分会副会长、中国老年保健协会肛肠分会副会长、北京疑难病研究会肛肠专业技术委员会副主任委员、北京胃肠研究所便秘研究室主任、深圳市中医肛肠医院特聘教授。

任毅毕业于武汉科技大学医学院及山东中医药大学，从事肛肠专业38年，1986年，首先报道乌头碱术后长效止痛作用；总结出腰俞穴麻醉药物计算公式——"任毅公式"（《中国肛肠病》杂志）；2012年，提出肛肠外科手术新模式，倡导微创、无痛、无恐惧理念。2018年推出"肛周脓肿（肛瘘）伞式切开，双重挂线"新术式（《北京医学》杂志）。2021年进一步命名为"伞式切开，双重挂线"并完成临床研究论文（《中国医药导报》杂志）。相关手术技术及器械已申报国家知识产权局专利保护。

2016年，中华中医药学会批准成立任毅名医工作室。2018年石景山区总工会命名"任毅创新工作室"。主持北京市中医药管理局在研课题1项。

已出版《肛门直肠病》（任主编）、《炎性肠病中西医治疗新解》（任主编）、《中国肛肠病学》（任编委）、《实用临床医学——肛肠外科学》（任副主编）、《肛肠病诊疗新技术图解》（任副主编）、《肛肠疾病研究新进展》（任副主编）等专著。目前承担北京市中医局在研课题研究任务1项。

任毅医师推崇"做一台手术，出一个精品；诊一例患者，交一个朋友"的医学人文理念。同时注重网络传播，创立网络媒体现代肛肠学术论坛，传播肛肠专业知识，赢得社会关注。有"网红医生"之称。

2021年8月19日，北京市中医药管理局授予任毅团队——北京市石景山区中医医院肛肠科"特色科室"称号。

附件3
国家卫生健康技术推广传承应用项目传承技术介绍

一、肛肠外科手术新模式

肛肠外科手术新模式是任毅医师集38年临床经验，于2012年首先提出的新理念和新技术规范。其主要内容包括微创技术、无痛技术、无恐惧技术。

微创技术是肛肠外科手术的技术基础和发展方向，其基本内涵是：目标准确、操作精细、避免损伤、减少创面。

关于微创的内容，除了相关微创技术以外，尚有良多手术细节和技巧。如手术中的手法扩肛，改善局部血液和淋巴循环，打破充血－梗阻－挛窒－疼痛的恶性循环。手术切除缝扎的"8字"秘诀"不扎皮肤，不扎黏膜"可避免对感觉神经以及植物神经的刺激，从而避免疼痛和坠胀的出现。注射硬化剂药物的"8字"秘诀是"宁深勿浅，宁远勿近"。

无痛技术是手术患者的基本尊严和基本要求，或称物质性要求。其内涵是手术、治疗、愈合全过程，完全或基本无痛。

任毅首创关于腰俞穴麻醉药物用量的计算公式，并在《中国肛肠病》杂志（2008年）发布报告[药物用量(mL) = 体重(kg)×0.2+2]，既能保证麻醉效果，又可避免麻醉的不良反应，从而增加准确性和安全性。

无恐惧技术则是当今医患理念的人文升华，是患者的意识性或心理上的要求——舒适、轻松、完全无恐惧、睡眠状态。无恐惧也是无疼痛的更深层、更高级的延伸。

任毅团队曾于2018年5月，在北京市石景山区中医医院成功举办中医适宜技术——肛肠手术新模式技术培训班，1类教育学分6分。

二、肛周脓肿（肛瘘）"伞式切开，双重挂线"微创新术式

本项目是肛周脓肿（肛瘘）手术方式的改进术式。是任毅主任医师原创术式。

2018年，任毅推出肛瘘"对口切开－多孔引流"术式（《北京医学》杂志，2014年7月）。2021年进一步命名为"伞式切开，双重挂线"并完成临床研究论文（《中国医药导报》杂志，2021年5月）。相关手术技术及器械已获国

家知识产权局保护（专利号：ZL202023201450.7）。

伞式切开：伞式着重在术后肛门切口外观，以肛门为中心、各切口放射状表现。

双重挂线：在内口与瘘管顶端之间，实线丝线和橡皮筋同时持续提供结扎力度。结扎力度是值得重视之量化指标。

"伞式切开，双重挂线"微创新术式治疗高位肛瘘，术后疼痛轻，紧线脱线快，伤口愈合时间短，而且既强化了引流，又加大了慢性切割的力度，同时还能更好地保护肛管直肠括约肌的功能，减轻了瘢痕的形成，尤其保持了放射状创面愈合，符合美观要求。

附件4

肛肠外科手术新模式及肛周脓肿（肛瘘）"伞式切开，双重挂线"微创新术式一年制传承计划

传承方式	时间	传承内容	课程名称	学时	传承人
自学	面授前完成	阅读著作	盛传亮、任毅编著：《肛门直肠病》	12学时	任毅
		视频课程	国家卫生健康技术推广应用平台传承人课程	12学时	
第一次面授	第一天 上午	基础理论	拜师仪式	1学时	任毅
			任毅任主编：《肛门直肠病》	3学时	任毅
	第一天 下午		任毅参编（编委）：《中国肛肠病学》	4学时	任毅团队
	第二天 上午	基础理论	任毅参编（编委）：《中国肛肠病诊疗学》	4学时	任毅
	第二天 下午		任毅任副主编：《实用临床医学——肛肠外科学》	4学时	任毅团队
	第三天 全天	病例分析	典型手术病例分析	8学时	任毅
自学	面授前完成	阅读著作	任毅参编（编委）：《中医肛肠专科诊疗手册》	24学时	
第二次面授	第一天 上午	基础理论	任毅参编（编委）：《实用大肠肛门病手术学》	3学时	任毅团队
	第一天 下午		深入介绍肛肠外科手术新模式	4学时	任毅
	第二天 上午		肛肠外科手术新模式	4学时	任毅团队
	第二天 下午	基础理论	微创篇：1.肛肠病手术吻合器技术。2.肛周脓肿及肛瘘双重挂线多孔引流手术术式。	4学时	任毅团队
	第三天 全天	病例分析	无痛篇：1.手术麻醉选择。2.手术技巧。3.手术后长效止痛。4.中医药特色治疗。	8学时	任毅
自学	面授前完成	研究撰写	师承人根据学习成果和工作实践，个案病例或者综述。	12学时	
		阅读著作	任毅任副主编：《肛肠病诊疗新技术图解》	12学时	
出师考核准备	课程结束前完成	研究撰写	撰写论文等作为出师考核依据	36学时	

续　表

传承方式	时间		传承内容	课程名称	学时	传承人
第三次面授	第一天	上午	基础理论	任毅任主编： 《炎性肠病中西医治疗新解》	4学时	任毅辅导
		下午		任毅任副主编： 《肛肠疾病研究新进展》	4学时	任毅辅导
	第二天	上午	基础理论	无痛篇： 1.手术麻醉选择。2.手术技巧。3.手术后长效止痛。4.中医药特色治疗。	4学时	任毅团队
		下午		无恐惧篇： 1.神经麻醉+意识麻醉选择。2.心理干预。3.无痛病房建设。4.中医药特色快速康复。	4学时	任毅团队
	第三天	全天	病例分析	典型手术病例分析	8学时	任毅

附文二　诗十组

山西大同　诗三首

其一　山西大同会诊有感

夜辞京城昼在晋，天下肛肠一家同。
会诊活动略熙攘，手术室里尽从容。
自古书生无大成，良医济世却不空。
一技在身义在心，何忧江湖云波涌？

2017 年 7 月 26 日

其二　业务会诊

技术帮扶在大同，寒风习习是残冬。

理论先行深交流，手术连台不着空。

大处着眼小处行，手有长缨须缚龙。

我愿吾辈勿懈怠，流连忘返仍从容。

2018 年 2 月 24 日

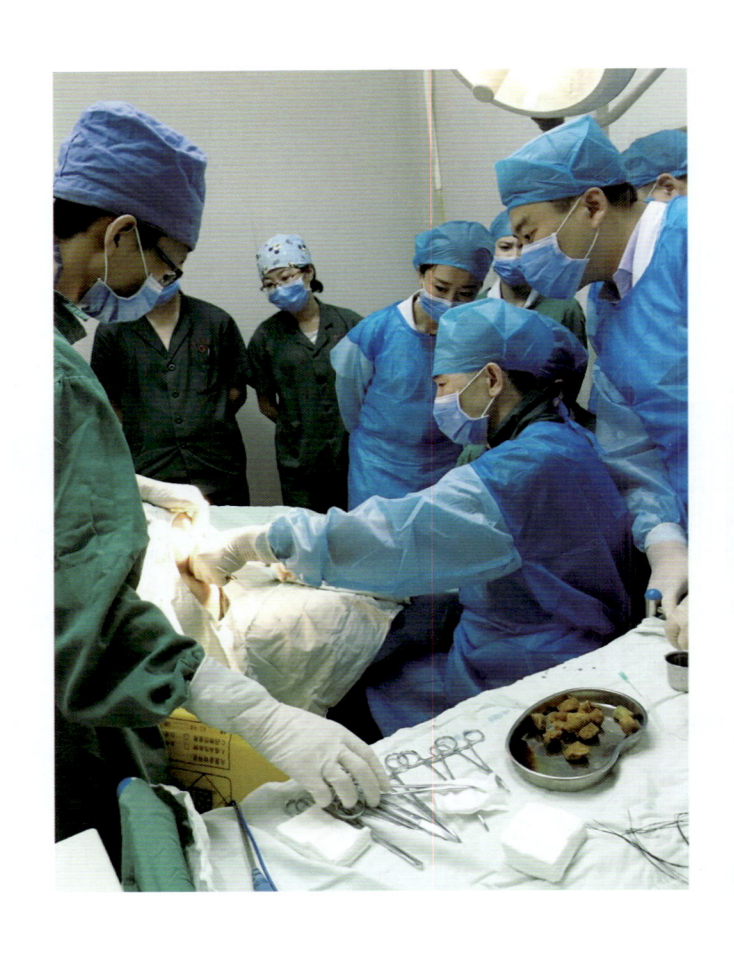

其三　大同正月灯会

云中灯会光似火，绚丽辉煌倾人国。

光怪陆离胜天堂，千姿百态尽婆娑。

天下财富何其多，缘何常在耀眼处？

我劝天公重斟酌，直使黑暗无处躲。

2018年2月25日

内蒙古乌海　诗三首

北京马应龙长青肛肠医院韩宝院长率团队赴乌海，与乌海市海勃湾区中医医院刘永院长签订京蒙对口支援单位协议并开展工作。

其一　北京—乌海大协作

跟师传承悟和习，熙熙攘攘非拥挤。
会诊人群无尽头，手术连台有顺序。
云想衣裳花想容，人思大医病思利。
忽如一夜春风来，千枝万叶绽生机。

2017年10月1日

附文二 诗十三

自左至右依次为：301医院消化科博士杨竟、中医科学院信息所专家王斌、乌海市海勃湾区中医医院院长刘永、任毅、北京第一中西医结合医院消化科博士杜囚鹏，在乌海市黄河岸边

其二　海勃湾与乌海湖

黄河十八套和圈，绕来绕去海勃湾。

半边沙漠半边绿，神龙略歇海景见。

曾闻河水天上来，奔腾咆哮不间断。

亦或李白醉后语，碧波荡漾少妇颜！

2017年10月3日

其三　天人合一——乌海之沙漠

沙漠千里直连天，一望无际天即边。

谋事在人成在天，天人合一福之源。

2017年10月4日

内蒙古突泉 诗一首

内蒙古突泉县人民医院技术支援一掠

大处着眼小处计，资源共享有效益。

我愿吾辈放开胆，敢叫长风伴舟楫。

2018年9月29日

任毅在突泉县人民医院病房查房（左二为任毅，左四为突泉县人民医院副院长孙立国）

附文二 诗

任毅和突泉县人民医院院长任建平合影

山东烟台　诗二首

2017年9月26日，任毅跟随肛肠大师田振国、韩宝及国内知名专家团，前往烟台中西医肛肠医院，开展学术交流、会诊查房和手术演示。

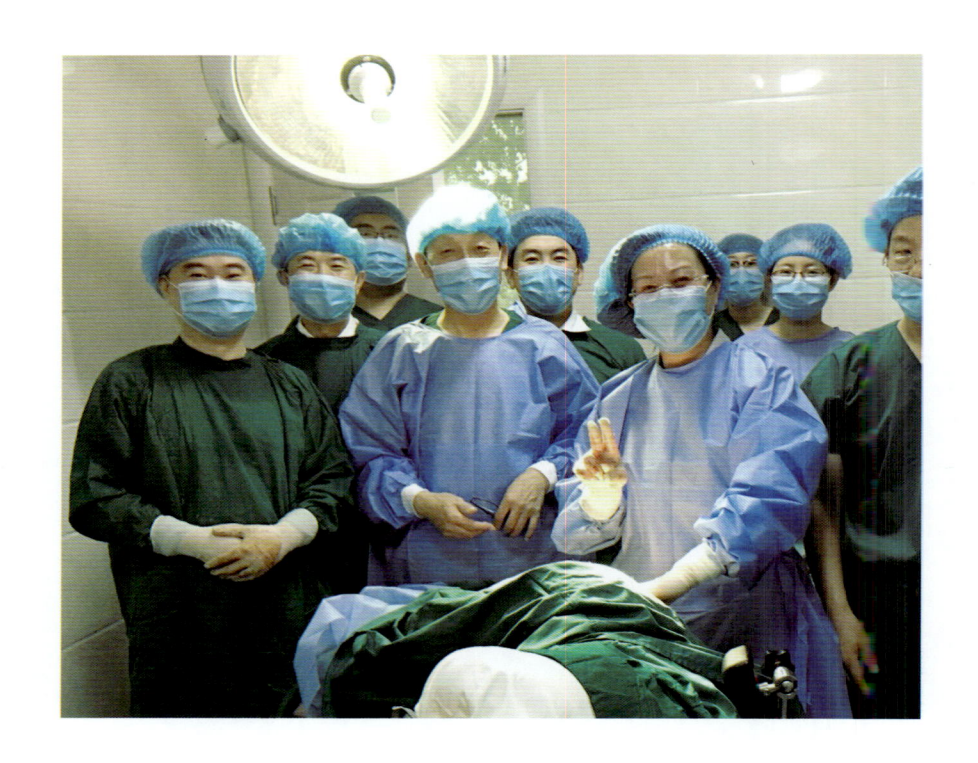

其一　家乡医院会诊有感

烟台滨海好风光，最有感情是家乡。
学术交流到旧地，游子无成亦堪爽。
紧跟大师同步行，降龙伏虎不虚妄。
今生甘愿本分医，高调做事何彷徨？

2017年9月26日

其二　为农民兄弟呼唤医保制度

患者驱车数百里，辗转执着奔任毅。

管他医保不医保，且把无痛做第一。

2017 年 9 月 26 日

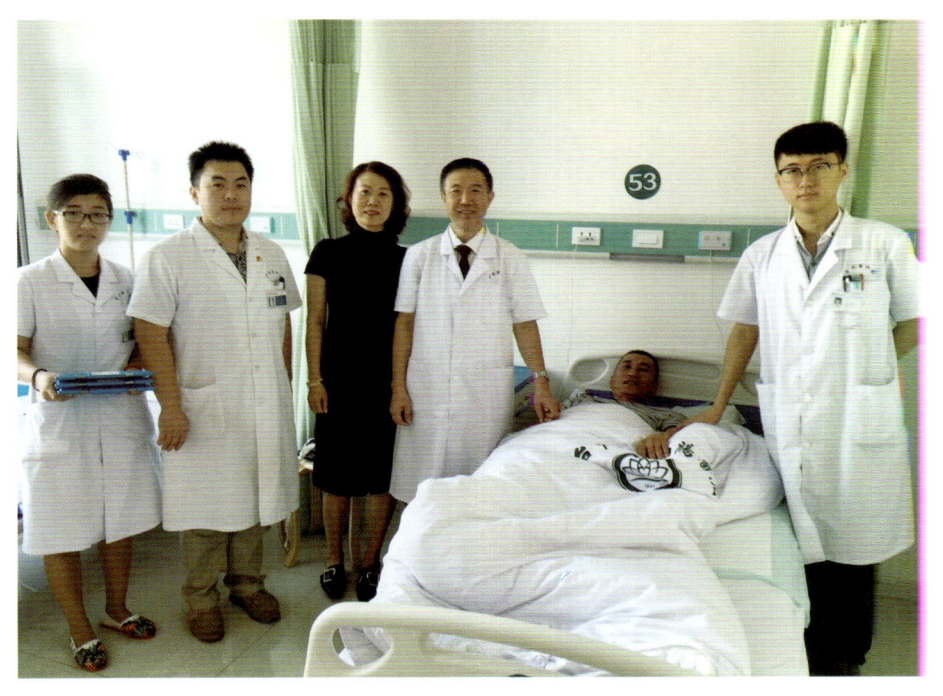

好友辣评：让完善的医保制度来得更快一些吧！！！

河北武邑　诗三首

其一　理论先行，武邑开讲

大风起兮云飞扬，任毅团队初登场。

今日携手新模式，京城擂鼓冀州响。

2017年4月19日

自左至右依次为：北京专家吕军布先生、首都医科大学教授王振彪、武邑县人民医院院长鲍建峰、任毅、武邑县人民医院肛肠科马主任

其二　贺武邑县人民医院肛肠科北京名医工作室开张

京冀一体化，会诊今开张。
改革大趋势，浩浩又荡荡。
能解人间苦，何须多思量。
吾今利民利天下，精力勃发情飞扬。

2017年5月13日

任毅手术中

摄于武邑县人民医院

其三　六台手术连轴转

手术场地六进出，轻车熟路不停步。

闲来一杯热咖啡，快乐辛苦两不误。

2017年5月13日

北京专家与河北省武邑县人民医院肛肠外科团队
自左至右依次为：王振彪教授、马主任、任毅、张惠川主任

河北雄安新区　诗一首

贺中国民间中医药开发协会肛肠分会京津冀雄蒙工作部成立及国家名医张燕生教授收徒。

正是秋高气爽时，社团又有新分枝。
各路精英纷登场，直把展现当砥砺。
更喜名师招高徒，思想传承竞学识。
今朝同人齐努力，厚积薄发终有日。

2017年9月4日

贺聚甦生教授从医四十八年

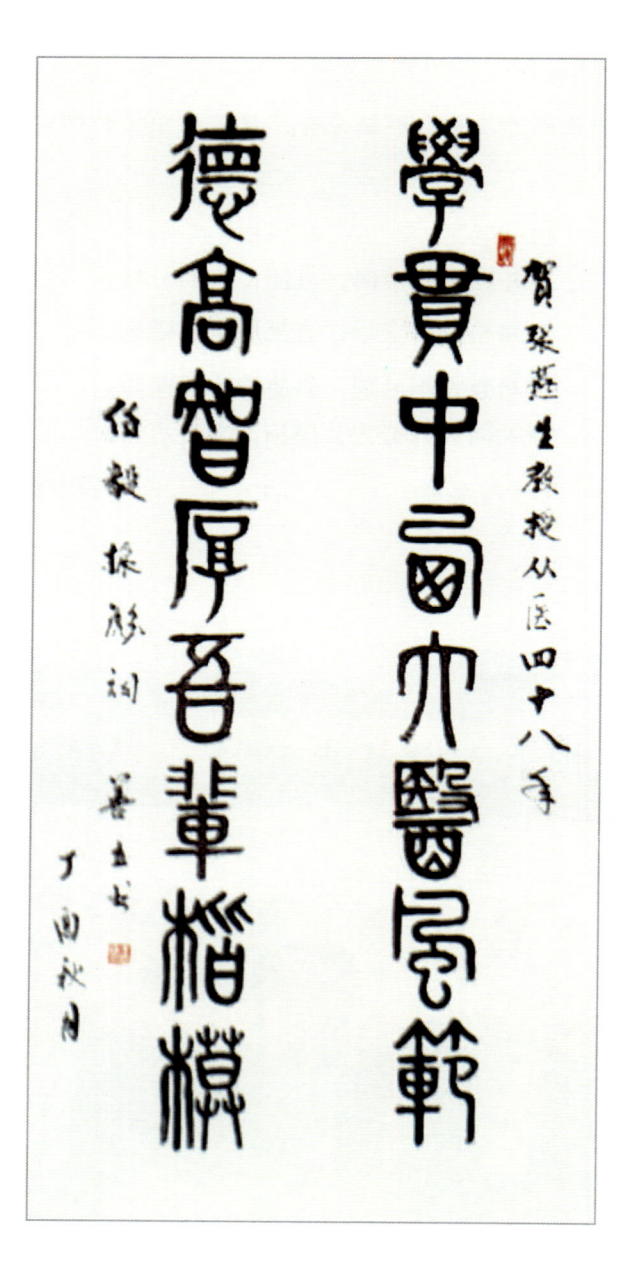

学贯中西为医风范
德高智厚吾辈楷模

任毅振彤词 善之书
丁酉秋月

河北太行山　诗一首

太行山凭吊

抗战老区太行山，峰峰相连直接天。

第八路军跃千里，炮打日寇功万年。

为国为家为民族，当年尽是英雄汉。

我劝今人不迷茫，勿使中华再遇险。

2018年6月10日

（写于河北涉县第八路军129师司令部旧址）

应国有大型企业天铁集团医院邀请，任毅前往太行山腹地涉县天铁医院帮扶义诊

陕西西安 诗一首

登临古城

西安古城砖连砖，千年历史秦和汉。

而今飞越八百里，信念助力出阳关。

2018年8月25日

2018年8月25日，任毅赴西安为"小马医疗i计划"——西安市中医医院梁靖华教授专题手术网络直播做点评嘉宾。本场直播由西安市中医医院副院长梁靖华教授主办。其他点评嘉宾为：西安市中医医院沙静涛主任、陕西中医药大学附属医院冯文哲教授、西安市中医医院孙林梅主任

山东菏泽　诗四首

其一　泰山医学院临床医学合作中心会诊

菏泽牡丹甲天下，天王老子也不怕。
不让它开它偏开，芬芳天下数此花。

2018年12月21日

其二　会诊手术顺利完成有感

今日只身到宝地，千好万好凭实力。
任由风云多变幻，探囊取物未足奇。

2018年12月22日

其三　山东中医药大学附属菏泽市中医医院会诊有感

再赴菏泽近年关，来去匆匆未谋面。
心中有梦常相思，明年结缘会牡丹。

2018年12月25日

其四　咏牡丹

雍容典雅真国色，远在京城能闻香。
风流潇洒不献媚，人间尊为百花王。

2019年1月26日

中医肛肠外科医师 执业感悟

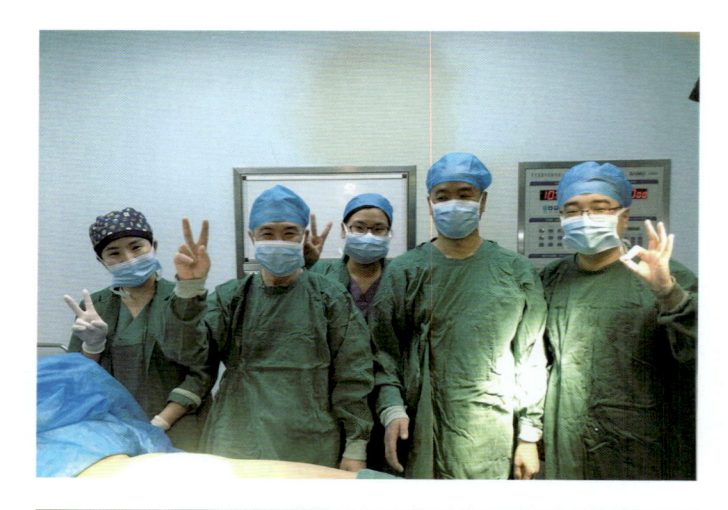

任毅和菏泽市中医医院肛肠科魏洪亮主任

辽宁锦州　诗二首

任毅代表马应龙肛肠研究院到锦州市中心医院马应龙肛肠诊疗中心出诊。

自左至右依次为：锦州市中心医院副院长刘建新、任毅、张国齐主任

177

其一　会诊手术有感

古之幽燕兵家争，战火一起民不幸。

而今社会竞科技，祛除疾患惠百姓。

行业资源须优化，品牌整合聚强劲。

天下英雄若纷争，唯有常新能常胜。

2020年10月25日

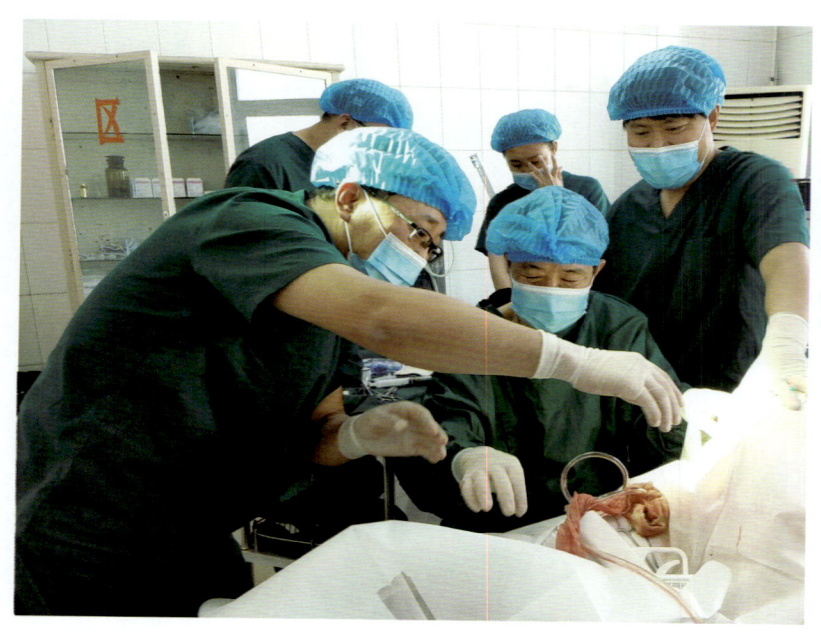

任毅与张国齐主任医师共同手术中

其二　凌河入海口随想

凌河入海口，河海各自由。

大海很自信，内涵更丰厚。

河有千万条，奔腾何所忧。

海无河水岂能大？赖此才能藏鳌头。

2020年10月25日

工作之余，别忘了欣赏一番锦州的沿海风光

北京市石景山　诗三首

其一　医患习练八段锦

肛肠病区习太极，术后康复更适宜。

医患合拍同节奏，可使病魔无踪迹。

传统医学有特色，融会贯通方称奇。

岐黄华佗今若在，直把此处做范例。

2019年8月26日

其二　自勉诗

敢叫医术扬天下，不留姓名存江湖。

闲来垂钓碧溪上，直中取鱼心方足。

2017年10月26日

其三　耕种
——为我科室获得"特色科室"而作

天若有情天呈祥，顺时播种何彷徨？

深耕细作不懈息，秋来十月粮满仓。

2021年10月15日

附文三　任毅团队专利技术简介
——一种推拉式钳头可弯曲挂线钳

继2021年11月22日，任毅创新工作室、任毅团队发明首创的肛周脓肿（肛瘘）手术"多孔引流，双重挂线"微创新术式成为全国卫生健康技术推广传承"十大项目"之后，该技术相关子项目又获得国家知识产权局专利保护。专利号：ZL：2020 2 3201450.7；专利权人：任毅、马树梅、祝子贝、杜冠羽、王琳。

本手术用专利挂线钳由钳体、弧形钳头、导丝等组成，该专利技术有效解决了高位复杂肛瘘手术存在的脓腔顶端挂线困难和操作不便等难题，具有设计巧妙，结构简单，操作方便的特点。使用本专利器械，可大幅提高相关手术速度和成功率，从而造福社会和民众。

2022年03月1 日

实用新型专利证书

证书号第 15995436 号

实用新型名称：一种推拉式钳头可弯曲挂线钳

发 明 人：任毅;马树梅;祝子贝;杜冠潮;王琳

专 利 号：ZL 2020 2 3201450.7

专利申请日：2020 年 12 月 24 日

专 利 权 人：任毅;马树梅;祝子贝;杜冠潮;王琳

地　　　址：100043 北京市石景山区八角街道八角北路 20 号

授权公告日：2022 年 03 月 11 日　　授权公告号：CN 215994144 U

　　国家知识产权局依照中华人民共和国专利法经过初步审查，决定授予专利权，颁发实用新型专利证书并在专利登记簿上予以登记。专利权自授权公告之日起生效。专利权期限为十年，自申请日起算。

　　专利证书记载专利权登记时的法律状况。专利权的转移、质押、无效、终止、恢复和专利权人的姓名或名称、国籍、地址变更等事项记载在专利登记簿上。

局长　申长雨

2022 年 03 月 11 日

| 博士生导师学术文库 |
A Library of Academics by
Ph.D.Supervisors

中国国民储蓄率下降的原因和后果研究

杨天宇 著

光明日报出版社

图书在版编目（CIP）数据

中国国民储蓄率下降的原因和后果研究 / 杨天宇著. -- 北京：光明日报出版社，2024.3
ISBN 978-7-5194-7850-6

Ⅰ.①中… Ⅱ.①杨… Ⅲ.①居民储蓄—储蓄率—研究—中国 Ⅳ.①F832.22

中国国家版本馆 CIP 数据核字（2024）第 056429 号

中国国民储蓄率下降的原因和后果研究
ZHONGGUO GUOMIN CHUXULÜ XIAJIANG DE YUANYIN HE HOUGUO YANJIU

著　　者：杨天宇	
责任编辑：刘兴华	责任校对：宋　悦　董小花
封面设计：一站出版网	责任印制：曹　净

出版发行：光明日报出版社
地　　址：北京市西城区永安路 106 号，100050
电　　话：010-63169890（咨询），010-63131930（邮购）
传　　真：010-63131930
网　　址：http://book.gmw.cn
E - mail：gmrbcbs@gmw.cn
法律顾问：北京市兰台律师事务所龚柳方律师
印　　刷：三河市华东印刷有限公司
装　　订：三河市华东印刷有限公司
本书如有破损、缺页、装订错误，请与本社联系调换，电话：010-63131930
开　　本：170mm×240mm
字　　数：138 千字　　　　　　　　　　印　张：12
版　　次：2024 年 3 月第 1 版　　　　　 印　次：2024 年 3 月第 1 次印刷
书　　号：ISBN 978-7-5194-7850-6
定　　价：85.00 元

版权所有　　翻印必究

目 录
CONTENTS

第一章 导论 ………………………………………………………… 1
  一、本书的主题 ……………………………………………………… 1
  二、本书的研究意义 ………………………………………………… 4
  三、本书的主要内容和总体框架 …………………………………… 7
  四、本书的创新之处 ………………………………………………… 11

第二章 文献评论 …………………………………………………… 12
  一、消费/储蓄理论述评 …………………………………………… 12
  二、中国储蓄率的研究现状及发展动态 …………………………… 29

第三章 劳动报酬上涨与中国国民储蓄率的演变趋势 ………… 39
  一、引言 ……………………………………………………………… 39
  二、2008年以来中国国民储蓄率下降的事实特征 ………………… 42
  三、中国国民储蓄率下降的劳动报酬假说 ………………………… 45
  四、劳动报酬假说的实证检验 ……………………………………… 55
  五、本章结论 ………………………………………………………… 75

第四章　中美可比储蓄率的真实差距分析 ········ 75

一、引言 ········ 75

二、概念界定与统计口径 ········ 80

三、中美可比储蓄率的测算结果分析 ········ 88

四、本章结论 ········ 95

第五章　中国国民储蓄率下降的金融风险 ········ 101

一、引言 ········ 101

二、国民储蓄率下降的金融风险：经常账户逆差的作用 ········ 104

三、国民储蓄率下降的金融风险：经济减速的作用 ········ 119

四、中国发生金融危机的现实可能性 ········ 134

五、本章结论 ········ 138

第六章　国民储蓄率下降、外债杠杆率与金融危机 ········ 139

一、引言 ········ 139

二、文献综述和理论假说 ········ 142

三、国民储蓄率下降与系统性金融风险：研究设计 ········ 149

四、国民储蓄率下降与系统性金融风险：实证结果 ········ 152

五、本章结论 ········ 160

第七章　结论和政策含义 ········ 162

一、本书的主要结论 ········ 162

二、本书的政策含义 ········ 165

参考文献 ········ 173

第一章 导 论

一、本书的主题

储蓄率是国民经济中的重要变量,也是决定经济增长的重要因素之一。长期以来,中国一直是世界上国民储蓄率较高的国家之一。较高的国民储蓄率不断转化为投资,为中国经济快速增长做出了重要贡献。但是,中国的高储蓄率状态并没有一直维持下去,自2008年起,中国国民储蓄率已经出现了持续下降的迹象。众所周知,高储蓄、高投资是中国经济增长模式的重要特征之一,若国民储蓄率持续下降,肯定会对中国经济增长前景产生某些影响。截至目前,关注这件事的人并不多,中国的学术期刊上仍然充斥着如何防止储蓄率上升的文章。当然,在新冠疫情期间,以及疫情刚刚结束不久的时候,人们更加关注疫情冲击导致的居民消费不足现象,这也是可以理解的。但对于学者来说,更应该关注的是储蓄率的长期趋势,而不是短期波动。即使是在短期,居民的消费和储蓄行为也并不能代表国民储蓄率的变动趋势，因为政府和企业部门在国民总储蓄中的份额也是不可忽视的。

在为数不多的关注中国储蓄率下降现象的人士中，有一些人对此感到担忧，而更多的人却认为这是好事。他们的理由很简单，中国多年来深受高储蓄率问题的困扰，如今经过多方面的努力，储蓄率终于降下来了，这正是中国经济结构改善的表现。如果说有什么问题的话，那就是储蓄率下降得还不够，还仍然远远高于其他国家，特别是发达国家，所以应该欢迎储蓄率继续下降。作者认为，这种观点也是偏颇的。写这本书的目的，就是为了澄清关于中国国民储蓄率下降的某些事实，并指出这种下降所隐含的巨大风险，以期引起学术同行、决策者乃至社会各界对此问题的重视。

本书的主题是研究中国国民储蓄率下降问题，主要论证了三个命题。第一，中国国民储蓄率的下降是持续性的，劳动报酬上涨是导致国民储蓄率下降的重要原因；第二，中国国民储蓄率并没有看上去那么高，按照相同的统计口径计算，中美可比国民储蓄率差距已经下降到相当低的水平；第三，假如同时出现国民储蓄率下降和高外债杠杆率的局面，将带来巨大的金融风险。这些命题可能听起来不那么令人愉快，但作者对此都进行了充分论证，这些论证也构成了本书的主要内容。

本书在研究中国储蓄率时，主要以国民储蓄率为研究对象，即居民储蓄率、企业储蓄率和政府储蓄率之和。这样一来，国民储蓄率也就由三个部门的可支配收入比重和储蓄倾向来决定，这与国内外研究中国储蓄率的主流做法并不相同。绝大多数研究中国储蓄率的文献，都把居民储蓄行为作为研究对象，忽略了其他两个部门。然而，这种做法可能并不符合中国的国情。

首先从资金流量表数据来看,在2008年以来的所有年份,居民储蓄占国民储蓄的比重都低于50%,仅仅关注居民储蓄就相当于忽略了大部分国民储蓄的来源。不仅如此,由于居民从企业中获取劳动报酬,从政府获得社会福利,同时向政府缴税,所以居民、企业和政府部门的储蓄行为很可能是互相影响的,仅仅关注居民部门就等于是忽略了这种部门间储蓄行为的联动性。

其次,从理论基础来看,现有文献之所以只关注居民部门,很大程度上是因为教科书中的消费/储蓄理论的研究对象都是居民的消费储蓄行为。经济学期刊上研究其他国家储蓄率的论文,也大都以居民部门为研究对象。如前所述,这种做法与中国国情有相当多的背离之处,即使是对中国居民部门也是如此。例如,很多文献都应用生命周期理论分析人口老龄化对中国居民储蓄率和国民储蓄率的影响(陈彦斌等,2014;Modigliani and Cao,2004;Banerjee et al.,2010;Choukhmane et al. 2013),基本逻辑是老年人的储蓄率高于年轻人,但实际上中国的数据却表明劳动年龄人口的储蓄率高于老年人,这与生命周期假说的推论不合,也与美国的情况完全不同(Chamon and Prasad,2010;杨盼盼等,2015)。再比如,流动性约束理论也经常被用于解释中国的高储蓄率(Aziz and Cui,2007),理由是中国家庭不易获得贷款以支付大额支出,所以不得不进行储蓄,但近年来中国的金融体系已经有了巨大发展,流动性约束已经大大减弱了,再用这个理论来解释中国居民储蓄行为已经缺乏足够的说服力。预防性储蓄理论也被许多文献用于解释中国的高储蓄率,基本逻辑是经济体制改革导致的不确定性增加了居民的预防性储蓄(施建准和朱海婷,2004;何立新等,2018;易汝岱和陈斌开,2018;臧旭恒和张欣,2018;Chamon and Prasad,

2010; Cooper and Zhu, 2017; He et al., 2018)。然而，有证据表明在20世纪90年代国有企业改革高潮时期，虽然由改革造成的不确定性极强，但中国的居民储蓄率却下降了；相反，在社会保障体系日益完善的21世纪，中国居民储蓄率却出现上升趋势（Chang et al., 2019）。实证研究文献也发现，储蓄率与不确定性之间只有很弱的、混合的甚至负向的联系（Kraay, 2005; Chamon and Prasad, 2010; Wei and Zhang, 2011）。

可见，仅仅关注居民消费/储蓄行为，既忽略了国民储蓄的大部分来源，也与中国的国情不符，因此是很不科学的。现有研究欠缺的是对居民、企业和政府部门储蓄行为的综合研究，尤其是对三个部门储蓄行为的联动性缺乏关注。本书正是要从居民、企业和政府部门储蓄行为及其联动性的角度出发，研究中国国民储蓄率下降的原因和后果。虽然目前已经有一些文献从这个角度研究了中国国民储蓄率上升问题（李扬和殷剑峰，2005；白重恩和钱震杰，2009；徐忠等，2010；Chang et al., 2019），但至今并无文献从这个角度解释中国国民储蓄率的下降，而对于由此引起的金融风险则更是无人关注。因此，本书从这个角度进行了探索，并证明了相关命题，试图引起各方面对此的重视。

二、本书的研究意义

问题意识是中国经济学研究的重要特点之一。如果某个主题缺乏足够的理论和政策意义，那么即使研究它的角度再新颖，也不是一个

第一章 导论

好的研究主题。本书的研究主题，无论在理论还是政策方面都有一定价值。

首先，从现实政策意义看，研究国民储蓄率的演变规律，对我国稳增长、调结构和防风险都具有重要的政策含义。保持适度的国民储蓄率是我国经济从高速增长阶段顺利转向高质量发展阶段的重要前提。在新时代中国特色社会主义的背景下，我国经济已由高速增长阶段转向高质量发展阶段，而高质量发展所必需的稳增长、调结构、防风险等各项工作都需要一定的国民储蓄率来支撑。稳增长必然要求适当的国民储蓄率，没有足够高的国民储蓄率，就难以支撑银行信贷和全社会投资的持续增长。调结构所要求的去产能、去库存、降成本、补短板等都需要大量的融资支持，这在客观上要求保持一个适度的国民储蓄率。防风险更是需要国民储蓄率的支撑，在我国整体负债率上升的情况下，较高的国民储蓄率也提供了缓冲空间和安全边际。若国民储蓄率出现持续过快下降，势必会带来债务偿还负担上升，增加金融体系的脆弱性。总之，国民储蓄率的持续下降将会影响到高质量发展的方方面面，甚至在某种程度上可以决定高质量发展的成败。因此，研究新时代条件下国民储蓄率的演变规律，对于顺利实现高质量发展有不可或缺的重要意义。

其次，本书的研究可以为防止金融风险和经济衰退提供合适的政策依据和政策预警。西方经济学中有所谓的储蓄"黄金律"概念，但这个概念只能表示使稳态人均消费达到最大的储蓄率，不能提供防止金融风险的数量界限。本书在研究中国国民储蓄率下降的金融风险时，提出国民储蓄率不能长期低于国民投资率，尤其是要避免出现低储蓄率和高外债杠杆率并存的局面，这被视为我国国民储蓄率的合理界限。这与教科书中的黄金律不同，它主要是指国民储蓄率下降到何种程度为止，才能守住不发生系统性金融风险的底线。假如国民储蓄率的下降趋势无法遏止，那么其他变量需要做何种调整，才能同样守住不发生系统性金融风险的底线。目前我国国民储蓄率虽然偏高，但整体负债率也偏高。所以，要把握我国国民储蓄率下降的合理界限，不能只看我国国民储蓄率比世界平均水平高了多少，还要看国民储蓄率下降会不会引起外债杠杆率快速上升，以至于引发系统性的金融风险。许多二战之后的新兴工业化国家和地区，如韩国、中国台湾地区等，都在国民储蓄率下降阶段出现过较大规模的金融风险。因此，找到一个避免触发系统性金融风险的国民储蓄率下降界限，对防风险是十分重要的。本书基于对国民储蓄率的理论和实证分析，并结合国际其他经济体的经验，估算国民储蓄率下降的合理界限，可以为决策者提供合理的依据和预警指标。

第三，本书也有一定的理论价值。现有文献对中国国民储蓄率演变规律的研究，都局限于对中国国民储蓄率上升的解释，而对中国国民储蓄率下降的原因和持续性关注很少。本书提出的劳动报酬上涨影响国民储蓄率的理论假说，并进行实证检验，可以为完整地解释中国国民储蓄率的演变趋势提供一个必要的补充。现有文献中关于国民储蓄率演变趋势的解释，如 Rostow（1962）的经济增长阶段论和 Loayza（2000）、樊纲和吕焱（2013）基于二元经济理论对国民储蓄率上升的解释，均未提及如何解释国民储蓄率的下降。同时，我们却可以观察到，发达国家在经济发展过程中几乎都经历了国民储蓄率先上升与下降的发展阶段，而这一现象在理论上还缺乏完整的解释。本书提出国民储蓄率演变的劳动报酬假说，也为解释其他国家和地区国民储蓄率的演变规律提供参考。

三、本书的主要内容和总体框架

本书的总体研究目标是，基于新时代经济结构变迁的视角，从居民、企业和政府部门储蓄行为联动性的角度考察中国国民储蓄率的演变规律，建立完整的分析框架和理论假说。然后通过定量分析和国际比较，对中国国民储蓄率的演变趋势和可持续性做出合理的解释，并进一步分析中国国民储蓄率下降的经济后果。在此基础上，本研究提出了前瞻性的政策建议。

根据以上研究目标，本书各章的研究内容如下：

第二章是文献综述，主要包括两部分内容。第一部分对现有的主要消费/储蓄理论进行述评，包括绝对收入假说、相对收入假说、持久收入假说和生命周期假说、随机行走假说、预防性储蓄假说和流动性约束假说等。许多解释中国储蓄率的文献都建立在上述假说之上，因此有述评的必要。第二部分介绍了中国储蓄率研究领域的主要观点，本书将这些观点总结为分配格局说、人口结构说、经济体制不完善说、文化习惯说、收入不平等说和高增长说6类，这6类学说都是基于以下三种思路：一是基于居民消费/储蓄动机的角度解释储蓄率的变化；二是基于经济增长理论解释储蓄率的变化；三是基于国民收入分配格局解释储蓄率的变化。通过对这些学说的述评，我们可以发现，从国民收入分配格局的角度解释中国国民储蓄率的变化是比较符合实际的。

第三章是中国国民储蓄率演变的劳动报酬假说及其验证。要弄清楚国民储蓄率下降的原因，首先需要深入了解国民储蓄率的现状。因此，作者首先利用2008年以来的资金流量表数据分解居民、企业和政府部门对国民储蓄率下降的贡献。包括计算居民、企业和政府部门的储蓄率、可支配收入比重、储蓄倾向、初次分配和再分配中的收入比重、初次分配和再分配环节主要资金来源和资金运用项目的比重等。通过上述计算和分解，我们可以对中国国民储蓄率的下降原因有一个大致的把握，这将为下一步研究国民储蓄率的下降原因打下基础。基于中国国民储蓄率的现状，本书提出了解释国民储蓄率下降的劳动报酬假说。该假说的主要内容是，当二元经济中劳动力由过剩转为短缺时，劳动报酬上涨将导致工资性收入占居民收入比重上升，由于工资性收入的储蓄倾向低于其他收入，这将引起居民储蓄率下降。而劳动报酬上涨又会使企业支付的劳动报酬占比上升，根据资金流量表的定义，这意味着企业储蓄率下降。企业支付的劳动报酬既是政府社会保障和社会福利的基数，又会刺激居民对于需求收入弹性高的教育、医疗等行业需求增加，这将迫使政府增加社会保障、福利支出和购买教育、医疗等公共产品的支出，根据资金流量表的定义，这意味着政府可支配收入占比下降、消费倾向上升，从而导致政府储蓄率下降。所以，二元结构转变将使得居民、企业和政府储蓄率联动下降。据此提出了中国国民储蓄率演变趋势的劳动报酬假说，并应用地级市面板数据和工具变量法对假说进行检验。

　　第四章是中美国民可比储蓄率的真实差距分析。这一章主要考察中国国民储蓄率的真实水平。按照国家统计局公布的数据，中国的国民储蓄率比发达国家国民储蓄率高得多。中国的高储蓄率被很多人认为是导致中国和世界经济失衡的原因之一。正因为如此，很多人认为中国近年来的国民储蓄率下降是好事。本章以中美可比国民储蓄率为例，对此提出了质疑。在改进中美可比国民储蓄率核算方法的基础上，本章计算了中美可比国民总储蓄率、净储蓄率和中美可比分部门储蓄率。结果发现，中美可比国民储蓄率差距日益缩小，而且远低于现有研究的计算结果。尤其是在考虑固定资本消耗的情况下，中美国民净储蓄率差距近年来已下降至不足 10 个百分点。由于人口老龄化和劳动报酬上涨等原因，两国国民储蓄率趋同的趋势可能是持续性的。基于此，作者认为我国经济的高质量发展已经很难建立在高储蓄率的基础上，这就需要高质量发展所必需的稳增长、调结构、防风险等各项工作，在中美可比国民储蓄率下降的背景下进行必要的调整，特别是要高度重视高杠杆背景下国民储蓄率下降隐含的金融风险，防止同时出现低储蓄率和高外债杠杆率的不利局面。

第五章是中国国民储蓄率下降的金融风险。本章考察了国民储蓄率下降引发金融风险的可能路径。如果国民储蓄率持续下降，而投资率没有与储蓄率同步下降，则经常账户顺差就会转变为经常账户逆差。而一旦出现持续的经常账户逆差，发生金融危机的概率就会非常大。近年来许多国家出现的金融危机，都伴随着这些国家的持续性经常账户逆差。本章讨论了在中国的实际国情下，储蓄率下降引发金融风险的两条路径，一是政府采取稳增长政策的情况下，由经常账户逆差引发的金融风险；二是在政府未采取稳增长政策的情况下，由经济减速而引发的金融风险。前者的传导机制是国民储蓄率下降→稳增长政策下投资率未能同步下降→经常账户逆差→外资流入→资本回报率下降与外资要求高回报的矛盾→催化因素引发资本外逃→金融危机；后者的传导机制是国民储蓄率下降→以国际收支平衡为目的的投资率下降→经济增长放缓→居民收入增长预期落空→房价下跌→金融危机。所以，在国民储蓄率持续下降的背景下，无论投资率是否跟随储蓄率同步下跌，都将引发金融风险，区别仅在于金融风险的形式不同。中国的低金融自由化程度、强势政府和经济实力只能改变金融风险的形式，但不能消除金融风险。

第六章是国民储蓄率下降、外债杠杆率与经济衰退。本章考察了国民储蓄率下降引发金融风险的一个重要驱动力量，即杠杆率对储蓄率—金融风险之间关系的调节作用。无论是现有的经济学文献，还是某些国家金融危机的历史，都表明国民储蓄率下降与金融危机的发生有密切关系。尤其值得注意的是，在国民储蓄率下降与高杠杆率同时出现时，发生金融危机的概率更大。已有文献的研究表明，在高杠杆状态下，储蓄率越低，发生金融危机的概率越大。本书对此结论进一步细化研究，发现在高内债杠杆率下，储蓄率下降并不会带来经济衰退概率的上升；但是在高外债杠杆率下，储蓄率的下降将使得经济衰退的概率大大提升。本章利用世界各国经验数据的实证分析，也完全验证了这一结论。这意味着防范金融危机的关键在于避免同时出现高外债杠杆率和储蓄率下降的不利局面，这就为防范储蓄率下降隐含的金融风险提供了一个有用的政策取向。

第七章是中国储蓄率下降的后果及其政策含义。基于上述理论假说和国际经验，我们可以认为，当前的国民储蓄率下降，是符合经济发展中国民储蓄率演变规律的合理现象。这种现象将对中国的宏观经济稳定产生强烈冲击。当前应抓住国民储蓄率还相对较高的有利时机，及时制定应对之策。本章提出了应对国民储蓄率下降的政策建议，包括鼓励技术创新、改革国家—社会互动机制、发展金融市场、稳定居民收入预期、制造温和通货膨胀、财政救助和币制改革等。

四、本书的创新之处

本书的创新之处可以总结为以下三个方面：

第一，议题创新。现有文献基本上都在关注居民的高储蓄率，但对事实上已经存在的国民储蓄率下降现象却很少关注。本书不但研究国民储蓄率的下降原因，而且还要对国民储蓄率下降的可持续性和合理界限进行理论解释和定量分析。这个议题不但在国内外文献中缺乏研究，而且对于我国经济的稳增长、调结构和防风险都有很强的政策含义。

第二，研究角度创新。现有关于储蓄率的研究大体形成了6种主要观点（参见国内外研究现状和发展动态），覆盖了宏观和微观经济的许多方面，但从劳动报酬角度研究国民储蓄率演变趋势，以及国民储蓄率演变是否会引发金融风险的文献却很少见。本课题从这一角度考察国民储蓄率的演变规律，为储蓄率的研究开辟了新的研究视角。

第三，理论创新。本书提出了两个方面的理论假说，一是劳动报酬上涨引起的居民、企业和政府部门储蓄行为联动性模型，二是国民储蓄率下降和外债杠杆率共同决定经济衰退的理论假说。这两个方面在现有文献中都有涉及，但还很不完善，难以解释已经变化了的现实情况。本书在这两方面进行了探索，致力于建立可以解释现实的新理论假说。

第二章 文献评论

自凯恩斯在《就业、利息与货币通论》中提出绝对收入假说依赖，消费/储蓄理论已经经历了80余年的发展，并出现了为数众多的理论假说。现有文献中对于中国高储蓄率现象的主流解释，基本上都建立在这些理论假说之上。为了弄清楚中国国民储蓄率下降的机理，我们有必要首先对消费/储蓄理论的源流进行考察和分析。本章的任务就是对始于凯恩斯的消费/储蓄理论及其在国内外的发展进行述平，全章内容共分为两部分，第一部分是对消费/储蓄理论的述评，第二部分介绍了中国储蓄率的研究现状及发展动态，并进行总结和评论。

一、消费/储蓄理论述评

在经济学说史中，消费/储蓄理论是从凯恩斯提出的绝对收入假说开始出现的。自那时起，经济学家已经提出了数目繁多的理论和假说，把所有这些理论和假说都回顾一遍至少需要一本专著的篇幅。限于本书的研究主题，这里只对那些曾用于解释中国高储蓄率现象的消费/储蓄理论进行综述。

（一）绝对收入假说

凯恩斯的宏观经济学有三大基石，即边际消费倾向递减规律、资本边际效率递减规律和流动性偏好规律。其中边际消费倾向递减规律即为凯恩斯体系中的消费理论，它又被称为绝对收入假说（Absolute Income Hypothesis）。该假说可以简单地用下式表示：

$$C = a + bY \qquad 式（2.1）$$

其中 C 为现期消费，常数项 a（a>0）为与收入无关的那部分消费，b（0<b<1）为边际消费倾向（MPC），Y 为现期可支配收入。凯恩斯认为，"无论从我们所知道的人类本性来看，还是从经验中的具体事实来看，我们可以具有很大的信心来使用一条基本心理规律"[1]。这个规律就是边际消费倾向递减规律，即式（2.1）中的 b 是递减的，Y 越高则 b 越小。将式（2.1）两端同时除以 Y，就得到平均消费倾向（APC）：

$$APC = \frac{C}{Y} = \frac{a}{Y} + b \qquad 式（2.2）$$

容易看出 APC>MPC。由于 a 是常数，b 又是递减的，因此 APC 也随着 Y 的增加而减小。这表明一个人的收入越高，消费在其收入中所占比重越小，储蓄所占比重越大。这也意味着如果采取"劫富济贫"式的收入再分配政策，整个社会的 APC 就会提高；但如果相反，

---

[1] 凯恩斯. 就业、利息和货币通论 [M]. 高鸿业，译. 北京：商务印书馆，1999：101.

极端的收入分配不均就会使社会整体的APC降低，产生消费需求不足。这被认为是收入再分配可以刺激消费的理论基础。凯恩斯本人就持这样的看法，他在《就业、利息和货币通论》第22章中就指出："采取大胆果断的步骤，即以收入再分配和其他办法来刺激消费倾向""真正的治疗方法是通过收入再分配或其他方法来提高消费倾向，从而，使维持一定水平的就业量所需要的现行投资量具有较小的数值"①。

绝对收入假说符合我们的直觉，但这个理论有相当大的缺陷。第一，绝对收入假说缺乏微观基础，即该假说完全没有考虑消费者的效用函数和效用最大化。也就是说，根据式（2.1）进行消费能否达到效用最大化是不确定的，而如果消费者按式（2.1）并未达到效用最大化，那么经济学中的理性假定认为消费者不可能按照式（2.1）消费。第二，根据绝对收入假说，高现期收入似乎会带来高储蓄率，而从预期的角度看，这是不确定的。弗里德曼（Friedman，1957）就指出，如果人们的高收入是暂时的，他们会储蓄得更多以备未来之需；而如果人们暂时收入较低，但预期未来收入较高，则他们将倾向于选择更多地消费。因此，即使储蓄率和收入是不相关的，我们仍然可以观察到有更高现期收入的人比低现期收入者储蓄得更多。换句话说，边际消费倾向递减有可能是一种基于短视的错觉。第三，式（2.2）表明APC>MPC，但库兹涅茨（Kuznets，1942）却发现，APC在长期稳定不变，基本上是一个常数，根据库兹涅茨的统计结果，1869—1933年美国的APC大体上稳定在0.87左右，根据式（2.2），这意味

---

① 凯恩斯. 就业、利息和货币通论 [M]. 高鸿业，译. 北京：商务印书馆，1999: 333-335.

着长期里必有 MPC=APC。这个结论被称为"库兹涅茨之谜",是绝对收入假说难以解释的。最后,凯恩斯所认为的收入再分配可以增加消费的看法也是不能成立的。假定 MPC 和 APC 递减,则如果通过再分配将收入从高收入阶层转移给低收入阶层,那么高收入阶层的 MPC 和 APC 将上升,低收入阶层的 MPC 和 APC 将下降,二者有可能是互相抵消的。如果考虑到 MPC>0 这个约束条件的话,收入再分配的效果也值得怀疑,因为如果高收入阶层由于收入再分配而减少收入的话,则要保证高收入阶层的 MPC=$\Delta C/\Delta Y$>0,由于 ΔY<0,因此 ΔC 也必须小于 0,即再分配后高收入阶层必须减少总消费。只有在证明了收入再分配之后高收入阶层减少的消费小于中低收入阶层增加的消费之后,收入再分配才能起到提高全社会平均消费倾向(即 APC)的作用。如果二者互相抵消,甚至前者大于后者,则全社会整体的 APC 难以提高,甚至会下降。

由于上述缺陷,绝对收入假说实际上只具有学说史上的意义,用该假说来解释现实的研究成果已经越来越少了。

(二) 相对收入假说

美国经济学家杜森贝里(Duesenberry,1949)提出了相对收入假说,该假说的理论目的是解释"库兹涅茨之谜"。杜森贝里认为,凯恩斯的消费函数理论有两个错误的假设,其一是每个人的消费独立于其他人的消费,即否认了消费者之间的互相影响;其二是消费者的行为在时间上是可逆的,即否认了消费者消费行为的不可逆性。由此出发,杜森贝里提出,消费并不取决于现期绝对收入水平,而取决于两种影响消费的效应。

第一,消费者之间存在"示范效应"。因为人是社会的人,要在社会上通过消费来维护自己的自尊和社会地位。而高收入者的消费水平往往被看作是较高社会地位的象征,成为成功的标志,因此他们的消费方式就成为其他人模仿的对象。这种"示范效应"将产生消费者的消费向高收入阶层看齐的压力。用经济学的术语来说,消费者的效用函数考虑的是阶层地位因素对消费者行为的影响,而不是消费者本人的绝对消费水平。消费者的效用函数可以写为:

$$U_i = U_i \left[\frac{C_i}{\sum a_{ij}c_j} \right] \quad \text{式}(2.3)$$

其中 U_i 为第 i 个消费者获得的总效用,C_i 是其消费支出,c_j 是第 j 个消费者的消费支出,a_{ij} 是第 i 个消费者对于第 j 个消费者支出的加权数,$\sum a_{ij}c_j$ 即为其他人消费支出的加权平均数。式(2.3)表明,消费者所获得的总效用不仅取决于自己的消费支出,而且取决于其他消费者的支出。

第二,消费者本身存在"棘轮效应"。因为每个人都有历史形成的消费习惯,这种习惯的特点是不可逆性,即消费易于向上调整,而难于向下调整。所以,暂时的收入减少不会改变人们的消费水平,人们宁可减少储蓄或者借债也要维持原有水平。

将示范效应和棘轮效应结合起来,就可以解释"库兹涅茨之谜"。由于长期中收入分配状况不变,社会中每一家庭的收入都以同等比例增加,这样虽然每个家庭都绝对的更富有,但相对而言他们谁也没有比别人更富有,即相对收入不变,所以在式(2.3)的效用函数下他们会保持以前那种生活方式，以同样比例增加消费，这样 $\dfrac{C_i}{\sum a_{ij}c_j}$ 将保持不变。从而就整个家庭和社会而言，c/y 不变，即在长期里 MPC = APC，这就解释了"库兹涅茨之谜'。

相对收入假说虽然可以解释'库兹涅茨之谜"，但在缺乏微观基础和没有从预期角度考虑问题这两点上，与绝对收入假说的缺陷是相同的。在下面要介绍的新假说的冲击之下，相对收入假说的影响已经日益衰弱。

（三）持久收入假说和生命周期假说

1. 持久收入假说。该假说的创始人弗里得曼（Friedman，1957）认为，消费的目的是增加效用。因此，消费函数必须建立在消费者效用最大化的基础上。而一个理性的消费者不仅会根据其现期收入，而且会根据其一生的总收入来决定一生的总消费，这样才能达到长期的效用最大化。一生的总收入不仅包括现期收入，而且还包括预期的未来收入。要研究理性基础上的消费函数，就必须在一个跨时最优化的模型中进行。弗里得曼指出了这一点并将其用效用函数的形式表示出来，此后的一切主流消费理论研究，都遵循了这个方向。

弗里得曼首先假设 $U_i = U_i(C_0, \cdots, C_t, \cdots, C_T)$，其中 C_t 为第 t 期的消费。根据弗里得曼跨时最优化的思想，要达到 U_i 的最大化，必须有 $C_t = f(PV_t)$，$f' > 0$。其中 PV_t 为 t 时刻消费者现期收入和全部预期未来收入的现值和，也就是"一生的总收入"，它可以被视为存量。根据连续收入流之现值的计算方法（现值和＝收益率／贴现率），则该消费者每年不变收益率为 $PV_t \cdot r$ ①，r 为贴现率。弗里得曼把这个每年不变的收益率定义为"持久收入"，用公式表示为：

$$Y_P = PV_t \cdot r \qquad 式（2.4）$$

照弗里得曼的说法，持久收入是指消费者可以预料到的带有常规性质的收入，例如工资、利息和股息等。从式（2.4）的推导过程可以看出，持久收入实际上是将一生的总收入"平滑"地分配到每一年，这里面蕴含了弗里得曼跨时最优化的思想。进一步，弗里得曼认为消费者除了持久收入之外，还有"暂时收入"，它是指瞬时间的、非连续的、带有偶然性质的收入，例如某人得到一笔意外的赠款等。与此相对应，消费也可以分为持久消费和暂时消费，前者是指经常性的消费支出，后者是指非经常性的消费支出。他假定持久消费取决于持久收入，与暂时收入无关；暂时消费由暂时收入决定，也与持久收入无关。从长期看，消费者的持久收入与持久消费有一固定比例，即 $C_P = KY_P$，K 为稳定的常数。弗里得曼利用美国 1897—1949 年的时间序列资料证明，这一时期除战争和大萧条之外的所有时间内，美国的 K 值均稳定在 0.827~0.927 之间，这就解释了长期内 APC 的稳定性，从而解决了"库兹涅茨之谜"。

2. 生命周期假说。与弗里得曼相似，莫迪利亚尼等（Modigliani and Brumberg，1954）提出的生命周期假说也认为，消费者都是理性的经济人，他们可以根据效用最大化的原则来使用一生的收入，安排

---

① 推导过程：$PV_t = \int_0^\infty Y_p e^{-rt} dt = \lim_{y\to\infty}\int_0^y Y_p e^{-rt} dt = \lim_{y\to\infty}\int_0^y e^{-rt} dt = \lim_{y\to\infty} Y_p \left[\frac{-1}{r}e^{-rt}\right]_0^y = \lim_{y\to\infty} \frac{Y_p}{r}(1-e^{-ry}) = \frac{Y_p}{r}$，所以 $Y_p = PV_t \cdot r$。

一生的消费和储蓄，使一生中的收入等于消费。这样，消费就不是取决于现期收入，而是取决于一生的收入，所以也有 $C_t = f(PV_t)$，$f' > 0$。但莫迪利亚尼对 PV_t 的处理与弗里得曼不同。他认为人的生命有限，而这有限的生命可以划分为两个阶段：收入相对较低的青年时期和老年时期，以及收入相对较高的壮年时期。通常一个人在青年和老年时期生产能力较低，都属于消费超过收入的阶段，有负储蓄；在壮年时期的生产能力较高，收入也较高，这时一方面可以偿还青年时期的借款，另一方面要为老年时期储蓄，即有正储蓄。所以，效用最大化的消费者需要尽可能将消费"平滑"地分配于一生中的每一年，以保证每年的消费水平不变。因此，生命周期假说的消费函数可以写为：

$$C = a \cdot WR + c \cdot \sum Y_P^L \qquad 式（2.5）$$

其中 WR 是财产收入（或称非劳动收入）的现值和，a 是财产收入的边际消费倾向，$\sum Y_P^L$ 是劳动收入的现值和，c 是劳动收入的边际消费倾向。其中 WR 就是储蓄之和，是节省下来的劳动收入。由于劳动收入和非劳动收入（储蓄）都是分别可观测的，因此对这二者的区分使得生命周期假说比持久收入假说更易于计量研究。在以上这些假定和概念的基础上，莫迪利亚尼计算出美国长期的 APC 为 0.71，这个结论也可以解释"库兹涅茨之谜"。

显然，生命周期假说要求消费者在有生之年将所有的财产收入和劳动收入消费殆尽，这可能与实际情况相距甚远。因此，生命周期假说可以进行拓展，主要是引入了所谓"王朝效用函数"（Dynastic Utility）。该效用函数假定，人们的效用不仅仅取决于自己的总消费，而且也部分地取决于自己子孙后代的福利，因此，人们都有把部分财产留给子孙后代的遗赠动机。上述不存在遗产的消费函数被称为"标准的"生命周期假说，此时需要假设不存在王朝效用函数。如果假设存在王朝效用函数，消费者就必然在其生命结束时留有遗产，这叫做"广义的"生命周期假说。

除了生命周期假说必须使用有限期界假定（即生命有限），而持久收入假说通常使用无限期界假定（即生命无限）之外，二者在基本假设、推导方法或主要结论上并没有明显差别，因此后续研究往往将二者并称、混用而不加区别。虽然这两种假说可以解释"库兹涅茨之谜"，但却没有从消费者的偏好和技术出发来建立模型，因此受到了理性预期假说的冲击。

（三）随机行走假说

霍尔（Hall，1978）的随机行走假说代表了持久收入—生命周期假说出现后，消费理论发展的下一阶段，而这一发展是由理性预期学派的基础性创新驱动的。因此，我们首先需要了解这方面的进展。20世纪70年代，以卢卡斯为代表的一批新古典主义宏观经济学家提出了理性预期假说。这一假说认为，理性的经济人会充分利用他所能获得的所有信息来预测经济变量的未来变化，他的主观预测将与经济变量的真实或客观数学条件预期一致，这意味着消费者不会犯"系统性"错误。在理性预期假说的基础上，卢卡斯（1976）进一步提出了著名的"卢卡斯批判"。他批评了使用大规模宏观经济计量模型来评估不同政策选择的做法，因为这种政策模拟是基于"政策变化时模型参数保持不变"的假设。卢卡斯认为，面对政策变化，消费者会随着经济环境的变化调整自己的行为，这就难以保证模型参数的不变性。如果我们想建立宏观经济模型，就必须寻找即使在理性预期下也保持不变的经济变量，也就是说，我们只能从经济各方的偏好和技术出发，然后建立一个跨期最优化的动态模型来研究预算或技术约束条件下的经济问题。尽管持续收入假说和生命周期假说都有微观基础，但它们并没有建立基于消费者偏好和技术的模型，因此受理性预期假说的冲击较大。虽然凯恩斯的消费函数不包含预期的含义，但凯恩斯也明确指出"消费倾向是一个相当稳定的函数"①，因此它也属于理性预期假说否定的对象。

霍尔以理性预期假说为基础，提出了消费/储蓄理论的随机行走假说。霍尔首先假定，一个代表性消费者在其无穷的寿命周期内有分时可加的效用函数 $U = U(C_t)$，那么代表性消费者要追求总效用最大化，需要最大化下式：

$$E_0 \sum_0^\infty (1+\delta)^{-t} U(C_t) \qquad 式（2.5）$$

$$\text{s.t.} \quad A_{t+1} = (A_t + Y_t^L - C_t)(1+r_t)$$

式（2.6）中 C_t 为第 t 期的消费，δ 为主观时间偏好率，A_t 为 t 时刻消费者的非劳动财富（即财产收入的现值和），Y_t^L 为第 t 期的劳动收入，r_t 为 t 时刻的利率，E_0 为第 0 时刻的数学期望（即基于 0 时刻所有可用信息）。假定代表性消费者是同质的，效用函数为严格凹的且分时可加的，利率是一个常数且 $r \geq \delta$，以及 Y_t^L 是外生随机过程。在上述假定之下求解动态最优化问题式（2.6），可以得到以下欧拉

---

① 凯恩斯．就业、利息和货币通论［M］．高鸿业，译．北京：商务印书馆，1999：101.

方程：

$$U'(C_t) = E_t\left[\frac{1+r}{1+\delta}U'(C_{t+1})\right] \qquad 式（2.7）$$

式（2.7）的经济含义是：各期消费的边际效用之比（或边际替代率）等于各期消费的价格之比。这个欧拉方程描述了在任何最优消费路径上都必须被满足的必要条件，但该方程难以得到显式解。为了得到显式解，霍尔假设效用函数 $U(\cdot)$ 为二次型的，即：

$$U(C_t) = C_t - \frac{a}{2}C_t^2 \qquad 式（2.8）$$

其中，a 是一个足够大的正数。二次型效用函数意味着 $U'(C_t)$ 是线性的，即 $U'(C_t) = 1 - aC_t$，这表明消费方差的增加不影响预期边际效用，因此不影响消费者的最优选择。由于方差通常代表风险，消费者在二次型函数下不关心风险，风险的存在也不影响消费决策。通过在约束条件下求解方程式（2.8），可以获得以下显式解：

$$C_{t+1} = C_t + \varepsilon_{t+1} \qquad 式（2.9）$$

方程式（2.9）是随机行走假说的基本形式，该假说指出消费者追求效用最大化的消费轨迹是一个随机行走过程。为了检验随机游走假说，霍尔进行了一系列实证检验。根据理性预期假说，过去的信息无助于预测未来持久收入和消费的变化，消费者在 t 期的持久收入预期水平的调整应该独立于 t 期之前的滞后变量。这意味着，如果将 t 期或 t 期之前的任何变量添加到方程式（2.9）的右边，这个变量的系数应该是 0。如果系数不为 0，那么就会有一个变量可以帮助预测未来的持久收入和消费，那么消费者就没有充分利用现有信息来实现预期效用的最大化，这就违反了理性预期的假设。因此，可以使用以下方程

<<< 第二章 文献评论

来检验随机行走假说：

$$C_{t+1} = a + bC_t + \sum_{i=0}^{n} \lambda_i Z_{t-i} + \varepsilon_t \qquad 式（2.1D）$$

其中 Z_t 表示第 t 期除消费以外的变量。只要不能拒绝式（2.1D）中 $\lambda_i = 0$ 的假设，随机行走假说就可以获得支持。霍尔利用最小二乘法（OLS）对上式作了检验，发现滞后的收入变量对当前消费没有显著影响，这就为随机行走假说的成立提供了经验证据。

不过，霍尔的检验在计量的可靠性上存在问题。从式（2.10）可以看出，他的检验方法隐含地要求 $\mathrm{cov}(\varepsilon_t, Z_{t-i})$ 不相关，否则就不能使用最小二乘法（OLS）进行回归分析。这其实就是计量经济学中常见的内生性问题。显然，在没有对内生性问题进行专门处理的情况下，霍尔的这个假设前提是不能成立的。弗莱文（Flavin，1981）发现，如果假定美国宏观个人可支配收入的运动过程遵循一个平稳的自回归过程，那么 $\mathrm{cov}(\varepsilon_t, Z_{t-i}) \neq 0$，此时式（2.10）中的 $\lambda_i \neq 0$，这说明第 t 期或第 t 期以前的收入变化有助于预测未来的消费变化，这相当于在计量上存在内生性，使得计量结果有偏，这就否定了随机行走假说。弗莱文将这种现象称为"过度敏感性"。此外，坎贝尔和迪顿（Campbell and Deaton，1989）从另一个角度也发现了霍尔计量检验的问题。他们指出，当用一个随机过程拟合劳动收入，然后根据随机行走假说估计消费对劳动收入冲击的反应时，消费的实际波动幅度要远远小于随机行走假说的理论估计值。他们将这种现象称为消费的"过度平滑性"。

过度敏感性和过度平滑性构成了对霍尔随机行走假说的挑战。因此出现了许多新假说以弥补原有消费理论的缺陷，其中主要的有预防性储蓄假说和流动性约束假说。

（四）预防性储蓄假说

霍尔的随机行走假说假设效用函数是二次型，这相当于假设消费者不关心风险，风险的存在不会影响消费决策，这显然与现实不符。从理论上讲，二次型效用函数有两个重要缺陷：第一，当消费变大时，二次型效用函数的边际效用可能是负数，这迫使人们在求解模型时增加一些辅助条件；第二，二次型效用函数的三阶导数等于0，但在实践中，消费者效用函数的三阶导数可能大于0，这将严重影响随机游走假说的结论。利兰德（Leland，1968）发现，如果效用函数的三阶导数大于0，则消费者在不确定的情况下会采取更谨慎的消费行为，这就是预防性储蓄理论。利兰德假设实际利率和主观贴现率为0，并考虑连续两个时期的欧拉方程，在约束条件下求解方程式（2.8）可以得到：

$$E_t U'(C_{t+1}) = U'(C_t) \quad \text{式（2.11）}$$

当效用函数的三阶导数等于0时，边际效用 $U'(\cdot)$ 为线性函数，则根据式（2.11）可以被改写为：

$$E_t U'(C_{t+1}) = U' E_t(C_{t+1}) \quad \text{式（2.12）}$$

这是一个符合随机行走假说的表达式。但当效用函数的三阶导数大于0时，边际效用 $U'(\cdot)$ 为凸函数，此时消费者将面临不确定性，消费的方差将会影响预期边际效用。式（2.12）应当被改写为：

$$E_t U'(C_{t+1}) > U' E_t(C_{t+1}) \quad \text{式（2.13）}$$

把式（2.13）代入式（2.11）可得：

$$E_t(C_{t+1}) > C_t \qquad 式（2.14）$$

从式（2.14）可以看出，未来预期的消费水平要高于当前消费水平。也就是说，在存在不确定性的情况下，消费者将会选择比确定性情况下更多地储蓄，消费行为因而就变得更为谨慎。这就是预防性储蓄假说的基本结论。不过，在效用函数的三阶导数大于 0 的情况下，求解不确定情况下的最优消费路径存在一定困难，在许多情况下难以求得解析解。一种可以求得解析解的情况是 $-U'''(C_t)/U''(C_t)$ 为常数即效用函数为常绝对风险规避型（CARA）函数卡巴莱罗（Caballero，1987），此外还可以用简单的二阶泰勒级数展开来求解这一问题（袁志刚、宋铮，2004）。

预防性储蓄理论可以解释过度敏感性和过度平滑性卡巴莱罗（Caballero，1990）。如果劳动收入的变化与未来劳动收入的不确定程度正相关，现期劳动收入的变化将意味着未来不确定程度的增加，这时消费者将增加预防性储蓄，从而导致消费的过度平滑性。而从过度敏感性与过度平滑性的定义看出，二者具有"互治"的特点。也就是说，如果现期劳动收入的变化意味着未来不确定程度的减少（例如，最低工资的不断上涨意味着未来不确定程度的下降），那么消费者的理性行为将是减少预防性储蓄，从而导致消费的过度敏感性。这意味着，如果过度平滑性成立，那么过度敏感性也成立。

对预防性储蓄假说的计量检验很多，绝大多数研究证明预防性储蓄是存在的。但对于预防性储蓄的重要性如何，即预防性储蓄在总储蓄中占多大比例，却有很大分歧。朱春燕和臧旭恒（2001）的考察表明，诸多文献中对这一比例的估计差别很大，从 0.7% 到 60% 都有，难以得出明确的结论，但预防性储蓄确实是存在的。

(五) 流动性约束假说

当消费者在低收入时期不能通过提取金融资产或借款以保持正常的消费水平时，我们称这些消费者面临着流动性约束。过度敏感性和过度平滑性被提出之后，把流动性约束引入消费者的最优化问题，也可以对消费行为作出合理解释。

如果我们把流动性约束引入消费者的最优规划，则式（2.6）就需要改写为：

$$\max E_0 \sum_0^\infty (1+\delta)^{-t} U(C_t) \qquad 式（2.15）$$

s.t. $A_{t+1} = (A_t + Y_t^L - C_t)(1+r_t)$；$A_t \geq 0$

其中 $A_t \geq 0$ 表示流动性约束，即消费者在任何时候都不能有负的资产（或债务）。由于 $A_t \geq 0$ 的加入，这一模型很难得到显示解，因此只能采用泰勒公式近似表示，或用数值模拟来求解。为了说明流动性约束假说，同时又避免复杂的运算，袁志刚、宋铮（2004）提出了一种直观的理解方法。他们认为，若引入流动性约束，则不能借贷，意味着消费者各期资产 A_t 均不能小于0，因此在 t+1 时刻不能借债的约束就可被表示为 $A_{t+1} = W_t + (1+r)A_t - C_t \geq 0$，其中 W_t 表示第 t 期的劳动收入。这意味着 $C_t = W_t + (1+r)A_t - A_{t+1}$，因此，式（2.15）可改写为以下形式：

$$\max E_0 \sum_0^\infty (1+\delta)^{-t} U[W_t + (1+r)A_t - A_{t+1}] \qquad 式（2.16）$$

s.t. $A_t \geq 0$

根据式（2.16）构建拉格朗日函数，就可以得到最优化的一阶条件：

$$U'(C_0) = \frac{1+r}{1+\delta}E_0 U'(C_1) + E_0\lambda_1 \qquad 式（2.17）$$

根据库恩-塔克条件，当存在流动性约束时，$\lambda_1 > 0$。比较方程式（2.17）和式（2.7）的欧拉方程可以看出，如果消费者预计第一阶段会出现流动性约束，则初始消费的边际效用水平会增加。根据欧拉方程，这相当于现期消费变得更加昂贵，这就迫使消费者减少现期消费并增加储蓄。这是流动性约束假说的主要结论。

流动性约束假说也可以用来解释过度敏感性和过度平滑性。由于流动性约束的限制，消费水平将不再是持久收入的函数，而实际上只取决于最近一段时间消费者的滞后收入和资产规模。其中的原因是，银行无法根据消费者预期的长期收入水平来决定是否向其放贷，只能根据消费者最近一段时间的滞后收入和资产规模来决定是否放贷。因此，消费者只能在最近一段时间内平滑消费，而不能在持久收入的意义上平滑其一生的消费，因此自然会出现过度敏感性。根据过度敏感性和过度平滑性的互洽特征，过度平滑性也会存在。

此外，如果引入不确定性，将得出其他结论。对于资产相对较少的消费者来说，他们可能面临流动性约束。在确定性情况下，流动性约束将导致他们的储蓄为零。但很难想象，在现实世界中面临流动性约束的居民会将他们所有的财富用于消费。Deaton（1991）发现，通过将不确定性引入流动性约束假设，预防性储蓄机会激励面临流动性约束的消费者更多地储蓄。Deaton 将这种类型的储蓄称为"缓冲库存储蓄"。Carroll（1997）和 Carroll 和 Samwick（1997）对缓冲库存储蓄进行了进一步的研究，这也成为预防性储蓄理论的一个流派。

现有文献中有很多关于流动性约束假说的实证研究。首先，由于财产较少的人更有可能受到流动性约束的约束，Zeldes（1989）根据他们的财产状况将消费者分为两组：财产较多的和财产较少的消费者。如果存在流动性约束，前者不应表现出过度的敏感性，而后者应表现出过度敏感性。他的计量结果证实了这一点。Jappelli 和 Pagano（1994）从另一个角度进行了验证。他们认为，由于流动性约束促使消费者更多储蓄，如果消费者在经济中面临强大的流动性约束，他们的储蓄率将更高。他们使用贷款比率来衡量消费者在经济中面临的流动性约束，发现储蓄率和贷款比率之间存在显著的正相关性，从而证实了他们的推断。Chang、Ramey 和 Starr（1995）也检验了流动性约束假说。他们认为，面临流动性约束的消费者会提前减少耐用品消费，因此耐用品消费的变化可以用来预测非耐用品消费变化。他们的计量结果支持了这一结论。

预防性储蓄假说和流动性约束假说都可以反映一些现实中经常存在的约束条件，因此得到了广泛的应用。在下一节我们将会看到，许多解释中国高储蓄率的文献都建立在这两个假说的基础上。

（六）总结与评论

以上这些消费/储蓄理论都有一个共同的问题，那就是它们关注的都是家庭的储蓄行为，所得出的结论自然也都是居民储蓄率的决定因素。此类理论的优点是有微观基础，缺点是不能反映国民储蓄率的全貌。完全基于上述消费/储蓄理论来解释中国国民储蓄率的演变趋势，是不符合中国的实际情况的。正如李扬和殷剑峰（2007）所指出的那样，中国的非居民储蓄占国民总储蓄的比重，即政府储蓄与企业储蓄之和占国民总储蓄的比重，在大多数年份里都达到50%以上。然而，消费/储蓄理论却不能解释政府储蓄和企业储蓄的演变。例如，无论是随机行走假说、预防性储蓄假说还是流动性约束假说，都需要假定代表性消费者的目标函数是约束条件下的效用最大化。然而，企业的目标函数是约束条件下的利润最大化，政府的目标函数是预算平衡，这与约束条件下效用最大化的目标函数相去甚远。这意味着，当今经济学界用于解释储蓄率演变规律的主流理论，居然无法解释占国民总储蓄一半以上的政府和企业储蓄的演变，这样的研究范式显然不能令人满意。本书不拘泥于居民储蓄率的狭隘范围，而是从政府、企业和居民储蓄行为的多个角度，给出国民储蓄率演变规律的全面解释。当然，居民储蓄作为国民储蓄的一部分，其演变规律仍然可以建立在上述消费/储蓄理论的基础上。因此，本节综述的消费/储蓄理论，对于理解国民储蓄率的演变规律，仍然具有一定价值。

二、中国储蓄率的研究现状及发展动态

从学术史的角度看，储蓄率的演变规律在经济学中主要有三种研究思路。一是上一节介绍的基于各种消费理论的解释，主要从居民消费/储蓄动机的角度解释储蓄率的变化，这是解释储蓄率演变的主流解释；二是基于经济增长理论解释储蓄率的变化；三是基于国民收入分配格局解释储蓄率的变化。近年来，国内外学者应用上述理论对中国的高储蓄现象进行了大量的研究，这些研究成果对于理解中国国民

储蓄率的上升趋势有相当大的价值。然而，由于现实情况的变化，这些研究的视角和逻辑可能已经不适用于解释中国国民储蓄率的下降。但不可否认，这些研究所使用的方法和数据，对于探索中国国民储蓄率下降的原因有很大的启发性和借鉴意义。概括起来，国内外学者对中国高储蓄率的研究形成了以下几种主要观点。

（一）分配格局说

这种观点认为，国民储蓄率偏高的原因是政府和企业在国民收入分配格局中的优势地位。李扬、殷剑峰（2007）认为，国民储蓄率的上升归因于企业和政府储蓄率的上升，其中政府储蓄率的上升是因为社会福利支出不足和政府投资水平提高；企业储蓄率的上升是因为其支付的劳动者报酬和财产收入占比下降；而居民储蓄率则是下降的，对国民储蓄率的上升趋势毫无贡献。Kuijs（2006）也持有类似看法，他指出中国国民储蓄率上升的原因是企业盈利能力增强和政府资本转移水平的提高。Ma 和 Wang（2010）认为，中国政府的高储蓄是政府开支下降和政府收入上升并存的结果，而政府储蓄率的上升则是国民储蓄率上升的主要原因。徐忠等（2010）认为是政府的营利性动机使其扩大对国有企业的直接投资，从而使得公共部门储蓄率上升。而这种直接投资又对政府公共财政职能的执行产生挤出效应，进而使得私人部门储蓄率也上升。王博（2012）发现，市场化改革所导致的国民收入分配格局的变化是国民储蓄率上升的重要原因，例如，近年来的劳动收入占比下降推高了国民储蓄率，而国有企业绩效改善则增强了政府增加储蓄以扩大投资的动机，结果也提高了国民储蓄率。

（二）人口结构说

这种观点的理论基础是弗里德曼（Friedman，1957）的持久收入假说和莫迪格里尼等（Modigliani and Brumberg，1954）的生命周期假说。该观点认为，人口结构的变化导致了高储蓄率。根据生命周期假说，劳动年龄人口的储蓄率高于少儿和老年人，因此中国的少儿抚养比下降会提高居民储蓄率，而老年抚养比上升又会降低居民储蓄率。这意味着老龄化对居民储蓄率有负面作用。但中国的情况可能与生命周期假说有所不同。有证据表明，中国劳动年龄人口的储蓄率低于老年人（杨盼盼等，2015），而同时中国的少儿抚养比又因为低人口出生率而不断降低，老龄化和少子化的合力将共同推高居民储蓄率。这个逻辑的关键问题是如何解释中国老年人的高储蓄率。Modigliani and Cao（2004）认为，由年轻人口减少导致的就业人口下降与非就业人口比例上升导致了1953—2000年中国家庭储蓄率的上升。Chao et al（2011）在生命周期模型中加入了年轻人需要为购房而储蓄，以及父母会资助年轻人购房等因素，发现改进后的生命周期模型可以很好地解释20世纪90年代以来的储蓄率上升。董丽霞和赵文哲（2011）认为，经济增长导致少儿抚养比下降的幅度远高于老人抚养比升高的幅度，因此经济增长会伴随储蓄率的升高。刘生龙等（2012）认为人均预期寿命的延长增强了老年人的储蓄动机，所以人口老龄化推高了中国居民储蓄率。杨继军和张二震（2013）发现，养老保险制度的不完善和人均预期寿命的延长都加剧了居民对未来养老的担忧，从而推高了居民储蓄率。白重恩等（2012）认为，家庭的信贷余额数和目标储蓄动机，使养老保险缴费起到了提高家庭储蓄率的作用。Imrohoroglu et al.（2017）指出，独生子女政策恶化了父母对养儿防老的预期，从而增加了家庭储蓄率。Choukhmane et al.（2013）发现，独生子女政策导致预期子女对老年人抚养水平的降低，可以解释居民储蓄率增加的30%。Ge et al.（2018）利用人口普查和城市住户调查数据（UHS），发现独生子女政策增加了子女数少的家庭的储蓄率。人口结构影响储蓄率的另一个角度是性别结构。Wei and Zhang（2011）认为，男多女少的性别结构迫使人们谋求在婚姻市场上更有利的地位，结果导致家庭储蓄率的提高。

（三）经济体制不完善说

这种观点的理论基础是 Leland（1968）提出的预防性储蓄理论和 Deaton（1991）、Carroll（1997）提出的流动性约束理论。预防性储蓄理论认为，没有被社会保障和保险覆盖的人更倾向于进行预防性储蓄（Giles and Yoo，2007）。而中国经济转型期新建立的教育、养老、医疗、失业、社会保障等体制并不完善，居民需要面对的不确定性日益增强，因此居民会增加预防性储蓄。持有这种观点的文献相当多，如施建准和朱海婷（2004），何立新等（2008），杨汝岱和陈斌开（2009），臧旭恒和张欣（2018），Meng（2003），Blanchard 和 Giavazzi（2006），Chamon 和 Prasad（2010）。在近期的研究中，He et al.（2020）以20世纪90年代末国企改革作为自然实验，利用国企员工相对于政府部门的失业风险识别预防性储蓄，可以解释家庭储蓄增加的40%。Cooper and Zhu（2017）利用结构生命周期模型，发现劳动力市场风险是导致家庭高储蓄的重要原因。流动性约束引起的居民储蓄增加也可以归类于这种观点，因为有证据表明，如果没有不确定性，流动性约束并不会对中国的居民储蓄率产生影响（Wang and Wen，2012）。从流动性约束角度解释中国居民高储蓄率的文献也很多，如万广华等（2001），甘犁等（2018），Aziz and Cui（2007）的论文。

（四）文化习惯说

这种观点与杜森贝里（Duesenberry，1949）提出的相对收入假说有密切的关系。该观点认为，中国的历史、文化和消费习惯与西方国家不同，这些因素鼓励居民崇尚节俭，形成了偏好储蓄的消费习惯，因此推高了储蓄率（叶海云，2000；程令国和张晔，2011；Horioka and Wan，2007）。有的文献进一步认为，中国的文化对于不同群体的居民是异质性的，高收入人群需要更高的储蓄率来保障自己的社会地位，而低收入人群则无需这样做。当中国居民收入迅速上升时，越来越多的人进入高收入阶层会推高储蓄率（杨盼盼等，2015）。可见，文化习惯说与消费理论中的相对收入假说有密切的关系。当然，文化习惯在某些特定年代也有可能失去作用。如20世纪50年代至70年代中期，虽然中国家庭也存在崇尚节俭的文化习惯，但家庭平均储蓄率却低于5%（Modigliani and Cao，2004）。

（五）收入不平等说

这种观点认为，高收入家庭的储蓄率高于中低收入家庭，因此随着居民收入差距的扩大，家庭总储蓄率必然随之升高。这种观点早期的文献基于凯恩斯的绝对收入假说，用现期收入不平等解释高储蓄率，但这样做在逻辑上并没有说服力。经济学教科书中的持久收入—生命周期假说指出，高现期收入未必会带来高储蓄率。因为如果人们的高收入是暂时的，他们会更多地储蓄，以备未来之需；与此相对应，如果人们暂时收入较低，但预期未来收入较高，则他们将倾向于选择更多地消费。因此，即使储蓄率和收入是不相关的，我们仍然能观察到有更高现期收入的人比低现期收入者储蓄得更多（弗里得曼，1957）。目前的收入不平等说已经不再基于现期收入不平等，而是基于持久收入不平等来解释高储蓄率。Dynan et al.（2004）发现，美国人的储蓄率不仅与现期收入正相关，而且也与持久收入正相关，持久收入不平等照样可以推高储蓄率。国内以持久收入不平等解释居民高储蓄率的文献也很多，如周绍杰等（2009）、陈彦斌和邱哲圣（2011）、陈斌开（2012）、甘犁等（2018）。有的文献进一步发展了这种理论，认为低收入者为提升社会地位而储蓄的动机更强，以及有中国特色的目标性消费强化了中低收入者的储蓄倾向，使收入不平等推高储蓄率的作用进一步增强（汪伟，2011；金烨等，2011）。由于这种观点强调收入水平对储蓄率的决定作用，因此自然可以推论，高经济增长率很可能导致高储蓄。正是基于这个逻辑，有的文献基于现代经济增长模型，证明居民高储蓄率的原因是高经济增长率（王弟海和龚六堂，2007）。

（六）高增长说

这种观点的主要研究方法是，依据经济增长模型推导出代表性消费者效用最大化的储蓄行为。利用这种方法，可以得出高增长导致高储蓄率的结论。例如，Modigliani（1986）建立了一个交叠世代模型，根据这个模型，居民储蓄率是年轻人和老年人储蓄率的平均值，在一个高速增长的经济体中，年轻人会获得更高的收入权重，因此会推高储蓄率；同时，高速经济增长也增加了生命周期收入的不确定性，也倾向于提高储蓄率。高速经济增长将导致更高的利息率，这同样会增加居民的储蓄倾向（Carroll and Weil，1994）。上述结论也同样可以由无限期界模型推导得出（Barro and Sala-I-Martin，1995）。Chen et al（2006）就利用无限期界模型推导出了全要素生产率增长率影响日本储蓄率的理论模型，他们的数值实验结果表明，日本储蓄率的下降大部分可以由全要素生产率增长率的下降所解释，而不必诉诸日本的各种独特性因素。这种观点在国内文献中并不多见。王弟海和龚六堂（2007）证明，中国目前的高储蓄率主要是由高经济增长率、高资本产出弹性、高主观贴现率以及短视性预期造成的。席晶和雷钦礼（2013）认为，高经济增长率、高资本产出弹性、个人贴现率偏低和跨期替代弹性过小共同导致了中国的高储蓄率。

上述这些研究对于国民储蓄率的上升都有一定的解释力，但对于解释国民储蓄率的下降却存在问题。中国的国民储蓄率是从 2008 年开始下降的，文化习惯说显然难以很好地解释其中的原因，因为没有证据表明中国历史上形成的文化习惯在 10 年内发生了巨大变化。至于说

35

居民收入上升推高了储蓄率，那么目前居民收入上升的趋势并没有出现逆转，但国民储蓄率却下降了，这也是文化习惯说难以解释的。经济体制不完善说也存在类似的问题。虽然中国的养老和医疗覆盖面在近年来有所上升，但迄今为止并没有文献证据证明，中国居民面临的不确定性在近10年出现了逆转性的下降，但国民储蓄率仍然出现了下降。人口结构说的问题是，目前人口老龄化和性别比例失衡的趋势并未发生变化，按照人口结构说的逻辑应该不会出现储蓄率下降，但事实与此相反。收入不平等说似乎符合人们的直觉，特别是根据国家统计局数据，2008年以来中国的基尼系数也出现了下降趋势，这似乎与国民储蓄率下降的趋势相一致。但这种观点难以解释城乡的储蓄率变动趋势。按照收入不平等说的逻辑，收入较高者的储蓄率应高于收入较低者，若两个群体的收入水平接近那么储蓄率也应接近。但根据《中国统计年鉴》提供的数据，2008—2016年间随着农民收入水平的提高，农村居民储蓄率却基本未变。同期城乡收入差距出现了下降，但城乡储蓄率差距却从7个百分点扩大到了13个百分点。这似乎难以用收入不平等说的逻辑进行解释。

　　事实上，除了分配格局说和高增长说之外，其他各种观点对中国国民储蓄率下降的解释力都很有限。根据资金流量表数据，2008—2019年中国国民储蓄率下降了8.05个百分点，而居民储蓄率的下降只导致国民储蓄率下降2.30个百分点。换句话说，由于上述第二至第五种观点关注的都是居民储蓄率，即使它们都能成立，也只能解释国民储蓄率下降的一小部分。而分配格局说关注的是包含政府、企业、居民部门的国民储蓄率，其说服力显然会更强。不过，主张分配格局说的现有文献，似乎对国民储蓄率下降的解释力也比较有限。根据

2008—2019年的资金流量表数据，政府投资占比和政府资本转移占比总体上都呈上升趋势，那么按照分配格局说文献的逻辑，政府储蓄率应该继续上升，但事实是政府储蓄率却下降了4.88个百分点。徐忠等（2010）提出的公共财政假说是唯一一篇考虑了部门之间储蓄行为联动的文献。在这一点上，该文的思路很值得借鉴。但该文的逻辑是政府投资增加挤占了政府公共支出，从而迫使私人储蓄率上升。然而根据资金流量表数据，2008年以来政府投资占社会总投资的比重，与政府"与民生直接相关"的财政支出占财政总支出的比重，出现了同时上升的趋势。这意味着政府投资增加并没有挤占政府公共支出，这与公共财政假说的逻辑并不一致。当然，现有文献提到的一些因素，如企业支付的劳动报酬占比和财产收入占比，确实在2008年之后出现了逆转上升，但为什么出现这种情况，这种情况对其他部门的储蓄行为会产生什么影响，在现有文献中难以找到答案。高增长说关注的也是国民储蓄率，这可以与资金流量表数据相一致。这种理论的主要问题是，高增长本身也是需要解释的因素。以高增长来解释高储蓄率，需要进一步回答经济增长率为什么会出现长期上升或下降，但这方面的文献却忽略了这个问题。

  从以上文献综述可以看出，现有文献大多关注的是居民储蓄率，对国民储蓄率关注较少。而无论是关注居民储蓄率还是国民储蓄率的文献，对储蓄率下降的解释都还有待完善。资金流量表数据已经揭示了，2008年以来中国国民储蓄率下降的主要原因并不是居民储蓄率的下降，而是政府和企业储蓄率的下降。因此，本书主要关注国民储蓄率的下降。当前也有一些文献从居民部门的角度解释了储蓄率下降现象（刘生龙等，2016）。但正如笔者已经指出的，居民储蓄率对国民储蓄率的下降贡献有限，只关注居民部门的研究缺乏足够的说服力。本书与分配格局说相似，也从国民收入分配格局的角度解释中国储蓄率。与已有研究不同的是，本书以劳动报酬上涨为纽带，从居民、企业和政府部门储蓄行为联动性的角度解释中国2008年以来国民储蓄率的下降趋势。结合我国劳动力市场的变化，以及由此引起的居民、企业和政府储蓄行为变化的联动性，本书提出国民储蓄率演变趋势的劳动报酬假说，并分析劳动力市场变化对政府、企业、居民部门储蓄的传导机制，认为中国近年来的国民储蓄率下降主要是劳动报酬上涨的结果，并利用2008—2016年的省级面板数据对理论假说进行了验证。

第三章 劳动报酬上涨与中国国民储蓄率的演变趋势

一、引 言

改革开放以来，中国国民储蓄率一直呈波动上升的状态，到2008年创下了51.91%的历史最高值，远高于其他国家和地区。但这个趋势自2008年开始出现逆转。根据《中国统计年鉴》提供的资金流量表数据，2008—2019年国民储蓄率从51.91%下降至43.86%，下降了8.05个百分点（图3-1）[①]。分部门来看，2008—2019年间中国的政府、企业、居民储蓄率分别下降了4.88、0.86和2.30个百分点[②]。

如何降低偏高的国民储蓄率曾经是国内学术界关注的焦点，但是

[①] 本书关注的是国民储蓄率的长期趋势。虽然当前关于储蓄率的相关数据已经更新到2020年，但由于疫情冲击干扰了居民、企业和政府部门储蓄率的长期趋势，因此本章重点分析2008—2019年各部门的储蓄率变化情况。

[②] 政府、企业、居民部门储蓄率的分子是各部门总储蓄，分母是国民可支配总收入，因此下降幅度显得偏低。

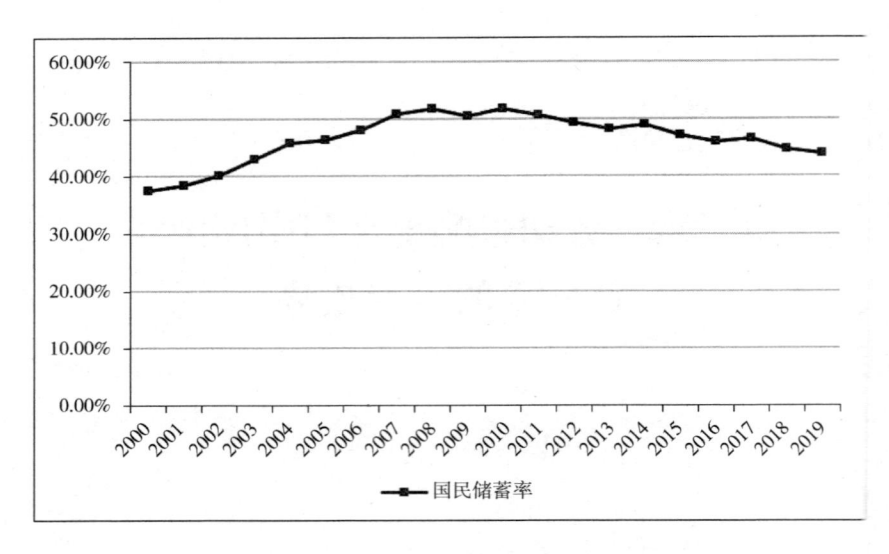

图 3-1　国民储蓄率（2000—2019 年）

资料来源：根据《中国统计年鉴》中的资金流量表数据计算得出。

现在国民储蓄率真的下降了，国内却出现了担忧储蓄率过度下降的声音①。这其实也可以理解。过高的国民储蓄率会产生一些负面作用，但国民储蓄率也不是越低越好。改革开放40年来，高储蓄率是支撑我国经济发展的基石。没有一定的储蓄率，就难以支撑银行信贷和全社会投资的持续增长。尤其是当前我国经济转向高质量发展阶段，稳增长、调结构、补短板都需要大量的融资支持，这在客观上要求保持一个适度的国民储蓄率。同时，在我国整体负债率上升的情况下，较高的国民储蓄率也提供了缓冲空间和安全边际。若国民储蓄率出现持续过快下降，势必会带来债务偿还负担上升，增加金融体系的脆弱性。虽然中国目前的国民储蓄率仍然偏高，但未雨绸缪地研究国民储蓄率

---

① 牛立腾. 警惕储蓄率下降诱发风险［J］. 中国金融，2019，10：76-77.

第三章 劳动报酬上涨与中国国民储蓄率的演变趋势

下降的原因，尤其是这种下降是否具有可持续性，是否有一个国民储蓄率下降的合理界限，并提出前瞻性的应对措施，仍然对中国经济的顺利转型具有重要意义。目前已有大量文献对2008年以前的中国国民储蓄率上升原因进行了解释，但这些解释未必适用于解释2008年以来中国国民储蓄率下降的原因。而专门研究中国国民储蓄率下降原因的文献，却极为罕见。本章试图在现有研究成果的基础上，对这个问题做进一步研究。在考虑政府、企业和居民部门之间储蓄行为联动性的基础上，本章提出了一个新的假说来解释2008年以来的储蓄率下降即劳动报酬上涨导致国民储蓄率下降假说。该假说认为，近年来国民储蓄率的下降是由劳动报酬上涨推动的。因此，由于中国劳动力市场的变化趋势是剩余劳动力的减少和劳动者议价能力的增强，国民储蓄率的下降是有可持续性的。本章用最低工资标准作为工具变量，利用我国2008—2016年的省级面板数据验证了这个假说。

本章的贡献主要有以下三个方面：第一，本章的研究首次从政府、企业和居民部门之间储蓄行为联动性的角度，考察了中国国民储蓄率下降的原因，而现有的零星文献在解释储蓄率下降时，仅仅关注了其中某个部门的储蓄率下降；第二，本章提出的劳动报酬假说，首次为中国国民储蓄率下降现象提供了一个逻辑一致的解释，而现有文献提出的理论假说，或者只能用于解释国民储蓄率的上升，或者只能解释国民储蓄率下降中的局部现象（如居民储蓄率的下降），无法从逻辑上解释国民储蓄率的下降趋势；第三，本章的研究首次对国民储蓄率下降的原因进行了实证分析，而现有文献或者只是对此现象进行现象描述或直觉判断，或者只是对某个部门（如居民部门）的储蓄率下降进行过实证分析。总之，本章的理论假说和经验证据，为理解我国国民储蓄率的演变趋势提供了新视角和新证据。

二、2008年以来中国国民储蓄率下降的事实特征

本章的研究对象是国民储蓄率,即资金流量表中国内总储蓄与可支配总收入的比值。总储蓄属于总量概念,包括住户(或称居民部门)、企业(包括金融机构和非金融企业)和政府部门的储蓄。笔者效仿李扬和殷剑峰(2007)的做法,将部门储蓄率 s_i 定义为该部门的储蓄 S_i 除以国内可支配总收入 Y,即 $s_i=S_i/Y$,i 表示居民、企业和政府部门。其中,居民和政府部门的储蓄等于该部门可支配收入减去最终消费;企业不存在消费支出,因此该部门储蓄就等于该部门可支配收入。为了更清晰地揭示中国国民储蓄率由升转降的趋势,本章使用2000—2019年共20张资金流量表[①]。

通过对国民储蓄率的各项组成部分进行分解,我们可以大致看出2008年以来国民储蓄率由升转降的原因。图3-2为2000—2019年国民储蓄率及其分解的居民、企业和政府部门储蓄率变动趋势。从图3-2可以看出,2008年之前国民储蓄率是上升的,2008年之后国民储蓄率出现持续下降。居民、企业和政府部门储蓄率也出现了类似趋势,但三者下降的幅度不同。企业储蓄率相对比较稳定,自2008年起的12年里只下降了0.86个百分点;而居民和政府部门储蓄率下降幅度较大,分别为2.30和4.88个百分点,二者合计占2008—2019年期间国民储蓄率下降

---

① 国家统计局于2012年对资金流量表进行了修订,本文使用的是修订版本的资金流量表数据。

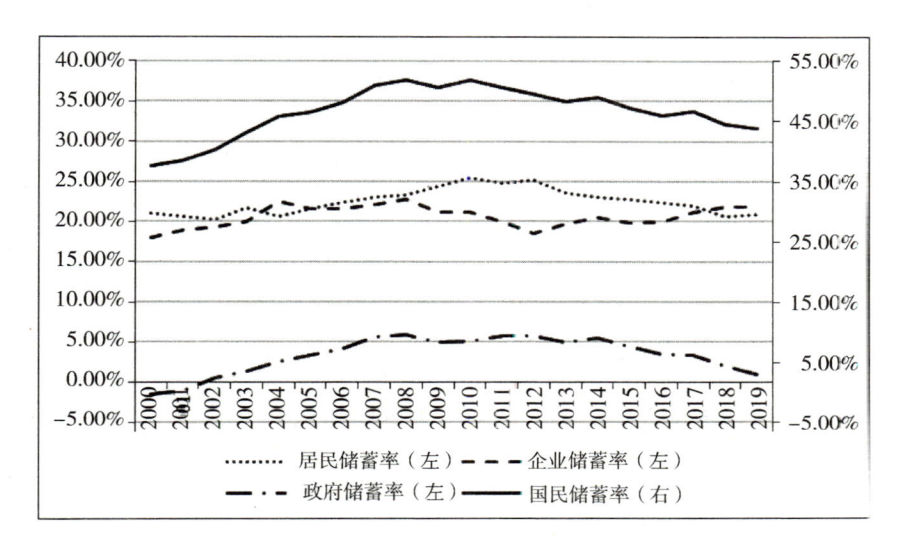

幅度的89%。这意味着国民储蓄率下降应主要归因于居民和政府部门。

图 3-2 2000—2019 年国民储蓄率分解：居民、
企业和政府部门的储蓄率

资料来源：根据资金流量表数据计算得出。

为了更清楚地揭示各部门储蓄率下降的原因，我们可以将部门储蓄率进一步分解为各部门储蓄倾向（S_i/Y_i）与部门可支配收入比重（Y_i/Y）的乘积，即 $s_i = S_i/Y_i \times Y_i/Y$。利用资金流量表的数据，笔者计算了 2008—2019 年居民和政府部门储蓄倾向和可支配收入比重，以及企业的可支配收入比重。结果见表 3-1。

表 3-1 2008—2019 年居民、企业和政府部门储蓄率的分解结果

	居民		企业	政府部门	
	储蓄倾向	可支配收入比重	可支配收入比重	储蓄倾向	可支配收入比重
2008	39.94%	58.28%	22.74%	31.04%	18.98%

续表

	居民		企业	政府部门	
	储蓄倾向	可支配收入比重	可支配收入比重	储蓄倾向	可支配收入比重
2009	40.38%	60.53%	21.19%	27.02%	18.28%
2010	42.10%	60.40%	21.19%	28.01%	18.41%
2011	40.88%	60.78%	20.03%	29.99%	19.19%
2012	40.70%	61.99%	18.47%	29.51%	19.54%
2013	38.46%	61.29%	19.77%	26.39%	18.94%
2014	37.99%	60.65%	20.50%	29.45%	18.85%
2015	37.07%	61.64%	19.81%	24.29%	18.55%
2016	36.14%	62.10%	20.01%	19.57%	17.89%
2017	36.22%	60.85%	21.19%	18.99%	17.96%
2018	34.82%	59.43%	21.84%	11.24%	18.73%
2019	34.79%	60.31%	21.88%	5.66%	17.81%

资料来源：根据2008—2019年资金流量表数据计算得出。

从表3-1可以看出，居民储蓄率下降应归因于居民储蓄倾向下降，因为2008年以后居民可支配收入比重是上升的。方福前（2009）利用1995—2005年数据，发现居民可支配收入比重的下降导致了居民储蓄率下降。表3-1的结果表明，情况在2008年以后已经发生了变化。而企业和政府的可支配收入比重、政府部门储蓄倾向在2008年以后都是下降的。这意味着，居民储蓄倾向的下降、企业可支配收入比重的下降，以及政府部门可支配收入比重和储蓄倾向的同时下降，都是2008—2019年国民储蓄率下降的原因。

三、中国国民储蓄率下降的劳动报酬假说

利用资金流量表数据考察国民储蓄率变动的原因，不能孤立地看某个部门的情况。徐忠等（2010）提出的公共财政假说，就考虑到了公共部门和私人部门储蓄行为的联动性，这样的角度值得借鉴。不过，由于2008年以后情况已经发生了变化，我们需要从公共财政以外的其他角度分析储蓄率下降的原因，这个角度就是劳动报酬上涨。

（一）劳动报酬上涨与居民储蓄率下降

劳动报酬上涨是2008年以来引人注目的经济现象。根据《中国统计年鉴》提供的数据，2008—2019年中国的就业人员数量从75564万人下降到75447万人，下降了0.15%。但图3-3却显示，同期居民劳动报酬净额占国民初次分配收入的比重从2008年的30.31%增加到2019年的38.32%，增加了8.01个百分点[①]。这意味着，在劳动者人数略有下降的情况下，居民劳动报酬份额却出现较大幅度增长，这实际上相当于人均劳动报酬在上涨[②]。同时我们还可以发现，虽然2019

[①] 图3-3的左侧纵轴表示劳动报酬净额占初次收入分配比重和增加值占初次收入分配比重的单位，右侧纵轴表示财产收入净额占初次分配收入比重的单位。

[②] 白重恩和钱震杰（2009）在修正资金流量表编制方法的基础上，利用省际GDP收入法核算数据和《中国财政年鉴》中的数据，重新计算了居民劳动报酬占比。由于国家统计局在2012年调整资金流量表数据时，未公布调整的原因和依据，因此无法进行类似的重新计算。

年财产收入净额占初次分配收入比重相对2008年有所上涨,但涨幅仅为0.63个百分点,因此,劳动报酬净额占比上涨是2008年后居民初次分配收入中最主要的上升因素。

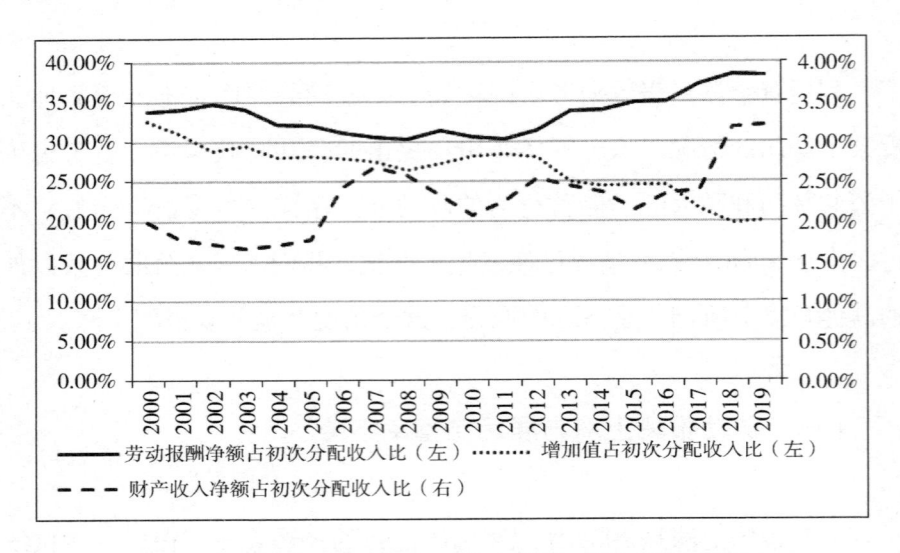

图3-3　2000—2019年居民劳动报酬净额、增加值和财产收入占国民初次分配收入比重

资料来源:根据资金流量表数据计算得出。

值得注意的是,2008年以后居民劳动报酬净额占比的持续上升,是在同时期经济增长速度持续下滑的背景下实现的,这意味着它不是周期性的上涨。这种情况产生的原因,很可能是由于劳动力供求关系的变化。近年来,我国农村剩余劳动力不断减少,劳动力市场开始出现供不应求的现象,这增强了劳动相对于资本的议价能力,从而使劳动报酬占比上升[①]。目前,中国农村剩余动力减少的原因还存在争议。

---

① 张车伟和赵文(2015)指出,资金流量表中的劳动报酬数据包含了雇员经济和自雇经济的劳动报酬。我们认为,这并不影响劳动力供求关系变化引起劳动报酬占比上升的结论,因为自雇经济中的劳动者报酬同样会受到剩余劳动力减少的影响。

第三章 劳动报酬上涨与中国国民储蓄率的演变趋势

蔡昉（2007）、Ercolani 和 Zhang（2011）、Ge and Yang（2011）等认为，中国的刘易斯拐点已经到达，农业剩余劳动力已经从无限供给转向有限供给。但汪进和钟笑寒（2011）、Golly 和 Meng（2011）等学者却认为，中国局部地区出现的劳动力短缺现象，是短期的、结构性的短缺，农村中仍然存在大量剩余劳动力，刘易斯拐点并未真正到达。虽然双方对刘易斯拐点是否到来还存在分歧，但对于中国劳动力供求关系已发生变化，劳动力成本将持续上涨的大趋势，学者们是普遍认同的。而根据李稻葵等（2009，2015）的研究，农村剩余劳动力的减少在逻辑上将导致劳动报酬占比上升。假如这个大趋势不发生逆转，那么居民劳动报酬占比的上升也将是一个长期趋势，这将对居民、企业和政府部门的储蓄行为产生深远影响。

首先对于居民部门，可以用消费的过度敏感性来解释劳动报酬与居民储蓄率之间的关系。美国经济学家 Flavin（1981）发现，即使排除了由于当期劳动收入的边际消费倾向所引起的消费变化，当期和滞后（即上一期）的劳动收入变化依然与消费呈显著的正相关性，这说明消费不仅取决于持久收入，而且也受到劳动收入变化的正向影响。Flavin 把上述现象称为消费对劳动收入的过度敏感性（Excess Sensitivity）。过度敏感性可以用以下公式表示：

$$C_{t+1} = C_t + \frac{r}{1+r-\rho}(W_{t+1} - \rho W_t) + \gamma \Delta W_{t+1} \qquad 式（3.1）$$

其中 C、W、r、ρ 分别表示消费、劳动收入、利息率和时间偏好率，$\Delta W_{t+1} = W_{t+1} - W_t$。根据消费理论中的随机行走假说，γ 应当为 0，但 Flavin 的实证分析却发现 γ 显著大于 0，即当期和滞后的劳动收入变化与消费呈正相关性。

过度敏感性可以用预防性储蓄理论来解释。Caballero（1990）指出，如果当期劳动收入的变化与滞后劳动收入的变化有关，那么消费者就可以用滞后劳动收入预期当期劳动收入，此时劳动收入的变化是可预期的，那么当期消费就会与滞后劳动收入变化有关，这就出现了过度敏感性。根据预防性储蓄理论，劳动收入的不确定程度越大，预防性储蓄就越多，而可预期的劳动收入变化却意味着不确定性的较少，从而减少预防性储蓄，因此当期和滞后劳动收入的变化将增加消费、减少储蓄[①]。相对于中国的情况，这意味着只要劳动报酬上涨的确定性增强，那么就会引起居民储蓄率的下降。事实上，自2008年以来的中国劳动报酬上涨，其确定性和可预期性已经出现了越来越强的趋势。这主要是由两种因素造成的。一是剩余劳动力持续减少的大趋势，这一点前文已经提及；二是政策性因素的驱动，该因素大大强化了劳动报酬上涨的确定性预期。例如，2008年1月1日起实行的《中华人民共和国劳动合同法》和2013年7月1日起实行的《中华人民共和国劳动合同法》修订版，大幅度增强了劳动者权益保护程度，迫使企业提高劳动报酬。自2008年以来，许多地方政府多次提高本地最低工资，客观上有利于劳动报酬上涨。中国共产党的十九大报告明确提出要"坚持在经济增长的同时实现居民收入同步增长、在劳动生产率提高的同时实现劳动报酬同步提高"，这明显地增强了劳动报酬上涨的确定性预期。正是在劳动力供求关系变化和政策性因素的合力之下，劳动报酬上涨的可预期性和确定性日益增强，使得中国城乡居民

[①] 有的文献把未来收入不确定性带来的预防性储蓄增加也叫做过度敏感性，这其实混淆了概念。未来收入不确定性所带来的预防性储蓄增加，应叫做过度平滑性（Excess Smoothness），而过度敏感性是指可预期的、确定性的劳动收入变化对消费的影响，二者的含义显然不同。

<<< 第三章 劳动报酬上涨与中国国民储蓄率的演变趋势

出现了消费的过度敏感性增强,即储蓄率下降的现象。

(二) 劳动力成本上升与企业储蓄率下降

居民劳动报酬的持续上涨,显然意味着企业劳动力成本的持续上升。根据资金流量表中的指标解释,企业部门的初次分配收入等于增加值减去企业支付的劳动者报酬、财产收入净额与生产税净额。可见,劳动力成本的上升意味着企业支付的劳动者报酬增加,而这又会导致企业可支配收入占国民可支配收入的比重下降。根据企业储蓄率的定义,这等同于企业储蓄率的下降。问题是企业支付劳动报酬的增加,对企业储蓄率的影响达到了什么程度。图3-4描述了2000—2019年企业主要资金来源和运用项目占国民可支配收入比重的变动情况。

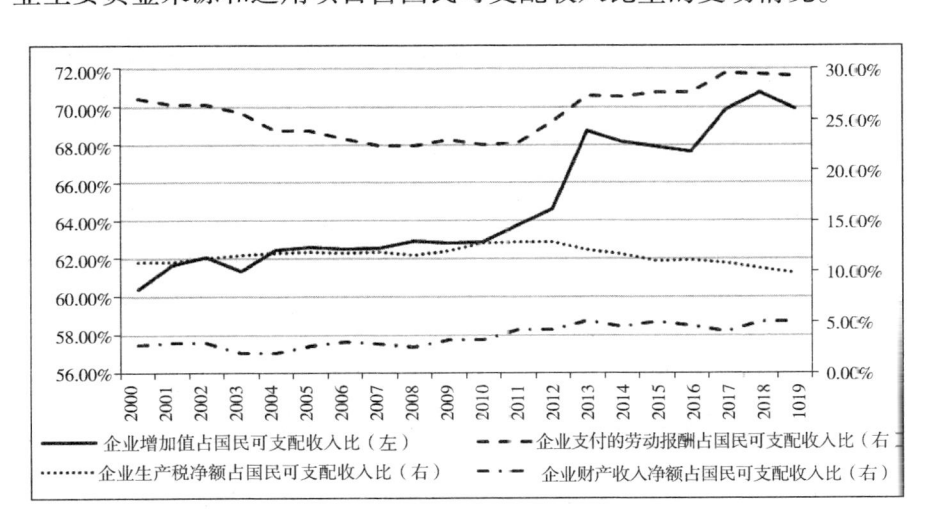

图3-4 2000—2019年企业主要资金来源和运用项目占国民可支配总收入比重变动情况

资料来源:根据资金流量表数据计算得出。

从图 3-4 可以看出，企业增加值占比、支付的劳动报酬占比和财产收入净额占比在 2008 年后都是上升的，唯有生产税净额占比是下降的。但企业支付的劳动报酬占比和财产收入净额占比上升幅度分别为 6.80、2.47 个百分点，远高于生产税净额占比下降幅度（1.83 个百分点），这说明企业部门储蓄率下降的原因是企业支付劳动报酬和财产收入的增加。而从这两个项目的下降比例来看，企业支付的劳动报酬占比无疑是最重要的因素，比企业支付财产收入净额占比的上升幅度高一倍多。尤其引人注目的是，2008—2019 年，企业部门支付的劳动报酬占比增加幅度（6.80 个百分点）接近于图 3-3 中的居民部门的劳动报酬净额占比增加幅度（8.01 个百分点），这意味着居民部门劳动报酬净额占比的增加额绝大部分来自企业。因此可以得出结论说，劳动报酬的上涨，或企业劳动力成本的上升，是企业储蓄率下降的主要原因。换句话说，劳动报酬的上涨不但导致了居民储蓄率下降，而且导致了企业储蓄率下降，即居民和企业部门产生了储蓄行为的联动性。企业支付的财产收入净额占比虽然也出现上升，但幅度有限，对企业储蓄率下降的解释力也有限。从图 3-4 可以看出，财产收入净额占比是从 2008 年开始上升的，而《中央企业国有资本收益收取管理暂行办法》的公布时间是 2007 年 12 月。正是从那时候起，企业支付的财产收入净额占比持续上升。所以，这个因素很可能是政策性原因导致的，它是否具有可持续性同样取决于政策的变化。

（三）劳动报酬上涨驱动政府储蓄率下降

陈斌开等（2014）指出，现有文献尚未深入讨论政府储蓄倾向和

<<< 第三章 劳动报酬上涨与中国国民储蓄率的演变趋势

政府收入占比变动的原因。笔者认为，政府储蓄倾向和政府可支配收入占比的下降，其实也可以归因于劳动报酬的上涨。首先来看政府可支配收入的占比。在再分配环节，政府的主要资金来源是经常税和社保缴款，主要资金运用是社保福利、社会补助和其他，政府可支配收入等于资金来源减去资金运用。借鉴李扬和殷剑峰（2007）的做法，可以将社保缴款和社保福利合并为社保缴款净额。图3-5描述了社保缴款净额占比、社会补助占比和经常税占比的变动趋势。

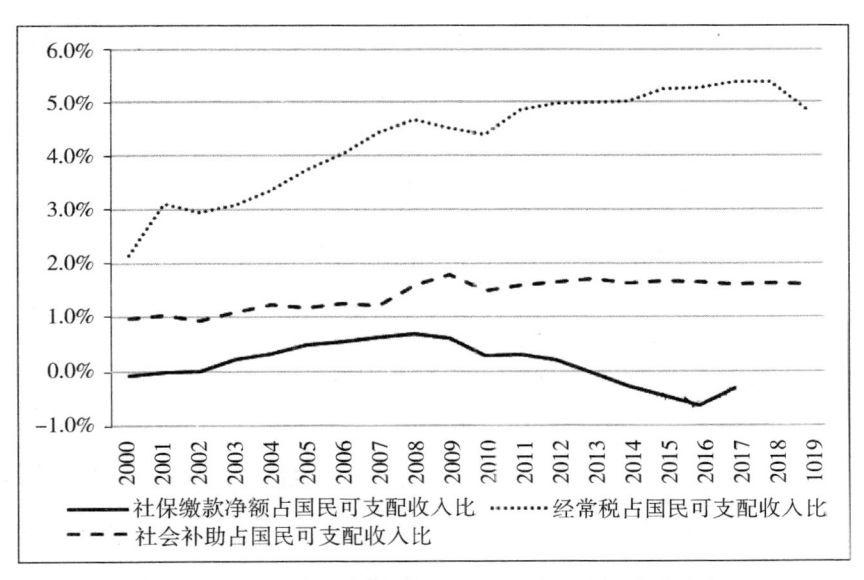

图3-5 2000—2019年社保缴款净额、经常税和社会补助占国民可支配总收入比重变化①

资料来源：根据资金流量表数据计算得出。

由图3-5可知，自2008年起，社保缴款净额占比由升转降，2013年起变为负数；社会补助占比则相对有所提升。正是这两个因素的逆

---

① 由于资金运用部分的社会保险缴款自2018年开始不再公布，因此社保缴款净额占国民可支配收入的比重仅计算到2017年。

51

转变化，导致政府可支配收入比重下降。经常税占比虽然在2008年之后继续上升，但幅度有限，对趋势没有影响。为什么会出现这样的变化？从逻辑上讲，无论是社保缴款金额还是社会补助，其趋势逆转很可能都是由企业支付给居民的劳动报酬上涨导致的。因为居民劳动报酬是社会保险福利（如五险一金）的基数，工资上涨必然导致社保缴款净额下降。而构成社会补助的抚恤金、生活补助和社会救济（如城市低保）项目，前两者都需要以相当于×个月的工资来计算，后者则需要与当地最低工资标准相衔接，若工资上涨则社会补助显然也会增加。所以，假如企业劳动力成本出现上涨，则首先将从降低政府可支配收入占比的角度，驱动政府储蓄率下降。

此外，劳动报酬的作用也有政策性原因。首先，2008年以来实行的《中华人民共和国劳动合同法》和《中华人民共和国劳动合同法》修订版，以及地方政府提高本地最低工资的行为，都增强了劳动者权益保护程度，迫使企业提高劳动报酬，并进一步促进了社保福利支出和社会补助支出的提高。其次，党的十八大报告提出"统筹推进城乡社会保障体系建设"，十九大报告提出"加强社会保障体系建设"等，都意味着政府直接增加了社保福利支出。再次，十八届三中全会提出要适当降低社会保险费率，该政策从两个方面降低了政府可支配收入，一是政府社保收入减少，客观上进一步拉低了社保缴款净额，降低了政府可支配收入；二是提高了企业雇佣劳动力数量，使劳动力供不应求更加严重，促进工资上涨，而工资上涨反过来又增加了政府社保福利支出和补助支出的基数，进一步增加了政府支出，降低了政府的可支配收入。

再看政府的储蓄倾向。由表3-1可知，政府储蓄倾向的下降是政府储蓄率下降的主要原因。现有文献都从政府储蓄的运用方面解释2008年以前政府储蓄倾向的上升。但根据资金流量表数据，政府储蓄运用的主要方向，即资本转移和政府投资，其占国民可支配收入的比重都在2008年以后继续上升，但政府储蓄倾向却下降了，这是现有文献难以解释的。实际上，政府储蓄倾向的下降也可以归因于劳动报酬的上涨。我们知道，政府储蓄是政府收入减去政府消费的差额，而政府消费是政府部门为全社会提供公共服务的消费支出，以及免费或以较低价格向住户提供的货物和服务的净支出。如果政府消费出现上升，那么政府储蓄倾向显然会下降。劳动报酬上涨可以从三个方面驱动政府消费的上升。第一，由于劳动报酬是社会保障的基数，所以劳动报酬的上涨可以直接拉动政府消费中的社会保障与就业、住房保障支出增加。第二，政府购买的公共服务，如教育、医疗、文体传媒、科技服务等都属于服务业，需要雇用大量的就业人员，劳动报酬上涨将提高这些公共服务的购买成本，增加政府消费支出。第三，根据马斯格雷夫的发展阶段增长理论，在经济发展的成熟阶段，随着居民收入的增长，居民对于需求收入弹性高的服务业产品，如教育、卫生、保健、安全、福利等方面的需求会提高，而这些方面大都是政府公共服务的对象，因此政府公共服务支出的比重会提高（Musgrave，1969）。而我国2018、2019年恩格尔系数分别达到0.284和0.282，达到联合国划分的"最富裕"标准，那么居民劳动报酬增长后自然会对政府公共服务提出更高的要求，迫使政府公共服务支出增加。上述三个方面都意味着，劳动报酬上涨驱动了政府储蓄倾向的下降。

（四）国民储蓄率下降的劳动报酬假说

综合以上分析，可以提出中国国民储蓄率下降的劳动报酬假说。这一假说建立在中国农村剩余劳动力长期减少甚至消失的基础上，这将造成劳动力供求状况逐渐由过剩转为短缺。在中国劳动保护制度日趋完善的背景下，劳动力的供不应求将表现为劳动相对于资本的议价能力增强，由此居民劳动报酬将持续上涨，这将从以下几方面驱动国民储蓄率下降。

首先，居民劳动报酬上涨将同时驱动居民储蓄率和企业储蓄率下降，其传导机制分别为：劳动报酬上涨→劳动报酬的低储蓄倾向及劳动报酬在居民收入中占比上升→居民储蓄倾向下降→居民储蓄率下降；劳动报酬上涨→企业支付的劳动报酬占比增加→企业可支配收入占比减少→企业储蓄率下降。由此可以得出以下待检验的假说：

假说1：劳动报酬上涨将使得居民储蓄率和企业储蓄率下降。

另一方面，企业支付的劳动报酬占比上升将导致企业和政府储蓄行为的联动性，使政府储蓄率也出现下降。其传导机制有两条途径：劳动力供求关系变化及政策性因素→企业支付劳动报酬占比上升→政府社保福利和社会补助支出增加→政府可支配收入占比下降→政府储蓄率下降；劳动力供求关系变化及政策性因素→企业支付劳动报酬占比上升→政府公共服务支出增加→政府储蓄倾向下降→政府储蓄率下降。基于上述传导机制，可得出以下待检验的假说：

假说2：劳动报酬上涨将导致政府储蓄率下降。

由于国民储蓄率为居民、企业、政府储蓄率之和，基于假说1和假说2，可得出假说3：

假说3：劳动报酬上涨将导致国民储蓄率下降。

上述3个假说意味着，国民储蓄率下降是由劳动报酬上涨引起的居民、企业、政府储蓄率联动下降，而不是偶然的、孤立的某几个部门储蓄率下降之和。

需要指出的是，2008年以前劳动报酬也在缓慢上涨。根据《中国统计年鉴》提供的数据，1978—2007年，职工平均实际工资指数（以上年为100）连续20年都在100以上。不过2008年以前的工资上涨与2008年以后有所不同。李扬和殷剑峰（2007）发现，居民劳动报酬占比和企业支付的劳动报酬占比在1992—2003年均呈下降趋势。图3-3和图3-4则表明，这两个指标的下降趋势一直延续到了2007年。然而自2008年起，居民劳动报酬占比和企业支付的劳动报酬占比均呈上升趋势。也就是说，2008年以后的劳动报酬上涨已不仅是工资指数的上涨，而且是相对于国民可支配收入之比的上涨。根据本章假说1的传导机制，只有居民劳动报酬占比和企业支付的劳动报酬占比均呈上升趋势时，假说1才能成立，此时劳动报酬上涨才有可能通过上述传导机制影响国民储蓄率。而2008年以前由于不具备上述条件，假说1的传导机制无法发挥作用，此时的劳动报酬上涨在逻辑上无法影响国民储蓄率的变动①。

此外还需指出，本章与人口结构说的逻辑也有一定区别。根据人口结构说所依据的生命周期假说，劳动年龄人口的储蓄率高于老年人，因此中国老年抚养比上升会降低居民储蓄率。这种逻辑的主要问

---

① 我们对1995—2007年人均劳动报酬与国民储蓄率的关系也进行了检验，发现二者并无显著的相关性，这符合本章的理论逻辑。

题是存在相反方向的抵消因素。预期寿命延长和独生子女政策等因素都加剧了居民对未来养老的担忧，从而推高了储蓄率，结果使得中国劳动年龄人口的储蓄率低于老年人（参见本书第二章）。此类抵消因素的存在，使得人口结构说难以清晰地说明储蓄率下降的逻辑，而本章以劳动报酬上涨来解释国民储蓄率下降，则不存在类似的抵消因素，这也是本章的逻辑与人口结构说的区别。

四、劳动报酬假说的实证检验

与储蓄率下降的时间段相一致，本章利用2008—2016年30个省区的面板数据对上述假说进行检验，主要关注劳动报酬变化对各部门储蓄率和总储蓄率的影响①。本章设定了如下三个基准计量回归模型：

$$HESR_{it} = \alpha_0 + \alpha_1 L_{it} + \alpha_i X_{it} + \lambda_i + e_{it} \quad \text{式（3.2）}$$

$$GOVSR_{it} = \beta_0 + \beta_1 L_{it} + \beta_i Y_{it} + \theta_i + \mu_{it} \quad \text{式（3.3）}$$

$$NATSR_{it} = \gamma_0 + \gamma_1 L_{it} + \gamma_i Z_{it} + \psi_i + \nu_{it} \quad \text{式（3.4）}$$

其中，下标 i 为省份，t 为样本年份。$HESR$ 为企业和居民储蓄率之和，$GOVSR$ 为政府储蓄率，$NATSR$ 为国民总储蓄率，L 为居民部门的人均劳动报酬，X、Y 和 Z 分别为模型（3.2），（3.3）和（3.4）的控制变量向量。λ_i、θ_i、φ_i 为省份个体固定效应，控制了不随省份个体变化的地区影响因素，如各省区地理位置和经济发展水平等对储蓄率

---

① 由于本章使用的一些主要变量如最终消费支出、政府消费等只更新到2017年，而且《中国会计年鉴》也自2017年开始不再公布全国地方国有企业利润与资产总额等数据，使得本章的数据更新具有一定的难度，因此本章实证部分使用2008—2016年区间的数据进行检验。

的影响。e_{it}、μ_{it}和ν_{it}为残差项。按照本章提出的假说，推动居民、企业和政府部门储蓄率下降的主要原因是劳动报酬上涨，即α_1、β_1和γ_1应该显著为负。

（一）指标和数据说明

本章利用2008—2016年中国30个省区的经济数据（不含西藏）对劳动报酬假说进行检验。由于西藏缺失数据较多所以未包含在样本中。若无特殊说明，所有数据均来自历年《中国统计年鉴》。

1. 储蓄率。由于缺乏各省的资金流量表，笔者利用徐忠等（2010）推荐的方法计算各省的国民储蓄率和政府储蓄率，企业和居民储蓄率之和可称为"非政府储蓄率"，由国民储蓄率与政府储蓄率之差计算得出①。其中民储蓄率为（GDP-最终消费）/GDP，政府储蓄率为（地方政府总收入-政府转移性支出-政府消费）/各省GDP。需要指出的是，这里测算储蓄率的方式与徐忠等（2010）的测算有一定区别。徐忠等（2010）在计算储蓄率时，存在以下问题：第一，他们直接采用了国民经济核算口径下的政府消费数据，但他们在计算政府收入时，却采用了《中国财政年鉴》中的财政统计口径数据。许宪春（2014）曾经明确指出，这两个口径的政府消费与政府收入并不可

---

① 居民储蓄率也可以根据统计年鉴中的城乡家庭收支差额计算得出，但由于居民收入统计数据中遗漏的高收入者比较多，由城乡家庭收支差额计算得到的居民储蓄率，与资金流量表数据差别太大，甚至根本看不出下降趋势。许宪春（2014）曾指出，这两种口径并不可比。由于资金流量表数据是依据全国经济普查的基础数据修订而成的，因此该数据更加可靠。为避免实证分析的统计口径与理论假说脱节，我们转而采用企业和居民储蓄率之和来检验假说1。

比。因此，本章没有采用GDP核算口径下的政府消费数据，而是根据国家统计局发言人对政府消费支出的界定[①]，用《中国财政年鉴》中的一般公共服务支出、外交支出、国防支出、公共安全支出、教育支出、文化体育与传媒支出、社会保障和就业支出、医疗卫生与计划生育支出和节能环保支出之和代表政府消费。第二，他们在计算地方政府总收入时，直接采用了财政总收入数据，但资金流量表中的政府收入口径是政府可支配收入，即扣除了再分配环节政府转移性支出后的政府收入数据，这与财政总收入的统计口径并不一致。为了使本章的假说与计量验证保持一致，用以下方法计算扣除政府转移性支出后的政府可支配收入：政府可支配收入＝地方财政总收入－住房保障支出－债务利息支出－社会保险净收入。社会保险净收入数据自历年《中国劳动统计年鉴》，为分地区的城镇医疗保险、工伤保险、基本养老保险、生育保险、失业保险五部分加总的收入与支出之差。第三，他们在计算地方政府总收入时，直接采用了财政年鉴中的地方财政总收入数据，但根据国家统计局2007年出版的《中国经济普查年度资金流量表编制方法》的介绍，政府可支配收入中并未包括上年结余、调入资金和债务收入等项，因此笔者从地方财政总收入中扣除了上述各项。扣除之后，地方总收入数据包括税收收入、非税收入、中央税收返还及转移支付收入和接受其他地区援助收入等项。值得指出的是，在计算过程中，部分变量存在缺失的情况，比如多个省份不存在外交支出，2014年之前未统计节能保护支出等，上述缺失值均作为0处理。

---

① 陆娅楠. 七成GDP用于行政开支？纯属编造 [N]. 人民日报，2018-02-13（4）.

2. 劳动报酬。借鉴白重恩和钱震杰（2010）的做法，用省级收入法 GDP 数据计算各省的劳动报酬。收入法 GDP 由劳动报酬、固定资产折旧、生产税净额和营业盈余四部分组成，笔者将（劳动报酬/各省城乡就业人员数）定义为人均劳动报酬，其中河北省的城乡就业人员数据来源于《河北经济年鉴》，甘肃省的城乡就业人员数据来源于《甘肃发展年鉴》，其余各省数据来源于各省统计年鉴。

3. 其他控制变量。本章的控制变量需要把现有的五种解释储蓄率的理论，即分配格局说，人口结构说，经济体制不完善说，文化习惯说和收入不平等说中提到的影响储蓄率主要因素包括在内，这样既可以保证计量结果的稳健性，又可以判断各种假说对储蓄率的解释力。基于此，设置以下控制变量：政府投资率（分配格局说），少儿抚养比、老年抚养比和性别比例（人口结构说），人均教育支出和人均医疗支出（经济体制不完善说），城乡收入差距（收入不平等说与文化习惯说）。其中，用城乡收入差距表示文化习惯说，是因为收入差距是影响农村人口消费习惯的重要因素。在此基础上，笔者还控制了城镇人口占比这一因素。考虑到现有文献的研究，在考察政府储蓄率下降的因素时，还引入了来自《中国会计年鉴》的国有企业利润率数据，并在所有检验中控制了利息率的影响。其中，利息率使用一年期法定存款利率表示，由于当年可能对利率进行了多次调整，因此根据不同利率的施行时间进行加权平均，进而计算得到。此外，对以价格为单位的变量，如人均劳动报酬、人均教育支出、人均医疗支出、月最低工资标准数据等都根据各省份的 CPI 进行了平减。各项指标数据说明和描述如下：

表 3-2 主要变量描述统计

变量名称	定义	样本数	均值	标准差	最小值	最大值
国民储蓄率	（GDP-最终消费支出）/GDP	270	0.505	0.070	0.340	0.625
政府储蓄率	（地方总收入-地方政府转移性支出-政府消费）/GDP	270	0.079	0.031	0.030	0.193
非政府储蓄率	国民储蓄率-政府储蓄率	270	0.427	0.090	0.176	0.568
老年人口抚养比（%）	65岁以上人口数/15~64岁人口数	270	12.822	2.529	7.440	20.040
少儿人口抚养比（%）	0~14岁人口数/15~64岁人口数	270	22.504	6.314	9.640	39.570
性别比（%）	男性人口数/女性人口数	270	104.945	3.714	95.070	120.430
人均劳动报酬（万元）	居民劳动报酬/就业人员数	270	3.468	1.770	1.005	11.051
人均教育支出（万元）	教育支出/总人口数	270	0.147	0.069	0.045	0.408
人均医疗支出（万元）	医疗健康支出/总人口数	270	0.062	0.032	0.014	0.183
城乡收入差距	城乡居民人均可支配收入之比	270	2.820	0.517	1.845	4.281
政府投资率	（政府支出-政府消费）/政府支出	270	0.423	0.060	0.106	0.618
利息率（%）	一年期定期存款利率	270	2.736	0.709	1.500	3.960
月最低工资标准（元）	各省最低工资标准	270	1100.813	347.936	553.333	2147.500
月最低工资标准估值（元）	根据增长速度计算预测值	270	1090.880	376.563	558.679	2469.649

第三章 劳动报酬上涨与中国国民储蓄率的演变趋势

续表

变量名称	定义	样本数	均值	标准差	最小值	最大值
通货膨胀率（2008＝100）	以2008年为基期的居民消费价格指数	270	110.545	7.969	97.654	132.082
失业率（％）	城镇登记失业率	270	3.453	0.648	1.200	4.570
平均受教育年限	就业人员平均受教育程度	270	9.551	1.134	6.971	13.439
城镇人口占比	城镇人口数/总人口数	270	0.541	0.133	0.291	0.396
国有企业利润率（％）	国有企业利润总额/国有企业资产总额	270	1.587	1.065	-1.327	4.882
劳动报酬占比	劳动者报酬/GDP	270	0.473	0.052	0.367	0.620
政府消费支出占比	政府消费/GDP	270	0.132	0.053	0.056	0.333
政府转移支出占比	政府转移支出/GDP	270	0.010	0.010	0	0.068

此外，由于本章在进行回归前，先将数据转化为对数的形式进行处理，但由表3-2可知，国有企业利润率的最小值为负值，为了不产生样本损失，借鉴余静文（2018）的做法，采取将其先加10再取对数值的方法进行处理。

（二）估计方法

上述计量方程的主要问题是，主要解释变量如人均劳动报酬是内生变量，容易产生遗漏变量、测量误差、双向因果关系和样本选择偏差等导致的内生性问题，因此准备利用IV-2SLS方法来加以解决。这种方法的关键在于找到合适的IV，即工具变量。对于方程（3.2）—

(3.4),需要找到实际工资的工具变量。本章用各省份的最低工资作为实际工资的工具变量。最低工资有一定的政策外生性,不过它也有可能受到某些经济社会因素的影响,因此笔者又用外生的最低工资增长预测值构造最低工资工具变量,此处借鉴了 Chodorow-Reich 和 Wieland (2016) 的思路,具体过程如下:

首先,用 $minWage_{-n,t}$ 和 $minWage_{-n,t+j}$ 分别表示 t 期和 $t+j$ 期全国除 n 地区以外所有地区最低工资的平均值。然后,可以合理地假定期初(第 t 期)n 地区最低工资在本章的窗口期内(2008—2016 年)是外生给定的,如果在最低工资的动态变化中产生了潜在的内生性问题,那么主要是与期末(第 $t+j$ 期)的最低工资有关。因此,借鉴 Bartik (1991) 的做法,利用 n 地区期初最低工资和外生的该地区最低工资增长速度的预测值,构造外生的最低工资工具变量。这种方法的特点是,用除 n 地区外所有地区最低工资平均值的增长速度,预测 n 地区的最低工资增长速度。n 地区外生的最低工资增长速度预测值为:

$$F_n = \frac{minWage_{-n,\,t+j}}{minWage_{-n,\,t}} - 1 \qquad 式(3.5)$$

其中,$minWage_{-n}$ 是除 n 地区之外全国所有地区的最低工资平均值。根据式(3.5)得出的外生最低工资增长速度预测值,和外生的 n 地区最低工资期初值,即可求得每年的最低工资工具变量值。这种方法的合理性在于,全国最低工资平均值的增长速度必定和 n 地区最低工资增长速度高度相关,而全国最低工资平均值的增长速度代表了除 n 地区之外最低工资增长的总趋势,所以不会直接影响 n 地区的国民储蓄率。从逻辑上说,如此构造的工具变量能够较好地满足工具变量构造的标准(周茂等,2018)。

第三章　劳动报酬上涨与中国国民储蓄率的演变趋势

由于同一省份对于最低工资的标准往往有着不同的档次分类，并且最低工资标准的调整往往也在年中公布，为了得到同一省份确定的最低工资标准数据，这里统一选取了省份公布的最高档数据，并根据调整时公布的实施日期，通过时间加权的方式得到各省份历年确切的最低工资标准数据。找到合适的工具变量之后，再采用两阶段最小二乘法（2SLS）估计上述计量方程。以上述方程式（3.4）为例，首先进行第一阶段的工具变量回归：

$$\ln W_{it} = \gamma_0 + \gamma_1 \ln minWage_{it} + \gamma_i \ln Z_{it} + \varphi_i + \upsilon_{it} \quad 式（3.6）$$

然后在第二阶段，再对国民储蓄率与实际工资的拟合值进行回归：

$$\ln NATSR_{it} = \eta_0 + \eta_1 \ln \widehat{W}_{it} + \eta_i \ln Z_{it} + \varphi_i + \upsilon_{it} \quad 式（3.7）$$

通过式（3.6）和式（3.7）的两阶段回归，即可求得方程式（3.4）的参数值。方程式（3.2）和式（3.3）也可按照同样的方法和程序完成计量验证。

在具体的测算中，由于各个省份调整最低工资标准的时间往往是在每月的1日，笔者采用加权平均的方法测算该省的最低工资标准。举例来说，北京市人力资源和社会保障局宣布自2015年4月1日起，北京市的最低工资标准由每月不低于1560元调整至每月不低于1720元，那么，2015年北京市的最低工资标准为（1560*3+1720*9）/12 = 1680元。而有的省份如湖北，最低工资标准往往分为不同的等级，由于这里重点关注的是最低工资标准的调整趋势，因为均采用最高等级的最低工资标准来进行计算。

(三）计量结果分析

为了考察劳动报酬上涨对储蓄率的影响，首先采用最低工资作为工具变量，对式（3.2）至式（3.4）进行估计。表3-3列出了以省级人均劳动报酬作为自变量时的估计结果。

表3-3　人均劳动报酬与储蓄率的 IV-2SLS 回归结果（以最低工资为工具变量）

	（1）非政府储蓄率	（2）非政府储蓄率	（3）政府储蓄率	（4）国民储蓄率	（5）国民储蓄率
人均劳动报酬	-0.1173** (0.0573)	-0.0773*** (0.0276)	-0.5905*** (0.1923)	-2.2720** (0.9564)	-1.8165** (0.7238)
老年抚养比	-0.0000 (0.0059)			0.1812 (0.1306)	
少儿抚养比	-0.0029 (0.0091)			-0.1128 (0.1764)	
性别比	-0.0041 (0.0149)			-0.0299 (0.2959)	
人均教育支出	0.0321** (0.0162)	0.0299*** (0.0100)		0.5913** (0.2741)	0.5451*** (0.2113)
人均医疗支出	0.0175* (0.0094)	0.0122* (0.0064)		0.3047* (0.1557)	0.2161* (0.1266)
城乡收入差距	-0.0077 (0.0120)			-0.2593 (0.2173)	
利息率	0.0041 (0.0025)		-0.0478 (0.0303)	0.0749 (0.0466)	
城镇人口占比	0.0718 (0.0463)		0.1728 (0.4728)	1.5909* (0.8692)	1.4137** (0.6833)

第三章 劳动报酬上涨与中国国民储蓄率的演变趋势

续表

	（1）非政府储蓄率	（2）非政府储蓄率	（3）政府储蓄率	（4）国民储蓄率	（5）国民储蓄率
政府投资率			17.7000*** (6.6540)	5.6070 (4.1826)	
国有企业利润率			−0.2464* (0.1334)	0.5747*** (0.2141)	0.4574*** (0.1545)
常数项	2.6832*** (0.1663)	2.5551*** (0.0797)	−42.1441*** (15.4236)	−9.3518 (9.5386)	2.9277 (1.8022)
省份固定效应	是	是	是	是	是
一阶段 F 值	4.62166	11.3651	82.991	5.98141	8.27663
观测值	270	270	270	270	270
R^2	0.1768	0.5275	0.9077		0.2377

注：括号中为稳健标准误，*、**、***分别表示在10%、5%、1%的水平下显著。

表3-3报告了IV-2SLS回归的第一阶段F值和第二阶段的回归结果。在对上述数据回归之前，首先进行了Hausman检验，检验结果表明除模型（3.2）的p值<0.01外，其他的Hausman检验均出现负值的情况。参考连玉君等（2014）的研究结论，认为这可以视为拒绝原假设的信号，因此均采用固定效应模型进行回归。

第（1）、（2）列以最低工资为工具变量，被解释变量为企业和居民储蓄率之和，其中第（2）列是逐步删除最不显著指标之后的回归结果①。从回归结果来看，人均劳动报酬在5%的水平下显著为负，这与假说1的预期一致。此外，还可以发现，许多流行的理论没有得到

---

① 第（1）列和第（2）列的控制变量均未包括政府投资率和国有企业利润率，原因是已有文献在解释居民储蓄率时，未将这两个变量纳入控制变量。为了与已有文献相比较，我们采用了与已有文献相同的策略。

计量结果的支持。少儿抚养比、老年抚养比、性别比、城乡收入差距、利息率和城镇人口占比的计量结果均不显著。因此，这个结果否定了人口结构说、收入不平等说和文化习惯说对非政府储蓄率的解释。与此相对应，人均教育支出和人均医疗支出的检验结果分别在1%和10%水平上显著，这说明，经济体制不完善说对非政府储蓄率有一定解释力。

第（3）列以最低工资为工具变量，被解释变量为政府储蓄率。由于除了分配格局说之外，其他各派理论都没有以政府储蓄率为解释对象，因此，第（3）列仅列出了人均劳动报酬、政府投资率、国有企业利润率、城镇人口占比和利息率的估计结果①。从结果来看，人均劳动报酬在1%的水平上显著为负，这与假说2的预期一致。同时也可以发现，政府投资率在1%的水平上显著为正，这与现有文献中关于政府投资率与政府储蓄率变动趋势的预期相一致。这说明，在2008年以后，政府投资率仍然有提高政府储蓄率的作用，只是这种作用被人均劳动报酬上涨降低政府储蓄率的作用抵销了。此外，不同于徐忠等（2010）的研究结论，国有企业利润率在10%的水平上显著为负，表明当国有企业绩效上升时，政府部门的储蓄率下降。

第（4）、（5）列以最低工资为工具变量，被解释变量为国民储蓄率，其中，第（5）列是逐步删除最不显著指标之后的回归结果。由回归结果可知，人均劳动报酬在5%的水平下显著为负，逐步剔除不显著变量后，仍在5%的水平上显著为负。这个结果与假说3一致，即

---

① 已有文献在解释政府储蓄率时，并未将少儿和老年抚养比、性别比、人均教育和医疗支出、城乡收入差距等指标纳入控制变量（徐忠等，2010）。为了与已有文献相比较，我们采用了与已有文献相同的策略。

<<< 第三章 劳动报酬上涨与中国国民储蓄率的演变趋势

劳动报酬上涨具有降低国民储蓄率的作用。同时我们也可以看到,当以国民储蓄率为被解释变量时,除人均劳动报酬变量以外,人均教育支出和人均医疗支出(代表经济体制不完善说)、城镇人口占比与国有企业利润率的估计系数均比较显著,并且上述变量的估计系数均显著为正。尤其值得注意的是,在这五个回归模型中,除了老年抚养比、利息率与国有企业利润率外,其他解释变量无论显著与否,回归系数的符号均比较稳定,这在一定程度上也体现了回归结果的可靠性。

总的来说,本章提出的劳动报酬假说以及已有文献中的经济体制不完善说、分配格局说对储蓄率的变化有一定解释力。综合以上的计量结果,我们可以发现,自2008年起,居民和企业储蓄率、政府储蓄率和国民储蓄率的决定因素都出现了一定变化。其突出表现是,现有文献中提到的许多变量,对储蓄率的新变化缺乏解释力;而在具有解释力的诸多变量中,大多数变量仍然与储蓄率呈显著正相关,这与各派学说的理论预期一致,但这种正相关关系已不足以使储蓄率上升。例如,政府投资率的系数显著为正,表明分配格局说仍然对储蓄率的变化有解释力,但该因素并不足以导致政府储蓄率和国民储蓄率上升。相反,人均劳动报酬的持续上涨,则对居民与企业储蓄率和国民储蓄率起到了显著的负面作用。从储蓄率的变动结果来看,劳动报酬上涨抵销了其他因素对储蓄率的正面作用,这表明劳动报酬假说对各类储蓄率的下降有相当强的解释力。

(四)进一步分析:作用机制讨论

本章的理论逻辑是中国劳动力供求关系变化和劳动力议价能力增

强导致了人均劳动报酬上涨。基于这个逻辑，本章进一步考察国民储蓄率下降的两种可能的作用机制或影响条件。一是通过引入劳动力供求关系与人均劳动报酬的交互项，考察劳动力供求关系对国民储蓄率的影响。根据本章的逻辑，劳动力越供不应求，人均劳动报酬上涨越有可能是缘于劳动力短缺支撑的增长，故其所带来的国民储蓄率下降效应也越高。二是通过引入劳动者议价能力与人均劳动报酬的交互项，考察劳动相对于资本的议价能力对国民储蓄率的影响。劳动力的议价能力越强，则劳动力供不应求就越有可能转化为现实的人均劳动报酬上涨，从而进一步降低国民储蓄率水平。借鉴张车伟和蔡翼飞（2012）的做法，这里用失业率衡量劳动力供求关系，失业率越低则劳动力供不应求的情况越严重，反之，则劳动力供过于求的情况越严重。劳动力议价能力则参考了柏培文和杨志才（2019）的思路，使用就业人员的平均受教育年限表示劳动力议价能力。表 3-4 报告了引入上述两种作用机制的回归结果。除加入交互项之外，表 3-4 的计量方法和变量选取均与表 3-3 相同。

表 3-4　人均劳动报酬对储蓄率的影响机制分析

	（1）非政府储蓄率	（2）政府储蓄率	（3）国民储蓄率	（4）非政府储蓄率	（5）政府储蓄率	（6）国民储蓄率
人均劳动报酬	-0.0915** (0.0439)	-0.5323*** (0.1040)	-1.8353** (0.7852)	-0.0742** (0.0321)	-0.3086** (0.1310)	-1.4750*** (0.5709)
人均劳动报酬/失业率	0.0117 (0.0094)	0.6011*** (0.1477)	0.3048* (0.1783)			
失业率	-0.0102 (0.0089)	-0.1815* (0.1057)	-0.2279 (0.1729)			

<<< 第三章 劳动报酬上涨与中国国民储蓄率的演变趋势

续表

	（1）非政府储蓄率	（2）政府储蓄率	（3）国民储蓄率	（4）非政府储蓄率	（5）政府储蓄率	（6）国民储蓄率
人均劳动报酬/劳动力议价能力				−0.0263** (0.0128)	−0.3602* (0.1856)	−0.5636** (0.2482)
劳动力议价能力				0.0049 (0.0176)	−0.6287 (0.4477)	−0.0328 (0.3345)
其他变量	是	是	是	是	是	是
省份固定效应	是	是	是	是	是	是
一阶段F值	5.17467	195.36300	6.28269	6.85569	88.8587	8.27165
观测值	270	270	270	270	270	270
R^2	0.4306	0.9157	0.2424	0.5865	0.9116	0.4552

注：括号中为稳健标准误，*、**、*** 分别表示在10%、5%、1%的水平下显著。

从表3-4的（1）-（3）列来看，人均劳动报酬的估计系数显著为负，说明人均劳动报酬上涨降低了各项储蓄率，这与表3-3的结果相同。而当以政府储蓄率和国民储蓄率作为被解释变量时，人均劳动报酬与失业率的交互影响显著为正，说明失业率的升高（劳动力趋于供过于求）显著抑制了人均劳动报酬对储蓄率的负面影响，即失业率的降低（劳动力趋于供不应求）加强了人均劳动报酬对储蓄率的负面影响。从（4）-（6）列来看，人均劳动报酬的估计系数显著为负，而人均劳动报酬与劳动力议价能力的交互影响也显著为负。这说明人均劳动报酬上涨会降低储蓄率，但劳动力议价能力的上升会显著增强人均劳动报酬对储蓄率的负面影响。综合表3-4的估计结果，劳动力供不应求和劳动力议价能力上升的趋势，都会显著增强人均劳动报酬对国民储蓄率的负面影响，这个结果符合本章的理论逻辑和预期。

（五）进一步分析：中介效应检验

本章的理论假说揭示了各部门之间储蓄行为的联动性，其中的关键环节是人均劳动报酬上涨导致企业支付劳动报酬占比上升和企业储蓄率下降，而企业支付劳动报酬占比上升又通过政府社保福利和社会补助支出增加、政府公共服务支出上升两条渠道导致政府储蓄率下降。基于这个逻辑，政府社保福利和社会补助支出、政府公共服务支出是人均劳动报酬与政府储蓄率之间的中介变量，可以进一步通过计量分析考察这两种中介效应是否存在。笔者分别用政府转移性支出占地方 GDP 比率和政府消费支出占地方 GDP 比率，代表上述两个中介变量，并采用 Judd and Kenny（1981）提出的完全中介过程依次检验法。表3-5报告了引入上述两个中介变量的回归结果。除加入中介变量之外，表3-5的计量方法和变量选取均与表3-3相同。

表3-5 人均劳动报酬影响政府储蓄率的中介效应检验

	（1）政府储蓄率	（2）政府消费支出占比	（3）政府储蓄率	（4）政府储蓄率	（5）政府转移支出占比	（6）政府储蓄率
人均劳动报酬	-0.5033*** (0.1072)	0.2358*** (0.0490)	-0.4694*** (0.1147)	-0.5033*** (0.1072)	6.7095*** (0.9855)	-0.3349*** (0.1291)
政府消费支出占比			-0.1438 (0.1592)			

续表

	（1）政府储蓄率	（2）政府消费支出占比	（3）政府储蓄率	（4）政府储蓄率	（5）政府转移支出占比	（6）政府储蓄率
政府转移支出占比						−0.0215 (0.0150)
其他控制变量	是	是	是	是	是	是
省份固定效应	是	是	是	是	是	是
一阶段F值	201.542	201.542	186.562	201.542	167.572	102.931
Sobel检验	|Z|=3.921，P=0.0001，显著			|Z|=3.454，P=0.0006，显著		
观测值	270	270	270	270	238	238
R^2	0.9088	0.9779	0.9095	0.9088	0.6420	0.9210

注：括号中为稳健标准误，*、**、***分别表示在10%、5%、1%的水平下显著。

从表3-5的（1）-（3）列来看，当以政府储蓄率和政府消费支出占比分别为因变量时，人均劳动报酬的估计系数显著为负或为正；但若以政府储蓄率为因变量，把人均劳动报酬和政府消费支出占比同时放入自变量时，政府消费支出占比的估计系数变得不显著了，Sobel检验结果显示，中介效应仍然存在。（4）-（6）列的计量结果也与此相似。人均劳动报酬与政府储蓄率和政府转移性支出占比分别呈显著的负相关和正相关关系，但若把人均劳动报酬和政府转移性支出占比同时放入自变量，则政府转移支出占比的估计系数变得不显著了，但仍通过了Sobel检验，从而说明中介效应存在。综合表3-5的计量结果，本章理论部分提出的两条中介效应影响渠道确实是存在的。

(六) 稳健性检验

1. 替换工具变量。上述检验是以最低工资为工具变量。虽然这个变量具有一定的外生性，但在宏观经济层面上，政府确定最低工资时很可能会受到诸多宏观经济因素的影响，这将使计量结果有偏和非一致。为了检验结果的稳健性，笔者将以式（3.5）构造的最低工资为工具变量，对式（3.2）—式（3.4）进行重新估计。检验结果见表3-6。

表3-6 人均劳动报酬与储蓄率的 IV-2SLS 回归结果

（以构造的最低工资为工具变量）

	（1）非政府储蓄率	（2）非政府储蓄率	（3）政府储蓄率	（4）国民储蓄率	（5）国民储蓄率
人均劳动报酬	-0.0759*** (0.0253)	-0.0788*** (0.0265)	-0.6216*** (0.1750)	-1.5094*** (0.4371)	-1.3609** (0.3936)
老年抚养比	-0.0017 (0.0039)			0.1269 (0.0833)	
少儿抚养比	-0.0022 (0.0064)			-0.1014 (0.1291)	
性别比	-0.0066 (0.0106)			-0.0934 (0.2139)	
人均教育支出	0.0213*** (0.0079)	0.0217*** (0.0080)		0.3946*** (0.1400)	0.3297*** (0.1198)
人均医疗支出	0.0116** (0.0049)	0.0123** (0.0053)		0.2013** (0.0888)	0.2088** (0.0845)

续表

	（1）非政府储蓄率	（2）非政府储蓄率	（3）政府储蓄率	（4）国民储蓄率	（5）国民储蓄率
城乡收入差距	−0.0042 (0.0082)			−0.1910 (0.1506)	
利息率	0.0040** (0.0018)	0.0045** (0.0019)	−0.0487 (0.0305)	0.0752** (0.0343)	0.0799** (0.0318)
城镇人口占比	0.0447* (0.0243)	0.0512** (0.0250)	0.2461 (0.4173)	1.0466** (0.4755)	1.1201*** (0.4280)
政府投资率			17.9136*** (6.7720)	4.9095 (3.0483)	4.6073 (2.8152)
国有企业利润率			−0.2431* (0.1345)	0.4973*** (0.1443)	0.4064*** (0.1215)
常数项	2.5834*** (0.0920)	2.5473*** (0.0716)	−42.5889*** (15.6948)	−9.1957 (7.1365)	−9.1074 (6.4114)
省份固定效应	是	是	是	是	是
一阶段F值	13.8120	13.8883	143.8970	16.9282	19.4112
观测值	270	270	270	270	270
R^2	0.5763	0.5527	0.9073	0.4457	0.5098

注：括号中为稳健标准误，*、**、*** 分别表示在10%、5%、1%的水平下显著。

从表3-6的回归结果可以看出，人均劳动报酬与居民和企业储蓄率、政府储蓄率及国民储蓄率仍然呈显著的负相关关系，这表明在进一步控制了内生性问题之后，本章提出的劳动报酬假说仍然成立。

2. 替换计量方法。从表3-3的回归结果中可以看出，由于模型（1）（4）（5）的第一阶段的F值小于10，即存在一定程度的弱工具变量问题。为了进一步证明回归结果的稳健性，笔者使用对弱工具变量更不敏感的"有限信息最大似然估计法"（Limited Information Maximum Likelihood Estimation，LIML）对上述方程进行再一次回归，回归结果如表3-7所示。

表3-7 人均劳动报酬与储蓄率的 LIML 回归结果

	（1）非政府储蓄率	（2）非政府储蓄率	（3）政府储蓄率	（4）国民储蓄率	（5）国民储蓄率
人均劳动报酬	-0.1173** (0.0573)	-0.0773*** (0.0276)	-0.5905*** (0.1923)	-2.2720** (0.9564)	-1.8165** (0.7238)
老年抚养比	-0.0000 (0.0059)			0.1812 (0.1306)	
少儿抚养比	-0.0029 (0.0091)			-0.1128 (0.1764)	
性别比	-0.0041 (0.0149)			-0.0299 (0.2959)	
人均教育支出	0.0321** (0.0162)	0.0299*** (0.0100)		0.5913** (0.2741)	0.5451*** (0.2113)
人均医疗支出	0.0175* (0.0094)	0.0122* (0.0064)		0.3047* (0.1557)	0.2161* (0.1266)
城乡收入差距	-0.0077 (0.0120)			-0.2593 (0.2173)	
利息率	0.0041 (0.0025)		-0.0478 (0.0303)	0.0749 (0.0466)	
城镇人口占比	0.0717 (0.0463)		0.1728 (0.4728)	1.5909* (0.8692)	1.4137** (0.6833)
政府投资率			17.7000*** (6.6540)	5.6070 (4.1826)	
国有企业利润率			-0.2464* (0.1334)	0.5747*** (0.2141)	0.4574*** (0.1545)

续表

	（1） 非政府 储蓄率	（2） 非政府 储蓄率	（3） 政府 储蓄率	（4） 国民 储蓄率	（5） 国民 储蓄率
常数项	2.6831*** (0.1662)	2.5551*** (0.0797)	-42.1441*** (15.4236)	-9.3518 (9.5386)	2.9277 (1.8021)
省份固定效应	是	是	是	是	是
观测值	270	270	270	270	270
R^2	0.1770	0.5275	0.9077		0.2377

注：括号中为稳健标准误，*、**、*** 分别表示在10%、5%、1%的水平下显著。

将表3-7的回归结果与表3-3进行对比之后可以发现，LIML的系数估计值与2SLS的估计结果保持一致，因此也证明了本章回归结果的可靠性。

五、本章结论

本章根据2008—2016年资金流量表数据，提出了解释中国国民储蓄率下降的劳动报酬假说，并利用2003—2016年的省级面板数据进行了验证。本章的结论是，人均劳动报酬的上涨导致了居民、企业、政府储蓄率的联动下降，并最终导致了国民储蓄率下降。虽然文献中已有学者提出过公共部门与私人部门储蓄行为的联动性，但这种逻辑并不能解释2008年以来的国民储蓄率下降趋势，现有的几种学说也缺乏对这一现象的解释。本章则关注了国民收入分配格局中劳动报酬上涨对居民、企业、政府部门储蓄行为的不同影响，以及这种影响的联动性，从而可以对 2008 年以来各部门储蓄率和国民总储蓄率的下降给出一个逻辑一致的解释。

本章提出的劳动报酬假说，实际上也是从国民收入分配格局的角度解释储蓄率的下降，也应归类于分配格局说。但本章的分配格局说与传统的分配格局说不同。本章不是从政府投资水平的角度，而是从劳动报酬上涨的角度解释国民储蓄率的变动。本章的计量结果表明，政府投资率仍然与国民储蓄率正相关，传统的分配格局说仍然成立，但由于国民储蓄率影响因素的变化，这种理论已经难以解释国民储蓄率的下降。笔者认为，劳动报酬上涨对国民储蓄率的负面作用，已经抵消了其他因素推高国民储蓄率的正面作用，从而主导了国民储蓄率的下降趋势。

由于中国劳动力市场的变化趋势是剩余劳动力的减少，和劳动相对于资本议价能力的增强，根据本章的逻辑，中国国民储蓄率的下降是有可持续性的。这将对我国宏观经济政策的取舍产生重大影响。我国还是一个发展中国家，为了实现诸多经济社会目标，还需要一个较高的经济增长速度，这就在客观上要求保持一定的投资率。而如果国民储蓄率持续下降，投资率却没有相应下降，那么将造成储蓄—投资的负缺口。根据国民收入核算恒等式，这将带来持续的经常账户逆差，并可能带来比较严重的金融风险。这就对政府的稳增长政策提出了新的要求。在国民储蓄率下降的背景下，稳增长的着力点应放在投资效率，而不是投资数量上。投资效率提高了，就可以凭借相对较低的投资率取得合意的经济增长速度，从而保持国际收支平衡，避免经常账户逆差带来的金融风险。当前，我国的投资效率与发达国家还有很大差距，政府可以通过一系列有助于改善投资效率的政策，对冲国民储蓄率下滑带来的压力。

第四章　中美可比储蓄率的真实差距分析

本章将要解决这样一个问题，即中国国民储蓄率的真实水平有多高。按照国家统计局公布的数据，中国的国民储蓄率相当高，比发达国家国民储蓄率高得多。中国的高储蓄率被很多人认为是导致世界经济失衡的原因之一，同时也被认为是中国经济结构调整的对象。正因为如此，很多人认为中国近年来的国民储蓄率下降是好事。本章以中美可比储蓄率为例，对此提出了质疑。美国经常被作为低储蓄率国家的典型例子与中国做比较，然而，中美两国储蓄率的统计口径是不一致的，如果运用相同的口径统计两国储蓄率，那么中国的真实储蓄率水平就没那么高，至少与美国储蓄率相比的"领先"优势是很有限的。假如我们承认美国是一个低储蓄率国家，那么中国"高储蓄率"的观点是否还能成立，在多大程度上成立，就需要重新思考了。

一、引　言

　　中国的国民储蓄率真的很高吗？这似乎是一个不言自明的问题。自改革开放以来，中国国民储蓄率和资本形成率就一直维持在32%以上的高水平，以至于学术界将其称为高储蓄、高投资的增长模式（李扬和殷剑峰，2005）。时至今日，虽然中国国民储蓄率已经出现下降，但仍有许多人认为，中国的高储蓄、高投资增长模式还可以持续相当长的时间。不过，这个判断是建立在中国国民储蓄率仍然很高的基础上的，然而若引入国际比较，这个基础可能已经不那么牢固。例如，美国的低储蓄率经常被作为反衬中国高储蓄率的典型例子，但由于以下原因，二者目前的差距可能比人们的直观印象小得多。首先，以往关于中美储蓄率的比较，都是基于总储蓄率，而不是扣除了固定资本折旧的净储蓄率，后者可以更真实地反映两国储蓄率差距，但由于当时数据可得性的限制，从未有文献计算过两国的净储蓄率差距；其次，即使是中美两国的总储蓄率，统计口径也有相当大的差异，二者表面上的巨大差距有可能是统计口径不同造成的；再次，近年来出现了中美两国储蓄率"相向而行"的趋势，即中国国民储蓄率下降，同时美国国民储蓄率稳中有升，若这种趋势持续下去，就会进一步削弱中国储蓄率偏高的证据，而现有研究根本没有关注这种趋势。

　　本章试图对中美储蓄率的真实差距进行重新研究，并考察其未来演变趋势。弄清楚这个问题，对中国未来高质量发展的方向有重要意义。当前普遍存在的观点认为，中国的高质量发展可以建立在高储蓄率的基础上,但如果高储蓄率这一"事实"出现了问题,那么与此相关的一些政策和流行观点就需要改变了。

中国的国民储蓄率远高于美国是一个在两国社会中长期存在的刻板印象,两国之间过高的储蓄率差距曾被认为是导致2008年金融危机的重要原因。近年来的中美贸易摩擦,也普遍被认为与中美储蓄率差距有关。虽然自2008年起中国国民储蓄率出现了下降,但普遍存在的观点仍然相信,中国的储蓄率远高于美国。例如,有的文献认为,即使未来的人口老龄化将中国国民储蓄率大幅拉低25个百分点,也仍然远远不足以消除中国国民储蓄率与世界主要国家之间的巨大差距(陈彦斌等,2014)。这种观点的重要依据,就是中美两国政府公布的储蓄率数据。例如,2010年中国政府公布的国民储蓄率为51.5%,美国政府公布的国民储蓄率为15.2%,相差达36.3个百分点。然而,这个依据可能有问题的原因是,第一,中美国民储蓄率的统计口径不同,两国可比国民储蓄率差距要比两国政府公布的国民储蓄率差距小得多;第二,近年来出现了中美两国储蓄率"相向而行"的趋势,即中国国民储蓄率下降,同时美国国民储蓄率上升,两国真实储蓄率差距相比2010年左右有收窄的趋势。基于这两个原因,我们需要重新考察中美可比储蓄率的真实差距及其演变趋势。

学术界已经注意到了中美可比储蓄率问题,许多文献对中美可比储蓄率进行了一些研究,但这些研究都有相当大的改进空间。何新华、曹永福(2005)指出,由于固定资产折旧估值方法不同导致中美储蓄率数据缺乏可比性,但该文并没有作具体估算。任若恩和覃筱(2006)利用中美两国的资金流量表计算了两国1992—2001年可比居民储蓄率,发现统计口径调整使两国可比居民储蓄率差距下降了9.7

个百分点，但该项研究未考察两国国民储蓄率的差距。闫坤和鄢晓发（2009）考察了中美居民储蓄率差异的原因及其对两国经济的影响，但该文并未涉及两国储蓄率统计口径的差异。王毅和石春华（2010）注意到美国常用的国民储蓄率概念是剔除了固定资本消耗的净储蓄率，而中国常用的国民储蓄率则是包含固定资本消耗的总储蓄率，因此他们将中美储蓄率口径统一调整为总储蓄率，发现1992—2008年中国国民储蓄率比同期美国国民储蓄率平均高26.1个百分点。厉克奥博等（2014）测算了1993—2011年中国跨国可比居民储蓄率，发现中国居民高储蓄率中约有8个百分点可以由统计口径不同来解释，该文同样未涉及国民储蓄率。

国外文献对跨国可比储蓄率的研究可以为中美储蓄率比较提供某些借鉴。Gale和Sabelhaus（1999）认为，美国自20世纪90年代以来的储蓄率下降，是由测量方法的原因造成的。在对耐用品消费、退休账户和税收等方面进行调整后，他们发现美国20世纪90年代的平均储蓄率只比20世纪70年代和80年代略有下降。Harvey（2003）提出了可参考的测量方法以获得OECD成员国之间可比储蓄率数据，并对有关国家的储蓄率进行了重新调整和估算。Hayashi（1986，1989）的研究表明，日本和美国之间的储蓄率差距，在很大程度上是由于固定资产折旧处理方式的不同造成的，当采用相同的重置成本法计算固定资产折旧时，两国的储蓄率差距将大大缩小。

从上述文献的研究内容来看，国内文献虽然在可比储蓄率问题上已经取得一定进展，但仍然存在以下缺陷：第一，现有文献均未考虑中美两国净储蓄率差距，如王毅和石春华（2010）、厉克奥博等（2014）均指出，虽然净储蓄率更能衡量一国实际储蓄水平，但美国的固定资产折旧是基于重置成本法计算的,而中国的固定资产折旧是基于历史成本法计算的,由于中国缺乏重置成本法计算的固定资产折旧数据,因此无法按照相同统计口径计算两国净储蓄率。第二,美国政府的全部支出都被统计为政府消费,而中国政府的资本支出并没有包含在政府消费之中,这就会造成中国政府储蓄率被高估。现有文献都忽略了这个问题。第三,现有文献在测算中国居民储蓄率时,都将资金流量表中的其他经常转移作为对外经常转移的替代,从总储蓄中扣除,而这样做很可能是不正确的。第四,现有文献的数据过于陈旧,不能反映2010年以来中美两国储蓄率"相向而行"的趋势。

上述问题的存在,可能会影响我们对中美储蓄率真实差距的判断。中国近年来固定资产投资和政府资本支出数量都相当大,而现有文献在研究中美可比储蓄率时却普遍忽略了这两个因素,这很可能会导致对中国真实储蓄率的高估,并进而导致人们误判中国国民储蓄率的真实水平。而且,2010年以来中美储蓄率此消彼长的变化趋势,并未反映在现有文献中,这又会造成对中国真实储蓄率的高估。为了揭示中美可比储蓄率的真实差距及其演变趋势,本章试图在解决以上缺陷的基础上,借鉴国外文献的做法,重新测算中美可比国民储蓄率和部门储蓄率。本书与以往研究的区别主要体现在,一是基于重置成本法计算的中美两国固定资产折旧数据,测算了中美可比净储蓄率;二是在中国国民储蓄中扣除了政府资本支出以使中美两国核算口径一致;三是未在中国总储蓄中扣除其他经常转移;四是将储蓄率比较时间段延长至2019年,以反映2010年以来中美两国储蓄率的变化情况。

二、概念界定与统计口径

(一) 概念界定

储蓄指的是可支配收入减去最终消费之后的余额,各部门的储蓄之和称为国民总储蓄。国民总储蓄减去按照重置成本折旧计算的固定资本消耗(Consumption of Fixed Capital)以后,就被称为一国的国民净储蓄(Net Saving)。同样的,国民储蓄率存在总储蓄率与净储蓄率之分。一国的国民总储蓄率是指该国的国民储蓄总额与产出或收入的比率,体现了一国的国民收入中用于储蓄的比重;而国民净储蓄率可以定义为剔除了固定资本消耗的国民净储蓄与产出或收入的比率,该指标体现了真实的资本储备增长,可以更加准确地反映真实的国民储蓄率水平。

由于各国在进行国民收入分配账户核算时,采取的核算原则存在差别,如中国采用国民经济核算体系(System of National Accounts, SNA)的核算原则,而美国按照 NIPAs(National Income and Product Accounts)的框架进行核算,因此造成了中美两国公布的储蓄数据在统计方法与统计口径上存在差异。在相关的数据公布上,美国的 NIPAs 中不仅公布了总储蓄数据,而且还公布了国内整体以及分部门的净储蓄、固定资本消耗数据;中国的资金流量表则更加侧重于总储蓄数据方面的统计,仅公布了国内整体以及分部门的总储蓄数据。在固定资本消耗方面,中国的国民经济核算中只公布了按照历史成本折旧的固定资本消耗数据,而没有公布按照重置成本折旧计算的固定资本消耗数据,这也是现有文献没有计算过中美可比净储蓄率的原因。

在计算一国的国民储蓄率时,一般采用两种方法衡量收入,一种方法是用国内生产总值(Gross Domestic Product, GDP)或国民总收入(Gross National Income, GNI),使用这种方法计算得到的国民储蓄率往往用于表示一国整体储蓄情况,使用该方法计算得出的各部门储蓄率之和等于一国整体的国民储蓄率,该方法在研究储蓄在各部门之间分配方面具有优越性。另一种方法是将部门可支配收入作为计算储蓄率的分母,这种方法一般用于计算居民储蓄率(任若恩和谭筱,2006)。

(二) 统计口径比较

1. 部门分类。中国的国民经济核算将国民经济划分为五个部门,即非金融企业部门、金融机构部门、政府部门、为住户服务的非营利机构部门和住户部门。自2002年起,由于多数非营利机构为政府管理的事业单位,因此将"为住户服务的非营利机构"部门划入政府部门,不再单独列出。此外,资金流量表中还列有国外部门,是与中国常住单位发生交易的所有非常住单位的统称,表示与中国常住单位间发生的交易活动以及累积形成的资产负债关系。

在美国的NIPAs中,国内生产划分为三个部门:企业部门(Business Sector)、住户和机构部门(Households and Institutions Sector)以及一般政府部门(General Government Sector),其中住户和机构部门也称为个人部门(Personal Sector),企业部门与住户和机构部门在NIPAs中又合称为私人部门(Private Sector)。企业部门包括所有以盈利为目的的金融企业和非金融企业。不同于中国的资金流量表，美国将为住户服务的非营利机构（Nonprofit Institutions Serving Households，NPISHs）与住户部门划分在一起。原因是该部门主要是为家庭提供服务，因此为住户服务的非营利性机构部门与住户部门一起构成了住户和机构部门。同样的，在上述三个部门之外，NIPAs中还设置了国外部门，负责描述美国居民和外国居民之间的交易。

2. 部门总储蓄的核算方法。为了更加直观地对比中美两国分部门总储蓄数据在统计口径方面的异同，笔者将中国的非金融企业和金融机构合并为企业部门，将美国的住户和机构部门视为个人部门，由此形成了中美两国可比较的住户部门、企业部门和政府部门。不同部门总储蓄额的核算方法展示在表4-1中。在中国分部门总储蓄的核算中，需要先计算出部门的可支配总收入，然后再从可支配总收入中扣除最终消费得到总储蓄额；在美国分部门总储蓄的核算中，则是先计算出部门的净储蓄，然后将其与本部门的固定资本消耗相加从而得到总储蓄额。

表4-1　中美两国分部门总储蓄的核算方法

	中国	美国
住户部门	初次分配总收入＝增加值＋应收劳动者报酬－应付劳动者报酬－应付生产税净额＋应收财产收入－应付财产收入 可支配总收入＝初次分配总收入＋经常转移收入－经常转移支出 总储蓄＝可支配总收入－最终消费支出	可支配收入＝劳动者报酬＋存货计价与资本消耗调整下的业主收益＋资本消耗调整下的租金收入＋财产收入＋经常转移收入－国内政府社会保险缴费－个人所得税 个人支出＝个人消费＋个人利息＋个人经常转移（本国＋国外） 净储蓄＝可支配收入－个人支出 总储蓄＝净储蓄＋固定资本消耗

续表

	中国	美国
企业部门	初次分配总收入=增加值-应付劳动者报酬-应付生产税净额+应收财产收入-应付财产收入 可支配总收入=初次分配总收入+经常转移收入-经常转移支出 总储蓄=可支配总收入-最终消费支出	企业总收入=净营业盈余+资产收益 企业总支出=企业总收入 净储蓄=企业总支出-资产收益支付-经常转移净支付-包括存货计价与资本消耗调整的所有者收入-包括资本消耗调整的人员租金收入-企业所得税-净股息 总储蓄=净储蓄+固定资本消耗
政府部门	初次分配总收入=增加值-应付劳动者报酬-应付生产税净额+应收生产税净额+应收财产收入-应付财产收入 可支配总收入=初次分配总收入+经常转移收入-经常转移支出 总储蓄=可支配总收入-最终消费支出	经常收入=经常税收收入+社会保险缴费+资产收益+经常转移收入-政府所有企业经常项目盈余 经常支出=消费支出+经常转移支出+利息支出+补贴 净储蓄=经常收入-经常支出 总储蓄=净储蓄+固定资本消耗

注：在计算中国企业部门的储蓄率时，式中的各项均表示非金融企业部门与金融机构部门相应数据之和。

根据任若恩和谭筱（2006）的分析，中美居民储蓄统计口径的重要区别在于，在NIPAs中，美国雇员和雇主的社会保险缴费没有计算在居民可支配收入之中；在中国的核算体系下，单位社会保险缴费计算在劳动者报酬之中。因此，在中国居民可支配收入中减去单位社会保险缴费之后的计量口径才与美国居民储蓄的计量口径一致。然而在中国所公布的历年资金流量表中，只有2002年与2003年的《中国统计年鉴》中公布了1999年和2000年住户部门的单位社会保险付款额，因此需要对其他年份的数据进行估算。根据已有的数据进行计算发现，住户单位部门的单位社会保险付款额约占居民部门净劳动者报酬的8.5%。基于这一假设和相应年份的居民部门劳动者报酬净额，即可得出其他年份居民部门的单位社会保险付款额。

中美两国在计算住户部门的总储蓄时也存在差异。美国住户部门在计算总储蓄时，需要扣除消费支出、利息支出与经常转移支出，其中经常转移支出包括本国政府和国外两项；中国住户部门在计算总储蓄时，仅扣除了最终消费支出和经常转移支出。为了与美国的统计口径保持一致，从中国住户部门的可支配收入中扣除了利息支出这一项。不同于以往的文献（如任若恩和谭筱，2006；王毅和石春华，2010），本书没有将中国资金流量表中的其他经常转移作为对外经常转移的替代，从总储蓄中扣除。主要原因是其他经常转移包括非寿险的净保费和赔付、不同政府机构间的经常转移、围绕为住户服务的非营利机构发生的各种缴纳和补助、常住住户和非常住住户之间的经常转移等，其中对外经常转移占其他经常转移的比重难以衡量，并且其他经常转移已经作为经常转移的一部分从可支配收入中扣除。基于上述考虑，这里只从中国的个人可支配收入中扣除了利息支出这一项。

此外，两国政府部门在核算口径方面也存在差异，美国政府部门的所有支出均被统计为政府消费，因而政府储蓄就是预算盈余，而中国政府支出中的资本形成总额没有包含在政府消费之中，这将导致中国政府的储蓄率被高估。为了使中美政府部门储蓄率处于可比口径之下，这里采取将中国政府部门的资本形成总额从总储蓄中扣除的做法进行调整[①]。

综上所述，为了使比较结果更具有实际意义，将中国的储蓄率口径调整到与美国相同，具体的计算方法为：

[①] 另一种可供选择的方法是将美国政府资本形成总额加入美国政府储蓄中，但美国政府并未公布过政府资本支出数据，因此无法这样做。

调整前中国总储蓄率＝国内实物交易来源总储蓄/GDP

调整后中国总储蓄率＝（国内实物交易来源总储蓄－单位社会保险付款－居民利息支出－政府资本形成总额）/GDP

调整前中国净储蓄率＝（国内实物交易来源总储蓄－固定资本消耗）/GDP

调整后中国净储蓄率＝（国内实物交易来源总储蓄－单位社会保险付款－居民利息支出－政府资本形成总额－固定资本消耗）/GDP

美国总储蓄率＝总储蓄/GDP

美国净储蓄率＝净储蓄/GDP

（三）数据来源

本章所使用的美国相关数据来源于美国经济分析局，中国国民总储蓄额的原始数据来源于《中国统计年鉴》中的资金流量表数据，单位社会保险付款额数据的估算依据的是 2002 年与 2003 年《中国统计年鉴》中的资金流量表数据，基于重置成本折旧的中国固定资本消耗数据来源于世界银行。

这里特别要提到中国的固定资本消耗数据。将中美储蓄率调整到可比口径的关键在于，当采用国民总储蓄率这一指标时，需要获取美国的固定资本消耗数据，这一数据可以通过美国经济分析局 NIPAs 中的统计获取；当采用国民净储蓄率这一指标时，需要获取中国的固定资本消耗数据。长期以来，由于缺乏基于重置成本法的中国固定资产折旧数据，中美可比净储蓄率的计算无法进行。不过，目前世界银行已经公布了中国基于重置成本折旧的固定资本消耗数据，他们的估算基于 Hayashi

(1989) 的方法，该方法过去应用于中国的主要困难在于缺乏国民财富数据，然而近年来李扬等（2018）已经成功地估算出了中国历年的国民财富数据，这就使得计算基于重置成本折旧的中国固定资本消耗数据成为可能，世界银行的估算也是基于这一数据。由于数据可得性的改善，可以基于世界银行公布的数据计算中国的国民净储蓄率。

还需要说明的是，本章将分析的样本区间局限于 2000 年以后。这是因为，2012 年国家统计局修订了 2000—2009 年实物交易资金流量表。表 4-2 展示了修订前后的 2000 年中国国内总体以及各部门的储蓄额数据。对比后可以发现，修订后国内总储蓄、金融机构部门的储蓄数据相比于修订前变化幅度较小，变化幅度分别为 8.23% 和 -1.83%，而住户部门、非金融企业部门以及政府部门储蓄的变化幅度相对较大，政府部门的储蓄甚至由修订前的 5647.60 亿元变为修订后的 -1347.30 亿元，变化幅度高达 -123.86%。由于 1992—1999 年资金流量表正在修订之中，而修订前后 2000 年分部门的储蓄额数据变动相对较大，由此笔者认为，修订前的 2000 年及以前的数据与修订后的 2000 年及以后的数据不具有可比性。因此，本章选取 2000—2017 年为样本区间分析储蓄率的变化情况。

表 4-2 《资金流量表》修订前后 2000 年整体及各部门的储蓄情况　　单位：亿元

	非金融企业部门	金融机构部门	政府部门	住户部门	国内合计
修订前 2000 年	13368.29	527.24	5647.60	14651.31	34194.44
修订后 2000 年	17152.70	517.60	-1347.30	20684.10	37007.00
修改后的变化	28.31%	-1.83%	-123.86%	41.18%	8.23%

注：修订前后的 2000 年整体及各部门储蓄数据分别来源于 2000 年和 2012 年《中国统计年鉴》中的资金流量表。

三、中美可比储蓄率的测算结果分析

（一）中美国民储蓄率差异

图 4-1 显示了 2000—2019 年中国和美国国民总储蓄率的变化情况[①]。从图 4-1 可以看出，中国调整前后的总储蓄率均呈现先上升后下降的趋势，在 2008 年达到峰值，当年调整前后的中国总储蓄率分别为 51.87% 和 43.47%。2000—2019 年，调整前后的中国总储蓄率均值分别为 45.96% 和 37.12%，相比于调整前，调整后的中国总储蓄率平

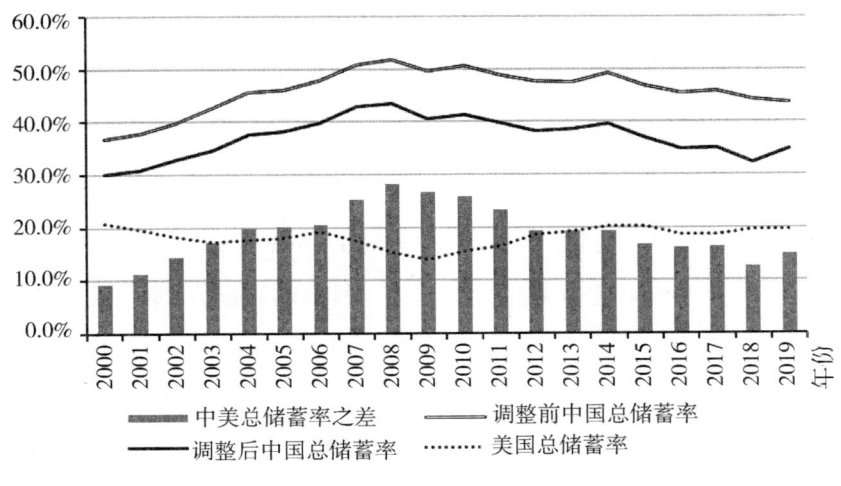

图 4-1　2000—2019 年中美总储蓄率比较

[①] 为避免新冠疫情冲击对中美储蓄率长期变动趋势的干扰，本章和下一章的测算结果均截止到 2019 年。

均下降了8.84%，这主要是因为扣除了住户部门单位社会保险付款、利息支出以及政府部门资本形成总额，将中国住户部门和政府部门调整到与美国统计口径相同的缘故。

样本期间内美国总储蓄率的变化幅度相对较小，而且与中国总储蓄率相比，呈现出相反的变化趋势。美国总储蓄率在2000—2009年波动下降，在2009年之后又开始缓慢回升，2009年达到最低值13.90%。这里计算的2000—2008年中美国民储蓄率与王毅和石春华（2010）计算的中美国民储蓄率在趋势上基本相符，但是由于本书在计算调整后的中国总储蓄率时，还考虑到了单位社会保险付款额以及政府资本形成这两项的调整，因此导致中国的总储蓄率要整体低于王毅和石春华（2010）的计算结果。

此外，图4-1表明，2000—2019年中美总储蓄率差距呈现出先上升后下降的趋势，其中2000年的中美总储蓄率之差为历年来的最低，仅为9.28%，而后开始逐渐上升，并在2008年达到了样本期间的最大值28.23%，2008年之后又呈现出逐渐下降的趋势。2019年，中美总储蓄率之差为15.07%。

笔者还计算了2000—2019年中美国民净储蓄率的变化情况（见图4-2）。与图4-1比较可以发现，中美国民净储蓄率的变化趋势与各自总储蓄率的变化趋势大致相同。与总储蓄率相比，净储蓄率为总储蓄额中扣除固定资本消耗以后占GDP的比重，因而净储蓄率更能反映该国真实的储蓄水平。剔除了固定资本消耗以后，调整后的中国净储蓄率达到最高值的年份变为2007年，数值由43.47%变为25.82%。而美国净储蓄率的最低值仍出现在2009年，数值由原来的13.90%降低为-2.51%。相比于调整前，调整后的中国净储蓄率平均下降了

8.84%，这一数值与中国总储蓄率调整后的下降幅度相同。这主要是因为总储蓄率与净储蓄率的区别在于是否剔除了固定资本消耗，而在其他指标的统计口径上是相同的。

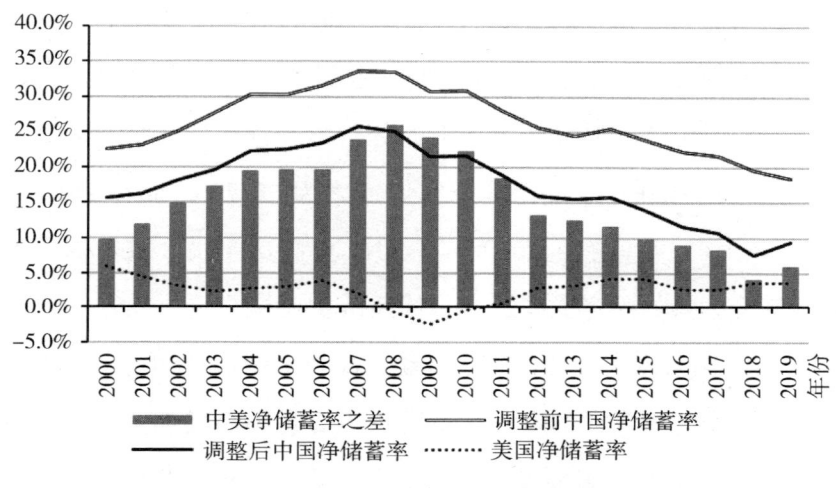

图 4-2 2000—2019 年中美净储蓄率比较

通过与图 4-1 进行对比可以发现，2008 年以后中国净储蓄率比总储蓄率的下降速度更快，这也直接导致了中美净储蓄率差距的迅速缩小。中美两国总储蓄率之差与净储蓄率之差均在 2008 年达到样本期内的最高值，其中总储蓄率之差为 28.23%，净储蓄率之差为 25.89%，总储蓄率之差略高于净储蓄率之差。然而到了 2019 年，总储蓄率之差为 15.07%，净储蓄率之差为 5.82%，净储蓄之差约为总储蓄率之差的三分之一。虽然中美总储蓄率之差与净储蓄率之差在 2008 年以后均呈现出下降趋势，但显然中美净储蓄率之差的下降速度更快。产生这种情况的原因是近年来中国逐渐提升的固定资本消耗占比。

表 4-3 更加清晰地展示了中美总储蓄率与净储蓄率之间的差异。第四列显示，样本期间内美国总储蓄率与净储蓄率的差值（按照重置

成本计算的固定资本折旧占GDP的比重）始终相对稳定，基本保持在14%~17%；而中国总储蓄率与净储蓄率差值的变化相对较大，从2000年的14.29%增至2019年的25.32%。尤其是自2008年以来，这种上升趋势尤为明显。随着中国经济的不断发展，工业化进程的不断推进，资本要素在中国经济增长中所占据的地位日益凸显。2000—2010年，中国资本形成率不断上升，此后则一直保持在相对较高的水平，具体来说，2000年中国的资本形成率为33.7%，而在2019年则达到了43.1%，并且曾在2010年与2011年高达47%。资本形成的增加必然带来大量的固定资本折旧。从经济发展模式看，随着"中国制造2025"等国家重大战略措施的推动，高技术制造业和装备制造业等技术与资本密集型产业的发展，生产资本必将不断增加，固定资本消耗与GDP之比也将不断提高。另外，伴随着固定资本消耗在中美GDP中所占的比重不同，该指标也呈现出不同的变化趋势。可见，使用净储蓄率来衡量中美储蓄率之差则显得尤为必要。由于包含固定资本消耗的总储蓄率存在"统计幻象"，使得中国的储蓄率相对偏高，因此将高估中美之间的真实储蓄率差距。

表4-3　2000—2020年中美总储蓄率与净储蓄率差值　　单位：%

| | 中美储蓄率之差 || 总储蓄率与净储蓄率之差 ||
	总储蓄率	净储蓄率	中国	美国
2000	9.28	9.73	14.29	14.74
2001	11.33	11.84	14.60	15.12
2002	14.46	14.97	14.64	15.16
2003	17.28	17.28	15.00	15.00
2004	19.88	19.48	15.32	14.92

续表

	中美储蓄率之差		总储蓄率与净储蓄率之差	
	总储蓄率	净储蓄率	中国	美国
2005	20.11	19.55	15.68	15.12
2006	20.48	19.58	16.28	15.38
2007	25.34	23.86	17.08	15.59
2008	28.23	25.89	18.38	16.03
2009	26.58	24.06	18.94	16.41
2010	25.93	22.20	19.68	15.95
2011	23.27	18.43	20.76	15.92
2012	19.37	13.23	22.05	15.90
2013	19.45	12.41	23.01	15.97
2014	19.33	11.61	23.77	16.06
2015	16.87	9.76	23.10	16.00
2016	16.28	8.97	23.30	15.99
2017	16.48	8.25	24.22	15.99
2018	12.69	3.93	24.72	15.95
2019	15.07	5.82	25.32	16.07

注：中国的总储蓄率与净储蓄率均使用的是调整以后的数据。

（二）中美分部门总储蓄率比较

为了进一步探究中美储蓄率差异的形成原因，本章从分部门的角度进一步对该问题进行分析。然而，由于缺乏中国分部门的重置成本折旧数据，无法计算中国分部门的净储蓄率，因此只能从总储蓄率的角度对中美储蓄率的变化趋势进行分析（见图4-3）。笔者分别计算了中美住户部门、企业部门和政府部门的总储蓄率（其中两国企业部门总储蓄率不需要调整）。调整前的部门总储蓄率根据传统意义上的方法计算得出，调整后的总储蓄率计算方法为考虑到中美统计口径差异，在数据可得的基础上进行调整后计算得出的总储蓄率。具体的计算公式为：

调整前中国分部门总储蓄率＝部门储蓄额/GDP

美国分部门总储蓄率＝（部门净储蓄额+固定资本消耗）/GDP

调整后中国住户部门总储蓄率＝（住户部门储蓄额−单位社会保险付款−居民利息支出）/GDP

调整后中国政府部门总储蓄率＝（政府部门储蓄额−政府资本形成总额）/GDP

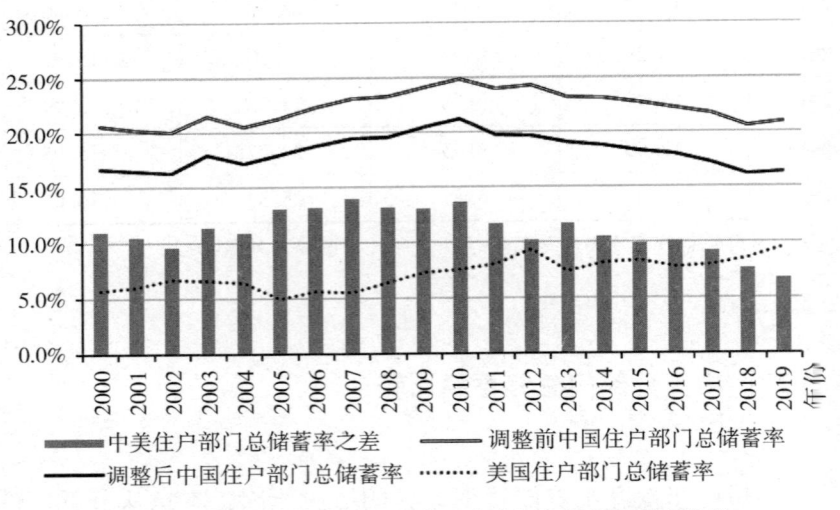

图4-3 2000—2019年中美住户（个人）部门总储蓄率比较

从图4-3中可以看出，2000—2019年，中国住户部门的总储蓄率在调整前后均呈现出先上升后下降的变化趋势，调整后的中国住户部门储蓄率在2010年达到近年来的峰值21.18%，而后开始逐渐下降。美国住户部门储蓄率统一呈现出波动上升的趋势,并在2019年达到近年来的峰值9.57%。对比图4-3中的三条曲线可以发现,调整后的中国住户部门储蓄率要低于调整之前,这是因为扩大了中国住户部门支出的口径,即将单位社会保险付款与利息支出两部分从中国居民可支配净收入中剔除掉,减少了住户部门的储蓄额,从而降低了住户部门储蓄率。此外,通过数据对比可以发现,虽然中国住户部门储蓄率要高于美国住户部门,但是近年来这种差距正在逐渐缩小,中美住户部门储蓄率之差从2007年的13.98%降低到2019年的6.80%(见图4-4)。

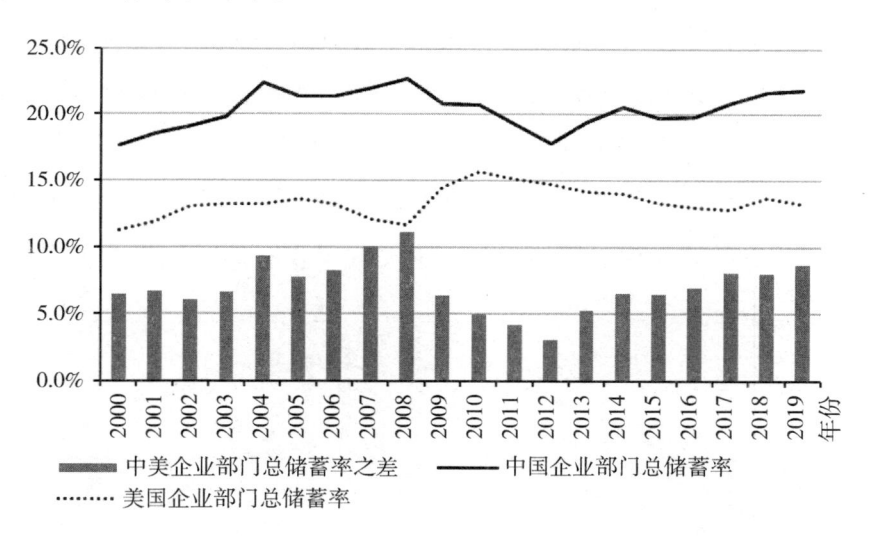

图4-4 2000—2019年中美企业部门总储蓄率比较

注:由于本章没有对中美企业部门储蓄口径进行调整,因此企业部门不存在调整前后的储蓄率。

从图4-4可以看出,在样本期间内,中国企业部门储蓄率呈现明显的波动性特征,2000—2008年企业部门储蓄率大致呈上升趋势,2008—2012年迅速下降,2012年之后又开始逐步回升。美国企业部门储蓄率在2000—2008年呈现出相对平稳的状态，2008—2009年快速上升，2010年之后又开始缓慢下降。与中美总储蓄率之差的变化趋势不同，自2012年以来，中美两国企业部门总储蓄率之差呈上升趋势，从2012年的3.05%逐渐上升到2019年的8.63%。从图4-4中也可以明显地看出，这来源于中国企业部门总储蓄率的上升与美国企业部门总储蓄率的下降。

不同于住户部门总储蓄率的变化趋势，两国政府部门总储蓄率呈现出较强的波动性特征，这一点在美国政府部门总储蓄率以及调整后的中国政府部门总储蓄率上体现得比较明显。从图4-5中美政府部门总储蓄率变化趋势的比较中可以发现，除部分年份外，两国政府部门总储蓄率的变化趋势具有一致性，如2003—2006年两国政府部门总储蓄率均呈现出上升的趋势，而2007—2009年都开始下降，2009年之后都开始上升，近年来在趋势上又有所下降。不同的是，美国政府部门总储蓄率的波动相对较为剧烈。中美两国政府部门总储蓄率之差大

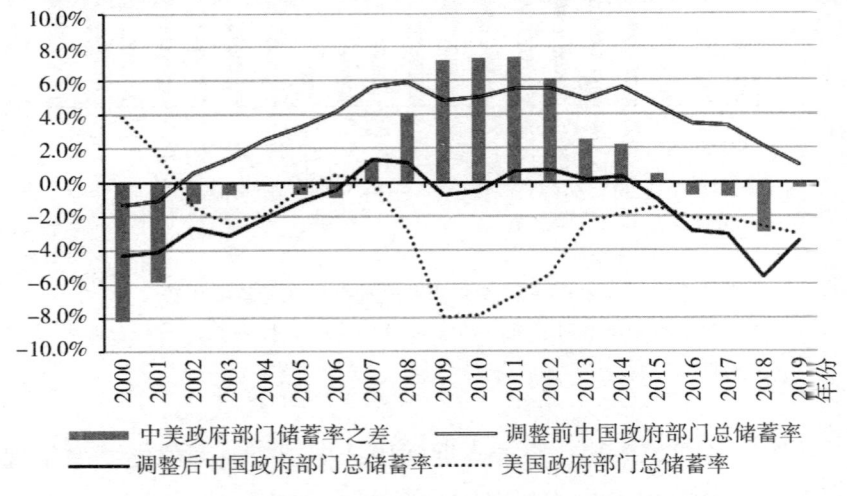

图4-5　2000—2019年中美政府部门总储蓄率比较

致呈现出先上升后下降的趋势,在 2011 年达到样本期内峰值 7.34%,而后开始逐渐下降。2016—2019 年,美国政府部门的总储蓄率甚至要高于中国政府部门。

(三) 中美储蓄率差距的演变趋势分析

在中美可比较的统计口径下,中国的实际储蓄率并没有普遍认为的那么高。截至 2019 年,中美国民总储蓄率差距仅为 15.07 个百分点,净储蓄率差距仅为 5.82 个百分点。国内文献提出的中国国民储蓄率即使下降 25 个百分点也仍然远高于世界主要国家的观点,看来是过于乐观了。之所以出现这个结果,是因为本章清除了固定资本消耗、政府资本支出、其他经常转移对两国可比储蓄率的影响,这说明上述因素总的效果是高估了中国国民储蓄率,若不考虑这些因素的影响,很可能得出错误的结论。

从两国储蓄率差距的变动趋势看,2000—2019 年中美国民总储蓄率差距、国民净储蓄率差距、住户和政府部门总储蓄率差距基本均呈先上升后下降的趋势。这种趋势很可能是可以持续的。国内已经有文献指出,人口老龄化导致储蓄率高的劳动年龄人口占比下降,将持续地拉低中国储蓄率 (陈彦斌等,2014);劳动力供求关系变化导致的劳动报酬上涨也将带来政府、企业和居民储蓄率的联动下降 (杨天宇,2019)。人口老龄化和劳动力日益短缺都是未来长期持续的因素,这必然造成中国储蓄率的持续下降。而上述结果表明,美国的各项储蓄率变化比较平稳,未来不太可能出现大的趋势性变化。这意味着,中美储蓄率差距在未来将会进一步缩小。此外,自 2000 年以来,中国持续的高投资率也会造成类似的结果。前面已经指出，资本形成的增加必然带来大量的固定资本折旧，近年来高投资率所形成的大量资本，未来都将转化为固定资本折旧，这将会进一步拉大中国国民总储蓄率与净储蓄率之间的差距，换句话说，庞大的固定资本折旧使得中国国民总储蓄率看上去偏高，若采用扣除固定资本折旧的净储蓄率指标，则中国真实储蓄率将会更低。这将使中美可比国民净储蓄率差距进一步收窄，并最终趋同。

中美可比储蓄率，尤其是可比净储蓄率趋同的趋势，意味着中国的高储蓄、高投资增长模式难以持续。首先，高投资应以高储蓄为基础，若高储蓄难以持续，则投资率也应下降到与储蓄率相匹配的水平。若投资率未和储蓄率同步下降，出现低储蓄高投资的局面，则根据国民收入核算恒等式，将出现经常账户逆差，而这必然要求外资流入来弥补，这在客观上就容易引发由外资出逃而带来的金融风险。其次，中美净储蓄率差距已不足 10 个百分点，未来有趋同的可能。美国是低储蓄率的典型国家，若中美储蓄率趋同，那么中国仍然保持高储蓄高投资增长模式显然是不合适的。这意味着中国的经济增长模式也需要转变为主要依靠技术进步拉动经济增长的模式，即与美国的经济增长模式趋同。

四、本章结论

本章在改进中美可比储蓄率核算方法的基础上，计算了 2000—2019 年中美可比国民总储蓄率、净储蓄率和中美可比住户、企业、政府部门总储蓄率。结果发现，中美真实储蓄率差距远低于已有文献的研究结论。首先，按照中美可比储蓄率统计口径衡量，调整后的中国国民总储蓄率与净储蓄率都平均下降了8.84%，中美国民总储蓄率差距和净储蓄率差距在2019年分别只有15.07个百分点和5.82个百分点。与未考虑可比统计口径时相比，中美储蓄率差距大大降低，这表明将中美两国所公布的储蓄数据直接进行对比存在"统计幻象"问题，将其调整到同一口径进行对比具有必要性。其次，自2008年起，中美国民总储蓄率和净储蓄率差距均呈下降趋势，进一步分析表明，由于人口老龄化和劳动报酬上涨等原因，这种趋势很可能是可持续的，这意味着中美可比储蓄率不仅差距已很有限，而且有趋同的趋势。

本章的计算结果对判断中国高质量发展的方向具有重要意义。目前仍有许多人认为中国的高质量发展可以建立在高储蓄率的基础上，但由于美国是典型的低储蓄率国家，在中美可比净储蓄率趋同的背景下，这种想法可能会落空。也就是说，高质量发展所必需的稳增长、调结构、防风险等各项工作，需要在真实储蓄率的基础上进行必要的调整。

首先，高储蓄率条件下的稳增长可以通过高投资率来实现，但在低储蓄率条件下，传统的高投资增长模式已经难以得到足够储蓄的支撑，稳增长的难度大大增加。在中美可比储蓄率趋同的背景下，中国的经济增长模式也应与美国趋同，即需要从高投资增长模式转变为依靠技术进步拉动经济增长的模式。

其次，调结构所要求的去产能、去库存、降成本、补短板等都需要一定的融资支持。中国实际储蓄率的降低，已不允许采用大规模投资的方式来调结构，而应在相对较低的储蓄率支撑下，以规模相对较小的融资支持，采用合适的方式来调结构。这就要求调结构工作应尽量发挥市场机制优胜劣汰的作用，在一定程度上降低政府投资的作用。例如，通过市场竞争机制"倒逼"经济结构的调整，所需融资支持就要比政府干预的方式少得多。

最后，防风险政策也需要调整。在我国整体杠杆率较高的情况下，国民储蓄率的下降会带来债务偿还负担上升，增加金融体系的脆弱性。学术界提供的国际经验证据表明，在高杠杆背景下，较低的储蓄率会加大金融危机或经济衰退发生的概率（刘晓光等，2018；刘哲希等，2019）。基于本章的研究结果，防风险可能需要在高杠杆和低储蓄率的背景下进行，这需要有关部门对由储蓄率下降隐含的金融风险提前做好应对方案，建立完善防范系统性金融风险的支撑体系。尤其需要警惕政府较难控制的外债杠杆率的上升，防止同时出现低储蓄率与高外债杠杆率的不利局面。

第五章　中国国民储蓄率下降的金融风险

本章主要考察中国国民储蓄率下降引发金融风险的机制和路径。前面几章的内容已经指出，中国国民储蓄率正处于持续下降趋势，若投资率没有与储蓄率同步下降，则经常账户顺差就会转变为经常账户逆差。根据这个逻辑，国民储蓄率下降引发金融风险的传导机制，可能包括两方面。一是政府坚持经济增长目标的情况下，由经常账户逆差引发的金融风险；二是在政府不再坚持经济增长目标的情况下，由经济减速而引发的金融风险。

一、引　言

从世界范围来看，低储蓄率容易引发发展中国家的金融危机。原因是发展中国家政府出于降低本国的失业率、降低本国政府和企业债务负担、延长政府任期等一系列原因，都希望本国经济保持一定的增长率。但由于技术创新能力不足等原因，发展中国家很难持续提高投资效率，这就必然要求保持相对较高的投资规模，而这又容易引起储蓄率低于投资率，从而出现持续的经常账户逆差。而一旦出现持续的经常账户逆差，发生金融危机的概率就会非常大。根据 Reinhart 和 Rogoff（2014）提供的数据，在 95 个爆发金融危机的国家中，100%都出现了经常账户逆差。而在 59 个出现持续经常账户逆差的国家中，有 54 个国家爆发了金融危机，危机发生概率高达 91.5%（匡可可，2014）。回顾历史可以发现，40 年来的几次大规模金融危机，如 20 世纪 80 年代的拉丁美洲债务危机，1998 年的亚洲金融危机，2007 年的美国次贷危机，都伴随着这些国家的持续性经常账户逆差。因此，低储蓄率容易引发金融风险是有充足的国际证据的。

不过，这并不意味着，只要中国的国民储蓄率出现持续下降，就会出现类似于拉丁美洲、东南亚和美国那样的金融危机，原因是中国的各项政治经济制度和体制与上述国家有明显的区别，这些区别在某种程度上为中国的金融安全构筑了一道"防火墙"，很难发生与上述国家相同形式的金融危机。概括起来，中国有以下方面与上述国家不同。

首先是金融自由化的程度不同。中国迄今也没有实现资本项目下的自由兑换，这就使得中国国内资本外逃的难度大大增加。而上述发生金融危机的国家，大多数都实现了金融自由化，资本进出国门的管制比较宽松，在危机期间很容易出逃，从而大大加剧本国金融危机的程度。而中国由于还存在强势的资本项目管制，资本外逃的可能性大幅度降低。

其次是政府干预能力不同。中国政府是一个"强政府"，对整个经济生活的方方面面都有很强的干预能力。这种能力对于调控汇率波动、加强资本流动管制、控制银行风险、化解政府和企业债务风险都有至关重要的作用。例如，在1998年亚洲金融危机期间，尽管中国经济也受到了冲击，但由于政府有力地采取了上述干预手段，因此无论是人民币汇率、金融稳定性还是国内债务风险都没有出现较大的波动，显示了中国政府防范金融风险的超强能力。而上述发生金融危机的各国政府，并没有这样强的干预能力。

再次是国家经济实力不同。中国目前已经是世界第二大经济体，外汇储备居世界首位。长期以来，中国吸引了大量的外国直接投资（FDI），资本和金融账户长期保持顺差状态。这与亚洲金融危机和拉丁美洲债务危机发生时，有关国家的资本流入多为短期外债的情况完全不同。一旦遭遇经济冲击，以FDI形式存在的外资难以快速逃离，这就在一定程度上减轻了中国面临的资本外逃压力。

上述特点使中国难以发生东南亚或拉丁美洲那样的金融危机，但这并不意味着中国国民储蓄率的下降没有金融风险。中国国民储蓄率下降的金融风险表现为什么形式，主要取决于政府在面对国民储蓄率下降时将会采取什么措施。如果在储蓄率下降时投资率仍然稳定在较高水平，则储蓄率可能低于投资率，根据国民收入核算恒等式，这相当于经常账户逆差；如果在储蓄率下降时投资率也随之下降，则此时虽不会出现经常账户逆差，但投资率下降可能造成经济增长放缓。依据储蓄率下降时投资率变动的不同情况，可以将国民储蓄率下降的金融风险划分为两种形式，一是经常账户逆差引起的金融风险，二是经济减速引起的金融风险。

二、国民储蓄率下降的金融风险：经常账户逆差的作用

（一）经常账户逆差引发金融风险的机制

如果中国的国民储蓄率下降，那么为了不发生经常账户逆差，投资率也应该跟随下降以保持国际收支平衡，但是这样做的后果将是中国经济增长率的持续下滑，原因是中国的投资效率早已进入下降通道。假如我国用（GDP/全社会固定资产投资总额）来计算投资效率的话，那么中国每1元钱固定资产投资所创造的GDP，已经从2000年的3.05元下降至2019年的1.92元。显然，如果在投资效率长期下降的背景下，又出现了投资率下降所引致的投资总量增长缓慢，那么GDP增长速度肯定会下降。如果政府试图通过稳增长政策托住GDP增长速度，就需要将投资率维持在较高水平，以求稳定增长速度。从改革开放以来中国政府的政策偏好来看，这是很有可能出现的情况。不仅如此，中国政府的稳增长政策也有不得已而为之的约束条件。众所周知，中国无论是政府、企业还是居民的负债率都相当高，保持一定的增长速度是减轻债务负担，实现"软着陆"的前提条件。正因为如此，中国政府坚持"稳增长"的经济政策，必然要求政府通过扩张性的财政和货币政策，托住投资率，使其不出现大幅度下滑。而这样做的结果，就是使中国的储蓄—投资正向缺口不断缩小，直至变为负

向缺口,这意味着储蓄率将低于投资率,根据国民收入核算恒等式,这必然会引起经常账户逆差,而经常账户逆差肯定会冲击国家的金融安全,只不过冲击的形式与其他国家有区别。

对于中国这样的发展中国家,弥补经常账户逆差,即国际资本流入的形式有多种,如债券融资、国外银行贷款、外国直接投资、官方贷款、国际投资者购买本国证券等。其中,债券融资、国外银行贷款和官方贷款属于债务型融资,外国直接投资和国际投资者购买本国证券属于权益型融资。债务型融资需要按照原定合同偿还,即使本国实际收入下降也不例外;而权益型融资则比较宽松,即使国内收入的下降自动减少了外国投资者的收入,也不违反任何贷款合同。所以,权益型融资更不易发生债务危机,似乎是一种更"安全"的融资方式。

不过,无论是哪种形式的融资,都需要以较高的经济增长预期,或者说得更清楚些,以较高的资本回报率为前提。若资本回报率下降,则外资流入的意愿就会下降。当资本回报率下降到一个临界点时,无论融资的形式是什么,外资都有可能出现大规模出逃,从而引发严重的金融风险。这就产生了一个矛盾:经常账户逆差反映了该国的国际竞争力不足,而外资流入却要求该国提供高资本回报率,二者是互相矛盾的。

从中国的具体情况来看,这个矛盾体现为劳动力成本上升与外资要求高资本回报率之间的矛盾。从第三章的论证可知,中国劳动力成本的上升已经开始侵蚀企业利润,使企业可支配收入占国民收入之比下降,这实质上相当于资本回报率下降。国内学者计算的资本回报率也体现了这一趋势。根据白重恩和张琼(2014)的计算,不考虑存货、剔除生产税和企业所得税的中国实体经济资本回报率,从1985年的 12.80% 下降到 2013 年的 4.96%。这只是截至 2013 年的数据，自那时起劳动力成本又有一定涨幅，所以当前的资本回报率很可能更低。虽然当前中国的资本回报率数字仍然高于发达国家，仍然可以吸引外资流入，但劳动力成本上升引起资本收入份额下降的趋势很可能难以逆转，这意味着资本回报率还有进一步下降的可能，这就形成了中国资本回报率下降和外资要求高资本回报率的矛盾。一旦出现某种催化因素，如经济衰退、原油价格冲击、出口萎缩等，外资就会因担忧资本回报率大幅下降而出逃，从而引发金融风险。

（二）中国的金融软实力缺陷

前面已经指出，中国的金融自由化程度较低，政府干预能力较强，外汇储备充裕，这些都是缓解金融风险的因素，但这些因素并不足以完全阻止金融风险的发生。与美国等发达国家相比，中国在金融软实力方面仍有相当大的缺陷。

首先，中国实际上实行的是爬行钉住的汇率制度，即汇率可以做经常的、小幅度调整的固定汇率制度。这种汇率制度难以在短期内灵活地调整汇率，更容易受到投机冲击而带来贬值压力。相反，发达国家几乎都实行浮动汇率制度，该制度的优势在于可以根据国际贸易情况灵活地调整汇率，减少了国际游资利用实际汇率和均衡汇率之间的差异进行投机的空间，这也在一定程度上解释了为什么经常账户逆差引发的金融危机大都发生在发展中国家。

其次，发达国家的货币都是可自由兑换的"强"货币，可以比较方便地在国际金融市场上融资，甚至可以直接在国际金融市场上用本币融资、用本币还债（如美元）。但对中国这样的发展中国家来说，当经常账户逆差导致国际收支失衡、国际资本流出时，需要用本币兑换成外币还债。若本币出现贬值，以外币计值的债务会加大本国的债务负担。换句话说，由于中国不具有发达国家那样的货币优势，当金融风险出现时将面临货币兑换风险，这种风险会进一步刺激外资的出逃。

最后，发达国家的金融市场比较发达，可以通过金融市场吸引外资流入，即上述权益型融资方式；中国金融市场不发达，可大规模利用的权益型融资方式仅有外国直接投资（FDI）。然而，在资本回报率下降的情况下，FDI 流入可能会减少，不足以弥补经常账户顺差，这就会迫使中国更多地采取债务型融资方式弥补经常账户逆差，结果加大了债务危机发生的概率。

（三）经常账户逆差引发金融风险的可能路径

有人认为，中国严格的资本流动管制使外资难以出逃，所以不会发生金融危机。实际上，资本流动管制并非只有中国才采用过。国际金融危机的历史表明，仅仅依靠资本流动管制只能改变危机的形式，并不能真正阻止危机的发生。从中国的具体情况来看，假如资本流动管制真的有效，以至于外资难以出逃，那么金融风险将通过以下两条路径表现出来。

第一条路径，国际资本抛售中国国内风险资产、买入避险资产。在这种情况下，国际资本将抛售企业股权、房地产、证券等资产，买入贵金属、非周期性优质企业股权、艺术品等避险资产。这里尤其要提到以黄金为代表的贵金属。由于黄金的定价权在欧美黄金市场手中，不在中国政府手中，所以黄金价格受中国经济波动的影响较小，很可能成为国际资本避险需求的目标。假如出现这种情况，那么将出现避险资产价格大幅上升，而房地产和证券价格暴跌、企业利润下降等后果，这实际上与典型的经济危机并没有区别。

第二条路径，资本流动管制致使中国难以继续在国际市场上融资来弥补经常账户逆差。若国际资本试图大规模流出某国时受阻，那么就会给国际金融市场一个不良信号，使国际资本不敢进入该国。在这里，退出壁垒实际上等价于进入壁垒。一旦发生这种情况，那将意味着该国难以从国际市场上融资来弥补经常账户逆差。这种情况的后果将类似于国际上多次发生的主权债务危机，即国际投资者将不会购买该国政府或企业发行的债券，则该国将出现不能及时履行对外债务偿付义务的风险。这种风险削弱了国内外投资者（不仅仅是国际投资者）的信心，提高了该国的风险贴水，迫使该国的债务人不得不支付更高的利率，以补偿债权人对这种风险的承担。而信心的丧失又会迫使国内外投资者抛售股票和其他资产、增加货币需求来应对风险。因为货币（即便是本国货币）常常是可得的最安全的资产。由此引起的资产价格的下降降低了用于银行贷款的抵押品的价值，这又会引起银行系统的问题。此外，即使存在资本流动管制，也不能避免本币贬值，因为资本流动管制只能控制在岸本币市场，难以控制离岸本币市场。国际投资者信心下降将会迫使它们抛售离岸本币，这不可避免地会影响在岸本币的汇率。例如，历史经验表明，几乎每一次离岸人民币的贬值都会引起在岸人民币的贬值，只不过贬值的程度有所差别。上述情况意味着，当危机发生时，即使某个国家拥有成功的资本流动管制，也照样避免不了利率上升、货币贬值和股市暴跌等后果,这实际上就是典型的金融危机。

在上述两条路径中,第二条路径成为现实的可能性更大。这是因为中国经济的体量太大,如果发生了有可能引发金融风险的经常账户逆差的话,任何避险资产都难以容纳这样体量的避险资金,因此,第一种路径不太可能成为现实,在经济史上也没有发生的先例。第二种路径引发的金融危机则在经济史上多次发生,而且也不受中国经济体量的影响。所以,第二种路径是最有可能出现的情况。

许多人认为,中国的巨额外汇储备可以阻止上述现象发生,这种看法是站不住脚的。即使不考虑除 FDI 之外的其他外资流入,也不考虑经常账户出现逆差之后更多的外资流入,仅仅是中国历年引进的累计 FDI 总量,就已接近外汇储备的数额了。如果中国政府的资本流动管制不成功,未来出现外资大规模流出的现象,中国的巨额外汇储备将有可能不保。相反,如果中国政府的资本流动管制很成功,那么正如笔者刚刚提到的那样,当风险贴水上升时,国内外投资者的信心下降,由此导致的避险行为,即使在不触动外汇储备的情况下,也将导致一次典型的金融危机。

(四) 经常账户逆差引发金融风险的现实可能性

上述论证都是仅限于对预期的金融风险的推演,而本小节将说明,预期的金融风险是有可能变成现实的。自 2008 年以来,中国的经常账户顺差已经出现了持续下降的趋势,如图 5-1 所示。

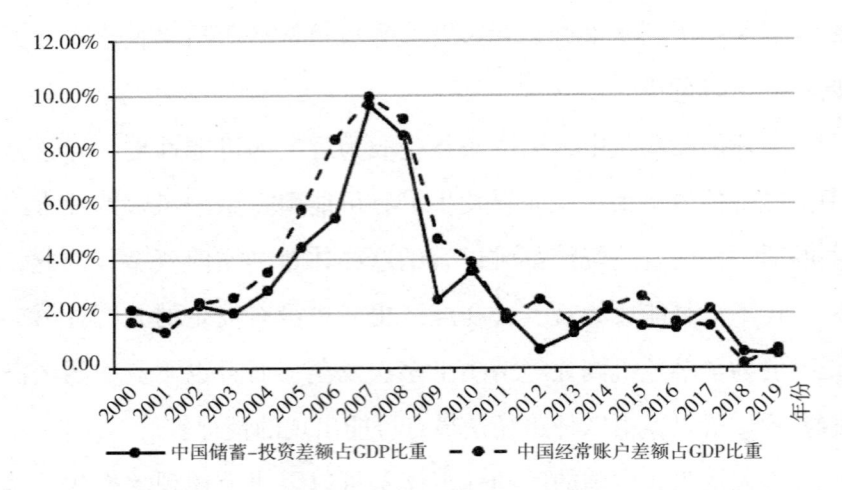

图 5-1 2000—2019 年中国投资-储蓄差额与经常账户差额占 GDP 比重
数据来源：CEIC 数据库。

图 5-1 清楚地表明，中国经常账户差额占 GDP 的比重，在 2000—2008 年持续上升，但自 2008 年起呈下降趋势，至 2019 年又为 0.72%。由国民收入核算恒等式可知，经常账户差额等价于国内储蓄—投资差额，因此经常账户顺差的下降意味着储蓄—投资正缺口的缩窄。图 5-1 也清楚地反映了这一点。由图中可见，中国储蓄—投资差额占 GDP 的比重，与经常账户差额占 GDP 的比重是高度相关的。图 5-1 表明，中国已经出现了投资率比储蓄率下降得慢，从而储蓄—投资正缺口缩窄的情况。如果这种趋势持续下去，中国持续多年的经常账户顺差完全有可能变成逆差。那么，为什么会出现这种趋势？图 5-2 可以揭示一部分答案[①]。

---

① 《中国固定资产投资统计年鉴》截止到 2018 年，该年的年鉴公布了 2017 年数据。自 2019 年起，该年鉴已经更名为《中国投资领域统计年鉴》，但是其中并未公布分行业的固定资产投资数据，进而无法根据行业分类测算公共投资。因此，图 5-2 与图 5-4 中的数据都截止到 2017 年。

<<< 第五章 中国国民储蓄率下降的金融风险

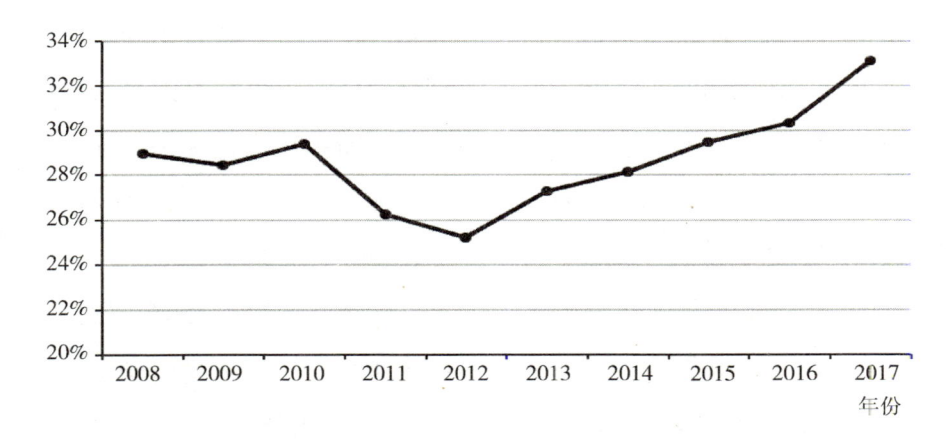

图 5-2 2008—2017 年公共投资占比变化情况

数据来源：根据《中国固定资产投资统计年鉴》中相关数据计算得出。

图 5-2 描述了 2008—2017 年公共投资占总投资的比重变化。该数据的计算过程如下：首先借鉴金戈（2016）的做法，计算得出全社会新增固定资产的分行业数据，然后再根据陈斐等（2019）关于公共投资与私人投资的行业划分，将全社会新增固定资产投资划分为公共投资与私人投资。其中，公共投资包括电力、燃气及水的生产和供应业；交通运输、仓储和邮政业；水利、环境和公共设施管理业；科学研究、技术服务和地质勘察业；教育；居民服务和其他服务业；卫生、社会保障和社会福利业；文化、体育和娱乐业；公共管理和社会组织共九个部门的新增固定资产投资。从图 5-2 可以看出，2008 年以来中国的公共投资占比呈上升趋势，尤其是自 2012 年起呈持续上升趋势。这种情况表明，中国政府正在试图通过扩大公共投资来实现稳增长。已有文献提供的证据表明，加大投资是中国地方政府实现经济增长目标的重要手段（刘淑琳等，2019）。自 2008 年以来，中国经济增长就进入了下降轨道，政府也不断出台各种稳定经济增长的措施，从 2008 年的

"四万亿计划"到2014年明确提出"稳增长",一直持续到今天。为实现稳增长的政策目标,政府必然要刺激投资,而更容易由政府控制的投资必然是公共投资,所以,出现图5-2所描述的情况是毫不奇怪的。假如政府将经济增长目标定得过高,那么很容易导致储蓄—投资正缺口的缩窄,甚至变为负缺口,从而造成经常账户逆差。

可见,制定合理的经济增长目标是预防金融风险的关键。如果将国际收支平衡作为制定经济增长目标的约束条件,那么我们就可以此推断2023—2027年的合理经济增长目标。根据本书前面章节的论证,可知中国国民储蓄率的下降是长期趋势,因此可以假定2021—2027年中国国民储蓄率保持2008—2020年的下降速度[①],国民投资率等于国民储蓄率(保持国际收支平衡状态),同时假定2021—2027年投资效率保持2019年的水平不变[②]。后者是一个相当保守的假定,因为2008—2019年投资效率是下降的。笔者使用边际资本产出比率(ICOR)表示投资效率,具体的计算公式为 $ICOR = I/\Delta GDP$,其中 I 表示本期资本形成,分母为本期GDP与上期GDP之差。ICOR表示增加单位总产出所需要的资本增量,ICOR值越高,说明增加单位总产出所需要的资本量越大。通过计算可发现,2008—2019年的ICOR呈上升趋势,说明投资效率在此期间是下降的。

[①] 当前可获得的最新年份的中国国民储蓄率数据为2020年,在该情境下,不考虑新冠疫情冲击对储蓄率的影响,以2020年的储蓄率水平为基准值进行预测。
[②] 由于固定资产投资价格指数可获得的最新年份数据为2019年,因此,以2019年的投资效率作为基准水平。

<<< 第五章 中国国民储蓄率下降的金融风险

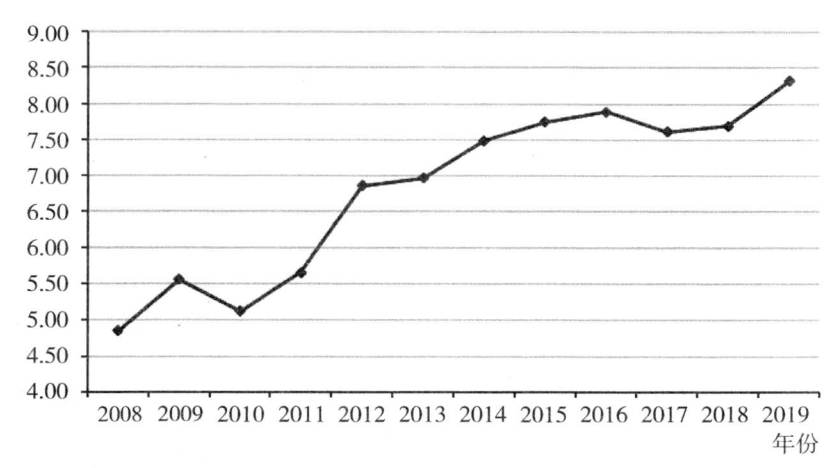

图 5-3 2008—2019 年中国的投资效率（ICOR）变化情况

数据来源：根据《中国固定资产投资统计年鉴》中相关数据计算得出。

在上述假定之下，笔者估算了 2021—2027 年的预测国民储蓄率，及与此相匹配的经济增长速度。我国国民储蓄率从 2008 年的 51.91% 下降到 2020 年的 44.25%，即 2008—2020 年国民储蓄率的平均每年下降速度为 0.64%，即（51.91% - 44.25%）/12 = 0.64%，假设 2021—2027 年国民储蓄率仍按照相同的速度下降，那么 2027 年国民储蓄率的值为 39.79%。假定储蓄率等于投资率，且使用边际资本产出比率（ICOR）来表示投资效率，那么 2020—2027 年的 GDP 增速如表 5-1 所示。

表 5-1 2021—2027 年储蓄率与 GDP 增速的模拟计算

年份	储蓄率	经济增长率
2021	43.62%	—
2022	42.98%	—
2023	42.34%	5.36%

续表

年份	储蓄率	经济增长率
2024	41.70%	5.28%
2025	41.07%	5.19%
2026	40.43%	5.11%
2027	39.79%	5.02%

表5-1中2023—2027年的经济增长率是基于储蓄率与投资率相等的假定计算得出的。换句话说，表5-1中的经济增长率实际上是基于国际收支平衡的假定之下得出的预测经济增长率。由于保持国际收支平衡是预防金融风险的重要条件，因此，表5-1中的经济增长率可以视为有效预防金融风险的合理经济增长率。需要指出的是，表5-1中的经济增长率是在比较保守的投资效率假定下得出的预测值，实际上的经济增长率很可能比这个预测值更低。

为了进一步说明这里对投资效率的假定是比较保守的，图5-4中给出了以新增固定资产衡量的农业、制造业和服务业投资占比及投资效率。图5-4中的投资用全社会新增固定资产来衡量，各产业投资占比=各产业全社会新增固定资产/全社会新增固定资产，各产业投资效率=各产业新增固定资产/（该产业本期增加值-该产业上期增加值）。由于统计年鉴中没有公布新增固定资产这一指标，因此笔者借鉴金戈（2016）方法计算了三大产业2008—2017年的新增固定资产。考虑到存在跨期计算问题，因此需要剔除掉价格因素的影响。本章中全社会新增固定资产采用固定资产投资价格指数（2007年=100）进行平减，各产业增加值采用各产业增加值价格指数（2007年=100）进行平减。

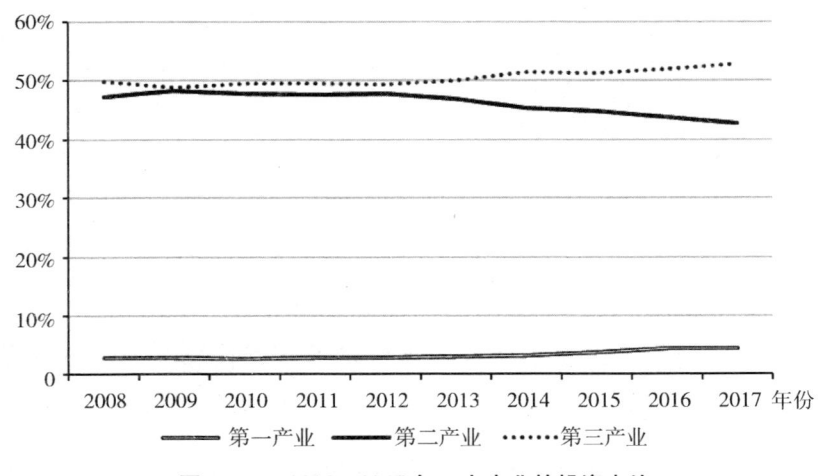

<<< 第五章 中国国民储蓄率下降的金融风险

图 5-4A 2008—2017 年三大产业的投资占比

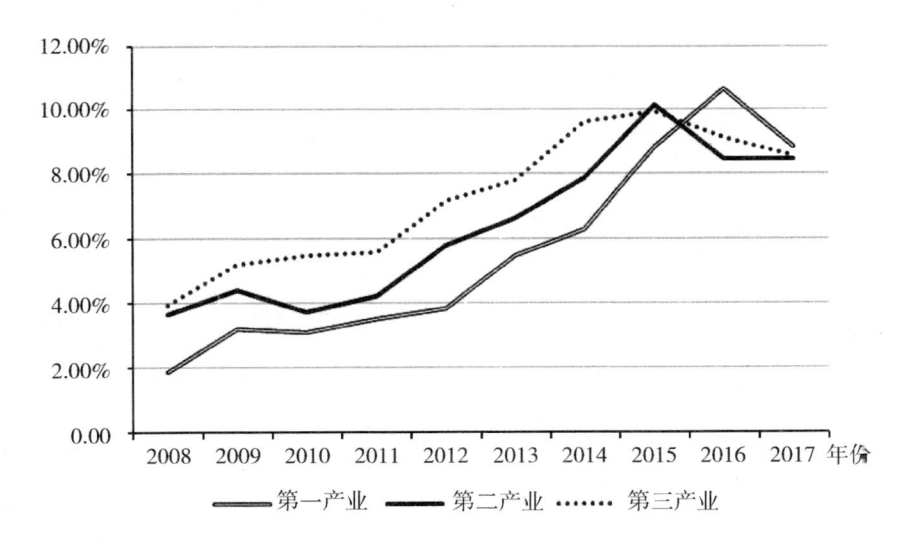

图 5-4B 2008—2017 年三大产业的投资效率变化

数据来源：根据历年《固定资产投资统计年鉴》、国家统计局与中经网的相关数据计算得出。

从图 5-4A 可以看出，第三产业的投资占比是三大产业中最高的；但图 5-4B 却显示，第三产业的投资效率在大多数年份中都是最低的。

115

这意味着，在产业结构服务化的过程中，投资占比最高的产业其投资效率却最低，这显然会拖累全社会整体的投资效率。由于产业结构服务化是产业结构变迁的大趋势，第三产业的投资占比还会进一步提高，假如第三产业投资效率不能稳定地高于其他产业，那么中国的整体投资效率还会进一步下滑。正因为如此，可以说上述投资效率保持不变的假定是比较保守的。

上面估算了可以有效预防金融风险的合理经济增长率。下面要进行这样一个模拟计算，即假如中国政府没有采取上述合理的经济增长率指标，而是制定了较高的经济增长目标，那么会出现什么情况呢？这里主要考虑了两种情景模拟，一是将2023—2027年年均经济增长率提升至6%，二是将2023—2027年年均经济增长率提升至8%。笔者模拟了在上述两种情境下，2023—2027年中国的经常账户差额变化情况。经济增长率提升至6%的情况，如表5-2所示。

表5-2　2023—2027年经常账户余额占GDP比重（GDP增速为6%）

年份	GDP（亿元）	所需投资（亿元）	储蓄率	经常账户余额（亿元）	经常账户余额占GDP比重
2023	1308476	555315	42.34%	-1294	-0.10%
2024	1414724	600407	41.70%	-10424	-0.74%
2025	1529600	649160	41.07%	-21028	-1.37%
2026	1653803	701872	40.43%	-33284	-2.01%
2027	1788092	758864	39.79%	-47393	-2.65%

注：由于国家统计局中未公布2020—2022年固定资产投资价格指数，笔者按照当年的消费者价格指数进行替代。此外，假设2023—2027年GDP平减指数和固定资产投资价格指数均为102（上年=100）。

从表5-2可以看出，在2023—2027年经济增长率提升至年均6%

的情境下，经常账户将于 2023 年开始出现逆差，2027 年经常账户逆差将占 GDP 的 2.65%。虽然逆差占比不高，但若持续坚持这么高的经济增长目标，那么将意味着持续的经常账户逆差，从而引发金融风险。

经济增长率提升至 8% 的情况，如表 5-3 所示。这种情况意味着政府需要通过高投资的方式，将经济增长率推升至一个与国民储蓄率不匹配的水平。在此情况下，经常账户逆差也将达到一个惊人的水平（见表 5-3）。

表 5-3　2023—2027 年每年需要的投资及贸易顺差占
GDP 比重（GDP 增速为 8%）

年份	GDP（亿元）	所需投资（亿元）	储蓄率	经常账户余额（亿元）	经常账户余额占 GDP 比重
2023	1333164	740420	42.34%	-175946	-13.20%
2024	1468614	815647	41.70%	-203191	-13.84%
2025	1617825	898517	41.07%	-234155	-14.47%
2026	1782196	989806	40.43%	-269313	-15.11%
2027	1963267	1090370	39.79%	-309199	-15.75%

注：由于国家统计局中未公布 2020—2022 年固定资产投资价格指数，笔者按照当年的消费者价格指数进行替代。此外，假设 2023—2027 年消费者价格指数和固定资产投资价格指数均为 102（上年=100）。

从表 5-3 可以看出，在未来 5 年经济增长率提升至年均 8% 的情境下，经常账户将立即出现逆差，而且逆差的幅度十分惊人，不但每一年都占 GDP 13% 以上，而且在 2027 年达到了惊人的 15.75% 的水平。与此相比较，在东南亚金融危机发生前的 1996 年，泰国的经常账户逆差占 GDP 比重仅为 8.3%。而在墨西哥金融危机发生时的

1995年，墨西哥经常账户逆差占GDP比重仅为7.8%[①]。尤其引人注目的是，上述模拟情境中2027年的经常账户逆差，若按照2022年汇率换算已达4.6万亿美元，远远超过了2022年末的外汇储备额3.1万亿美元。可见，硬性维持高增长目标意味着非常大的金融风险，甚至超过了泰国和墨西哥发生金融危机时的金融风险水平。假如政府真的要把未来5年的经济增长率提升至8%的话，金融危机很可能马上就会发生。

上述测算表明，如果政府脱离国民储蓄率下降的实际情况，非要把经济增长率维持在一个高水平的话，即使是在极为保守的假定之下，也会面临极大的金融风险。如果我们放弃极为保守的假定，那么潜在的金融风险将会更大。这个结果使我们得出这样的结论，即为了避免源于经常账户逆差的金融风险，中国政府必须放弃过高的经济增长目标。

那么，假如政府放弃了过高的经济增长目标，任由投资率下降至低于储蓄率的水平，是不是就能完全避免金融风险呢？答案是否定的。虽然放弃过高的经济增长目标可以保持经常账户顺差，至少能保持国际收支平衡，但这样做的代价是经济增长进一步减速，甚至接近目前发达国家的低速增长水平。这种做法避免了源自经常账户逆差的金融风险，但却会引起另一种形式的金融风险，即源自资产价格下跌的金融风险。

---

① 袁木，杨德明，孙学文. 震撼世界的亚洲金融危机 [M]. 北京：当代中国出版社，1998：223.

三、国民储蓄率下降的金融风险：
经济减速的作用

在国民储蓄率下降的背景下保持国际收支平衡，实际上要求投资率跟随储蓄率下降。在投资效率难以提高的前提下，这必然导致经济减速。在这方面，日本的经验值得重视。日本在战后初期曾是高储蓄率国家，但该国国民储蓄率持续下降，至 2000 年左右日本国民储蓄率（在相同口径下）已经降至与美国相差无几的水平（Chen etal. 2006）。与此同时，日本仍保持了经常账户顺差和币值稳定，代价是投资率也出现下降，结果导致该国长期低速增长。尽管如此，日本也没有摆脱遭遇经济危机的命运，20 世纪 90 年代初的房地产泡沫破裂沉重打击了日本的经济。换句话说，日本虽然摆脱了债务危机的风险，但却遭遇了房地产危机的打击。

自 2008 年以来，中国经济增长速度出现放缓的趋势。即使不考虑新冠疫情的冲击，2019 年的经济增长率也降至 6% 左右。笔者认为，经济增长速度的放缓，有可能对中国的房地产价格产生向下的压力，并进而影响中国的金融安全。中国的高房价是众所周知的事实，尤其引人注目的是，中国的房价收入比远超国际公认的正常范围（郭克莎和黄彦彦，2018）。现有文献指出了中国房价高涨的原因，包括经济发展、城市化快速推进等基本面（徐建炜等，2012），货币政策、金融市场发展和信贷软约束等短期因素（周京奎，2005），收入差距等（张川川等，2016），还有特殊的供地制度对房价的影响（郭克莎和黄彦彦，2018）。与上述这些解释不同，本节考察了居民收入预期对中国房价波动的影响。其基本逻辑是，居民对未来收入增长的乐观预期使得他们可以接受高房价收入比，从而推动房价上涨。经济增长放缓则有可能使居民对未来收入预期由乐观转为悲观，造成房价下跌的压力，并引发金融风险。这个角度是目前学术界很少关注的，这也是本节与已有文献的不同之处。

（一）居民的收入增长预期是中国高房价的基础

众所周知，多年来中国的房价一直在快速上涨，而且这种上涨是在房价收入比很高的情况下实现的。世界银行认为，房价收入比的合理区间应为3比1到6比1之间。但自1990年以来，中国的房价收入比从来没有低于过6比1，北京、上海等一线城市甚至多年在15比1以上。为什么房价收入比这么高，房价还能涨呢？笔者认为，居民对未来收入增长的预期是造成这种现象的主要原因。举个例子，假如某城市居民家庭2010年收入平均数为5万元，当地住房每套价格平均数为50万元，房价收入比为10比1，明显偏高。但是由于该地经济高速增长，居民普遍预期到2015年他们的家庭年收入平均数为10万元，这个数字与2010年房价相比，房价收入比仅为5比1。也就是说，如果2010—2015年房价不涨，则居民在2010年高价买房时虽然供房的负担很重，但只要坚持到2015年，他们的供房负担就会下降到国际公认的合理水平[①]。因此，如果考虑居民预期收入增长的话，市场就能

[①] 5∶1的合理房价收入比只是个例子，实际上可能偏离这个比例，但不会偏离至10∶1或15∶1的水平。

够在 2010 年接受 10 倍的房价收入比。但是 2010—2015 年的房价并不会保持不变，原因是居民在 2015 年也仍然预期未来收入会高速增长。以上述情况为例，2015 年时居民会普遍预期 2020 年他们的家庭年收入平均数为 20 万元，所以 2015 年的房价应该涨到每套 100 万元，即等于 2020 年预期家庭年收入的 5 倍，才能与居民预期相匹配。照这个逻辑，只要居民对未来收入高速增长的预期没有改变，这个过程就会持续下去，房价就会在房价收入比高达 10 比 1 的情况下，平均每 5 年翻一倍。这其实也是为什么在中国房价收入比如此之高的情况下，开发商仍然敢于给住房定高价，而市场又可以接受的原因。

居民预期未来的收入高速增长，实际上等于在不自觉地预期未来的 GDP 高速增长。虽然居民收入占 GDP 的比重在多年来常有变化，但图 5-5 告诉我们，人均 GDP 增长率和城镇居民人均可支配收入增长率是高度相关的。也就是说，居民预期未来的 GDP 持续高速增长，导致了居民可以接受现在的高房价。

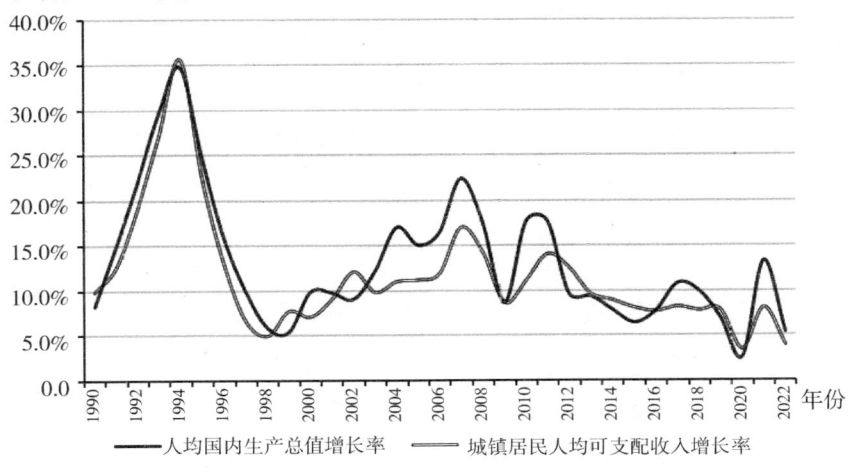

图 5-5 1990—2022 年人均 GDP 增长率与城镇居民人均可支配收入增长率

需要指出的是,笔者是从长期的角度来论证房地产的价格趋势,因此忽略了经济周期波动(包括利率周期和信贷周期)对房地产价格周期波动的影响。换言之,我们关心的是"趋势性"而不是"周期性"。此外,笔者更加关心的是,为何在房价收入比如此之高的情况下,房地产市场仍然有如此旺盛的需求。虽然许多供给面因素,如开发成本、开发商惜售、政府供地节奏等也会影响房价,但多年来无论供给面因素如何变化,中国的房价收入比从未下降到国际平均水平,由此可以认为,理解高房价收入比之下的房地产需求是更加重要的,所以本节忽略了影响房价的供给面因素。

(二)居民的收入增长预期转化为房价上涨

1. 房地产的投资功能

有人可能会认为,即使居民未来收入增长的预期很乐观,但这与房价有什么关系?收入增长预期是怎么转化为房价上涨的?要理解这个问题,就要说清楚房地产的投资功能。

首先需要指出,投资不是炒作。《现代汉语词典》第七版给"炒作"一词的定义:为扩大人或事物的影响而通过媒体反复做夸大的宣传。换句话说,炒作包含着通过宣传吸引大众注意力的含义,这显然与正常的投资是两回事。房子不是用来炒的,但它确实是有投资功能的。投资与消费的主要区别在于,投资的目的是获得利润,消费的目的是获得效用。因此,即使消费者知道某种消费品(如苹果手机)肯定会降价,也仍然会购买;因为他购买消费品的目的是获得该消费品带来的效用,而不是为了增值。按此标准,买房子是一种不折不扣的投资行为。无论是第一套房还是第 N 套房,或者是所谓的"刚需""刚改",都只有在房价预期会上涨的情况下才会有人购买;假如所有人都知道房价会持续下跌,则除了少数例外(如在大城市单独立户或中小学生入学对房产证的要求),购房需求将会消失。即使被认为是"刚需"的婚房也不例外,因为谁也不愿意让自己的资产贬值。人们完全可以先租房以满足居住需求,等房价跌到一定程度再买房。这一点从新闻媒体的大量报道中可以看出来。在几年前的房地产低迷时期,媒体上充斥着大量房价下跌后购房者打砸冲击售楼处的新闻,与此相比较,虽然任何一种型号的苹果手机都一直在降价,但从没听说有人在买了苹果手机后,因为降价了而去冲击手机专卖店。这意味着,购房者的需求是建立在预期房价上涨的前提下的,如果没有这个前提,则购房需求会消失,这是明显的资产特征而不是消费特征。所以,我们应该承认,房地产本身是一种资产,它具有投资的属性。

2. 居民储蓄转化为房地产投资

居民储蓄,或者说居民收入与消费的差额,会转化为房地产投资吗?回答是肯定的。对这个问题可以这样来理解:首先,只要收入大于消费,二者的差额就一定会转化为投资需求。正如马克思在《资本论》中引用的一句名言:"资本害怕没有利润或利润太少,就像自然界害怕真空一样。一旦有适当的利润,资本就胆大起来。"[1] 所以,在正常情况下,无论可供投资的资金在谁的手里,都是一定要去投资获利的。如果非要找个理由,那可能根源于人性的贪婪。而居民投资的

---

[1] 马克思. 资本论:第 1 卷 [M]. 北京:人民出版社,1975:829.

对象，将是一切可带来利润的资产，这不仅仅包括房地产，还包括实业、艺术品、古董、珠宝等。这符合我们的直觉，我们应可以观察到，自改革开放以来，各类收藏品的涨幅不亚于房地产。换句话说，只要人们对未来收入增长预期很乐观，则他们的投资行为不但会使房价上涨，而且会使一切资产价格上涨。

那么，为什么包括房地产在内的资产价格会上涨这么多？这可以用政治经济学中的利润率平均化规律来解释。在市场经济中，资本在各部门之间的转移将使各部门的不同利润率趋于平均，形成平均利润率，实现等量资本获得等量利润，正如马克思所说"在这里，基本观念是平均利润本身，是等量资本必须在相同时间内提供等量利润"[①]。这个规律意味着，人们投入实业、房地产和各类收藏品上的资本，必须在相同时间内获得相同的回报率。而根据白重恩等人（Bai, *et al.* 2006；白重恩和张琼，2014）的计算，中国实体经济的资本回报率相当高。1979—2013 年，中国三次产业不考虑存货的税前总资本回报率一直保持在 15% 以上，其中 2008 年前始终不低于 20%，1996 年前始终不低于 25%；而考虑存货和剔除生产税、企业所得税的税后资本回报率，在绝大多数年份保持在 5% 以上（仅 2013 年为 4.17%），其中多个年份都在 10% 以上。这个数字不逊于投资房地产的回报率，要知道，2005—2016 年北京房价年均涨幅为 17.5%，而全国的房价涨幅就更低。根据国家统计局公布的数据，2004—2014 年全国房屋均价涨幅为 77%，年均 5.32%。实业的资本回报率如此之高，则根据等量资本获得等量利润的规律，其他资产理应也获得相似的资本回报率，这正

[①] 马克思. 资本论：第 3 卷 [M]. 北京：人民出版社，1975：233.

是包括房地产在内的所有资产价格长期上涨的原因。换句话说,中国房地产价格的长期上涨,实际上反映的是中国三次产业持续的高资本回报率。

假如其他资产价格都因为等量资本获得等量利润而上涨,则房地产是不可能独善其身的。如果其他资产涨价而房地产不涨,则房地产就会成为价值洼地,一定会吸引精明的投资者低价买入,而该投资者的获利将吸引其他跟风者进入,从而推动房价补涨到等量资本获得等量利润的水平。

3. 居民的收入增长预期转化为房价上涨

居民乐观的收入增长预期,将从两方面导致房地产价格上涨。首先,居民预期未来收入高速增长,则意味着居民预期未来收入的现金流十分充裕,则居民将有充足的理由认为现期加杠杆不会导致未来资金链断裂,所以居民将敢于在现期加杠杆投资于可获得平均资本回报率的资产,房地产就是其中之一;其次,居民在具体选择投资品种时,将根据未来的高收入判断现期资产价格的估值是否合理,并因此可以接受 10∶1 以上的房价收入比。这样,居民乐观的收入增长预期就可以顺理成章地转化为高房价下的购房需求,并推动房价上涨。

需要指出的是,三次产业的高资本回报率也是不可持续的。Baker et al.(2005)证明,经济增长速度与资本回报率是正相关的。如果经济增长放缓,则实体经济的资本回报率也会下降,而依据等量资本获得等量利润的规律,这将带动所有资产价格的下降。

有人可能会觉得,自己只是房价的被动接受者,因为担心房价继续上涨才去买房子,并不是因为主观上想投资获利才买房子的。这种观点其实忽略了资产价格上涨过程中先行者和跟风者的区别。在资本市场中，只要存在价值洼地，那是一定要被填平的，但填平的过程不是所有投资者"齐步走"地买入该项资产。那些所谓的房价被动接受者，一定是发现房价出现上涨趋势之后才开始担心。如果房价根本没上涨，他根本就没有担心的必要。此时所谓的被动接受房价，与其说是担心房价上涨，不如说是担心自己踏空了资产增值的机会。那么我们要问，在房价的被动接受者开始担心之前，房价是怎么上涨的？显然不可能是这些被动接受房价的人推动的。房价最开始的上涨，都是某些精明的投资者发现房地产被市场低估，然后低价买入，然后发现房价低估的跟风者买入越来越多，造成房价上涨，最后连那些所谓的房价被动接受者也发现房价上涨趋势，并"被动"加入买房大军。所以，所谓的被动接受房价，不过是房地产市场上某些后知后觉者的错觉。

（三）经济增长放缓将通过改变预期来影响房价

上述居民"收入预期—房价上涨"的循环过程不可能永远持续下去，因为任何经济体也不会永远高速增长。中国自2008年以来已经出现了经济增长放缓，如果考虑到产业结构升级的话，这个放缓趋势有可能是长期持续的。目前，中国的产业结构升级方向是提高第三产业的就业比重，产业结构将趋向高服务化。然而"二战"之后西方发达国家的经验证明，由于第三产业的劳动生产率增长速度远低于第二产业，经济服务化将会拉低全社会劳动生产率增长速度，进而拉低经济增长速度。中国的劳动力增长速度自20世纪90年代就已经开始放缓，因此，经济服务化所导致劳动生产率增长速度降低，一定会造成经济增长速度的放缓。而几乎所有发达国家的经验都表明，在产业结构趋向高服务化的时候，没有一个国家能长期保持5%以上的经济增长速度。这意味着，假如政府不通过行政干预稳住投资率，我们必须在未来面对较低的、持续放缓的经济增长速度。而根据图5-5，这又意味着居民收入增长速度会放缓，这显然将对房地产价格产生巨大压力。仍以上述情况为例，假如居民在2015年时突然改变预期，把原来预期2020年家庭收入从20万元下调到12万元，则2015年的房价将从100万元下跌到60万元，调整幅度达40%。可见，如果居民预期到经济增长放缓，则这个预期调整将对房价产生巨大的杀伤力。即使考虑到城镇化因素，这个结果也不会改变。如果城镇化不能带来进城农民的预期收入高速增长，那么城镇化也同样难以支撑房价。进城的人多了但都是穷人，又没有致富的预期，照样买不起房子。这其实也说明，目前的中国房地产价格仍然这么坚挺，只不过是因为居民（或者市场）还没有预期到中国经济增长速度的放缓真的会长期持续而已。

有人可能会对此结论感到疑惑，经济增长放缓已经成了全民共识，那么居民（或者市场）怎么会没有预期到中国经济增长放缓的长期持续呢？笔者认为，这是由于人们对经济增长的预期和对个人收入增长的预期出现了不一致。经济增长率与居民收入增长率是高度相关的，但我们在现实中却经常能观察到，许多人承认经济增长会放缓，但同时却预期自己未来的收入前景会很好。大量"北漂""沪漂"的存在，就是一个很好的例子。这些人宁愿忍受背井离乡和"蜗居"之苦，非要在北上广发展，其目的绝不是当苦行僧，而是为了实现自己的理想和抱负。绝大多数人的理想和抱负，其实就意味着良好的收入预期。如果大多数人都认为国家的经济增长会放缓，而自己未来的收入前景却良好，这是自相矛盾的。因为在整体经济增长放缓的情况下，收入高速增长的机会将会越来越少，在此情况下，不可能所有的人都兑现自己乐观的收入预期，但从目前来看，并不是所有人都意识到了这一点①。

当然，上述逻辑只适合于解释全国房地产的总体趋势，而要分区域来说，情况可能会更加复杂一些。例如，一线城市房价收入比高于三线城市，东部地区房价收入比高于西部地区。但此类区域差距并没有违反本章的逻辑。房价的区域差距实际上反映的是经济发展的区域差距，一线城市和东部地区的高房价收入比，反映的正是这些地区的居民对未来具有更加乐观的收入增长预期。此外，这些发达地区的乐观预期将会吸引欠发达地区的资本流入发达地区的房地产市场，所以就形成了发达地区房价涨得快，而欠发达地区房价涨得慢的现象。当然，即使是发达地区，也仍然在存在房价下行风险，因为发达地区的产业结构也要服务化，未来的经济增长速度和个人收入增长速度也会放缓，当地人的乐观预期也迟早会改变，这同样会对当地房价产生向下的压力。

（四）对其他高房价解释的评论

1. 中国的房地产价格上涨并不是货币供应量扩张的结果

许多人认为，中国房价的持续上涨是货币供应量扩张过快的结

---

① 需要指出，新冠疫情的冲击大大减弱了人们对未来的乐观预期，以至于很多人出现了"躺平"的情况，这也是近几年房价停滞的原因之一。但是，中国房价收入比偏高的情况并未改变，这显示人们对未来的乐观预期并未完全消失。

果。笔者认为，这种观点值得商榷。货币供应量的扩张的确是房价上涨的必要条件，但它并不是房价上涨的充分条件，仅凭货币宽松是不足以带来房价上涨的。原因很简单，没有钱就不可能买到房子，但有了钱却未必非买房子不可。例如，日本在房地产泡沫破裂后曾多次实行了宽松的货币政策，但日本房价却始终没有回到危机前的水平。假如只需货币宽松就能让房价上涨，那么1937—1948年就应该是中国房地产最有投资价值的时间段了。那几年几乎是中国历史上货币供应量扩张最快的时期。据1948年的《大公报》提供的数据，1948年8月的法币发行余额比抗战前夕增长了47万倍，物价上涨3492万倍，其中食品价格上涨390万倍，服装价格上涨652万倍。奇怪的是，在此期间房价只上涨了77万倍，不但大幅跑输物价指数，而且也远远低于食品和服装的上涨幅度①。与平均物价指数相比，房价其实是下跌的。在那个年代要是有人想通过买房来抵御通货膨胀，那是要吃大亏的。这段历史告诉我们，仅靠货币供应量扩张还不足以令房价上涨。在民国末期的那个时代，不但战火纷飞政局动荡，而且经济也出现衰退，这种情况下老百姓不可能对未来抱有收入上涨预期，房价与物价相比不涨反跌也就很自然了。我们也可以从这个例子推断，假如现在因为人们的收入增长预期下降而导致房价下跌的话，政府仅仅依靠货币供应量的扩张，很可能不足以稳定房价。

有人认为，不能以1937—1948年中国恶性通胀，来说明货币量扩张并未拉动房价上涨，理由是"在短缺时代，首先是吃穿问题，然后是住房问题，所以食品和服装价格上涨幅度高于房价涨幅"。这种观

---

① 这里物价涨幅普遍高于货币供应量涨幅的原因是，在通货膨胀时期，人们由于对货币的不信任而不断转手，使货币流通速度加快，从而加剧了通货膨胀。

点其实就是把房地产当作消费品了。笔者已经指出，房地产是资产而不是消费品，如果要解决居住问题，完全可以租房而不必买房。如果人们选择买房而不是租房，那不是为了解决衣食住行这样的基本生活需求，而是为了资产增值。所以，房价的涨跌，与吃穿住这样的基本生活需求的排序，是没有多大关系的①。有一个例子可以证明笔者的观点，19世纪下半叶上海刚开埠的时候，上海房价的上涨幅度远远超过食品和服装价格的上涨幅度。假如真的是先吃穿后住房才导致房价涨幅滞后，怎么在19世纪后期就正好相反呢？可见，上述质疑是缺乏说服力的。

2. 资产避险需求与中国的房地产价格上涨

用资产避险需求来解释房地产价格上涨，是近年来新出现的一种观点。笔者认为，资产避险需求其实只是表象，深层次的原因仍然是居民的收入预期。我们可以从两个角度来理解资产避险需求。一是周期性避险，即当经济衰退时，投资者预期政府会放松银根以刺激经济增长，而利率降低和货币供应量扩张将刺激房价上涨，这就起到了避险的作用。二是长期性避险，即投资者预期实体经济回报率将出现长期下降，因此把资产从实体经济转移至房地产。美国学者Chen Kaiji 和 Wen Yi（2017）提出的一个模型规范地论证了长期性避险需求，即民营企业家发现劳动力成本上涨将导致实体经济的高回报率难以持续，因此他们就把资产转移至房地产上避险，原因是房地产在该模型中被视为一种类似于黄金的价值储藏手段。笔者认为，周期性避险对

---

① 注意，不是完全没有关系，房租如果上涨也会影响房价，但在当前中国房地产市场上租售比畸高的前提下，我们忽略了这个因素。

房价上涨有一定的解释力，但房子的周期性避险功能仍然需要以居民乐观的收入增长预期为前提，一旦这种乐观预期消失，则放松银根同样不能让房地产保值增值。笔者已经指出，由于经济增长放缓的结果是无悬念的，居民的乐观预期一定会改变，但很难预期未来改变人们预期的是什么因素，也无法预期人们什么时候改变预期。所以，把房地产当作周期性避险对象也仍然是有风险的。

而对于长期性的避险需求，笔者认为，这类行为很可能是一种错误的投资决策。正如笔者已经指出的，等量资本获得等量利润是一个规律，若未来实体经济回报率下降，则房地产回报率也会随之下降，否则等量资本就不能获得等量利润了。这样来看，把房地产当作实体经济回报率下降之后的避险方式，是毫无用处的。Chen 和 Wen（2017）把房地产假定为与黄金相同的价值贮藏手段，这相当于把房地产这样一种资产当作金属货币了。贮藏手段应该具有的特点：第一，它在保存过程中不易损坏和变质；第二，当需要使用时，可以比较方便地与其他商品交换，转换成需要的形式；第三，它的价值是稳定的，在贮藏前后能够转换成数量相同的其他物品。金属货币是容易满足上述条件的，但房地产却很难满足上述条件，尤其是上述第三个条件中关于价值稳定的要求。房地产的保值增值（价值稳定）要求房地产市场供不应求或供求平衡，而这恰恰需要房子有旺盛的市场需求。换句话说，房子如果能保值增值，必须以市场需求旺盛为前提。而 Chen 和 Wen（2017）的论证思路却意味着，因为房子可以保值增值，可以当作价值贮藏手段，所以它才会产生旺盛的资产避险需求，这是倒因为果的论证方式。其实这也反映了现实中人们的某些思维误区，即把房子当作黄金一样的避险工具，从逻辑上说这是不能成立的。如果确实需要资产避险，那么最佳方式应该是购买真正的金属货币（如黄金），或者将资产转移至受中国经济增长放缓影响较小的地区（如国外）。

3. 中国的房地产价格上涨也不是需求旺盛或文化传统的结果

还有许多人认为，中国的房价上涨是房子供不应求的结果，而需求的旺盛，又是因为中国居民的"有恒产者有恒心"之类的文化传统。笔者认为，这种观点也是错误的。笔者再次强调，除了少数例外情况，房子都是一种资产。也就是说，无论购房者买的是第一套房子还是第 N 套房子，无论购房者是用于结婚还是用于转卖，购房者的行为都是投资行为。因为投资行为的特点就是钱能生钱，投入一笔钱能收回来更多的钱，买房子正好具有这个特征。这与消费完全不同。比如，人们绝不会因为明知道苹果手机会贬值而拒绝购买苹果手机，但如果人们明知道房价将很快下跌一半的话，那是绝不会有人买房子的。既然房价很快就会下跌，人们为什么不等跌了一半以后再买呢？在那之前人们完全可以租房住，这样岂不是既不赔钱又满足了居住需求？由此可见，人们买房子的唯一动机就是房子能够带来利润，即使这套房子是婚房和第一套房。所谓"丈母娘的购房需求"，不过是丈母娘对女婿的资产增值需求罢了。假如现在的人们具备了一致性的房价下跌预期的话，那么购房需求将消失，甚至连所谓的丈母娘需求也不例外。没有哪个丈母娘希望自己的女儿嫁到一个资产即将贬值的家庭。这说明，中国的传统文化并不会阻止由经济减速导致的房价下跌。

依据上述理由，可以总结出以下传导机制：劳动报酬上涨→国民储蓄率下降→以国际收支平衡为目的的投资率下降→经济增长放缓→

第五章 中国国民储蓄率下降的金融风险

房价下跌,而房价下跌将引发严重的金融风险。这种风险包括两个方面:第一,个人住房按揭贷款风险、房地产开发商银行信贷风险、房产和土地作为贷款抵押物的风险将会集中爆发;第二,许多企业以抵押土地和房产的方式进行融资,房地产是企业的主要资产,当房地产价格下跌时,企业的净资产下降,融资能力也因此下降,结果企业被迫削减投资支出,由此引起的乘数效应将会对宏观经济产生严重的负向冲击,甚至引起经济衰退。上述第二种机制实际上是著名的清泷信宏—摩尔模型的基本思想(Kiyotaki and Moore,1997)。运用标准的IS-LM模型来分析第二种机制,它相当于对IS曲线的负向冲击,这将导致IS曲线的紧缩性移动,由此而引起国民收入的下降,即经济衰退。

中国的商业银行曾经对房地产价格下跌的后果进行过压力测试,结论是中国的银行体系基本上能够扛住房价下跌带来的冲击。但是,这种压力测试仅仅考虑了上述第一种机制,而没有考虑上述第二种机制。如果考虑上述第二种机制所描述的连锁反应和乘数效应,那么房地产价格下跌对宏观经济的负向冲击很可能远超预期。遗憾的是,目前国内无论是学术界还是商界、政界似乎都未对此种情况做好准备,清泷信宏—摩尔模型也没有得到足够的重视。

总结上两节的内容,我们可以得出以下结论:在国民储蓄率持续下降的背景下,无论投资率是否跟随储蓄率同步下跌,都将引发严重的金融风险,区别仅在于金融风险的形式不同。目前,国民储蓄率仍然较高,但一旦它出现不可遏止的持续下降,后果是不堪设想的。我们应抓住目前国民储蓄率仍然相对较高的有利时机,未雨绸缪地思考应对之策。

四、中国发生金融危机的现实可能性

下面本章要考察这样一个问题,即储蓄率下降更有可能通过哪条途径引发金融风险。前面已经指出,在中国的具体情况下,储蓄率下降引发金融风险的两条路径:一是政府坚持稳经济增长目标的情况下,由经常账户逆差引发的金融风险;二是在政府不再坚持经济增长目标的情况下,由经济减速而引发的金融风险。前者的传导机制是国民储蓄率下降→稳增长政策下投资率未能同步下降→经常账户逆差→外资流入→资本回报率下降与外资要求高回报的矛盾→催化因素引发资本外逃→金融危机;后者的传导机制是国民储蓄率下降→以国际收支平衡为目的的投资率下降→经济增长放缓→居民收入增长预期落空→房价下跌→金融危机。从这两条路径可以看出,二者关键的区别在于政府是不是坚持经济增长目标。这样就引出了一个问题,在未来国民储蓄率不断下降的情况下,政府还会不会坚持经济增长目标呢?这个判断关系到金融风险的形成机制,也关系到防范金融风险的政策取舍,所以有进一步深究的必要。

判断中国政府会不会坚持经济增长目标,实际上就是判断中国政府的目标函数。目前学术界对转型期中国政府的行为逻辑已经有了很多研究成果,普遍认为转型期的中国政府是一个"发展型政府"。所谓发展型政府,是指发展中国家在迈向现代工业社会的过程中,以推动经济发展为目标,以长期担当经济发展的主体力量为主要方式,以经济增长作为政治合法性主要来源的政府模式(郁建兴和徐越倩,

2004）。中国政府自改革开放以来一直坚持"以经济建设为中心""发展才是硬道理"，比较符合发展型政府的设定。不过，在经济发展动机上，中国的中央政府与地方政府是有区别的。郁建兴和高翔（2012）指出，中国式的发展型政府其实是一种"地方发展型政府"，即经济发展的动力主要来自地方政府，而不是中央政府。在这方面，中国的情况与同样被称为发展型政府的其他东亚国家（如日本、韩国）政府有区别，日韩等国的经济发展主要由中央政府来推动，而中国的经济发展却以地方政府为主要推动力。中国地方政府之所以热衷于经济发展，原因在于地方政府追求地方财政收益最大化，而这需要以经济增长为前提。

虽然地方发展型政府的说法非常流行，但笔者仍然要指出，实际上中国的中央政府也是一个发展型政府。原因在于，中国许多有利于经济增长而忽略民生的税收政策制定权，都掌握在中央政府手中。例如，法国经济学家皮凯蒂（2014）在其名著《21世纪资本论》中明确指出，累进性的财产税，尤其是遗产税，会大大减轻一个国家的财产不平等程度。然而中国的中央政府至今也没有征收过累进性财产税，甚至大多数税种（如房地产保有税、遗产税）都没有开征。再比如，中国的税收体系仍然以增值税、消费税等间接税为主体，而间接税具有累退性质，会恶化居民收入分配（岳希明等，2014）。中国个人所得税的占比不高、累进性不强，而且政府还向红利、财产转让等资本所得征收20%的单一低税率，不利于改善收入分配（郑新业等，2019）。上述征税权都掌握在中央政府手中，中央政府也完全有能力改变征税状况。从这里可以明显地看出中央政府对经济增长的呵护，即政府尽量避开企业所得税和个人所得税等直接税，可以避免对资本形成、劳动供给和技术进步等经济增长核心要素形成负面冲击；而各类税收缺乏累进性，以及迟迟不开征累进性财产税，则可以理解为保护私人资本的筹资和融资能力。

下面我们需要思考的问题是，中央和地方两级政府对经济增长的追求，会因为国民储蓄率的下降而改变吗？答案是很可能不会。美国社会学家 Lee（2005）指出，发展型政府的实质是倾向于将资源投向经济建设而不是民生领域。所以，民主程度的提高是发展型政府转型为服务型政府的前提条件。除民主约束机制之外，另一种约束发展型政府行为的机制是纵向问责机制。马俊（2010）就指出，中国可以走一条与西方发达国家不同的道路，即先建立现代预算制度，在将来时机成熟时再建立现代选举制度。现代预算制度有利于中央政府对地方政府进行纵向问责，控制地方政府财政资源的流向。然而，目前中国虽然已建立现代预算制度的框架，但其效果却不尽如人意。迄今为止，地方政府并未改变重视增长轻视民生的偏好。

还需要指出的是，即使中央政府纵向问责的目标是公共服务，而不是经济增长，效果可能仍然不佳。中央政府无疑可以应用任命权等要求地方政府落实中央政府意志，但正如郁建兴和高翔（2012）所指出的，它无法对地方政府的日常行为进行微观干预。这样一来，中央政府可能仍然不得不以经济增长目标来考核地方领导干部。

闫帅（2015）提出了一种可以同时约束中央和地方两级政府行为的途径。他认为，21世纪以来中国的发展型政府在转型为服务型政府方面取得了一些进展，如废止了农业税、收容遣送制度、拆迁条例、劳教制度，改革了户籍制度等，而这些进展主要是由社会公众的"呼声"来推动的。具体来说，中国的中央政府具有很强的学习能力,改变其执政理念,由经济发展的政策取向转变为公共服务的政策取向,然后再通过改变绩效考核目标的方式推动地方政府也向服务型政府转变。这样一种"回应性"的国家—社会互动模式,也可以起到与民主问责相似的作用,即可以使政府的公共政策反映社会各群体的诉求。然而,这显然不是一种理想的国家—社会互动模式。依靠公众呼声来推动政府转型,不但凸显了政府在应对公众需求上的滞后性、被动性,而且付出的经济社会代价也过大,尤其是不利于维护政府的公信力。虽然这种互动模式在客观上有一定效果,但它难以推广,不可持续,也无法从根本上改变地方政府追求经济增长目标的动机。

可以看出,上述那些可以应用于中国的国家—社会互动机制,基本上都需要中央政府的推动,并没有改变地方政府对经济增长的偏好,这实际上无法改变地方发展型政府的行为逻辑。地方政府尽管在名义上会回应中央政府的政策要求,其实际行为仍然会体现发展型政府的特征,其社会政策创新主要服务于地方经济发展特别是地方财政收益最大化的需要,而并不总是对地方公众需求的回应。

基于政治学家们的上述论证,我们可以认为,目前中国的政治—经济体制还不足以使中国政府(尤其是地方政府)放弃经济增长目标,即使在国民储蓄率下降的情况下也仍然如此。这就意味着,国民储蓄率下降通过经常账户逆差而引发金融风险的可能性较大,这条路径将是未来中国政府需要重点防范的对象。当然,政治学家们的研究也给我们提供了一个启示,即建立一个合理的国家—社会互动模式,是从根本上消除金融风险的有效方法。

五、本章结论

总结本章的内容，我们可以得出以下结论：

1. 中国绝非无金融风险的世外桃源。在国民储蓄率下降的背景下，只要政策处置不当，金融危机就有可能发生。本章指出了国民储蓄率下降引发金融危机的两条可能的途径，一是国民储蓄率下降→稳增长政策下投资率未能同步下降→经常账户逆差→外资流入→资本回报率下降与外资要求高回报的矛盾→催化因素引发资本外逃→金融危机；二是国民储蓄率下降→以国际收支平衡为目的的投资率下降→经济增长放缓→居民收入增长预期落空→房价下跌→金融危机。上述两种形式的金融危机，在国际上都有发生的先例。中国目前的政治—经济体制和经济实力，并不足以完全阻断这两种形式的危机传导机制。

2. 中国防范金融风险的两难选择。根据本章的论证，在当前的政治—经济体制下，中国地方政府难以放弃经济增长目标，这意味着上述第一种形式的金融危机，即国民储蓄率下降导致经常账户逆差，进而引发金融危机的可能性较大。问题在于，如果政府试图避免第一种形式的金融危机，那么就不得不放弃经济增长目标，不得不接受经济继续减速的结果，而这又会引发上述第二种形式的金融危机。面对两难选择，中国的金融危机是否不可避免了呢？答案是否定的。

第六章 国民储蓄率下降、外债杠杆率与金融危机

数十年来，世界各国发生了多次金融危机，而这些危机在很大程度上与储蓄率下降有关。本章利用跨国数据对国民储蓄率下降、（经常账户逆差造成的）外债杠杆率与金融危机之间的关系进行了实证分析，其结果可以为中国防范金融风险提供借鉴。

一、引　言

国际经验表明，低储蓄率与高杠杆率的组合与发生金融危机的概率有密切关系。例如，20世纪90年代以来日本经济的持续衰退，就伴随着日本国民储蓄率的下降（牟晓伟和张宇，2012）；美国在2008年次贷危机爆发的前后恰好处于有统计以来的国民储蓄率最低点，冰岛爆发金融危机时的国民储蓄率仅为3%，而与之经济发展模式相似但却没有爆发金融危机的瑞典、丹麦和挪威等北欧国家，国民储蓄率均在30%以上（刘哲希等，2019）。跨国计量研究的文献也发现，在高杠杆状态下，国民储蓄率越低，发生金融危机的概率越大（刘哲希

等，2019）；相反，假如国民储蓄率足够高的话，即使杠杆率较高，也不易发生经济衰退（刘晓光等，2018）。目前，中国也出现了国民储蓄率下降和高杠杆率并存的情况，这是否也会提高爆发金融危机的概率，已成为不容忽视的问题。因此，国民储蓄率下降对一国宏观经济稳定的影响及其作用机制，不仅是一个重要的理论问题，更成为一个重大的现实问题。

几乎所有的经济增长模型都强调了储蓄对经济增长的正面作用，这意味着国民储蓄率下降不利于经济增长。然而，这些模型并不能解释国民储蓄率下降与金融危机的关系。已有文献在研究国民储蓄率下降如何导致金融危机或经济衰退时，一般都从杠杆率与国民储蓄率相互影响的角度来解释。刘晓光等（2018）认为，一个经济体的国民储蓄率越高，杠杆率的上升越可能是缘于高储蓄支撑的投资增长，故其所带来的经济增长效应也越高，同时由债务风险引发经济衰退的概率越低；反之，低储蓄率会提高杠杆率上升引发经济衰退的概率。刘哲希等（2019）指出，国民储蓄率下降会促使家庭将更多的资金配置到金融资产投资领域，从而推动资产泡沫规模的扩大。伴随着资产泡沫的不断膨胀，资产泡沫的破裂概率会越来越大，当到达一定临界点时，会出现投资家庭不持有资产泡沫的效用高于持有资产泡沫效用的情况，从而出现金融资产的大规模抛售，进而导致资产泡沫破裂，引发金融危机。值得注意的是，这两项研究考虑的都是包含内债和外债的总杠杆率，没有考察低储蓄率与高内债杠杆率同时出现时，或低储蓄率与高外债杠杆率同时出现时，发生金融危机的概率会不会有所不同，而这有可能是解决问题的关键。根据国民收入核算恒等式，如果一国的国民储蓄率下降至低于投资率的水平，该国将会产生经常账户逆差，这必

<<< 第六章 国民储蓄率下降、外债杠杆率与金融危机

须由外资流入来弥补,由此外债杠杆率会上升。已有文献表明,经常账户逆差引发金融危机的概率非常大。根据 Reinhart 和 Rogoff（2014）提供的数据,在 95 个数据齐全的爆发金融危机的国家中,100% 都出现了经常账户逆差;而在 59 个出现持续经常账户逆差的国家中,有 54 个国家爆发了金融危机,危机发生概率高达 91.5%。这说明,低储蓄率与高外债杠杆率的结合,有可能大大增加发生危机的概率。相反,由于国内债务有更多的解决办法,甚至可以通过增发特别国债和温和通货膨胀的方式化解债务压力,当低储蓄率与高内债杠杆率并存时,发生危机的概率可能会小得多。这也是日本公共部门债务率远高于欧元区国家,但主权债务危机却在欧洲率先爆发的原因之一。

基于以上讨论,我们可以看出,国民储蓄率下降引发金融危机的可能性及其作用机制,仍然是一个有待检验的实证问题。然而,这方面的经验证据严重不足。有鉴于此,本章建立了高外债杠杆率背景下国民储蓄率下降导致金融危机的理论框架,在此基础上,提出了解释国民储蓄率与金融危机之间关系的三个假说,并利用跨国面板数据进行了实证分析。结果表明,高内债杠杆率条件下的国民储蓄率下降,对引发金融危机的概率并没有显著不利影响;而高外债杠杆率条件下的国民储蓄率下降,则大大提高了发生金融危机的概率,尤其是在发展中国家,这种情况更加明显。这个结论不仅有助于深化对中国高杠杆率及其后果的认识,而且对中国结构性去杠杆进程中宏观政策的制定也具有一定的借鉴意义。

本章可能的贡献有以下三点:第一,有助于从更细化的视角丰富和拓展国民储蓄率与金融危机之间关系的研究。虽然国际证据表明低储蓄率与外债杠杆率的结合更容易引发金融危机,但现有文献并没有

关注这个问题，本章考察了国民储蓄率下降、外债杠杆率与金融危机的关系，丰富和拓展了相关的研究领域。第二，有助于丰富和拓展杠杆率及其后果的相关研究。有关杠杆率及其影响的文献非常丰富，但现有文献并没有关注内债杠杆率和外债杠杆率及其后果的区别。本章从国民储蓄率下降的角度，揭示了高内债杠杆率与高外债杠杆率将引起截然不同的后果，可以丰富和拓展杠杆率的相关研究。第三，有助于从理论上澄清发达国家与发展中国家高外债杠杆率的不同后果。本章的理论框架区分了高外债杠杆率条件下，国民储蓄率下降引发金融危机的不同渠道，从理论机制上解释了为何国民储蓄率下降引发的金融危机大多发生在发展中国家，这对于我国制定防止金融风险的相关政策有一定参考价值。

二、文献综述和理论假说

（一）文献综述

由于杠杆率在解释国民储蓄率下降与金融危机的关系中扮演了重要角色，从杠杆率出发已经成为理解国民储蓄率下降的重要切入点。经济学中的杠杆率有微观杠杆率和宏观杠杆率、实体经济杠杆率和金融部门杠杆率之分。本章所指的杠杆率，是指宏观杠杆率和实体经济杠杆率。学术界对杠杆率与金融危机或经济衰退的关系提出了多种解释。Mckinnon（1973）和 Shaw（1973）提出的金融深化理论认为，金融发展和金融深化对经济增长有积极作用，人为的金融压制反而会造成经济落后。相反，Fisher（1933）提出的债务—通货紧缩理论指出，杠杆率上升会阻碍经济增长，特别是当债务积累到一定程度，可能导致经济体陷入"债务—通货紧缩"的恶性循环，引发经济衰退。Minsky（1994）提出的金融不稳定假说进一步认为，当市场主体的风险偏好上升时，投机性融资和庞氏融资比重提高，此时若出现风险偏好逆转和资产价格暴跌，就会触发债务—通货紧缩机制。Bernanke et al.（1999）的金融加速器假说也指出，在信息不对称情况下，一旦触发债务—通货紧缩机制，企业经营状况的恶化将导致中介放贷意愿下降和风险溢价提高，从而加剧衰退。

然而，上述经典文献都没有涉及国民储蓄率问题。在国民储蓄率与金融危机的关系上，现有文献大多关注的是金融危机对国民储蓄率的影响（Kim，2001；Aizenman 和 Noy，2015），或者发展中国家的高储蓄率对全球经济失衡的影响（殷剑峰，2013；Caballero et al. 2008；Ito 和 Chinn，2007；Chinn et al. 2013；Makin，2019）。目前，只有少数国内学者注意到了国民储蓄率通过杠杆率引发金融危机的现象。纪敏等（2017）指出，如果宏观杠杆率的上升来源于高储蓄支撑的投资增长，就会促进经济增长；反之若宏观杠杆率上升来自居民过度消费和高福利政策下的债务膨胀，就会引发债务风险。刘晓光等（2018）和刘哲希等（2019）的实证研究都发现，低储蓄率条件下的杠杆率上升更易于引发金融危机和经济衰退。然而，这几篇文献都没有考虑低储蓄率条件下的内债和外债杠杆率与金融危机的关系，因此无法对"防风险"过程中如何准确去杠杆提供更细化的理性判断。本章区分了这两种杠杆率，探讨国民储蓄率下降条件下内债和外债杠杆率引发金融危机的理论机制和经验证据，这可以为制定"防风险"的相关政策提供依据。

(二) 理论假说

在开放经济条件下,一个国家的资本积累既可以来源于国内储蓄,也可以来源于国际借贷。根据国民收入核算恒等式,储蓄=投资+净出口,可以知道在开放经济条件下,一个国家的投资并不一定等于本国储蓄。当储蓄大于投资时,该国存在贸易顺差(资本净流出);反之,当储蓄小于投资时,该国存在贸易逆差(资本净流入)。因此,对于国民储蓄率较低的国家来说,可以通过举借外债的方式获取本国发展所需要的投资。宏观杠杆率是内债和外债的总和与 GDP 的比例,该比例在很大程度上取决于国民储蓄率。用公式表示,宏观杠杆率 = 总债务/GDP = (总债务/总储蓄) × (总储蓄/GDP),定义国民储蓄率 = 总储蓄/GDP,可以得到:

$$\Delta 宏观杠杆率 = \Delta (总债务/总储蓄) + \Delta 国民储蓄率$$

式 (6.1)

可见,在既定的债务储蓄比例下,国民储蓄率的下降必然意味着宏观杠杆率的下降。如果把式(6.1)中的总债务置换为内债和外债,则可以分别得到:

$$\Delta 内债杠杆率 = \Delta (内债总规模/总储蓄) + \Delta 国民储蓄率$$

式 (6.2)

$$\Delta 外债杠杆率 = \Delta (外债总规模/总储蓄) + \Delta 国民储蓄率$$

式 (6.3)

也就是说,国民储蓄率的下降分别意味着内债杠杆率和外债杠杆率的下降。若要保持宏观杠杆率不变，需要使债务储蓄比例上升，然而这种情况意味着债务风险的累积。笔者假定本国政府将努力保持债务储蓄比例的稳定，不会允许债务风险累积。由此得出的结论是，国民储蓄率的下降，客观上要求一个宏观经济去杠杆的过程。然而，去杠杆过程是有可能引发金融风险的。纪敏等（2017）指出，如果人均债务的下降速度高于宏观杠杆率下降的下降速度，将会引起经济衰退。用公式表示，宏观杠杆率 = 总债务/GDP =（总债务/劳动力数量）×（劳动力数量/GDP），可以得到 Δ 宏观杠杆率 = Δ（总债务/劳动力数量）- Δ（GDP/劳动力数量），这意味着下式成立：

名义人均 GDP 增速 = 人均债务增速 - 宏观杠杆率增速

式（6.4）

根据式（6.4），在国民储蓄率下降导致的去杠杆过程中，必须保持人均债务下降速度不高于宏观杠杆率下降速度，否则将出现经济衰退。然而，内债杠杆率和外债杠杆率的不同特征，导致了在高外债杠杆率背景下，满足上述条件的难度比高内债杠杆率背景下更大。内债杠杆率与外债杠杆率的一个关键性区别，就是政府对债务—通货紧缩过程的调控能力不同。如果式（6.4）中的人均债务下降速度高于宏观杠杆率下降速度，那就意味着去杠杆过程将会迫使债务人大规模清偿债务，这将会触发债务—通货紧缩机制，造成企业亏损、破产和经济衰退。不过，如果去杠杆仅限于内债杠杆率的下降，本国政府就可以通过实施扩张性货币政策，增加债务人手中的流动性，使其偿债能力增强而免予破产，从而阻止上述债务—通货紧缩过程。相反，如果去杠杆意味着外债杠杆率的下降，那么仅靠货币政策可能无济于事，因为国际债权人要求用国际认可的资产或外汇储备来清偿债务，而这些东西并不能通过本国的扩张性货币政策创造出来。也就是说，如果国民储蓄率下降引起的是外债杠杆率下降，则本国政府对此的调控能力要比内债杠杆率下降时更弱。这意味着，与高内债杠杆率条件下相比，高外债杠杆率条件下的国民储蓄率下降更容易触发债务—通货紧缩机制，导致经济衰退。由此可以推断，在高外债杠杆率背景下，国民储蓄率下降引发经济衰退的概率相对较大。基于上述论证，可以提出储蓄率与系统性金融风险之间关系的第一个假说。

假说1：高内债杠杆率下，国民储蓄率下降引发系统性金融风险的概率较低；高外债杠杆率下，国民储蓄率下降引发系统性金融风险的概率较高。

不但内债和外债杠杆率条件下储蓄率下降的效果有所不同，发达国家与发展中国家的储蓄率下降也有不同的效果。发展中国家政府热衷于追求经济增长目标，而这又要求足够高的投资率来支撑。在这种情况下，当这些国家的储蓄率出现下降时，投资率难以跟随下降，从而使储蓄率低于投资率而产生经常账户逆差。而经常账户逆差需要以国际资本流入来弥补，这使得外债杠杆率上升。对发展中国家来说，持续性经常账户逆差会带来系统性金融风险，这是由于以下几个原因：（1）发展中国家普遍实行固定汇率制度，经常账户逆差会增加投机者对本币发动攻击的可能；（2）经常账户逆差会造成外汇储备缩减，削弱了本国央行调节外汇市场的能力；（3）上述两个因素的积累会导致国际投资者对本国经济信心崩溃，在危机发生时出现资本流入的突然停止或资本外逃，从而导致金融危机的发生。简单来说，发展中国家经常项目逆差引发系统性金融风险的起点体现为逆差导致的国际资本流入。

第六章 国民储蓄率下降、外债杠杆率与金融危机

对发达国家来说,国民储蓄率下降引发系统性金融风险的机制与发展中国家有所不同。发达国家已经实现了工业化,普遍不热衷于经济增长目标,经济增长速度和投资率都较低,但由于高福利社会的影响,这些国家的国民储蓄率可能会比投资率更低,这也会造成经常账户逆差和外债杠杆率上升。发达国家的持续性经常账户逆差也会造成系统性金融风险,这是由于以下几个原因:(1)发达国家普遍通过发达的金融市场来吸引资本流入以弥补经常账户逆差,但这需要足够的经济增长来偿付外债。如果发达国家经济增长乏力,就会使国际投资者对本国经济信心下降,使其抛售该国金融资产,引发经济危机。(2)发达国家普遍社会福利水平高,而且具有不易下降的刚性,如果出现经济增长乏力现象,政府就不得不用负债来维持高福利,给财政带来巨大再融资压力,这也会降低国际投资者对本国经济的信心,最终引发金融危机。可见,国际资本流入也是发达国家产生系统性金融风险的起点,而经济增长乏力则是引发系统性金融风险的重要推动力。

需要指出的是,经济增长乏力现象不仅存在于发达国家,也存在于发展中国家。但发展中国家的经济长期低迷不易引发金融危机。原因是发展中国家的低经济增长速度意味着低投资率,而此类国家社会福利水平也较低,不存在高社会福利导致低储蓄率的现象。所以,发展中国家的经济增长乏力只会导致低投资率,从逻辑上说,这并不会造成持续性的经常账户逆差。发展中国家的历史也证明了这一点,无论是拉丁美洲的债务危机还是东南亚金融危机,其发生之前都是高速经济增长时期,而不是经济长期低迷时期。

可见,在高外债杠杆率和低储蓄率并存的情况下,有些因素会增加系统性金融风险的发生概率,但这些因素在发达国家和发展中国家

是不相同的，为此可以提出以下假说。

假说2：在国民储蓄率下降的情况下，国际资本流入同时增加了发展中经济体和发达经济体发生系统性金融风险的概率，而经济增长乏力只增加了发达经济体发生系统性金融风险的概率。

从上述讨论还可以看出，高外债杠杆率在发达国家和发展中国家也会造成不同的结果，而这一点在现有文献中还没有得到足够的重视。笔者认为，高外债杠杆率引致发展中国家系统性金融风险的概率，应高于发达国家，原因在于以下几点：（1）发达国家经济实力雄厚，金融市场发达，大多可以用风险较小的权益型融资方式吸引外资流入；而发展中国家只能通过债务型融资方式弥补经常账户逆差，不但风险较大，而且融资成本较高。（2）发达国家经济普遍实行浮动汇率制度，该制度减少了国际游资投机的空间；而发展中国家普遍实行固定汇率制度，在经常账户持续逆差的情况下，该制度会带来货币贬值的巨大压力。（3）发达国家拥有大量境外投资，当发生系统性金融风险时可以将境外资本调回本国弥补经常账户逆差；而发展中国家经济实力弱，没有太多的境外资金可用于救急。（4）发达国家的货币多为币值坚挺的"强"货币，币值的稳定使其在偿还外债时不存在货币兑换风险；相比之下，发展中国家货币贬值的风险较大，本币贬值时以外币计量的债务会加大本国债务负担。

上述因素都意味着，发达国家的高外债杠杆率更不易引发系统性金融风险。因此，可以提出第三个假说。

假说3：高外债杠杆率引致发展中经济体系统性金融风险的概率比发达经济体更高。

<<< 第六章　国民储蓄率下降、外债杠杆率与金融危机

三、国民储蓄率下降与系统性金融风险：研究设计

（一）计量模型构建

为了验证假说1，本章首先设定了基准模型，用于考察当外债杠杆率与内债杠杆率较高时，国民储蓄率的下降对于系统性金融风险发生概率的影响。基于数据的可获得性，采用1970—2019年36个国家的面板数据，构建以下计量模型①：

$$Crisis_{it} = \beta_0 + \beta_1 s_{it} + \beta_2 debt_{it} + \beta_3 s_{it} \cdot debt_{it} + \beta_4 X_{it} + \mu_i + \lambda_t + \varepsilon_{it}$$
(6.5)

其中，$Crisis_{it}$为i国在t年是否发生了系统性金融风险的虚拟变量，借鉴现有文献的做法，本文选取金融危机作为系统性金融风险的代理变量（陈雨露和马勇，2013）。当发生金融危机时，$Crisis_{it}=1$，否则为0。s_{it}表示i国在t年的国民储蓄率，$debt_{it}$为i国在t年的杠杆率。在下文的回归中，本文根据研究目的，将杠杆率分别设定为外债杠杆率与内债杠杆。X_{it}表示一系列的控制变量，主要包括：人口增长、经济增长、固定资本形成增长、居民消费增长、广义货币增长、股票市场交易与通货膨胀等情况。μ_i和λ_t分别表示个体效应和时间效应。上述模型的重点在于观察β_3系数的符号和显著性，若该系数是统计显著的，

---

① 为避免新冠疫情冲击影响本章计算结果的准确性，本章实证分析部门采用1970—2019年的数据进行检验。

则储蓄率对系统性金融风险发生概率的影响将依赖于杠杆率的高低。

为了验证假说2和假说3，本章在基准模型的基础上进行了一定程度的改进。在验证假说2时，将杠杆率替换为需要检验的影响渠道代理变量，以分别检验当国民储蓄率下降时，发达经济体和发展中经济体的不同特征是通过何种渠道影响了系统性金融风险的发生概率。而在检验假说3时，将$debt_{it}$设定为外债杠杆率，将国民储蓄率替换为发展中经济体虚拟变量，用于检验经济体发展程度不同的情况下高外债杠杆率的影响。

（二）指标选取与数据说明

本章所使用的金融危机数据来源于哈佛大学商学院所建立的Behavioral Finance & Financial Stability 数据库，该数据库整理了70个国家和地区1800—2019年发生的不同类型危机情况。在基准回归中，本章采用该数据库中银行危机（Banking Crisis）的数据表示金融危机。

本章的主要解释变量为国民储蓄率与杠杆率，国民储蓄率使用总储蓄占GDP的百分比表示。笔者将杠杆率分为外债杠杆率与内债杠杆率。其中，外债杠杆率采用的指标是世界银行金融结构数据库（Financial Structure Database）中的国际债务与GDP之比，内债杠杆率采用的指标是私营部门的国内信贷与GDP之比。

在控制变量中，本章采用人口增长率表示各国的人口增长，GDP增长率表示经济增长，固定资本形成总额年增长率表示固定资本形成增长，居民最终消费支出年增长率表示居民消费增长。在金融发展方面，主要控制了广义货币与股票市场两方面的影响，其中使用广义货

第六章 国民储蓄率下降、外债杠杆率与金融危机

币增长表示广义货币的变化,使用股票市场周转率表示股票市场的活跃程度。此外,还使用按 GDP 平减指数衡量的通货膨胀对经济周期进行了控制。如无特别说明,本章所使用的数据均来源于世界银行 WDI 和 FSD 数据库。表 6-1 为本章所用变量的描述性统计,由于数据可得性的问题,不同指标间的观测值存在较大差异。

表 6-1 变量的描述性统计

变量	含义	观测值	平均值	标准差	最小值	最大值
Bacrisis	金融危机	3735	0.139	0.346	0	1
Saving	国民储蓄率(%)	6909	22.532	13.995	−236.266	372.989
Fdebt	外债杠杆率(%)	2809	19.428	31.035	0.030	380.811
Ddebt	内债杠杆率(%)	8550	41.589	39.278	0.008	308.978
Peopgrow	人口增长率(%)	15666	1.787	1.555	−10.955	28.060
Consume	居民最终消费支出年增长率(%)	7915	3.914	6.695	−45.928	100.988
Fixcapital	固定资本形成总额年增长率(%)	7258	5.629	32.329	−294.162	2357.678
Developing	发展中国家虚拟变量	15898	0.853	0.354	0	1
M_2grow	广义货币增长率(%)	7592	30.378	246.156	−99.864	12513.140
Stockturn	股票市场周转率(%)	2795	42.585	70.268	0.009	1732.287
Gdpinfl	通货膨胀率(%)	11805	26.199	371.081	−98.704	26765.860
Gdpgrow	GDP 增长率(%)	11891	3.844	5.696	−64.047	149.973
Fdi	外资净流入/GDP	10076	0.050	0.420	−0.583	18.466

151

四、国民储蓄率下降与系统性金融风险：实证结果

（一）基准回归及其稳健性检验

考虑到反向因果所导致的内生性问题，本章在所有的回归中，均采用将主要解释变量滞后一期的做法进行回归。由于所有回归中均涉及交互项的使用，为了减少多重共线性的影响，均对主要解释变量进行了中心化处理。考虑到极端值对回归结果的影响，对所有解释变量都进行了上下1%的缩尾处理。此外，为了在一定程度上证明本章回归结果的稳健性，在下文中，均同时使用 probit 方法与 Logit 方法进行回归，并均控制了个体效应和时间效应。

如表2所示，第（1）、（2）列考察了外债杠杆率、国民储蓄率对系统性金融风险发生概率的影响。第（1）列结果显示，国民储蓄率的回归系数在5%的置信水平上显著为负，这表明储蓄率的下降将会带来系统性金融风险发生概率的上升，这是国民储蓄率的主效应。同时，国民储蓄率与外债杠杆率交互项的系数符号在10%置信水平上显著为负，这表明国民储蓄率对系统性金融风险发生概率的影响依赖于外债杠杆率的高低。当外债杠杆率较高时，国民储蓄率下降对系统性金融风险发生概率的边际效应也相对较高，即国民储蓄率下降提升了发生系统性金融风险的概率。第（2）列为采用 Logit 模型进行回归的稳健性检验，结果与第（1）列一致。

<<< 第六章 国民储蓄率下降、外债杠杆率与金融危机

第（3）、（4）列考察了内债杠杆率、国民储蓄率对系统性金融风险发生概率的影响。观察第（3）列的回归结果，可以发现，内债杠杆率与国民储蓄率交互项的系数接近于 0，而且并不显著，这表明国民储蓄率下降对系统性金融风险的影响，并不依赖内债杠杆率水平的高低。第（4）列为采用 Logit 模型的检验结果，其与第（3）列的回归结果保持一致。上述结果表明，当内债杠杆率较高时，国民储蓄率的下降不会引发系统性金融风险产生概率的进一步提升；而当外债杠杆率较高时，国民储蓄率的下降将显著提高系统性金融风险的发生概率，从而验证了本章的假说 1。

表 6-2 基准回归结果

变量	(1) 外债杠杆率 Probit Bacrisis	(2) 外债杠杆率 Logit Bacrisis	(3) 内债杠杆率 Probit Bacrisis	(4) 内债杠杆率 Logit Bacrisis
L. saving	−0.042** (−2.385)	−0.071** (−1.980)	0.015 (1.004)	0.027 (0.892)
L. fdebt	0.077*** (8.543)	0.136*** (7.705)		
L. saving_ fdebt	−0.001* (−1.878)	−0.002* (−1.752)		
L. ddebt			0.017*** (5.303)	0.029*** (4.941)
L. saving_ ddebt			−0.000 (−0.550)	−0.000 (−0.508)
Peopgrow	0.436** (2.259)	0.801* (1.914)	1.031*** (5.118)	1.923*** (4.652)

153

续表

变量	(1) 外债杠杆率 Probit Bacrisis	(2) 外债杠杆率 Logit Bacrisis	(3) 内债杠杆率 Probit Bacrisis	(4) 内债杠杆率 Logit Bacrisis
Gdpgrow	−0.048 (−1.261)	−0.074 (−0.967)	−0.025 (−0.688)	−0.047 (−0.673)
M_2grow	−0.017** (−2.521)	−0.031** (−2.104)	−0.037*** (−4.001)	−0.066*** (−3.667)
Stockturn	0.004* (1.787)	0.006 (1.424)	0.003 (1.302)	0.005 (1.231)
Gdpinfl	0.010* (1.752)	0.019 (1.569)	0.025*** (3.356)	0.046*** (3.131)
Consume	−0.030 (−1.080)	−0.061 (−0.968)	−0.032 (−1.265)	−0.053 (−1.059)
Fixcapital	−0.028*** (−2.728)	−0.051** (−2.506)	−0.014 (−1.391)	−0.035* (−1.783)
常数项	−0.727 (−1.103)	−1.324 (−1.017)	−1.629** (−2.115)	−2.719* (−1.960)
个体效应	是	是	是	是
时间效应	是	是	是	是
N	786	786	724	724
R^2	0.408	0.408	0.342	0.349

注：括号中的数据为稳健标准误，***、**与*分别表示1%、5%与10%的显著性水平。

刘哲希等（2019）认为，在杠杆率高企的情况下，贸然降低国民储蓄率会加大中国经济面临的金融风险，并建议高度警惕近年来中国国民储蓄率快速下滑的现象。而本章的回归结果却发现，只有在外债杠杆率高企的情况下，国民储蓄率下降才会提高发生系统性金融风险的概率；而在内债杠杆率高企的情况下，国民储蓄率下降并不会加大一国经济面临的金融风险。在当前中国外债杠杆率还较低的情况下，并不需要对中国国民储蓄率的下降过分紧张，相反，应警惕中国外债杠杆率上升所隐含的金融风险。

（二）进一步研究：影响机制检验

接下来，本章采用双向固定效应模型对假说2进行了检验。其中，发达经济体的界定标准来自2019年国际货币基金组织公布的《世界经济展望》。首先，检验了经济增长乏力将增加发达经济体发生系统性金融风险的概率这一假说。与基准模型类似，引入了国民储蓄率与经济增长的交互项这一变量进行回归，回归结果如表6-3第（1）列所示。虽然第（1）列中国民储蓄率的回归系数此时并不显著，但是只要交互项的作用显著，仍然可以说明国民储蓄率对系统性金融风险的发生概率具有明显的影响效应，只不过其效应的产生依赖于经济增长率的不同水平。由表6-3可见，第（1）列中国民储蓄率与经济增长交互项的回归系数在5%的置信水平上显著为正，说明高速经济增长降低了国民储蓄率下降引发系统性金融风险的概率；相反，经济增长乏力将会提高国民储蓄率下降引发系统性金融风险的概率。第（2）列为使用Logit模型的回归结果，其主要解释变量的系数以及显著性与第（1）列保持一致。综合上述检验结果，经济增长乏力增加了发达经济体发生系统性金融风险的概率。

表6-3 影响机制检验的回归结果

变量	(1)	(2)	(3)	(4)	(5)	(6)	(7)	(8)
	发达经济体				发展中经济体			
	经济增长渠道		外资净流入渠道		经济增长渠道		外资净流入渠道	
	Probit	Logit	Probit	Logit	Probit	Logit	Probit	Logit
	Bacrisis	Bacrisis	Bacrisis	Bacrisis	Bacrisis	Bacrisis	Bacrisis	Bacrisis
L.saving	−0.036	−0.050	−0.068**	−0.115*	0.032**	0.068**	−0.003	−0.001
	(−1.133)	(−0.709)	(−2.018)	(−1.796)	(2.128)	(2.313)	(−0.156)	(−0.028)
L.gdpgrow	−0.187***	−0.350***			−0.108***	−0.191***		
	(−2.982)	(−2.682)			(−4.540)	(−4.124)		
L.saving_gdpgrow	0.011**	0.020**			−0.001	−0.001		
	(2.516)	(2.267)			(−0.353)	(−0.322)		
L.fdi			4.255	9.199			−3.326	−6.831
			(0.907)	(0.988)			(−1.265)	(−1.508)
L.saving_fdi			−0.617*	−1.212*			−0.893**	−1.608**
			(−1.715)	(−1.653)			(−2.015)	(−2.023)

<<< 第六章 国民储蓄率下降、外债杠杆率与金融危机

续表

变量	(1) 经济增长渠道 发达经济体 Probit Bacrisis	(2) Logit Bacrisis	(3) 外资净流入渠道 Probit Bacrisis	(4) Logit Bacrisis	(5) 经济增长渠道 发展中经济体 Probit Bacrisis	(6) Logit Bacrisis	(7) 外资净流入渠道 Probit Bacrisis	(8) Logit Bacrisis
Peopgrow	2.029*** (4.509)	3.583*** (4.108)	1.587*** (4.118)	2.861*** (3.463)	2.756*** (4.946)	5.811*** (4.368)	2.833*** (5.173)	5.861*** (4.570)
M_2grow	−0.030* (−1.893)	−0.053 (−1.534)	−0.036* (−1.955)	−0.071 (−1.543)	−0.015** (−2.178)	−0.026** (−1.982)	−0.014** (−2.216)	−0.023* (−1.928)
Stockturn	0.018*** (4.092)	0.031*** (3.592)	0.017*** (3.519)	0.030*** (3.032)	−0.004* (−1.804)	−0.008* (−1.931)	−0.004* (−1.741)	−0.008* (−1.851)
Gdpinfl	−0.062 (−1.252)	−0.115 (−1.146)	−0.053 (−1.055)	−0.106 (−1.012)	0.012** (2.244)	0.022** (2.150)	0.014** (2.544)	0.023** (2.326)
Consume	−0.103* (−1.723)	−0.165 (−1.581)	−0.128 (−1.597)	−0.221 (−1.458)	−0.052** (−2.429)	−0.094** (−2.201)	−0.032 (−1.310)	−0.055 (−1.207)
Fixcapital	−0.079*** (−3.108)	−0.145*** (−2.849)	−0.088*** (−2.987)	−0.160*** (−2.691)	−0.010 (−1.260)	−0.019 (−1.317)	0.005 (0.539)	0.003 (0.200)

157

续表

变量	(1)	(2)	(3)	(4)	(5)	(6)	(7)	(8)
	发达经济体				发展中经济体			
	经济增长渠道		外资净流入渠道		经济增长渠道		外资净流入渠道	
	Probit	Logit	Probit	Logit	Probit	Logit	Probit	Logit
	Bacrisis	Bacrisis	Bacrisis	Bacrisis	Bacrisis	Bacrisis	Bacrisis	Bacrisis
Gdpgrow	1.404 (0.984)	2.247 (0.718)	0.053 (0.499)	0.110 (0.536)			-0.091^{**} (-2.541)	-0.158^{**} (-2.467)
常数项			2.290^{*} (1.708)	4.294 (1.584)	-2.152^{**} (-2.201)	-5.512^{**} (-2.395)	-1.665 (-1.592)	-4.503^{*} (-1.856)
个体效应	是	是	是	是	是	是	是	是
时间效应	是	是	是	是	是	是	是	是
N	245	245	245	245	583	583	582	582
R^2	0.415	0.416	0.389	0.390	0.378	0.391	0.360	0.375

注：括号中的数据为稳健标准误差，***、**与*分别表示1%、5%与10%的显著性水平。

<<< 第六章 国民储蓄率下降、外债杠杆率与金融危机

然后,对国际资本净流入这一渠道进行了检验。表6-3中的第(3)、(4)列显示了发达经济体外资净流入渠道的检验结果,从中可以看出,外资净流入与国民储蓄率交互项的回归系数显著为负,即随着外资净流入的增加,国民储蓄率下降引发系统性金融风险的概率将会提高。

依据同样的思路,对发展中经济体的经济增长渠道和外资净流入渠道进行了检验。与发达经济体不同的是,表6-3第(5)、(6)列交互项的回归系数并不显著,这表明,发展中经济体国民储蓄率下降对金融危机发生概率的影响,与经济增长乏力关系不大。表6-3第(7)、(8)交互项的系数显著为负,说明当储蓄率下降时,外资净流入的增加也提高了发展中经济体发生系统性金融风险的概率。上述回归结果证明了假说2,即在国民储蓄率下降的情况下,国际资本流入同时增加了发展中经济体和发达经济体发生系统性金融风险的概率,而经济增长乏力只增加了发达经济体发生系统性金融风险的概率。

(三) 进一步研究:外债杠杆率的作用

为了验证假说3,将基准回归模型中的国民储蓄率替换为发展中经济体虚拟变量,即如果该经济体为发展中经济体,则定义为1,如果该经济体为发达经济体,则定义0,从而考察高外债杠杆率下,外债杠杆率对发展中经济体和发达经济体系统性金融风险发生概率的不同影响。

回归结果如表6-4所示,其中第(1)列表明,外债杠杆率的回归系数显著为正,即外债杠杆率上升显著提高了金融危机的发生概率;外债杠杆率与发展中经济体虚拟变量的交互项显著为正。这说明,在其他条件相同时,外债杠杆率上升在发展中经济体引发系统性金融

风险的概率更高,从而验证了假说 3。这个结果意味着,刘晓光等（2018）关于外债杠杆率上升与经济衰退概率正相关的结论过于笼统,实际上这个结论可能只适合于发展中国家。第（2）列为使用 Logit 估计方法的稳健性检验,第（3）、（4）列为使用系统性危机衡量系统性金融风险的稳健性检验,回归结果均与第（1）列保持一致。

表 6-4 外债杠杆率对不同经济体金融危机发生概率的影响

变量	（1）Probit Bacrisis	（2）Logit Bacrisis	（3）Probit Sycrisis	（4）Logit Sycrisis
L. fdebt	0.103*** (7.207)	0.193*** (6.478)	0.067*** (5.735)	0.128*** (5.155)
L. developing	0.648 (1.186)	1.428 (1.300)	1.435* (1.802)	2.892* (1.711)
L. fdebt_developing	0.059*** (3.690)	0.116*** (3.662)	0.043*** (3.099)	0.085*** (3.093)
Peopgrow	0.388** (2.232)	0.639* (1.787)	0.493* (1.845)	0.864* (1.747)
Gdpgrowth	-0.079** (-2.090)	-0.145* (-1.769)	-0.049 (-1.249)	-0.081 (-1.105)
M_2grow	-0.013** (-2.296)	-0.023** (-1.982)	-0.017*** (-2.639)	-0.031** (-2.356)
Stockturn	0.005** (2.280)	0.009* (1.865)	0.007*** (3.184)	0.013*** (3.180)
Gdpinfl	0.008 (1.473)	0.015 (1.383)	0.011* (1.951)	0.020* (1.744)
Consume	-0.030 (-1.052)	-0.066 (-0.996)	-0.023 (-0.833)	-0.059 (-0.952)

续表

变量	(1) Probit Bacrisis	(2) Logit Bacrisis	(3) Probit Sycrisis	(4) Logit Sycrisis
Fixcapital	-0.031*** (-2.939)	-0.055** (-2.546)	-0.028** (-2.554)	-0.048** (-2.300)
常数项	-2.336*** (-3.666)	-4.388*** (-3.196)	-3.276*** (-4.847)	-5.994*** (-4.395)
N	838	838	586	586
R^2	0.404	0.407	0.353	0.353

注：括号中的数据为稳健标准误，***、**与*分别表示1%、5%与10%的显著性水平。

五、本章结论

已有文献提供的证据表明，低储蓄率与高杠杆率的组合容易引发系统性金融风险，但其中的作用机制和异质性问题仍然缺乏足够的研究。本章理论和实证分析，分别研究了高外债杠杆率与高内债杠杆率情况下，国民储蓄率下降对系统性金融风险发生概率的影响。结果发现：①当外债杠杆率较高时，国民储蓄率的下降将会显著提高系统性金融风险发生的概率；而当内债杠杆率较高时，国民储蓄率的下降不会提高系统性金融风险发生的概率。②对于发达经济体，当国民储蓄率下降时，经济增长乏力和国际资本流入都提高了系统性金融风险的发生概率；对于发展中经济体，当国民储蓄率下降时，国际资本流入提高了系统性金融风险的发生概率。③高外债杠杆率引致发展中国家系统性金融风险的概率比发达国家更高。

基于证据的上述结论，对中国类似情况下的宏观政策制定提供了启示。中国目前还是一个发展中国家，同时也出现了国民储蓄率下降的情况，这意味着需要警惕国民储蓄率下降隐含的金融风险，并进行必要的政策应对。基于本章的研究结果，得出以下几点政策建议：①正确认识中国当前杠杆率高企和国民储蓄率下降的现象。中国虽然近年来的宏观杠杆率不断上升，但呈现出"高内债杠杆率、低外债杠杆率"的现象，而本章的研究表明，在高内债杠杆率下，当国民储蓄率下降时并不会显著提升系统性金融风险发生的概率，因此，当前并不需要过分担心国民储蓄率下降本身会引发系统性金融风险，真正应该警惕的风险点在于是否会出现低储蓄率与高外债杠杆率并存的现象。②努力保持国际收支平衡。高外债杠杆率与低储蓄率的组合容易引发系统性金融风险，而保持国际收支平衡是防止外债杠杆率快速上升的有效手段。当前中国国民储蓄率持续下降，这意味着投资率也应适度下降，以保持国际收支平衡。不宜为了保持高速经济增长而坚持与国民储蓄率不匹配的投资率。③转变经济增长方式，更多地通过技术进步而不是投资来拉动经济增长。国民储蓄率下降的另一面是消费率的上升。许多人认为，我国的经济转型要充分发挥超大规模市场优势和内需潜力，发挥消费拉动经济增长的作用。这样一来，国民储蓄率的下降反而会因为扩大消费而拉动经济增长。这种观点的主要问题是将长期和短期混淆了。根据标准的 IS-LM 模型，消费扩张引致国民收入增长的效应，仅仅在短期内存在价格黏性的情况下才能成立，而在长期里价格可以灵活变动的情况下就不成立了。长期来说，只有技术进步能够推动经济持续增长。因此，转变经济增长方式的重点应放在促进长期里的科技创新上面，而不是短期内的消费扩张。

第七章 结论和政策含义

本章总结全书关于国民储蓄率下降的研究成果，探讨应对国民储蓄率下降的政策分析。自2008年起中国国民储蓄率出现了持续下降的现象，对于这种现象的产生原因及其后果，学术界还缺乏足够的研究。本书详细分析了中国国民储蓄率下降的原因和后果，指出这种现象绝不是暂时的和短期的，而是可以长期持续的。国民储蓄率的持续下降，很可能对中国的宏观经济稳定产生强烈冲击。本书提供的证据表明，绝不能忽视这个冲击的影响力，当前应抓住国民储蓄率还相对较高的有利时机，及时制定应对之策。

一、本书的主要结论

基于前述各章节的研究结果，本书对中国国民储蓄率的演变趋势，主要得出了以下结论。

第一，劳动报酬上涨导致了居民储蓄率、企业储蓄率和政府储蓄率的联动下降，总的效果是推动了国民储蓄率下降。具体来说，剩余劳动力短缺和政府政策支持的合力，增强了预期劳动报酬上涨的确定性，减弱了居民的预防性储蓄动机，使得居民储蓄率下降。劳动报酬上涨提升了劳动力成本，降低了企业可支配收入占国民可支配收入的比重，根据企业储蓄率的定义，这等同于企业储蓄率下降。企业支付劳动报酬占国民可支配收入比重上升，迫使政府增加社保福利和社会补助支出，导致政府可支配收入占比和政府储蓄倾向下降，使得政府储蓄率下降。

第二，中国国民储蓄率下降的"安全垫"并没有想象中那样厚。笔者利用新的数据和核算方法计算得出，当前中美可比国民储蓄率已经下降到很低的水平。由于美国是一个公认的低储蓄率国家，这个结果说明中国的"高储蓄率"即使不是名不副实，也已经大打折扣。然而，目前中国的学界和政界仍然有很多人认为中国的"高储蓄—高投资"这种模式还可以再延续一段时间，而笔者的研究结果则表明，这种模式已经到了必须转型的时候了。

第三，中国国民储蓄率下降隐含了相当大的金融风险。这种风险有两种可能的传导渠道，一是在政府坚持稳增长政策的情况下，由经常账户逆差引发的金融风险，具体的传导渠道是国民储蓄率下降→稳增长政策下投资率未能同步下降→经常账户逆差→外资流入→资本回报率下降与外资要求高回报的矛盾→催化因素引发资本外逃→金融危机；二是在政府放弃稳增长政策的情况下，由经济减速而引发的金融风险。具体的传导渠道是国民储蓄率下降→以国际收支平衡为目的的投资率下降→经济增长放缓→居民收入增长预期落空→房价下跌→金融危机。在当前中国的发展型政府体制下，出现上述第一种传导渠道的可能性较大。

第四，证据表明，低储蓄率与高外债杠杆率的组合极易引发经济衰退。利用跨国数据，本书第六章证明了这样一个结论，即高外债杠杆率下，国民储蓄率越低则发生经济衰退的概率越大，这种情况在发展中国家尤其明显。基于这个结论，假如中国也出现了国民储蓄率下降与高外债杠杆率并存的局面，那么发生经济衰退的概率相当大。而第五章已经指出，中国发展型政府的政治—经济体制，决定了国民储蓄率下降很可能与外债杠杆率上升同时发生，这进一步说明，中国国民储蓄率下降所隐含的金融风险是不容忽视的。

上述结论揭示了中国国民储蓄率下降的原因及其后果，这个后果并不令人乐观。理论逻辑和国际经验都表明，国民储蓄率下降和外债杠杆率的同时出现是很危险的，而这种情况很有可能在中国发生。金融风险和经济衰退其实并不可怕，也并不是不可战胜的，但无视即将到来的风险却是令人不安的。当前中国还没有出现经常项目逆差，这就决定了外债杠杆率暂时不会快速上升，这正是防范风险的最好时机。我们应针对国民储蓄率下降的传导机制，未雨绸缪地研究应对之策。

二、本书的政策含义

（一）政策难点分析

国民储蓄率持续下降所导致的各种可能后果，无论是外债杠杆率的上升，还是房地产价格的下跌，都是中国的决策者几乎没有遇到过的，用传统的方法对付这些问题是难以奏效的。例如，扩张性的财政和货币政策一直是中国政府应付经济低迷的工具,但在中国的体制下,此类政策很容易造成投资率的高企,而根据本书的逻辑,这会导致国民储蓄率低于投资率,并进一步造成经常账户逆差和外债杠杆率上升,反而会增加经济衰退的概率。再如,地方政府制定和实现高经济增长目标,也一直是中国经济走出低迷的利器,但这与扩张性的财政和货币政策相似,也会造成投资率的高企,同样会增加经济衰退的概率。与此相关的一些促进投资增长的政策,如基本建设投资、土地财政、刺激房地产经济等,几乎都会因为国民储蓄率下降的掣肘而失去效力。

扩大消费的政策经常被认为是新的经济增长动力之一,但这种政策也同样会受到储蓄率下降的掣肘。众所周知,消费率上升的另一面就是储蓄率下降。而根据凯恩斯的乘数原理可以得知,扩大消费仍然需要通过乘数效应撬动更多的投资,才能真正拉动经济增长。这样来看,扩大消费在逻辑上仍然会造成投资率的高企,而同时它又会造成储蓄率下降,这个效果实际上与扩张性的财政和货币政策没有区别。美国的经验也表明,在出现经常账户逆差时,消费旺盛可能会令逆差进一步恶化,这反而会增加经济衰退的概率。

扩大出口的政策是人们常说的投资、消费和出口"三驾马车"之一,然而,这个政策在储蓄率下降的背景下也难以奏效。只要地方政府的稳增长政策使得投资率高于储蓄率,那么根据国民收入核算恒等式,出口就不可能长期大于进口,经常账户逆差就必然要出现。从逻辑上说,仅仅扩大出口改变不了这个大趋势。

（二）应对国民储蓄率下降的政策建议

传统的政策难以发挥作用，意味着我们需要新的政策以应对储蓄率下降问题。这里面有两个要点，一是如何保证投资率不超过国民储蓄率，实现国际收支平衡，防止长期经常账户逆差的出现；二是如何应对房地产价格下跌对宏观经济的冲击。需要指出的是，本节只提供政策的大方向，而不是具体的政策操作细节。提供"接地气"的可操作政策并不是学者的强项，与其勉为其难，不如提供一些政策的大方向以供决策者参考，这可能才是学者提供政策建议的真正价值。

1. 鼓励技术创新

技术创新的好处在于，它可以提高投资效率，使得地方政府可以凭借较低的投资率实现较高的经济增长目标，这样就可以同时实现高经济增长速度和国际收支平衡两个目标，既满足了地方政府的增长目标，又不必担心金融风险。当前中国的技术创新能力仍然不够理想。究其原因，除了我国整体科技水平与发达国家仍有差距之外，一些体制性问题和政策性原因也不如忽视。例如，我国政府对技术创新并没有实行足够的政策倾斜。《中国科技统计年鉴》提供的数据表明，我国高科技产业新产品的研发经费支出增速实际上增长不快。此外，我国有大量的发明专利难以转化为新产品。国家对技术创新的扶持也仍然是"一锅煮"的状态，没有对产品创新给予更多的扶持。这一切都意味着，国家需要对技术创新给予更多的支持。

首先，国家应建立专门的产品创新瞄准机制。目前，全国企业创新调查已经区分了企业的产品创新和工艺创新。但是，这些数据还没有用于建立产品创新的瞄准机制。从逻辑上说，产品创新比工艺创新更有助于经济增长，因为产品创新可以创造新需求，不存在产能过剩问题；而工艺创新只能提高已有产品的生产效率，有可能因为产能过剩而受阻。或者说，产品创新技能解决价值创造问题，也能解决价值实现问题；而工艺创新只能解决价值创造问题，不足以解决价值实现问题。然而，真正困难的创新也是产品创新而不是工艺创新。因此，国家的创新投入应该对产品创新进行倾斜。全国企业创新调查的结果已经为建立扶持产品创新的瞄准机制准备了条件，有关部门应以此为基础，对产品创新的企业和研究单位、研究项目进行精准扶持。

其次，国家应在科研部门推动建立专门的专利转化中介组织。例如，美国的高校中就有专门的专利转化办公室，专门帮助教师们申请、转化专利，专利收益的1/3归转化办公室。国家应出台相关法律法规，建立类似的专门中介组织，为科学家和市场之间搭建一个稳固的桥梁，让更多科技工作者能够看到自己的技术变成现实，并且让科技工作者分项技术带来的市场红利，这样才能激发科技工作者的积极性和创造性，加速科研成果的转化。

最后，在明确区分产品创新和工艺创新的基础上，国家应大幅度提高对产品创新的扶持力度，尤其是要提高新产品研发经费的增长速度。国际经验表明，高技术产业的新产品销售增速和新产品研发经费增速是高度相关的。这意味着，如果产品创新的研发经费增速能够进一步提高，则产品创新销售收入的增长速度也会相应提高，这样就可以起到促进经济增长的作用。

2. 改革国家—社会互动机制

本书第五章指出，当前的国家—社会互动机制，既使得地方政府行为缺乏合理约束，也使得地方政府难以回应社会公众的利益诉求，结果难以改变地方政府追求经济增长目标的行为。这种情况若不改变，则地方政府仍然会坚持高投资的增长模式，从而增加国民储蓄率下降引发经济衰退风险的概率。在目前体制下，通过改革的方式建立更合理的国家—社会互动机制还是可以做到的。具体包括以下几点：

（1）发展社团组织，打通社团组织参政议政的通道。中国独特的民主协商形式，其建立的初衷就是反映广大人民群众的利益诉求。然而，由于缺乏社团组织这一"中介"环节，政府了解和回应人民利益诉求的通道并不顺畅。在各社会群体中发展社团组织，并打通社团组织参政议政的渠道，使其有机会影响地方政府的财政预算，可以在一定程度上扭转地方政府重视经济增长和轻视民生的倾向。

（2）改变地方政府决策机构的人员构成。第五章指出，代表民生领域的卫生、农业、教育、社保、民政等部门，无论在中央还是地方都难以进入决策中心，这就降低了这些部门的博弈能力和预算资金分配，难以阻止财政资源流向经济建设而不是公共服务。所以，将代表上述部门地方首长纳入地方党委常委会等决策机构，可以在一定程度上增强民生部门对政府预算资金分配的影响力，促使财政资源流向公共服务部门，这样就可以限制地方政府的投资冲动。

（3）实现中央政府向服务型政府的转型。正如笔者在第五章所指出的，中国的中央政府仍然是一个发展型政府。如果中央政府也能转型为服务型政府，及时开征累进性的财产税（如房地产保有税和遗产税），那么其效果将不仅仅是促进社会公平，还有抑制地方政府投资冲动的作用。原因很简单，累进性财产税会削弱资本持有者的投资能力，此时地方政府即使制定了高经济增长目标，也难以通过招商引资的方式实现。这样一来，投资率就难以超过国民储蓄率，经济衰退风险自然也就减弱了。

3. 发展金融市场

本书第六章的研究结果暗示，金融市场越不发达，国民储蓄率下降引发经济衰退的风险越大。金融市场吸引外商直接投资和购买本国证券，属于比较安全的权益型融资方式。因此，大力发展金融市场，增强金融市场对外资的吸引力，也有助于防范经济衰退。当前中国的金融市场规模已经有了很大发展，但仍然存在诸多的制度缺陷，如长期停牌、对上市公司造假惩处不利、内幕信息和股价操纵、退市困难、机构投资者投机行为盛行等。这些问题的存在，降低了上市公司的整体质量，增加了外国投资者的疑虑，降低了金融市场的吸引力。实际上，发达国家对上述问题已经有了先进的管理制度，借鉴发达国家的制度法规，对中国证券市场实行与发达国家相同的监管强度，在技术上并无太多障碍。

4. 防范房地产价格下跌

第五章指出，如果政府为了实现国际收支平衡的目标而放弃了稳增长目标，那么有可能通过房地产价格下跌的渠道引发金融风险。尽管这种情况发生的可能性不大，但也不能忽视。尤其是上述3条政策建议的目标都是地方政府放弃重增长轻民生的偏好，这就必须考虑当地方政府真的这么做时，房地产价格该怎么办。在低经济增长速度下维持高房价收入比确实比较困难，但也不是无路可走。以中国目前的情况来看，至少有以下方法可以起到防止金融风险的作用。

（1）稳定居民收入预期。地方政府放弃经济增长目标，意味着居民收入增长速度可能降低,此时若居民对未来收入增长预期由乐观转为悲观,将会对房价产生向下的压力。此时,本书第三章提到的增强劳动报酬上涨确定性预期的政策,可以起到稳定居民收入预期的作用。当前我国劳动报酬占国民可支配收入之比虽然已呈上升趋势,但绝对水平仍然很低,提升劳动报酬占比的空间仍然很大。政府可以进一步出台各种劳动法规,继续保持最低工资和全社会平均工资的温和上涨趋势,保持居民对未来收入上涨的确定性,防止其对收入预期转为悲观。这个措施可以在一定程度上起到稳定房价的作用。

(2)制造温和的通货膨胀。第五章指出,许多企业以抵押土地和房产的方式进行融资。房地产价格下跌的主要风险是企业的净资产和融资能力下降,导致企业被迫削减投资支出,从而引发导致经济衰退的连锁反应。温和的通货膨胀可以在一定程度上缓解这种风险。一方面,在发生温和的通货膨胀时,央行可以不上调或少上调名义利率。这样,在物价上涨的同时,企业租赁资本的实际利率却不相应上升,此时企业可以获得通货膨胀利润,盈利水平上升,向金融系统还本付息的能力增加,原来一部分还款无望的不良资产也因此而转变为良性资产。另一方面,根据货币数量方程($MV=PY$),对应物价上升了的总供给(PY),在货币流通速度不变的情况下(这基本上是事实),银行货币系统需要增加周转的货币(M)。这实际上相当于超经济发行货币,而超经济发行货币实际上是中央银行的一种特殊利润,可以用来作为基金冲销金融系统中已经存在的不良资产,还可以用来补充银行的资本金。这样就可以在一定程度上化解房价下跌的金融风险。从经济学的意义上讲,通货膨胀是一种金融系统中泡沫向总供给资产释放来让社会分摊其不良资产的办法(周天勇,1998)。不过,在经济减速时期，制造出温和通货膨胀也不是一件容易的事情。从国际经验来看，除了实施扩张的货币政策之外，在情况比较严重时还可以考虑实行量化宽松政策。

（3）财政救助和币制改革。若温和通货膨胀都难以实现，则说明衰退已经到了很严重的程度。此时，政府可以通过财政注资的形式消解金融系统的不良资产，避免危机发生。若国家没有充足的财政实力来完成这个任务，那就只能实行币制改革，即政府直接下令将银行系统对非银行部门的全部负债进行核减，这相当于令所有非银行部门所持现金和存款的面值缩水（如90%）。这种方式可以一步到位地消化金融系统中的不良资产。德国曾在1948年实行过类似的币制改革，成功地摆脱了当时的经济危机。不过，币制改革需要非常细致的设计，其对社会的冲击也非常巨大，难以得到持币者的理解和认可，不到万不得已时不宜采用。

参考文献

一、中文专著

[1]凯恩斯.就业、利息和货币通论[M].高鸿业,译.北京:商务印书馆,1999.

[2]马克思.资本论:第1-3卷[M].编译局,译.北京:人民出版社,1975.

[3]皮凯蒂.21世纪资本论[M].巴曙松,等,译.北京:中信出版社,2014.

[4]闫帅.回应性政治发展:中国从发展型政府到服务型政府的转型观察[M].北京:中国社会科学出版社,2015.

[5]袁志刚,宋铮.高级宏观经济学[M].上海:复旦大学出版社,2004.

二、中文期刊

[1]白重恩,钱震杰.谁在挤占居民的收入:中国国民收入分配格局分析[J].中国社会科学,2009,5:99-115.

[2]白重恩,吴斌珍,金烨.中国养老保险缴费对消费和储蓄的

影响[J]. 中国社会科学, 2012, 8: 48-71.

[3]白重恩, 张琼. 中国的资本回报率及其影响因素分析[J]. 世界经济, 2014, 10: 3-30.

[4]柏培文, 杨志才. 劳动力议价能力与劳动收入占比: 兼析金融危机后的影响[J]. 管理世界, 2019, 5: 78-91.

[5]蔡昉. 中国经济面临的转折点及其对发展和改革的挑战[J]. 中国社会科学, 2007, 3: 4-12.

[6]陈斌开, 陈琳, 谭安邦. 理解中国消费不足: 基于文献的评述[J]. 世界经济, 2014, 7: 3-22.

[7]陈斌开, 收入分配与中国居民消费: 理论和基于中国的实证研究[J]. 南开经济研究, 2012, 1: 33-49.

[8]陈斐, 何守超, 吴青山, 等. 偏离最优公共—私人投资比对经济增长的影响[J]. 中国工业经济, 2019, 1: 43-61.

[9]陈彦斌, 郭豫媚, 姚一旻. 人口老龄化对中国高储蓄的影响[J]. 金融研究, 2014, 1: 71-84.

[10]陈彦斌, 邱哲圣. 高房价如何影响居民储蓄率和财产不平等[J]. 经济研究, 2011, 10: 25-38.

[11]程令国, 张晔. 早年的饥荒经历影响了人们的储蓄行为吗?: 对我国居民高储蓄率的一个新解释[J]. 经济研究, 2011, 8: 119-132.

[12]董丽霞, 赵文哲. 人口结构与储蓄率: 基于内生人口结构的研究[J]. 金融研究, 2011, 3: 1-14.

[13]樊纲, 吕焱. 经济发展阶段与国民储蓄率提高: 刘易斯模型的扩展与应用[J]. 经济研究, 2013, 3: 19-29.

[14]方福前, 张艳丽. 城乡居民不同收入的边际消费倾向及变动

趋势分析[J]. 财贸经济, 2011, 4: 22-30.

[15] 方福前. 中国居民消费需求不足原因研究: 基于城乡分省数据[J]. 中国社会科学, 2009, 2: 68-82.

[16] 冯明. 宏观债务管理的政策框架及其结构性去杠杆[J]. 改革, 2016, 7: 104-114.

[17] 甘犁, 赵乃宝, 孙永智. 收入不平等、流动性约束与中国家庭储蓄率[J]. 经济研究, 2018, 12: 34-50.

[18] 何立新, 封进, 佐藤宏. 养老保险改革对家庭储蓄率的影响: 中国的经验证据[J]. 经济研究, 2008, 10: 117-130.

[19] 何新华, 曹永福. 从资金流量表看中国的高储蓄率[J]. 国际经济评论, 2005, 11: 58-61.

[20] 纪敏, 严宝玉, 李宏瑾. 杠杆率结构、水平与金融稳定: 理论分析框架和中国经验[J]. 金融研究, 2017, 2: 11-25.

[21] 金戈. 中国基础设施与非基础设施资本存量及其产出能够估算[J]. 经济研究, 2016, 5: 41-56.

[22] 金烨, 李宏彬, 吴斌珍. 收入差距与社会地位寻求: 一个高储蓄率的原因[J]. 经济学季刊, 2011, 3: 887-912.

[23] 匡可可. 经常项目逆差引发金融危机的机制研究[J]. 金融研究, 2014, 3: 83-96.

[24] 李稻葵, 刘霖林, 王红领. GDP中劳动份额演变的U型规律[J]. 经济研究, 2009, 1: 70-82.

[25] 李稻葵, 徐翔. 二元经济中宏观经济结构与劳动收入份额研究[J]. 经济理论与经济管理, 2015, 6: 21-28.

[26] 李扬, 殷剑峰. 劳动力转移过程中的高储蓄、高投资和中国经济增长[J]. 经济研究, 2005, 2: 4-15.

[27] 李扬, 殷剑峰. 中国高储蓄率问题探究: 1992—2003 年中国资金流量表的分析[J]. 经济研究, 2007, 6: 14-26.

[28] 厉克奥博, 潘庆中, 伏霖. 新常态下可比居民储蓄率的变动趋势研究[J]. 经济学报, 2014, 4: 140-157.

[29] 连玉君, 王闻达, 叶汝财. Hausman 检验统计量有效性的 Monte Carlo 模拟分析[J]. 数理统计与管理, 2014, 5: 941-950.

[30] 刘生龙, 胡鞍钢, 郎晓娟. 预期寿命与中国家庭储蓄[J]. 经济研究, 2012, 8: 107-117.

[31] 刘淑琳, 王贤彬, 黄亮雄. 经济增长目标驱动投资吗: 基于2001—2016 年地级市样本的理论分析与实证检验[J]. 金融研究, 2019, 8: 1-19.

[32] 刘晓光, 刘元春, 王健. 杠杆率、经济增长与衰退[J]. 中国社会科学, 2018, 6: 50-70.

[33] 刘哲希, 随晓芹, 陈彦斌. 储蓄率与杠杆率: 一个 U 型关系[J]. 金融研究, 2019, 11: 19-37.

[34] 牟晓伟, 张宇. 日本储蓄率的变动及对中国的启示[J]. 现代日本经济, 2012, 5: 35-42.

[35] 任若恩, 覃筱. 中美两国可比居民储蓄率的计量: 1992—2001[J]. 经济研究, 2006, 3: 67-81.

[36] 施建淮, 朱海婷. 中国城市居民预防性储蓄及预防性的动机强度: 1999—2003[J]. 经济研究, 2004, 10: 66-74.

[37] 万广华, 张茵 牛建高. 流动性约束、不确定性与中国居民消费行为[J]. 经济研究, 2001, 11: 35-44.

[38] 汪进, 钟笑寒. 中国的刘易斯转折点是否到来: 基于制度变迁视角[J]. 中国社会科学, 2011, 5: 22-37.

[39]汪伟.收入不平等与中国高储蓄率：基于目标性消费视角的理论与实证研究[J].管理世界,2011,9：7-25.

[40]王博.市场化改革对中国储蓄率的影响研究[J].金融研究,2012,6：68-82.

[41]王弟海,龚六堂.增长经济中的消费和储蓄[J].金融研究,2007,12：1-16.

[42]王毅,石春华.中美储蓄率比较：从核算口径到经济含义[J].金融研究,2010,1：12-30.

[43]席晶,雷钦礼.带有习惯形成的经济增长模型：高增长导致高储蓄的一个理论解说[J].数量经济技术经济研究,2013,2：82-97.

[44]席鹏辉,梁若冰,谢贞发,等.财政压力、产能过剩与供给侧改革[J].经济研究,2017,9：86-102.

[45]徐忠,张雪春,丁志杰,等.公共财政与中国国民收入的高储蓄倾向[J].中国社会科学,2010,6：93-107.

[46]许宪春.中国国民经济核算中的若干重要指标与有关统计指标的比较[J].世界经济,2014,3：145-159.

[47]闫坤,鄢晓发.中美储蓄率差异的原因及影响分析[J].财贸经济,2009,1：32-39.

[48]杨继军,张二震.人口年龄结构、养老保险制度转轨对居民储蓄率的影响[J].中国社会科学,2013,8：47-66.

[49]杨盼盼,马光荣,徐建炜.理解中国2002—2008年的经常账户顺差扩大之谜[J].世界经济,2015,2：112-139.

[50]杨汝岱,陈斌开.高等教育改革、预防性储蓄与居民消费行为[J].经济研究,2009,3：113-124.

[51] 杨天宇. 破解 2008 年以来中国国民储蓄率下降之谜[J]. 经济学家, 2019, 11: 14-22.

[52] 叶海云. 试论流动性约束、短视行为与我国消费需求疲软的关系[J]. 经济研究, 2000, 11: 39-44.

[53] 殷剑峰. 储蓄不足、全球失衡与"中心—外围"模式[J]. 经济研究, 2013, 6: 33-44.

[54] 于泽, 章潇萌, 刘凤良. 储蓄倾向差异、要素收入分配和我国产业结构升级[J]. 经济理论与经济管理, 2015, 7: 36-47.

[55] 余静文. 企业国有化中的政府角色[J]. 中国工业经济, 2018, 3: 155-173.

[56] 郁建兴, 高翔. 地方发展型政府的行为逻辑及制度基础[J]. 中国社会科学, 2012, 5: 95-112.

[57] 郁建兴, 徐越倩. 从发展型政府到公共服务型政府：以浙江省为个案[J]. 马克思主义与现实, 2004, 5: 65-74.

[58] 岳希明, 张斌, 徐静. 中国税制的收入分配效应测度[J]. 中国社会科学, 2014, 6: 96-117.

[59] 臧旭恒, 张欣. 中国家庭资产配置与异质性消费者行为分析[J]. 经济研究, 2018, 3: 21-34.

[60] 张车伟, 蔡翼飞. 中国劳动供求态势变化、问题与对策[J]. 人口与经济, 2012, 4: 1-12.

[61] 张车伟, 赵文. 中国劳动报酬份额问题：基于雇员经济与自雇经济的测算与分析[J]. 中国社会科学, 2015, 12: 90-112.

[62] 赵红州. 关于科学家社会年龄问题的研究[J]. 自然辩证法通讯, 1979, 4: 29-44.

[63] 郑新业, 张力, 张阳阳. 全球税收竞争与中国的政策选择

[J]. 经济学动态, 2019, 2: 31-46.

[64]周茂, 陆毅, 李雨浓. 地区产业升级与劳动收入份额: 基于合成工具变量的估计[J]. 经济研究, 2018, 11: 132-147.

[65]周绍杰, 张俊森, 李宏彬. 中国城市居民的家庭收入、消费和储蓄行为: 一个基于组群的实证研究[J]. 经济学(季刊), 2009, 8(4): 1197-1220.

[66]周天勇. 高负债发展模式的金融风险[J]. 金融研究, 1998, 5: 3-11.

[67]朱春燕, 臧旭恒. 预防性储蓄理论——储蓄(消费)函数的新进展[J]. 经济研究, 2001, 1: 84-92.

三、英文专著

[1]BARRO R J, SALA-I-MARTIN X. Economic Growth[M]. New York: McGraw-Hill, 1995.

[2]BERNANKE B S, GERTLER P, GILCHRIST S. The Financial Accelerator in a Quantitative Business Cycle Framework[M]//TALOR J B, WOODFORD M. Handbook of macroeconomics, vol. 1C. Amsterdam: North Holland, 1999: 1231-1745.

[3]DUESSENBERRY J S. Income, Saving and the Theory of Consumer Behavior[M]. Boston: Cambridge, 1994.

[4]FRIEDMAN M. A Theory of the Consumption Function[M]. Princeton, N. J.: Princeton University Press, 1957.

[5]KUZNETS S. Uses of national income in peace and war[M]. New York: NBER Books, 1942.

[6] MCKINNON R I. Money and Capital in Economic Development [M]. Washington D. C. : Brookings Institution, 1973.

[7] MODIGLIANNI F, BRUMBERG R. Utility analysis and the consumption function: an interpretation of cross - section data [M]// KURIHARA K. Post-Keynesian Economics, New Brunswick: Rutgers University Press, 1954.

[8] MUSFRAVE R A. Fiscal Systems [M]. New Haven: Yale University Press, 1969.

[9] ROSTOW W. The Process of Economic Growth [M]. New York: W. W. Norton, 1962.

[10] SHAW E S. Financial Deepening in Economic Development [M]. Oxford: Oxford University Press, 1973.

四、英文期刊

[1] AIZENMAN J, Noy I. Saving and long shadow of macroeconomic Shocks[J]. Journal of macroeconomics, 2015, 46(1): 147-159.

[2] BAKER D, DELONG J B, KRUGMAN P R. Asset returns and economic growth [J]. Brookings papers on economic activity, 2005, 1: 289-315.

[3] BLANCHARD O J, GIANVIZZI F. Rebalancing growth in China: A three-handed approach[J]. China and the world economy, 2006, 14: 1-20.

[4] BUA G, PRADELLI J, PRESBITERO A F. Domestic public debt in low-income countries: Trends and structure[J]. Review ofdevelopment

finance, 2014, 4(1): 1-19.

[5]CABALLERO R J, FARHI G, PIERRE-OLIVIER G. An equilibrium model of global imbalances and low interest rates[J]. American economic review, 2008, 98(1): 358-393.

[6]CABALLERO R J. Expenditure on durable goods: A case for slow adjustment[J]. The quarterly journal of economics, 1990, 105(2): 727-43.

[7]CAMBALL J, DEATON A. 1989, Why is consumption so smooth [J]. Review ofeconomic studies, 1989, 56(1): 357-374.

[8]CARROLL C, SAMWICK A. The nature of precautionary wealth [J]. Journal of Monetary Economics, 1997, 40(1): 41-71.

[9] CARROLL C, WEIL D. Saving and growth: A reinterpretation [J]. Garnegie-Rochester Conference Series in Public Policy, 1994, 40: 133-192.

[10]CARROLL C. Buffer-Stock saving and the life cycle/permanent income hypothesis[J]. Quarter Journal of Economics, 1997, 112(1): 1-55.

[11]CHAH E, RAMEY V. STARR R. Liquidity constrains and international consumeroptimization: theory and evidence from durable goods[J]. Journal of money, credit and banking, 1995, 27(1): 272-287.

[12]CHAMON M D, PRASAD E. S. Why are saving rates of urban households in China rising[J]. American economic journal: macroeconomics, 2010, 2(1): 93-130.

[13]CHANG X, AN T L, TAM P S, et al. National savings rate and sectoral income distribution: An empirical look in China [J]. China

economic review, 2020, 61(1): 1-15.

[14]CHAO C, LAFFARGUE J P, YU E. The Chinese saving puzzle and the life-cycle hypothesis: A revaluation[J]. Chinaeconomic review, 2011, 22(1): 108-120.

[15]CHEN K, IMROHAROGLU A, IMROHAROGLU S. The Japanese saving rate[J]. Americaneconomic review, 2006, 96(5): 1850-1858.

[16]CHEN K, WEN Y. The great housing boom of China[J]. American economic journal: macroeconomics. 2017, 9(2): 73-114.

[17]CHINN M B, EICHENGREEN A, Ito H. A forensic analysis of global imbalances[J]. Oxford economic papers, 2013, 66(2): 465-490.

[18]CHODOROWRENICH G, WIELAND J. Secular labor reallocation and business cycles[J]. Journal of political economy, 2020, 128(6): 2245-2287.

[19]DEATON A. Saving and liquidity constrains[J]. Econometrica, 1991, 59(4): 1221-1248.

[20]DIDIA D, AYOKUNLE P. External debt, domestic debt and economic growth: The case of Nigeria[J]. Advances in economics and business, 2020, 8(2): 85-94.

[21]DYNAN K E, SKINNER J, ZELDES S. Do the rich save more [J]. Journal of political economy, 2004, 112(2): 397-444.

[22]Ercolani M G, WEI Z. An empirical analysis of China's dualistic economic development: 1965—2009[J]. Asian economic papers, 2011, 10(3): 1-29.

[23] FISHER I. The debt deflation theory of great depressions[J]. Econometrica, 1933, 1(4): 337-357.

[24] FLAVIN M. The adjustment of consumption to changing expectations about future income[J]. Journal of political economy, 1981, 89(3): 974-1009.

[25] GALE W G, SABELHAUS J. Perspectives on the household saving rate [J]. Brookings papers on the economic activity, 1999, 1: 181-224.

[26] GE S, YANG D, ZHANG J. Population policies, demographic structural changes, and the Chinese household saving puzzle[J]. European economic review, 2018, 101(1): 181-209.

[27] GILES J, Yoo K. Precautionary behavior, migrant networks, and household consumption decisions: An empirical analysis using household panel data from rural China[J]. Review of economics and statistics, 2007, 89(3): 534-551.

[28] GOLLEY J, MENG X. Has China run out of surplus labor[J]. China economic review, 2011, 22: 555-572.

[29] HALL R. Intertemporal substitution in consumption[J]. Journal of political economy, 1988, 96(2): 339-357.

[30] HAYASHI F. Is Japan's saving rate high [J]. Federal reserve bank of minneapolis quarterly review, 1989, 13(2): 3-9.

[31] HE G, WANG S, ZHANG B. Watering down environmental protection in China [J]. Quarterly journal of economics, 2020, 135(4): 2135-2185.

[32] HE H, HUANG F, LIU Z, ZHU D. Breaking the iron rice bowl: Evidence of precautionary savings from the Chinese state-owned enterprises reform [J]. Journal of monetary economics, 2018, 94(1):

94-113.

[33] HORIOKA C Y, WAN J M. The determinants of household saving in China: A dynamic panel analysis of provincial data, [J]. Journal of money, credit, and banking, 2007, 39(5): 2077-2096.

[34] IMROHORMOGLU A, ZHAO K. The Chinese saving rate: Long-term care risks, family insurance, and demographics[J]. Journal of monetary economics, 2018, 96, 33-52.

[35] IYOTAKI N, MOORE J. Credit cycles[J]. Journal of political economy, 1997, 105(2): 211-248.

[36] JAPPELLI T, PAGANO M. Saving, growth, and liquidity constrains[J]. Quarterly journal of economics, 1994, 109(1): 83-109.

[37] JUDD C M, KENNY D A. Process analysis: Estimating mediation in treatment evaluations[J]. Evaluation review, 1981, 5(5): 602-619.

[38] KIM Y H. The asian crisis, private sector saving, and policy implications[J]. Journal of asian economics, 2001, 12(3): 331-351.

[39] KRAAY A. Household saving in China[J]. World bank economic review, 2000, 14: 545-570.

[40] LAITNER J. Stuctural change and economic growth[J]. Review of economic studies, 2000, 67(2): 545-561.

[41] LEE C. Income inequality, democracy, and public sector size [J]. American sociological review, 2005, 70(1): 158-181.

[42] LELAND H. Saving and uncertainty: The precautionary demand for saving[J]. Quarterly journal of economics, 1968, 82(2): 461-72.

[43] LIM J J. Growth in the shadow of debt[J]. Journal of banking &

finance, 2019, 103(1): 98-112.

[44] MAKIN A J. Lessons for macroeconomic policy from the global financial crisis[J]. Economic analysis and policy, 2019, 64(1): 13-25.

[45] MENG X. Unemployment, consumption smoothing, and precautionary saving in urban China[J]. Journal of comparative economics, 2003, 31(2): 465-485.

[46] MODIGLIANI F. Life cycle, individual thrift, and the wealth of nations[J]. American economic review, 1986, 76(1): 297-313.

[47] MODIGLIANNI F, Cao L. The Chinese saving puzzle and the life-cycle hypothesis[J]. Journal of economic literature, 2004, 42(2): 145-170.

[48] REINHART C, ROGOFF K. This time is different: A panoramic view of eight centuries of financial crisis[J]. Annals of economic and finance, 2014, 15(2): 1065-1188.

[49] WANG X, WEN Y. Can rising housing prices explain China's high household saving rate[J]. Federal reserve bank of St. Louis, 2012, 93(2): 67-88.

[50] WEI S, ZHANG X. The competitive saving motives: Evidence from rising sex ratios and saving rates in China[J]. Journal of political economy, 2011, 119(3): 511-564.

[51] ZELDES S. Consumption and liquidity constrains: an empirical investigation[J]. Journal of political economy, 1989, 97(2): 305-346.

五、英文文献

[1] AZIZ J, CUI L. Explaining China's low consumption: The

neglected role of household income[R]. Washington: IMF Working Paper, 2007, No. 07/181.

[2]BAI C, HSIEH C, QIAN Y. The return to capital in China[R]. Boston: NBER Working Paper, 2006.

[3] BANERJEE A, MENG X, QIAN N. The lifecycle model and household savings: Micro evidence from urban China [R]. Beijing: Working Paper, Peking University, 2010.

[4] BARTIK T J. Who benefits from state and local development Policies[R]. W. E. Upjohn Institute for Employment Research, 1991.

[5] CHOUKHMANE T, COEURDACIER N, JIN K. The one-child policy and household savings[R]. London: Working Paper, Sciences Po Paris and CEPR, London School of Economics, 2013.

[6]COOPER R, ZHU G. Household finance in China[R]. Boston: NBER working paper, 2017, No. 23741.

[7]HERRENDORF B, ROGERSON R, VALENTINYI A. Growth and structural transformation[R]. Boston: NBER working paper, 2011.

[8]ITO H, CHINN M. East Asia and global imbalances: saving, investment and financial development[R]. Boston: NBER working paper, 2007, No. 11364.

[9]MA G, WAMG Y. China's high saving rate: Myth and reality[R]. Basel: BIS Working Paper, 2010.

[10]MINSKY H P. The debt-deflation theory of great depressions[R]. Prepared for the Encyclopedia of Business Cycles, 1994.